九州出版社
JIUZHOUPRESS

《飞鸿眷故土》编委会名单

序

子在川上曰："逝者如斯夫，不舍昼夜。"时光荏苒，上虞乡贤研究会成立已有20个年头了。20个春秋转瞬即逝，但往事并不如烟，有很多好东西留了下来，比如我收到的大量书信，既是历史的记录，又是乡情的见证。"鸿雁几时到，江湖秋水多。问君情何寄，思乡泪婆娑。"每当我打开一封封书函时，亲切的问候、浓郁的乡情、热情的鼓励，令我欣喜陶醉，我就一一把她们珍藏了起来。真可谓集腋成裘，聚沙成塔，20年来被我珍藏的乡亲来信竟多达四百余封。最近我下了个决心，从四百余封信中遴选了代表性来信近两百封，准备结集出版《飞鸿眷故土——上虞乡贤研究会来信选编》。

这批书信有的出自著名乡贤之手，诸如中共海南省委书记沈晓明、著名导演谢晋；两院院士徐光宪、王基铭、陈梦熊、周勤之、钟群鹏、袁承业、徐如人、曹春晓；著名乡贤如胡愈之、范寿康、马一浮、陈鹤琴、杜亚泉、竺可桢、田时霖、夏丏尊等前辈的后裔。

有的出自老干部、老战士之手，他们亲自参与了抗日战争、解放战争、抗美援朝等的奋斗历程。他们浴血奋战，舍生忘死，迎来了新中国的诞生，比如百岁老人何畏、地下工作者董静之、陈赓大将夫人傅涯、新四军老战士石甘棠；驻外大使杨守正、吴甲选、管子怀等。他们的来信中仍然可闻到战火的硝烟、听到枪弹的呼啸。

有的出自保家卫国的上虞子弟兵之手，比如少将任湘舟、徐执提、周国建、何立明、丁建江等。

有的出自港澳同胞及海外游子之手，比如港浙同乡会副会长兼秘书长车越乔、香港苏浙沪同乡会会长周伯英诸先生；著名旅美油画家孔柏基、新加坡画家项永昌等。

当然书信作者最大的群体是学者型人才，多达88人，彰显了家乡英才济济。他们有的是大学教授；有的是为国防事业奉献一生的航空通讯、海军舰艇专家，里面不但有众多石油化工、地质矿产、金融贸易、水利水电、机械制造行业人才，也有活跃在文化领域的著名演员六小龄童、速记专家葛继圣、红学家魏绍昌、作家程乃珊等；还有众多的书法家、画家、音乐家。他们每个人的来信中无不散发着浓烈的思乡恋土之情和对家乡美好明天的祝愿。

这些书信中还有很多出自爱乡楷模之手，比如“浙江骄傲”张杰；捐资百万助学的爱乡侨胞曹锡光；有毕生节衣缩食，将120万人民币无偿捐赠家乡驿亭的清华大学教授贾松良；有改革开放时代功臣任世瑶等。他们以无私奉献的博大胸怀，演绎了一代代家乡游子热爱故土的上虞精神。

这些书信既是物质遗产，又是非物质文化遗产，兼具双重属性。说她是物质遗产，因为有很多名人手迹，都是无价之宝，应该属于文物。信中记载了重大的人物和事件，比如2003年6月26日，著名导演谢晋的信中谈到“东山文化国际研讨会”和“梁祝邮票首发式”，这两个文化活动是上虞的两件大事，保留了这封家书，就保留了对这段历史的珍贵记忆。

这些书信中还有用毛笔书写的四十余封信函，看他们的书信，简直就是美的享受，实在难得。比如中组部原常务副部长赵宗鼐，他的信笺十分别致，书法龙飞凤舞、美不胜收。

说家书是非物质文化遗产，因为家书千百年来世代相传，是与人们生活密切相关的文化表现形式，其写作、礼仪、格式、封袋等都有一定的要求与规范，这些要求与规范已经成为书写技巧，它是无形的，应当属于非物质文化遗产。

时至今日，手机、电子邮件、短信、微信等新的通信方式汹涌而来，它们以迅雷不及掩耳之势侵占了传统家书的领地，家书所承载的历史与亲情的双重记忆渐行渐远，家书目前已面临着失传的危险。所以说，当我们展示这些异彩纷呈的诸多家书时，也想希望通过我们的努力，能以这种形式来保护传统的文化遗产。

家书是中华优秀传统文化的重要组成部分，它蕴含着丰富的道德理念和伦理规范，承载着深厚的人文情怀和民族精神，在信息科学高度发达、生活方式多姿多彩的当代，家书所寄寓的历史、亲情、文学、道德、礼仪、艺术等丰富内涵将历久弥新，愈加珍贵。

这些家书凝聚着上虞乡贤的精气神，是时代的独特印记，是今后人们探究历史脉络和人文风貌的重要依仗，也是上虞一笔不可多得的精神财富。为此，我们进行了认真的梳理、翻译，并公开出版，与读者们分享。

同时，我们期盼着您的热情来信，以便在适当的时机，再结集出版。

谨以此短文为序。

陈秋强

2020年11月28日

于砚田斋

（作者系上虞乡贤研究会会长）

目　录

丁敬涵

丁敬涵，1931年6月生，浙江上虞人。1958年毕业于上海华东师范大学中文系，安徽省妇女联合会原调研室主任。2013年被聘为浙江省文史研究馆馆员，主要致力于其舅祖马一浮先生遗著研究。

秋强先生惠鉴：

首先致以深深的歉意！其一，2008年赠送的资料上把您的名字写错了；其二，迭次寄来资料、贺年卡，均未复信致谢。

今接上虞市宣传部函，为编《虞籍名士通讯录》，要我函告详细地址等。我的根虽在上虞，然而八十一年来只短暂到过上虞三次，更主要的，我不是“名士”，似不应编入通讯录。但作为上虞籍名人马一浮的后人，我又很希望了解上虞，多与上虞联系。故仍遵嘱把情况另纸写上。

另有一事先和您通个气。我收藏有部份[①]马老遗墨（多数为诗稿），虽不全是精品，但都是真品，过去有关单位为了宣

秋强先生惠鉴：

首先致以深深的歉意！其一，2008年赠送的资料上把您的名字写错了；其二，迭次寄来资料、贺年卡，均未复信致谢。

今接上虞市宣传部函，为编《虞籍名士通讯录》，要我函告详细地址等。我的根虽在上虞，然而八十一年来只短暂到过上虞三次，更主要的我不是“名士”，似不应编入通讯录。但作为上虞籍名人马一浮的后人，我又很希望了解上虞，多和上虞联系。故仍遵嘱把情况另纸写上。

另有一事先和您通个气。我收藏有部份马老遗墨（多数为诗稿），虽不全是精品，但都是真品，过去有关单位为了宣传马老，制作画册、光盘、电视片，多次来拍照，特别是这次浙江文史馆，基本上全部拍摄

装订线

第　页

① 信件原文如此。

传马老,制作画册、光盘、电视片,多次来拍照。特别是这次浙江文史馆,基本上全部拍摄了。现在我已81岁了,身体也不是很好,所以想在有生之年对藏品作(做)些安排。我的主导思想是:不卖,无偿分赠保管条件好的有关单位。上虞市是考虑单位之一,具体单位是上虞市档案馆。至于赠品内容、数量、手续等待统一考虑。

发信的同时,寄上台湾广文书局出版的《马一浮先生遗稿续编》《三编》各一册,虽然《马一浮全集》出版后,此二书即成为"后时"了,但作为一种版本,似亦有保存价值。另拙编《马一浮诗话》,当时印数少,市场上早已买不到了,我亦只剩三册,今寄去一册,请一并查收。致

敬礼

丁敬涵

2011.8.19

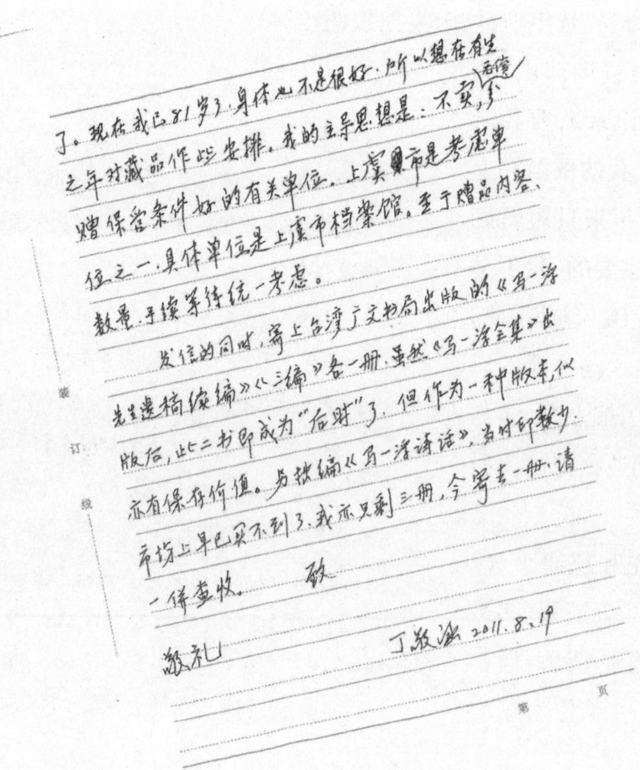

了。现在我已81岁了,身体也不是很好,所以想在有生之年对藏品作些安排。我的主导思想是:不卖,无偿分赠保管条件好的有关单位。上虞市是考虑单位之一,具体单位是上虞市档案馆。至于赠品内容、数量、手续等待统一考虑。

发信的同时,寄上台湾广文书局出版的《马一浮先生遗稿续编》《三编》各一册,虽然《马一浮全集》出版后,此二书即成为"后时"了,但作为一种版本,似亦有保存价值。另拙编《马一浮诗话》,当时印数少,市场上早已买不到了,我亦只剩三册,今寄去一册,请一并查收。致

敬礼

丁敬涵 2011.8.19

秋强先生惠鉴：

原约定六月上旬至杭，现因情况有变，需提前到五月底。我定于五月二十六日到杭，二十七日参加有关活动。二十八或二十九请你们到杭州接受捐赠。我将于二十六—二十八之间请人给您打电话，告知具体时间、地点。

现赠品已分好，下面我开一个大目录给您。

一、照片六十帧

从1900年十八岁时摄于绍兴——1967年遗体——2003年有关纪念活动。

二、书法作品十四件

对联四付（幅）；横幅两件；题字两件；条幅六件。

三、诗文稿十六件、19页。

四、日记二种

1. 1903年7月3日——1903年12月12日《圣路易居留之状况》（一）一本

2. 屏风山疗养日记（1960年庚子4月23—6月11）四页（四尺对开）

五、撰并书的碑文、诗歌拓片8件十四页。

六、临碑帖等无款散页五种九页。

七、记事信封二个。

1. 记：中藏父绝笔字（但已无字）

2. 记：藏二舅致父函（函在）

八、抄本三册

1. 敬泽堂永怀录二卷（内文十七篇）一册

2. 越书稿(越缦日记节抄。前后均钤有“一浮”印)一册

3. 批八字书(首个八字是马老的)一册

九、档案资料十三件。

多数为复印件、油印件、抄件。从1939年复性书院简章到1980年补开追悼会的综述。

以上只是个简目,请你们心里先有个数,赠给后你们开一个详细清单给我(相当于档案馆的入库清单副本)。

您平时用手机发短信吗?如发的话,我们以后也可用短信联系。不过,因为我听不见铃声,平时只是每天看2—3次,不能及时收到,但我发给您,您能及时收到。反正可以多一个交流渠道。您打座机,我老伴接听,他腰腿不好,很少出去。

祝

好

丁敬涵

2012.5.1

一本

2 屏风山房养日记(1960年 庚子4月23—6月11) 四页(四封

五 撰并书的碑文、诗歌拓片 8件+四页。

六、临碑帖等无款散页五种九页。

七、记事信封二个。

1、记:中藏父绝笔字(但已无字)

2、记:藏二舅致父函1(函1存)

八、抄本三册

1. 蠲澂堂永怀录二卷(内文十七篇)一册

2. 越书稿(越缦日记节抄。前后均钤有“一浮”印 一册

3 批八字书(首个八字是马老的)一册

九、档案资料十三件.

多数为复印件、油印件、抄件。从1939年复性书院简章到1980年补开追悼会的综述

以上只是简目,请你们心里先有个数,赠给后你们开一个详细清单给我(相当于档案馆的入库清单副本)。

您平时用手机发短信吗?如发的话,我们以后也可用短信联系。不过,因为我听不见铃声,平时只是每天看2—3次,不能及时收到,但我发给您,您能及时收到。反正可以多一个交流渠道。您打座机,我老伴接听,他腰腿不好,很少出去。

祝

好!

丁敬涵

2012.5.1

另:您的座机号码,我原先记的是:0575—82166798

可是这两次从来信信笺上印的是:0575—2111888—8585

(好像是总机转分机,该如何打?)

丁建江

丁建江(1961—),上虞丁宅人。毕业于上虞春晖中学,2002年获清华大学模式识别与智能系统专业工学博士学位。空军雷达学院教授、博士生导师,全军优秀教师,空军专业技术少将军衔。获军队科技进步一等奖1项,二等奖4项,三等奖2项。

尊敬的陈会长,您好!

在您的亲切关怀下,我成为一名光荣的新乡贤,倍感荣耀和深受鼓舞。您二十年来呕心沥血,为弘扬乡贤文化搭建起乡贤会这一精神家园,让我体会故乡的牵挂和归宿。乡贤是上虞发展的宝贵资源,是宣传上虞响亮的文化明(名)片。为您带领的乡贤会敢为人先、勇立潮头的工作精神点赞!

心中常怀思故乡,方能仗剑闯天涯。故乡是一种力量,还是一种信念,更是游子勇于冲锋的根基!我出生于四季飘香仙果之乡——丁宅村,自从40年前我考入军校那刻起,便只身千里之外,但吾心时刻与家乡相连,无怨无悔献青春,躬身强军筑长城。

上虞各行各业的巨大变化和发展,是我们每位乡贤的骄傲!祝愿家乡的天更蓝,山更青,水更绿,经济更繁荣,人民更加幸福!感谢您对我的厚爱,乡贤精神将永远鼓励乡贤继续努力!

敬礼

丁建江

2020.6.18

空军预警学院

尊敬的陈会长，您好！

在您的亲切关怀下，我成为一名光荣的新乡贤，倍感荣耀和深受鼓舞。您二年来呕心沥血，为弘扬乡贤文化搭建起乡贤会这一精神家园，让我体会到来自故乡的牵挂和归宿。乡贤是上虞发展的宝贵资源，是宣传上虞响亮的文化明片。为您带领的乡贤会敢为人先，勇立潮头的工作精神点赞！

心中常怀思故乡，方能仗剑闯天涯。故乡是一种力量，还是一种信念，更是游子勇于冲锋的根基！我出生于四季飘香的水果之乡——丁宅村，自从40年前我考入军校那刻起，便只身千里之外，但吾心时刻与家乡相连，无怨无悔奉献青春，献身强军筑长城。

上虞各行各业的巨大变化和发展，是我们每位乡贤的骄傲！祝愿家乡的天更蓝、山更青、水更绿，经济更繁荣，人民更加幸福！感谢您对我的厚爱，乡贤精神将永远鼓励乡贤继续努力！

敬礼！

丁建红

2020.6.18.

万　正

万正(1922—　),原名万传树,笔名万传韶,上虞永和万家村人。1938年参加革命,曾任原广州军区空军政治部《空军生活》杂志社社长、空军政治部文化部部长,广州市业余美术家协会顾问,广州新四军研究会副会长等。著有长篇纪实文学及报告文学《狱中》《越狱记》《不朽的人》《叶挺将军与作曲家任光的故事》等。

陈秋强同志:

收到你的来信,并看到上虞乡贤研究会的六年来的工作报告,谢谢!

六年来,上虞乡贤研究会在中共上虞市委和你的领导下,确实做了许多工作,这是有目共睹的。希望你们在今后获得更大的成绩,并祝乡贤研究会诸同志身体健康,工作顺利!

上虞乡贤研究会在浙江省范围内已有很大的名声,有的县市也正在向上虞乡贤研究会学习,成立本市本地区的乡贤研究会。

从整个上虞市来看,上虞古时候的乡贤基本上大都挖掘出来了,当然,以后还要继续丰富它。我对乡贤会的工作,只提出一点意见:从现在你们发表的材料来看好像有些"厚古薄今"的嫌疑,对在抗日战争中光荣殉难的陈树谷烈士、严洪珠烈士重视不够。陈树谷同志是胡愈老的亲戚,亲身受过胡老、邹韬奋前辈的教育,在上虞党史上,他是重建上虞共产党的关键人物,生得光荣,死得伟大,可是对他的研究似有不足。

其次,严洪珠同志是武装斗争中的模范,他在大渔山岛战斗中,身负重伤继续指挥,宁死不屈,比狼牙山五壮士的战斗有过之而无不及。今年三、四月份大渔山战斗的原地,宁波新四军研究会将有大规模的纪念活动,届时浦东新四军研究会、宁波新四军研究会将有不少干部群众去纪念去凭吊,原海防大队一中队仅仅活着的一个老兵也将去参加,原海防大队大队长张大鹏的两个女儿也将去参加，希望上虞乡贤研究会也派人去，以便搜集历史资料，教育青少年一代。

我为严洪珠烈士及大渔山战斗的情况写了一个不像样的剧本，浦东新四军研究会非常重视，他们叫上海浦东沪剧团加工，基本架子已立起来了，但要排演要费巨资又搁起来了。希望你们重视这一情况，以发扬上虞人武装斗争中不屈不挠的精神报答祖国。请你们配合。

致以

敬礼

万　正

2003.2.1

中国人民解放军　广州军区空军广州天河离职干部休养所

陈秋强同志：

收到你的来信，并看到上虞乡贤研究会的六年来的工作报告，谢谢！

六年来上虞乡贤研究会在中共上虞市委和你的领导下，确实做了许多工作，这是有目共睹的，希望你们在今后获得更大的成绩并祝乡贤研究会全体同志身体健康工作顺利

上虞乡贤研究会在浙江省范围内已有很大的名声，有的县市也正在向上虞乡贤研究会学习，陆续成立本市本地区的乡贤研究会

从整个上虞市来看，上虞古时候的乡贤基本上大都挖掘出来了，当然，以后还要继续丰富它，我对乡贤会的工作，只提出一点意见：从现在你们发表的材料来看好

中国人民解放军 广州军区空军广州天河离职干部休养所

像有些"厚古薄今"的嫌疑，对在抗日战争中光荣殉难的陈树谷烈士、严洪珠烈士重视不够。陈树谷同志是胡愈之的亲戚，亲身受过胡老、邹韬奋前辈的教育，在上虞党史上，他是缔造上虞共产党的关键人物，生得光荣死得伟大，可是对他的研究似有不足。

其次严洪珠同志是武装斗争中的模范，他在大鱼山岛战斗中，身负重伤继续指挥，宁死不屈，比狼牙山五壮士的战斗有过之而无不及。今年三月份大鱼山战斗的原地，宁波新四军研究会将有大规模的纪念活动，届时浦东新四军研究会，宁波新四军研究会将有不少干部群众去纪念去凭吊，原海防大队一中队仅仅活着的一个老兵也将去参加，原海防大队大队长张大鹏的两个女儿也将去参加，希望上虞乡贤研究会也派人去，以便搜集历史资料，教育青少年一代

中国人民解放军 广州军区空军广州天河离职干部休养所

我为严洪珠烈士及大鱼山战斗的情况写了一个不像样的剧本，浦东新四军研究会非常重视，他们叫上海浦东沪剧团加工，基本上架子已立起来了，但后排演经费巨资又搁起来了。希望你们重视这一情况，以发扬上虞人武装斗争中不屈不挠的精神报答祖国。请你们配合 此致

敬礼！

万飞 07.2.1

王士江

王士江(1930—2020),别名振惠,上虞百官人。1949年,考入华东工业部。1952年调北京中央第一机械工业部,先后在销售局、生产调度局、办公厅、机电设备成套总局等部门工作。1971年调中央第六机械工业部,旋至部属6971厂任外经办主任、处长,北京嘉迪贸易公司总经理。

秋强小兄:

惠蒙乡贤会工作简报,收到谢谢!

先郑重声明,我从未做过六机部领导,望更正谬传;我学字仅为自娱消遣而已,如裱挂上墙则无地自容矣。

关于老家红台门的回忆,我画了张大概的景图,供参考。

我幼年在老家住不多久,大概十岁以前就随父母离开了,红台门内是座大院,当时住过不少人家,有在沪、甬等地开铺经商的大贾,亦有书香门第的儒翁。其姓氏家世因年幼未记,当然,出几位乡贤名人亦不足怪,但在下仍是碌碌庸人,只是不辱门楣足矣!

谨复。并向

表哥嫂子等叩安

王士江

3月9日

秋阳小兄：

惠寄乡贤会工作简报，收到谢谢。

与郑重声明，我从来做过什么机关领导，望不必溢传；我写字作画自娱消遣而已，如被抬出，此情我无地自容矣。

关于老家红台门的回忆，我画了张大概的草图，供参考。

我幼年在老家住不多久，大概十岁以前就随父母离开了红台门内老屋大院，当时住过不少人家，有在沪、甬等地开铺经商的大贾，也有书香门第的儒翁，其姓氏家世因年幼未记，当然，也非什么乡贤名人，亦不足怪，但在红门内总是碌碌庸人，只是不辱门楣足矣！谨复并问 王北江 3月9日

春安 嫂子华叩安。

第　　页

王仁礼

王仁礼(1947—),笔名顺利,上虞丰惠镇蔡岙村人。1966年,进上海《解放日报》报社工作,先后担任采访部记者,群工部、总编室编辑,主持夜班编辑部中班编辑工作。1992年,调任总编室副主任。1994年,任解放日报社主任编辑、总编室主任。

坚持不懈　终成正果

上虞乡贤研究会潜心研究,不断推进乡贤文化建设,在党政领导和相关部门的重视支持下,经过十多年的不懈努力,取得丰硕的成果。在市内、省内和国内发扬光大,可喜可贺!陈秋强会长老当益壮,为此作出了不可磨灭的贡献!

上虞乡贤文化的研究和建设,从小到大,由点及面,循序而进,贵在坚持。十多年前,她还是一棵小苗,正是不断持续的扶持,终于成长为一棵参天大树;继而在进一步的培植和推广下,将成为茂密的森林!

上虞乡贤文化的研究和建设,是传承中华优秀文化的重要组成部分,必将进一步推进社会经济的发展。社会经济建设和优秀文化建设是历史发展的两个轮子,相互依存,相互支撑。在新的社会经济建设中,乡贤文化建设大有可为!

作为上虞人,我为上虞乡贤文化建设的成果而自豪,亦乐意为之作一点点微小的努力!

解放日报王仁礼

2015年8月

解放日报社

上海市都市路4855号.201199 ■ 021-24176666 ■ www.jfdaily.com

坚持不懈 终成正果

上虞乡贤研究会潜心研究，不断推进乡贤文化建设，在当地政府和相关部门的重视支持下，经过十多年的不懈努力，取得丰硕的成果，在市内、省内和国内发扬光大，可喜可贺！陈秋强会长老当益壮，为此作出了不可磨灭的贡献！

上虞乡贤文化的研究和建设，从小到大，由点及面，循序渐进，贵在坚持。十多年前，她还是一棵小苗，经过不断持续的扶持，终于成长为一棵参天大树；继而在进一步的培植和推广下，将成为茂密的森林！

上虞乡贤文化的研究和建设，是传承中华优秀文化的重要组成部分，也将进一步推进社会经济的发展。社会经济建设和优秀文化建设是历史发展的两个轮子，相互依存，相互支撑。在新的社会经济建设中，乡贤文化建设大有作为！

作为上虞人，我为上虞乡贤建设的成果而自豪，亦愿为之作一点点微小的努力！

解放日报 王仁礼

2015年8月

王如松

王如松（1936— ），上虞梁湖西山下人。中国科学院高级工程师、区域经济专家，中国民主同盟成员，中国科学院上海原子核研究所高级工程师。曾任中国民主同盟上海市委常委、专职副秘书长、市委科技委员会副主任，上海市北翼研究中心专家组成员，上海市嘉定区政府经济技术顾问，诸暨市副市长等职。现任上海市政风行风监督员副组长、上海市百老德育讲师团专家委员、上海市普陀区技术经济联合会副理事长。

陈会长、秋强先生：您好！

这次寄上《梁祝》专题邮资机宣传戳纪念封一套共五枚，供您观赏和收藏。上海市邮政局今年开辟一项新业务，通过邮资机戳这种形式来宣传和弘扬《中国非物质文化遗产》，决定每季度推出一组系列内容。这次推出的中国非物质文化遗产《民间传说系列》之二是《梁祝》，由徐梦尧女士设计。从获得消息之后，我首先联想到这与我的家乡密切相关，是上虞的文化遗产宝典之一。我先后跑了几次发行《梁祝》邮资机戳

中国民主同盟上海市委员会

陈会长、秋强先生：您好！

这次寄上《梁祝》专题邮资机宣传戳纪念封一套共五枚，供您观赏和收藏。上海市邮政局今年开辟一项新业务，通过邮资机戳这种形式来宣传和弘扬《中国非物质文化遗产》，决定每季度推出一组系列内容。　这次推出的中国非物质文化遗产《民间传说系列》之二是《梁祝》，由徐梦尧女士设计。从获得消息之后，我首先联想到这与我的家乡密切相关，是上虞的文化遗产宝典之一。　我先后跑了几次发行《梁祝》邮资机戳的仙霞邮政局，选择好合适的信封，在拥挤的人群中，排了二次长队（第一处仅供印2个戳，第二处可供印3个戳），耗时四个半小时。还要求邮局工作人员重新调整机器，以确保间距在28毫米之内，不致发生重叠加印，影响整个封面格局。

这次花了不少精力，总算圆满搞到《梁祝》邮资机戳纪念封，尽管累得大汗淋漓，饥肚饿肠，但心中很开心，也很幸运和满足。

秋强先生，上虞撤市改区后，我们希望"乡贤研究"不要受到大的影响，也是广大海内外游子的共同期盼。"乡贤研究"促进了上虞软实力的不断扩大和影响。十余年来，这座"宝藏"在您和同事们的艰辛工作和不懈努力之下，感动了"上帝"和不计其数的海内外游子，终于使其焕发出灿烂的光芒，这项工作是功德无量，对于家乡上虞今后继续深化改革和实现跨越发展是极有意义的助推力，也是培育和践行社会主义核心价值观的具体行动和体现。

秋强先生，我们在外的上虞乡亲万分感激"上虞乡贤研究会"所作出巨大贡献，人民将永远尊敬您和同事们的辛勤劳动所结之硕果！

顺颂夏安！

乡亲　上海　王如松敬笔

2014.05.15

的仙霞邮政局，选择好合适的信封，在拥挤的人群中，排了二次长队（第一处仅供印2个戳，第二处可供印3个戳），耗时四个半小时。还要求邮局工作人员重新调整机器，以确保间距在28毫米之内，不致发生重叠加印，也很幸运和满足。

这次花了不少精力，总算圆满搞到《梁祝》邮资机戳纪念封，尽管累得大汗淋漓，饥肚饿肠，但心中很开心，也很幸运和满足。

秋强先生，上虞撤市改区后，我们希望"乡贤研究"不要受到大的影响，也是广大海内外游子的共同期盼。"乡贤研究"促进了上虞软实力的不断扩大和影响。十余年来，这座"宝藏"在您和同事们的艰辛工作和不懈努力之下，感动了"上帝"和不计其数的海内外游子，终于使其焕发出灿烂的光芒。这项工作是功德无量，对于家乡上虞今后继续深化改革和实现跨越发展是极有意义的助推力，也是培育和践行社会主义核心价值观的具体行动和体现。

秋强先生，我们在外的上虞乡亲万分感激"上虞乡贤研究会"所作（做）出巨大贡献，人民将永远尊敬您和同事们的辛勤劳动所结之硕果！

顺颂夏安

乡亲　上海　王如松　敬笔

2014.05.15

尊敬的陈会长秋强先生：

这次承蒙您的推荐，中共上虞市委宣传部和市政府发改局的盛情邀请，来家乡在《虞舜论坛》为党政干部作（做）关于《海洋经济》的专题报告，看到家乡的巨大变化，感受匪浅。再次感谢会长和市领导的热情接待。

在我到达上虞的第二天早上，发生了一件令我感动的事，六月十五日早晨，我和夫人早餐后，从雷迪森大酒店出来，在马路对面扬招了一辆出租车，去虹漾公园登山早锻炼。在车上"的哥"礼貌地问："看您老想必是上虞的乡贤吧？"当时我没有接话，又对我俩讲"上虞的乡贤为家乡做了很多善事"。"的

中国民主同盟上海市委员会

尊敬的陈会长、秋强先生：

这次承蒙您的推荐，中共上虞市委宣传部和市政府发改局的盛情邀请，来家乡在《虞舜论坛》为党政干部作关于《海洋经济》的专题报告，看到家乡的巨大变化，感受匪浅，再次感谢会长和市领导的热情接待。

在我到达上虞的第二天早上，发生了一件令我感动的事，六月十五日早晨，我和夫人早饭后，从国迪森大酒店出来，在马路对面扬招了一辆出租车，去虹蝶公园登山早锻炼。在车上"的哥"礼貌地问："看您老想必是上虞的乡贤吧"，当时我没有接话，又对我俩讲"上虞的乡贤为家乡做了很多善事"，"的哥"的热情和礼貌，促使我开始与其攀谈起来。张杰先生是我的老乡，他很了不起啊，在香港以卖茶叶和大闸蟹谋生，50岁时才租了一个小杂货铺，节衣缩食一辈子，从七十年代起为家乡捐资兴学却是十分慷慨，先后累计1200万元，这是张先生一生的血汗钱，为家乡做了很多善事，他才是上虞的乡贤呢！车很快就到了目的地，"的哥"却说："为乡贤开车，很荣幸，不收车费"，我把车费交给他，他又将钱塞给我，我心中很感动，夫人也十分震撼，我只得再三道谢，"的哥"才收了车费。感动之际，我俩却忘了看车牌号码，实在是遗憾至极。在当今时代，竟然还会有坐车不收钱"的事情发生，这说明上虞的乡贤教育、孝德文化正在深入人心，影响彰现，也体现出上虞这座道德文化积淀深厚的新兴城市其精神文明建设扎根群众，硕果累累。出租车是城市形象的一个流动窗口，我要再次感谢这位"的哥"的善举，他让我感受到无比的自豪！ 顺致夏安！

在沪虞籍乡亲 王如松 敬启

二〇一二年六月十八日

哥"的热情和礼貌，促使我开始与其攀谈起来。张杰先生是我的老乡，他很了不起啊，在香港以卖茶叶和大闸蟹谋生。50岁时才租了个小杂货铺，节衣缩食一辈子，从七十年代起，为家乡捐资兴学却是十分慷慨，先后累计1200万元，这是张生一生的血汗钱，为家乡做了很多善事，他才是上虞的乡贤呢！车很快就到了目的地，"的哥"却说："为乡贤开车，很荣幸，不收车费。"我把车费交给他，他又将钱塞给我，我心中很感动，夫人也十分震撼，我只得再三道谢，"的哥"才收了车费。感动之际，我俩却忘了看车牌号码，实在是遗憾至极。在当今时代，竟然还会有"坐车不收钱"的事情发生，这说明上虞的乡贤教育、孝德文化正在深入人心，影响彰显，也体现出上虞这座道德文化积淀深厚的新兴城市，其精神文明建设扎根群众，硕果累累。出租车是城市形象的一个流动窗口，我要再次感谢这位"的哥"的善举，他让我感到无比的自豪！

顺致夏安

在沪虞籍乡亲　王如松　敬启

二〇一二年六月十八日

王泉根

王泉根(1949—),笔名文也博,上虞章镇人。北京师范大学教授,博士研究生导师。1981年,毕业于西南师范大学中文系。1984年,浙江师范大学中国现代文学专业研究生毕业,获杭州大学文学硕士学位。曾在西南师范大学中文系任教,西南师范大学、苏州大学、同济大学文法学院兼职教授,中国作家协会专业委员会委员等。

上虞乡贤研究会尊敬的陈秋强先生:

您好,我深深地敬佩您服务乡梓、联络乡贤、研究乡土乡史乡文乡情、报效家乡的文化担当精神和无私奉献精神。您所创建的“上虞乡贤研究会”,已经成为上虞文化、浙东文化乃至中国地域文化研究的一个重要窗口、平台与桥梁。我正是在您与乡贤会的联络和感召下,这才生发起对故土、对上虞历史文化的深情——说句实话,由于少儿时期的辛酸记忆,我久已淡忘了上虞。1965年,我从章镇初级中学毕业后,无缘春晖中学而只能到复厄山区插队当“知青”。我自以为此生再无缘读书,但命运却最后让我成了一名大学生,一名教授,一名百年名校的北师大教授。而正在此时,我收到了您从上虞不断寄来的有关上虞乡贤会、上虞历史文化的通讯、资料与图书,让我真正有机会从历史文化的深处,重新认识和理解了曹娥江、复厄山生我养我的故土,我这才知道了上虞文脉的悠久、历史的荣光与人文的灿烂,这才明白了生为上虞人的骄傲——因而我是如此地感谢您与乡贤会,我相信,像我这样少小离家久已中断故土文化联系的乡贤还有很多。他们也是由于乡贤会的这座桥梁,这才重新回到了上虞,并致力于报效故乡的点点滴滴的努力。我也会努力地这样去做。

上虞文脉重浙东，乡贤络绎声望隆。
舜会百官山居赋，孝传曹娥文史通。
凤鸣舜水忆王充，月映东山思谢公。
始宁墅接白马湖，文化强市则称雄。

诚祝乡贤会声光远播，事业发达！
祝秋强会长身笔双健，再立新功！

王泉根

2013.3.3 于北师大

北京師範大學 文学院

College of Chinese Language and Literature Beijing Normal University

上虞乡贤研究会
尊敬的陈秋强先生：

您好。我深深地敬佩您服务乡梓、联络乡贤、研究乡土乡史乡文乡情、报效家乡的文化担当精神和无私奉献精神。您所创建的"上虞乡贤研究会"，已经成为上虞文化、浙东文化乃至中国地域文化研究的一个重要窗口、平台与桥梁。我正是在您与乡贤会的联络和感召下，这才生发出对故土、对上虞历史文化的深情——说句实话，由于少儿时期的辛酸记忆，我久已淡忘了上虞。1965年，我从章镇初级中学毕业后，无缘考取中专而只能到覆卮山区插队当"知青"。我因此发誓此生再也无

①

地址：北京西城区新街口外大街19号　　邮政编码：100875
电话：58808277　　传　　真：58805592
网址：http://www.chinese.bnu.edu.cn

北京师範大學 文学院

College of Chinese Language and Literature Beijing Normal University

缘读书。但命运却最后让我成了一名大学生，一名教授，一名百年名校的北师大教授。而在此时，我收到了信从上虞不断寄来的有关上虞乡贤会、上虞历史文化的通讯、资料与图书，让我真正有机会从历史文化的深处，重新认识和理解了曹娥江、覆卮山：生我养我的故土。我这才知道了上虞文脉的绵长、历史的荣光与人杰的灿烂，这才明白了生为上虞人的骄傲——因而我是如此地感谢您与乡贤会。我相信，像我这样少小离家、久已中断故土文化联系的

地址：北京西城区新街口外大街19号　　邮政编码：100875
电话：58808277　　传　真：58805592
网址：http://www.chinese.bnu.edu.cn

北京师範大學 文学院

College of Chinese Language and Literature Beijing Normal University

乡贤还有很多，他们也是由于乡贤会的这座桥梁，这才重新回到了上虞，并致力于报效故乡的这项伟大的努力。我也会努力地这样去做。

上虞文脉重渐来，乡贤铎铎声望隆。
舜会百官山居赋，孝传曹娥文史通。
凤鸣舜水儿王充，月映东山恩谢公。
始宁墅横白马湖，文化强市则能雄。

诚祝乡贤会声光远播，事业发达！
祝秘强会长年笔双健，再立新功！

王泉根
2013.3.2于北师大

地址：北京西城区新街口外大街19号　　邮政编码：100875　　③
电话：58808277　　传　真：58805592
网址：http://www.chinese.bnu.edu.cn

王基铭

王基铭，1942年生于上海，原籍上虞百官。中国工程院院士、全国政协委员、石油化工及工程管理专家。曾任上海石化股份公司理事长、总经理，中国石化公司副总经理，中国石化股份公司总裁，中国石化股份公司副董事长、中国企联执行副会长，中国石油和石化工程研究会名誉理事长。

秋强会长：

您好，很高兴收到您的信函，首先祝贺您评为道德模范。上虞乡贤会成立以来为联接游子情怀、传承乡贤文化做了大量卓有成效的工作，乡贤会已成为联系乡友增进乡情友情的桥梁和纽带，也是传承乡贤文化的平台和窗口。在乡贤研究会进入新的第二个十年之际，衷心祝愿乡贤会越办越好，乡贤研究硕果累累。祝虞籍乡亲家庭幸福，身体健康。祝会长吉祥安康！

王基铭

二〇一二年三月二十三日

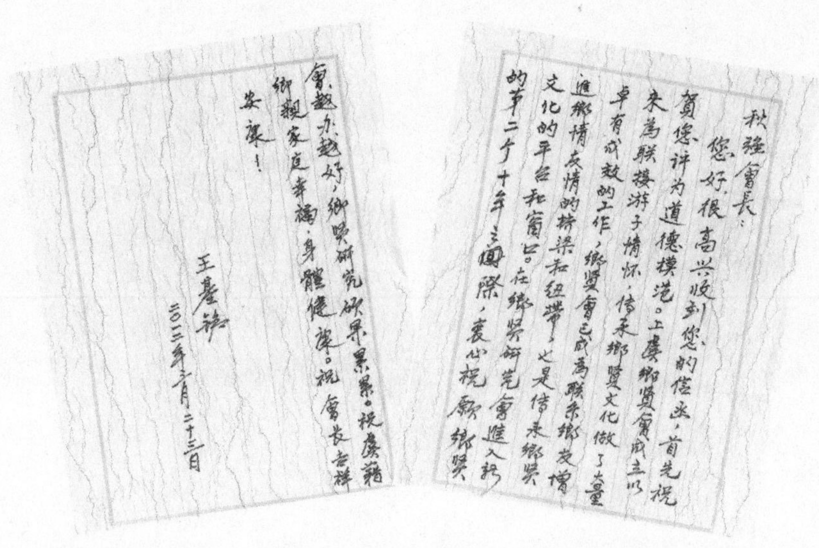

秋強會長：

您好，很高兴收到您的信函，首先祝賀您评为道德模范。上虞鄉賢會成立以來為联接游子情怀、传承鄉賢文化做了大量卓有成效的工作，鄉賢會已成為联系鄉友增進鄉情友情的桥梁和纽带，也是传承鄉賢文化的平台和窗口。在鄉賢研究會進入新的第二个十年之際，衷心祝願鄉賢會越办越好，鄉賢研究硕果累累。祝虞籍鄉親家庭幸福，身體健康。祝會長吉祥安康！

王基铭

二〇一二年三月二十三日

王瑞庭

王瑞庭(1920—2001),上虞小越越北村人。1941年,赴苏北盐城参加新四军。在军部抗大五分校学习结业,任苏中新四军一师二旅供应部会计、会计股长。1944年,任苏南行政公署财经处财政科长。1945年随部队撤至山东,先后任华东军区后勤部审计科长、大连华东办事处华顺商行经理。1949年起,任青岛国棉一厂副厂长、厂长。1952年调中央纺织工业部,负责建设北京国棉一厂、二厂、三厂。1956年,被派往缅甸援建纺织厂,任专家组长。1959年起,历任纺织工业部建设司副司长、机械局副局长、纺织机械总公司副经理、轻工业部机械局副局长。1978年,任纺织工业部副部长。

陈秋强同志:

你好!

寄来的信收到好久了,近一段时间我身体欠佳,孩子们工作较忙,将复信耽误了,请谅解。

现将王瑞庭同志生平简历及生前不同时期的几张照片共7张寄给你,照片后面有详细说明如下:

①1956年赴缅甸援建纺织厂与援缅纺织专家部份[1]人员合影,右第一人是王瑞庭。

②1973年到欧洲考察化纤纺丝设备时的照片两张。考察回来引进了弹力丝机,并组织专业技术人员测绘消化吸收,并建立化纤机械厂制造。

③1978年作为中国石油化纤技术考察团赴日本考察,与日本同行们的合影,前排左第5人是王瑞庭。

④1985年江苏常州喷丝板厂建成,投产仪式的照片。前排左第5人是王

① 信件原文如此。

瑞庭。该厂生产的产品，是为仪征化学纤维厂配套的关键配件之一。

另附上一篇王瑞庭逝世周年，江苏仪征化学纤联合公司离退休干部处的同志对王瑞庭的纪念文章，反映他在建设仪征化学纤维厂工作时的工作作风以及待人处事的品质。

对于寄去的这些材料，你看是否可以，有其他还须要说明的可来信。

此致

敬礼

王瑞庭家属江菊生

2004.7.30

中国纺织机械工业总公司便函

（　）纺机　　便字第　　号

陈钦强同志

你好：

寄来的信收到好久了，近一段时间我身体欠佳，孩子们工作较忙，将复信耽误了，请谅解。

现将王瑞庭同志生平简历及生前不同时期的几张照片共7张寄给你。照片后面有详细说明如下。

①1956年赴缅甸援建纺织厂时与援缅纺织专家部份人员合影，右第一人是王瑞庭

②1973年到欧洲考察化纤纺丝设备时的照片。当时考察回来引进了弹力丝机，并组织专业技术人员测绘消化吸收，并建立化纤机械厂制造

③1978年作为中国石油化纤技术考察团赴日本考察，与日本同行们的合影，前排左第5人是王瑞庭

④1985年江苏常州喷丝板厂建成投产仪式的照片，前排左第5人是王瑞庭，该厂生产的产品是为仪征化学纤维厂配套的关键配件之一。

另附上一篇王瑞庭逝世周年江苏仪征化纤联合公司离退休干部处的同志对王瑞庭的纪念文章，反映他在建设仪征化学纤维厂工作时的

中国纺织机械工业总公司便函

（　）纺机　　便字第　　号

工作作风以及待人处事的品质。

对于寄去的这些材料，你看是否可以，有其他还须要说明的可来信。

此致

敬礼

王瑞庭家属 江菊生

2004-7.30.

王嘉良

王嘉良(1942—),上虞人,教授,博士生导师,硕士生导师。1965年毕业于浙江师范学院中文系,留校任教。后任浙江师范大学学术委员会副主任、文学研究所所长,浙江省茅盾研究学会副会长、省鲁迅研究学会副理事长、省现代文学研究会副理事长。

秋强先生:

大示并惠赐墨宝俱悉。本月上旬应邀赴京参加教育部会议,日前始返回。尊函未能即时回复,祈请谅宥。

上虞乡贤研究会成立至今,于地方文化建设贡献良多,在省内外声誉日隆,先生倾情于此,厥功至伟,私心甚为感佩。作为虞籍乡人,前此承蒙多番关照,此次又获赠先生手书之金庸大作,无任感荷。书法精品,自当珍藏。在此特表深切谢忱。耑此布复,顺颂

时绥

王嘉良敬上

七月十二日午后

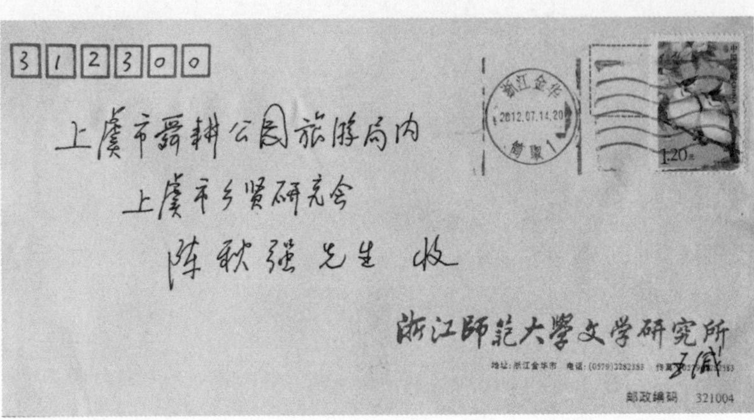

秋强先生：

大札并惠赐墨宝俱悉。本月上旬应邀赴京参加教育部会议，日前始返回，尊函未能即时回复，祈请谅宥。

上虞乡贤研究会成立至今，于地方文化建设贡献良多，在省内外声誉日隆，先生倾注于此，厥功至伟，私心甚为感佩。作为虞籍乡人，前此承蒙多番关照，此次又获赠先生手书之金庸大作，尤深感荷。书法精品，自当珍藏，在此特表深切谢忱。耑此布复，顺颂

时绥

王嘉良敬上

七月十二日午后

XIN YU ZHI PIN　　　书法竖线

车广荫

车广荫(1939—)，笔名始宁，上虞崧厦人，中国书法家协会会员；浙江省书法家协会三届理事；绍兴市书法家协会顾问；绍兴市政协墨华书画院顾问；浙江省逸仙书画院常委；曾任绍兴市书法家协会副主席，上虞书画院院长。作品多次参加中国书法家协会主办的中国当代青年书法展、中日友好自咏诗书法交流展、中国近代书法展，浙江省第一届全浙书法大展，2009年浙江省60周年书法精品展，1999年赴日本西宫市举办书法作品展。作品入选2002年和2003年由中国美术学院出版社出版的浙江现代书画家作品集《艺海掇英》和《西湖墨韵》。

秋强兄：

时值阳历年末，让我衷心祝愿我的挚友新年阖家安乐，吉祥如意！

寄上贺令岳九秩华诞的寿联。书前我思虑到您是我数十载交往的挚友，您岳父又道正德高，养育的子孙发达幸福，今又是九十岁的华诞，所谓三位一体，是我该大书特书的寿幛。因此联文再三斟酌，终于成稿："传家有道树茂花盛，长寿无岁山高海深。"您大概一定会称是的。我花了一整天写就对联，自己颇觉满意，您最好亲笔绘一幅中堂，你画我书，挂在喜庆的寿堂里，肯定会引得你老岳父和亲朋的赞叹的，那番情景你一定要告诉我噢。

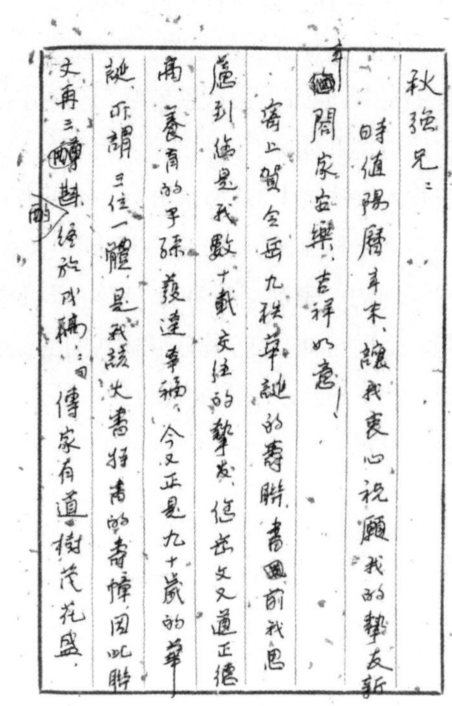

秋強兄：

時值陽曆年末，讓我衷心祝願我的摯友新年闔家安樂，吉祥如意！

寄上賀令岳九秩華誕的壽聯。書前我思慮到您是我數十載交往的摯友，您岳父又道正德高，養育的子孫發達幸福，今又是九十歲的華誕，所謂三位一體，是我該大書特書的壽幛。因此聯文再三斟酌，終於成稿："傳家有道樹茂花盛

真是光阴如箭，日月似梭，从曹娥中学二楼那瓦片屋里写书，到此时给你写信，一晃已过了三十多个春秋。以前我是拼搏社会，现在是静悟人生。虽然我没有大的作为，但也有了三件可使我欣慰的事：一是办了一个报社；二是练了一手书法；三是我有一个温馨的家庭和几位感情真挚的友朋。一个曾经背着父亲的历史包裹，后来又因“文革问题”蒙受委屈的普通函授教师，能有如此光景，我真要感激佛的保佑了。新年开始，我着手做的事情是筹备出一本书法集，向你和志坤兄学习，留一些鸿爪雁泥吧！再重复提一下，我寄出的这副寿联，是我出手的较好的作品，因为六尺对要把握笔法的力度和韵味，字法的平衡厚重，章法的大气瞩目，是较困难的，我准备将它收入书法集中，请您留给我一张照片（并底片），切记！

草草杯盘共笑语，昏昏灯火话平生。写着写着，脑中突然跳出八九年前在深圳的一家酒店里和你“呵呵！”相吟这共震心弦的一首丰子恺先生的名句。是啊，我们之间似有很多共同的经历、共同的感悟、共同的心声。愿我们同在人生的秋阳中漫步共勉！

再祝

新年好

愚弟

广荫

于二〇〇八年十二月卅日杭州灯下

一手書法，三是我有一個溫馨的家庭和純佳感情真摯的友朋。一個曾經背着父親的歷史包袱、後來又因「文革問題」蒙受委屈的普通的函授教師、能有如此光景，我真要感激佛的保祐了。新年開始，我着手做的事情是準備出一本書法集，向佛和志坤兄學習，留一些雁泥（鴻爪泥）吧，（再重複提一下）我寄出的這副對聯（算是我出手的）較好的作品，因為它反對要把握筆法的力度和韵味，字法的平衡厚重，章法的大氣，固然是較困難的，我準備將它收入書法集中，請您留給我一張照片（有底片），切記！

草草杯盤供笑語，昏昏燈火話平生，寫着寫着，眼中突然跳出八、九年前去深圳的一家酒店裏和你相吟這共震心弦的一首豐子愷先生的名句。是啊，我們之間似有很多共同的經歷、共同的感悟、共同的心聲，願我們同在人生的秋陽中共勉（優游）！

再祝

新年好！

愚弟 韋德麟拈

二〇〇八年十二月卅日 杭州燈下

车益祥

车益祥（1950— ），上虞谢塘堰头（今属谢家塘村）人。毕业于安徽师范大学中文系。曾任安徽省阜阳军分区政治部主任、军分区政委，中共阜阳市委常委。系中国美术家协会、书法家协会安徽分会会员，出版有《车益祥画集》。

陈会长：

你好，虽没有见过面，但非常感谢对我们在外的虞籍人的关爱。你们寄来的新年贺卡收到了，感谢鼓励。值此我也向你并向为乡贤研究会辛勤工作的各位先生，致以新年的祝福，祝你们新年吉祥，万事如意；祝研究会兴旺，为弘扬中华文化、促进上虞经济社会发展作出新的贡献。

寄上我的一本小册子，请先生教正。

致

礼

车益祥

2004年12月30日

中国人民解放军 安徽省阜阳军分区

陈会长：

你好，虽没有见过面，但非常感谢对我们在外的虞籍人的关爱。你们寄来的新年贺卡收到了，感谢鼓励。值此我也向你并向为乡贤研究会辛勤工作的各位先生，致以新年的祝福。祝你们新年吉祥，万事如意；祝研究会兴旺，为弘扬中华文化、促进上虞经济

中国人民解放军 安徽省阜阳军分区

社会发展中作出新的贡献。

寄上我的一本小册子，请先生教正。

致

礼。

车益祥

12-30/2004

车越乔

车越乔(1932—),绍兴马山车家弄村人。1950年进香港大公书局。系浙江省政协委员、香港浙江省同乡会联合会理事会永远名誉会长、香港科学仪器社董事长,政协墨华书画院名誉院长,颇有书卷气的儒商。

秋强乡兄:

十一月十六日大函收悉,弟近因公司事务较忙,故而迟复请谅。在陈桥驿教授庆祝会上,错失与你交谈机会,可望在短期内来上虞时补回。

近日看中央电视台藏宝节目播放上虞收藏,这颇出于我意料之外,但回头一想,上虞和绍兴都是中国历史文化名城,而在电视上观众也能拿出不少真品和精品。

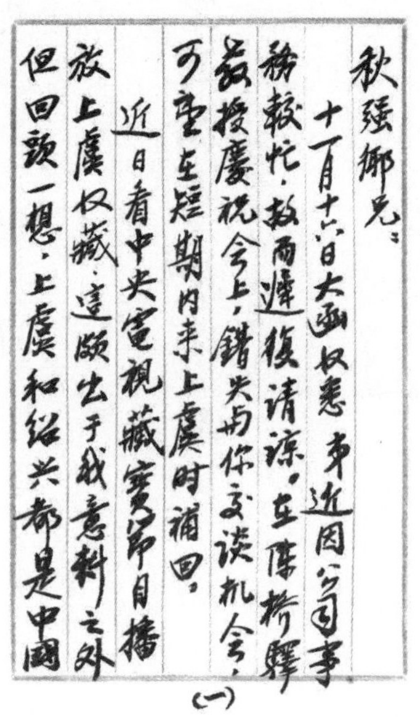
秋強鄉兄:
十一月十六日大函收悉,弟近因公司事務較忙,故而遲復請諒。在陳橋驛教授慶祝會上,錯失與你交談機會,可望在短期內來上虞時補回。
近日看中央電視藏寶節目播放上虞收藏,這頗出乎我意料之外,但回頭一想,上虞和紹兴都是中國
(一)

弟现想知道近来上虞政府对历史文化的展览设施有新建设吗?还有上虞对徐三庚乡贤有研究否?望告。

你对越文化研究方面的贡献,我也有听闻,而李玉兔先生谢世后,越文化研究便无多大进展,甚感可惜。

匆匆草此并祝

新年快乐

车越乔书于香港

二〇一一年十二月十日

歷史文化名城，而在央視上觀衆也能
拿出不少真品和精品。
弟現想知道近来上虞政府对
历史文化的展览設施有新建設嗎？
還有上虞有人研究篆刻名家对
徐三庚鄉贤有研究否？望告。
你对越文化研究方面的貢獻，我也有
聽聞，而李玉兔先生謝世後，越文

（二）

化研究，便無多大進展，甚感可惜。
匆匆草此 並祝
新年快樂
弟越喬书于香港
二〇一一年十二月十日

（三）

贝冠祺

贝冠祺(1934—),上虞岭南乡许岙村人。1951年在杭州参军。1957年考入哈尔滨军事工程学院无线电通讯专业,毕业后留校工作。1989年调第一军医大学,任中心实验室高级工程师。获国防科工委科技进步二等奖;先后获嘉奖13次,其中三等功两次。系全军医学计量科学技术委员会委员,中国电源学会咨询部科技开发专家组成员。其事迹收入《全军院校名师大典》《中国专家大辞典》《广东高级专家大辞典》和《中国专家人名辞典》。

陈秋强会长:

8月17日寄出信,转念一想,象(像)我一类上了年纪的人再难以直接为家乡作贡献,倒是对祖籍有热心的下一代有其优势。我儿贝东上了《越中名人谱》,曾向家乡——岭南乡许岙村捐赠五万元,如今从事个体旅游、保健,属于白领在挣够钱后,干他喜欢的事一类人物(注:他主动辞取,多次挽留)。我女儿倒是处在上升期,她的业绩于2011.6.30提供给上虞市档案局,现抄录如下:

贝红,女,1969年生,祖籍上虞岭南乡许岙村,广州白云国际机场海关旅检处处长,从2005年到2008年组织该处查获毒品走私案2000宗,缴获各类毒品27843克,获三等功1次、广州海关嘉奖、优秀党务工作者。获旅检处集体一等功和各类先进集体4次。中央电视一台于2007.10.31的“东方时空”播放了对她的专访,中央9台重播。2011.1.18由我国海关总署记一等功。2011年4月,国家人力资源和社会保障部、国家体育总局、解放军总政治部、中国残疾人联合会、中共广东省委员会、广东省人民政府联合授予“广州亚运会、亚残会先进个人”,她领导的旅检处同时获“广州亚运会、亚残会先进集体”。2011年7月获广东省直属机关优秀共产党员称号。

注：以上事迹，除中央电视台的内容外，均有复印件（已寄市档案局），从略。

致礼

贝冠祺

2011.8.19

南方医科大学

李秋江会长：　8月17日寄出后，转念一想，象我一类上了年纪的人再难以直接为家乡作贡献，但是对祖籍有热心的下一代有其优势。我儿贝某（上了《越中名人谱》）曾向家乡——岭南乡许岙村捐赠五万元，如今从事个体旅游、保健，属于白领在挣够钱后干他喜欢做的事的一类人物（注：他主动辞职，多次挽留）。我女儿倒是处在上升期，她的业绩于2011.6.30提供给上虞市档案局，现抄录如下：

贝红，女，1969年生，祖籍上虞岭南乡许岙村，广州白云国际机场海关旅检处处长，从2005年到2008年组织该处查获毒品走私案2000宗，缴获各类毒品27843克，获三等功1次、广州海关嘉奖、优秀党务工作者。获该旅检处集体一等功和各类先进集体4次。中央电视一台于2007.10.31的"东方时空"播放了对她的专访，中央9台重播。2011.1.18由我国海关总署记1等功。2011年4月，国家人力资源和社会保障部、国家体育总局、解放军总政治部、中国残疾人联合会、中共广东省委员会、广东省人民政府联合授予"广州亚运会、亚残会先进个人"，她领导的该旅检处同时获"广州亚运会、亚残会先进集体"。2011年7月获广东省直属机关优秀共产党员称号。

地址：510515（邮编）广州市同和南方医科大学121幢2303室。注：她家离我家20分钟路，家中成天无人，说搬就搬，但是我的地址不会变。

单位：广州白云国际机场海关旅检处（510470广州市白云区人和镇广州白云空港四路横一路）

电话：020-81101988，36066541或81101991（我只处）（24小时值班室）　手机：13503030710

电子邮箱：（我未问她）

注：以上事迹，除中央电视台的内容外，均有复印件（已寄市档案局），从略。

致礼！

贝冠祺　2011.8.19

孔柏基

孔柏基(1932—2018),上虞人,擅长绘画。1944年拜师学画。1948年毕业于上海中华职业学校,1951年从事版画创作。曾任上海戏剧学院美术系主任、副教授。作品有《孔柏基固体油画集》《天安门诗抄画集》等。1986年,他被《日本美术年鉴》称为“新锐巨匠”,同年赴美。

秋强会长:

你好!

首先祝您新春快乐,万事如意!

来信早已收到,寄来的有关报导等资料,我均认真的(地)阅读了,您的期望,使我感动良久,谢谢您对我的鼓励,我均心领了。

事有凑巧,前一时期,我内人突然发急性炎症,因而进了医院抢救,历时二个星期,现在总算脱险,然而仍在治疗中。为此,使我日夜在医院相守照顾,因而未能及时复信,尚祈见谅为盼。

方静市长对我的关心,以及近日来的连续质询,我均铭记在心。她对我的鼓励和关切,使我深深体会到:故土的领导,非常关切着我们这些浪迹海外的游子,使我深受感动和鼓舞。盼望会长方便时,转告方静市长,并代我向她表示诚挚的谢意和敬意。

我到美国已经近三十年了,这三十年来,在异国他乡的经历确实是坎坷曲折的,但是事实证明,我的艺术经历和实际创作,绝对离不开

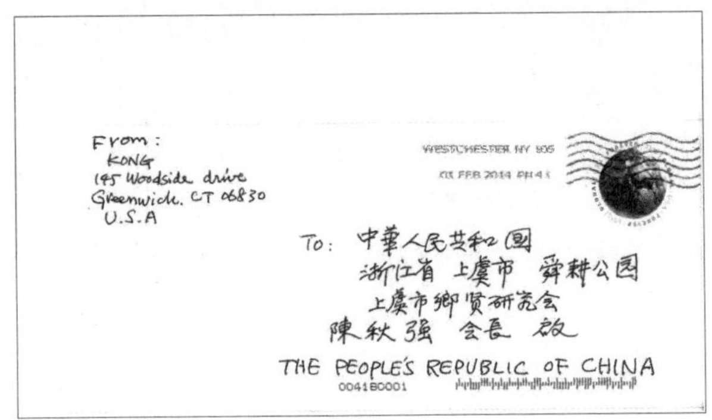

故土的血脉传统。二○○五年，我为上海国际会议大厅所作的巨幅壁画，以及二○一二年我在北京中国美术馆所举行的大型个人画展，客观的反响都证明了这点。对于故乡上虞，是我梦寐中常遇的故土，是我的灵魂中无法抹去的响(向)往之地。目前我何时可以回到上虞，一下子尚无法确定下来，但我的目标，争取在今年下半年，一定回故乡上虞去，届时，我将会拜见会长及方静市长，并请求您们为我规划一下我能去拜访那些景点比较妥当，我也争取在故乡画一批写生作品，以稍为缓解一下我的乡愁之苦。

当我有了具体的计划，我一定会预先向您报告，并等待着您们的指示。

冬天即将过去了，春天也即将来临。随着时光的消逝，我越益怀念故乡上虞，我盼望我能早日回到故乡，和您们相会。

顺祝

愉快

孔柏基

二○一四.一.三十一.

石瀛潮

石瀛潮(1944—　),自幼喜爱绘画,曾为上海美术协会会员,上海《文汇报》美术编辑,主要从事版画、连环画的创作。20世纪90年代初应邀赴美国举办中国画个展,并定居美国,在洛杉矶成立“瀛潮画室”,出版了《石瀛潮速写集》《石瀛潮钢笔动物画选》《石瀛潮丙烯画帆船系列》《石瀛潮水墨画选》等画册。

崔苗军主任转上虞市乡贤研究会:

感谢您的热情接待,还有陈会长的采访报导(道),倍感家乡人民的厚爱,使我这海外游子深受温暖。我已七十岁老人,做不了什么事,但如有可用之时,我会力尽自己微薄之力。如有条件许可,先能办个画展,向家乡人民汇报。

《嵇康》受托附上指正,代向陈秋强会长问安。

石瀛潮

癸巳冬月笔

卢如春

卢如春（1928—2019），又名卢如椿、卢百顺，上虞百官人。1942年起，在南湖小学、百官小学执教。1946年后，在绍兴、上海谋生。1949年参加中国人民解放军，先后在华东军区海军文化部、文化速成小学、速成中学从事文艺宣传和语文教学工作，曾立二等功两次、三等功4次。1957年起，在人民海军报社任编辑、处长。1983年起，任海军司令部《当代中国海军》编辑部副主任、主任。

上虞市乡贤研究会陈秋强会长：

首先，祝贺你荣获市“文化工作特别贡献奖”，这也是对贵会工作的充分肯定。我远离家乡，接触这方面的资料不多，但日积月累，也颇受教育，深感上虞乡贤文化根深叶茂，源远流长，意义重大。

最近我的母校实验小学与鹤琴小学举行百年庆典，这使我联想到上虞乡贤在清末民初兴办教育的历史。它在中国近代教育史上应占有一定的地位，很值得深入发掘研究。

我想谈一点关于我母亲儿时上新学堂的点滴史实。我母亲钱德珍（1899—1989），上虞丰惠东门外黄浦桥下钱家人。她家就座（坐）落在黄浦桥下河边。记得她家中箩筐什物上有“强恕堂钱”字样，不知与钱家大族是什么关系。据我母亲说，她十岁左右到附近的新学堂上过几年学，女生约占四五人，有的还缠过足。课程除国文、算学外，还有英语。体操课的教员拿着指挥刀，音乐课教唱的歌曲有“男儿当自强”之句。我少年丧父，小学肄业后在母亲督促下自学，我母亲竟能教我26个英文字母，使我第一次知道世界上还有这种文字，引起了莫大的兴趣。她八十六岁时，我向她提及此事，她仍能背诵出26个字母，一字不差，我当即录音留念，至今想来，心灵上仍感到一种震撼。

中国的近代教育发轫于中国近代海军兴建时期。为了对付帝国主义的

“坚船利炮”而“师夷长技以制夷”，各类海军学堂相继诞生。学堂课程与旧学堂截然不同，包括天文、地理、航海、机电、枪炮及外文。这是1867年至1893年间的事。至于对中国社会上一般的普通教育而言，则远未实行近代科学文化的教学内容。上虞如此开风气之先，1907年即有王星泉、王立贤等先贤“国强思变、兴学救国”，创办“上德小学堂”，还有王佐等先贤开办上虞算学堂。至于像我母亲就读的不知名的新学堂，不知还有几处。在封建教育和守旧势力占统治地位的历史条件下，诸先贤兴办新学可说是惊世骇俗之举，而泽被后人，更是功不可没。我就亲身感受到，我母亲当年对我学习英语的启蒙，直接影响到我以后的自学英语、搞翻译。

我已耄耋之年，自愧不能亲自到家乡作(做)调查研究。以上不揣浅陋，草草成文，只是想给有志于此者提供一点线索，冀有助于对上虞乡贤创办新学的历史研究。祈便中一阅为感！敬祝

新年快乐，取得更大成就！

海军离休干部卢如春

2007年12月27日

第　页

中国的近代教育发轫于中国近代海军发达时期。为了对付帝国主义的"坚船利炮"而"师夷长技以制夷"，各类海军学堂相继诞生。学堂课程与旧学堂截然不同，包括天文、地理、航海、机电、枪炮及外文。这是1867年至1893年间的事。至于对中国社会上一般的普通教育而言，则迟未受到近代科学文化的教学内容。上虞如此开风气之先，1907年即有王星泉、王圭贤等先贤"团结同志、兴学救国"，创办"上虞小学堂"，还有王佐等先贤开办上虞算学堂。至于像我因幸就读的不知名的新学堂，不知还有几处。在封建教育和守旧势力占统治地位的历史条件下，诸先贤兴办新学可说是惊世骇俗之举，而泽被后人，更是功不可没。我就亲身感受到，我由青年时对我学习英语的启蒙，直接影响到我以后的自学英语、搞翻译。

我已耄耋之年，自愧不能亲自到家乡作调查研究。以上不揣浅陋，草草成文，只是想给有志于此者提供一点线索，冀有助于对上虞乡贤创办新学的历史研究。祈便中一阅为感！　敬礼

新年快乐，取得更大成就！

海军离休干部卢如春

25×20=500　　《当代中国》丛书海军分卷编辑部稿纸

2007年12月27日

叶 谦

上虞人，军衔大校。

陈秋强同志：

遵嘱寄上工作照片两张，一张是1964年随叶剑英元帅视察技术革新成果，当时我负责记录叶帅的指示。照片中左二是谭友林将军（曾任工程兵副司令、兰州军区政委），左三是我。另一张是陪同外宾参观南京紫金山天文台。前排戴眼镜的是我。这位外宾曾任瑞典国防部装备局局长，退休后我们以××公司名义邀请他来华讲学一月，这项任务由我牵头组织，在南京金陵饭店进行。

寄去的照片如不当，请勿丢失，望退回。

叶谦

2001.12.10

田任樸

田任樸(1925—)，原名田宗佑，上虞小越前田村人(今属田家村)。

陈会长：

三次寄来的小报均收到，谢谢。

现寄上本人在纪念抗日战争胜利纪念那天拍的照片一张，请留念。

我是一九二五年出生于前田村，在家乡的名字是田宗佑、国桢，现名田任樸。

幼年时与母亲袁韵卿居住田家故居；在六七岁时离开前田村，随袁家舅舅居住上海、南京，最后定居上海，在高三时经地下党介绍参加了新四军。

离家八十多年，去年清明节带领孩子们回前田村，看到家乡的变化，非常亲切，非常高兴，特别听年岁大些的乡亲，还记得田宗佑的名字，很是感动。

望今后多联系。敬祝

安好

前田村人　田任樸

二〇一五年九月九日

田沛泽

田沛泽(1925—),上虞驿亭镇五夫村人。大专文化,副研究员。1950年中华音乐院理论作曲专业毕业,先后在上海市军管会文艺处、音协上海分会、上海市文化局工作,历任干事、辅导部长、上海市歌咏团体联谊会主席。1953年,任上海乐团办公室副主任。1957年,任上海市群众艺术馆辅导部副主任、音乐舞蹈室负责人。离休后,任《中国民间歌曲集成》上海卷副主编,《上海市群众文化志》编委、撰稿人。系中国音乐家协会、中国群文学会、上海市退(离)休高级专家协会、上海民间文艺家协会会员,上海市老年音乐学会副秘书长,上海江南丝竹协会、上海口琴协会顾问。

陈秋强同志:

明年是何畏老乡亲百岁华诞(虚岁),我们旅沪乡亲准备为他编一本《庆祝何畏乡贤百岁华诞影画集》。内容有:1.革命人生;2.寿星风采;3.与干部工作的同仁在一起;4.与体育干部在一起;5.与家人在一起;6.情系故乡;7.来之不易的荣誉;8.何畏画作;9.何畏著作。我们想请你写一篇序言,望勿推却。篇幅与交稿时间不限,只要给我留下制作的时间。

我们还想请郑建庆同志题词,因不详他的通讯地址,附上一纸请转交。

顺颂

暑安

田沛泽

2011.8.15

陈秋强会长：

委约你写得《序》已收到，写得非常精彩。何老也非常高兴，要我谢谢你。

《影画集》有两篇序言，另一篇由上海新四军研究会的戚南强撰写，两文各有特点，很少重复，使《影画集》大为增色。谢谢！谢谢！

请你转约郑建庆部长写的题词也已寄来。

敬祝

秋安

田沛泽

2011.10.24

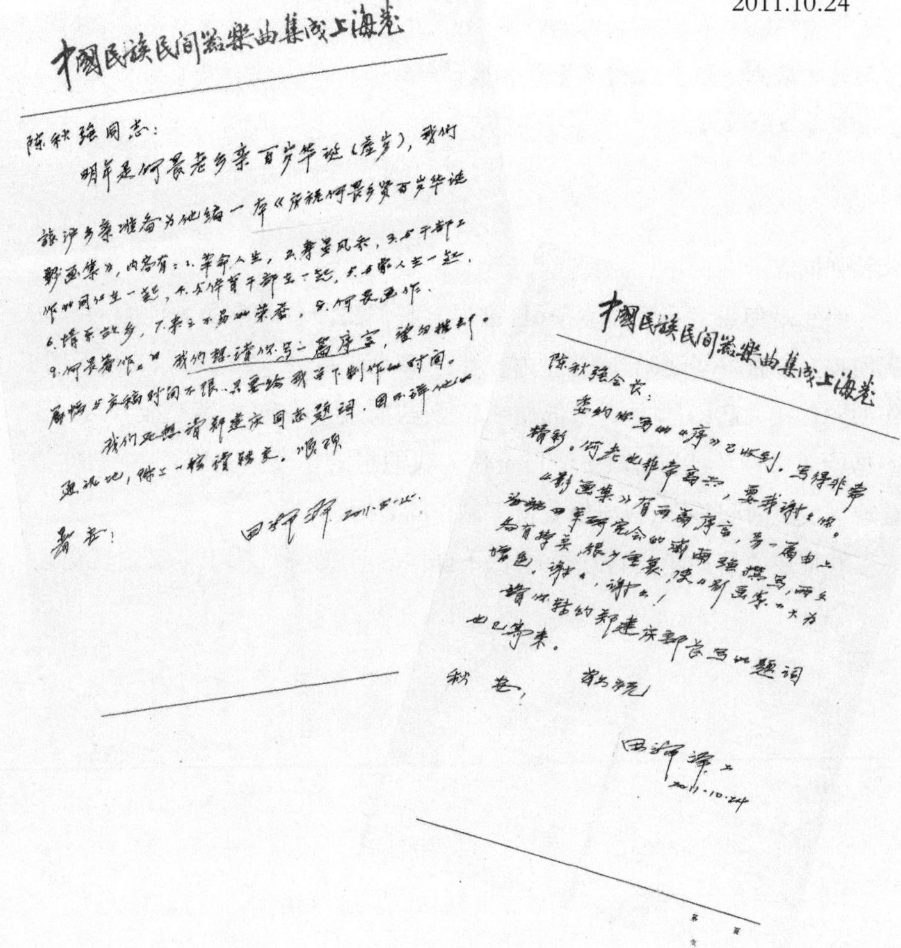

中國民族民间器乐曲集成上海卷

陈秋强同志：

明年是何甚老乡亲百岁华诞（虚岁），我们旅沪乡亲准备为他编一本《庆祝何甚乡贤百岁华诞影画集》，内容有：1.革命人生，2.粤军风采，3.与干部工作的同志在一起，4.与保育干部在一起，5.与家人在一起，6.情系故乡，7.来之不易的荣誉，8.何甚画作、9.何甚著作。我们想请你写一篇序言，请勿推却。届时出定稿时间不限，只要给我们留下制作的时间。

我们也想请郑建庆同志题词，因不详他的通讯地址，附上一份请转交。顺颂

著安！

田沛泽 2011.8.22

中國民族民间器乐曲集成上海卷

陈秋强会长：

委约你写的《序》已收到，写得非常精彩。何老也非常高兴，要我谢谢你。

《影画集》有两篇序言，另一篇由上海新四军研究会的戚南强撰写，两文各有特点，很少重复，使《影画集》大为增色。谢谢，谢谢！

请你转约郑建庆部长写的题词也已寄来。

敬祝

秋安，

田沛泽上

2011.10.24

田建业

田建业(1931—),杜亚泉外孙,浙江萧山人,中共党员。曾入上海交通大学机械系学习,抗美援朝时弃学参加革命,从事机关工作,在上海市二轻局党校退休。与人合作编纂《杜亚泉文选》《杜亚泉文存》等。

陈会长:

您好。值此新春到来之际,先向您拜个年,祝新年快乐,身体健康,阖家幸福。

来函及附寄的乡贤研究会的六年工作总结已收悉,谢谢。看后深受感动和鼓舞。贵会对故乡文化遗产的挖掘和乡贤精神的发扬,确是做了大量的工作,取得了很大成绩。现在,我们祖国的社会主义现代化建设事业正在大步前进,文化建设作为其中的一个重大方面,急需紧紧跟上。因此,弘扬地方文化遗产,发挥地方文化优势,特别是在像上虞这样一个具有悠久历史和丰富文化遗产的古老地域,具有重大的历史意义和社会价值。贵会在这方面的贡献,功不可没。我很钦佩您在这项工作中的认真和执着的精神,祝您在今后工作中取得更大成就。

您要我提点意见,由于我对上虞的乡贤情况知之甚少,因此难予承当,谨就思考所及,略提一二:

一、建议贵会的工作重点,继续放在深入挖掘的方面。例如已做的成立专题研究小组,举办专题研讨会、出版乡贤文化专辑等,都很好。只是这方面最好事后有一些情况报导(道),带有综合性,但也不宜太长。例如可在每期通讯中设一个“乡贤文化研究”之类的栏目,每篇可在三五百字,甚至千把字,这样可以写得深一点。

二、通讯中一般的来信,联络活动之类的内容,似可减少。

三、研究会的活动经费,不知是否有来源,如有困难,可否考虑在经济条

陈会长：

您好。值此新春到来之际，先向您拜个年，祝新年快乐，身体健康，阖家幸福。

来函及附寄的乡贤研究会的六年工作总结已收悉，谢谢。看后深受感动和鼓舞。贵会对故乡文化遗产的挖掘和乡贤精神的发扬，确是做了大量的工作，取得了很大成绩。现在，我们祖国的社会主义现代化建设事业正在大步前进，文化建设作为其中的一个重大方面，急需紧紧跟上。因此，弘扬地方文化遗产，发挥地方文化优势，特别是在像上虞这样一个具有悠久历史和丰富文化遗产的古老地域，具有重大的历史意义和社会价值。贵会在这方面的贡献，功不可没。我很钦佩您在这项工作中的认真和执着的精神，祝您在今后工作中取得更大成就。

您要我提点意见，由于我对上虞的乡贤情况知之甚少，因此难于承当，谨就思考所及，略提一二：

一、建议贵会的工作重点，继续放在深入挖掘的方面。例如已做的成立专题研究小组、举办专题研讨会、

件较好的乡贤中，不定期的收集(赞助)一点。

四、我特别希望贵会对杜亚泉先生的研究工作予以重视。这个希望，不是出于我对前辈的感情，而是出于我对亚泉先生的著作和思想对我国的文化建设和思想现代化，以及对青年学子的教育影响的重要价值的认识(请参见《上虞乡贤文化》第四辑中拙著《让溪水流入人们心田》)。1993年11月，上虞市政府、上海历史学会曾在上虞联合举办全国第一届关于亚泉先生思想的研讨会；去年，据说浙江省已将出版亚泉先生全集列为浙江建设文化大省的一个内容；最近，长塘杜亚泉中学也已将杜亚泉纪念室筹建就绪，正在装璜(潢)布置之中，并准备申报一个杜亚泉网站，但经济遇到困难。我很希望贵会能对亚泉先生的研究、宣传、扩大影响的工作给予大力的支持和推动。我认为，对亚泉先生思想的挖掘、研究和宣传工作，随着时间的推移，一定会越来越显出它的重大意义。

随信附上拙文《杜亚泉曾经描绘的和谐社会蓝图》，及此文获得的“国际优秀论文奖”复印件各一份。此文虽具我名，但其基本内容都是引杜的原著，说明杜的著作、思想在当今社会(乃至国际上)仍具有现实意义。

最后，我不得不告诉您一个不幸的消息：其执先生已于2月3日去世，他

最后是因肝硬化、腹水、大出血去世的，享年88岁。一切后事均已处理完毕，可请勿念。

再次祝您新春快乐，身体健康。

田建业

2月21日

出版乡贤文化专辑等，都很好，只是这方面最好事后能有一些情况报导，带有综合性，但也不宜太长。例如可在每期通讯中设一个"乡贤文化研究"之类的栏目，每篇可在三、五百字，甚至千把字，这样可以写得深一点。

二、通讯中一般的来往、联络活动之类的内容，似可减少。

三、研究会的活动经费，不知是否有来源，如有困难，可否考虑在经济条件较好的乡贤中，不定期的收集（赞助）一点。

四、我特别希望贵会对杜亚泉先生的研究工作予以重视。这个希望，不是出于我对前辈的感情，而是出于我对亚泉先生的著作和思想对我国的文化建设和思想现代化，以及对青年学子的教育影响的重要价值的认识（请参见《上虞文化乡贤》第四辑中拙著《让溪水流入人们心田》）。93年11月，上虞市政府、上海历史学会曾在上虞联合举办全国第一届关于亚泉先生思想的研讨会；去年，据说浙江省已将出版亚泉先生全集列为浙江建设文化大省的一个内容；最近，长塘杜亚泉中学也已将杜亚泉纪念室筹建就绪，正在装潢布置之中，并准备申报一个杜亚泉网站，但经济遇到困难。我很希望贵会能对亚泉先生的研究、宣传、扩大影响的工作给予大力的支持和推动。我认为，对亚泉先生思想的挖掘、研究和宣传工作，随着时间的推移，一定会越来越显出它的重大意义。

随信附上拙文《杜亚泉曾经描绘的和谐社会蓝图》，及此文获得的"国际优秀论文奖"复印件各一份。此文虽具我名，但其基本内容都是引杜的原著，说明杜的著作、思想在当今社会（乃至国际上）仍具有现实意义。

最后，我不得不告诉您一个不幸的消息：其极先生已于2月3日去世，他最后是因肝硬化、腹水、大出血去世的，享年88岁。一切后事均已处理完毕，可请勿念。

再次祝您新春快乐，身体健康。

田建业

2月21日

田晓蔚

田晓蔚，小越乡贤田时霖孙女。

陈会长、副会长、小章：

你们好！很高兴看见你们发过来的消息和图片资料，那一瞬间，心情无比激动，无法言表！衷心地感谢你们不辞辛劳，为寻找能见证我爷爷遗留的痕迹和物证所作出的心血和努力，真的很不容易！

事过境迁，年代久远，还能见到爷爷当年墓碑的构件，更属不易，非常之难得。说句心里话，最近一个时期，我时不时的(地)就会想起上虞一行与你们相识的场景，同时也记挂着寻找我爷爷墓碑的事情，同时也深知这是有一定难度的……

俗话说：心有灵犀一点通，这话一点也不假。心有所想，事必有灵，真的就收到来自家乡的好消息。我们一定会找时间与家父一起回去看看的。

最后祝你们工作顺利，身体健康！

致

礼

前田村人的后人　田晓蔚

二〇一五年九月九日

绎会长、副会长、小章：

你们好！很荣幸看见你们发过来的消息和图片资料。那一瞬间，心情无以激动，无法言表！衷心地感谢你们不辞辛劳，为寻找能见证我爷爷遗留的痕迹和物证付出的心血和努力。真的很不容易！

时过境迁，年代久远，还能见到爷爷当年墓碑的残件，实属不易，非常之难得。说心里话，最近一个时期我时不时的就会想起上春一行与你们相识的场景，同时也记挂着寻找爷爷墓碑的事情，同时也深知这是有一定难度的……

俗话说：心有灵犀一点通，这话一点也不假。心有所想，必有所灵，真的就收到来自家乡的好消息，我们一定会找时间与家父一起回去看看的。

最后祝你们工作顺利，身体健康！

致

礼

前田村人的后人

田昭荫

二〇一五年九月九日

冯建荣

冯建荣，1963年9月出生，上虞人，1983年07月，毕业于绍兴师专。1983年，在共青团绍兴市委工作，历任干部、常委、组宣部副部长。工商管理硕士。1988年，在绍兴市监察局工作，任审理调研科副科长。1989年，在绍兴市乡企局工作。1996年起历任办公室副主任、主任、区委常委、常务副区长、绍兴县委副书记、代县长、绍兴市副市长、政协副主席。

秋强先生：

惠函收阅，迟复为歉。我是光明日报的忠实读者，二十几年如一日。此次蒙您所赠，使我得以重温《浙江上虞传承乡贤文化》一文，倍受鼓舞，倍受振奋。古往今来，乡贤们的身上，一直有一条文脉相承，那就是万卷万里，“读万卷书，行万里路”，一直有一种精神相传，那就是爱国爱乡；一直有一股激情相连，那就是创新创业。他们无愧为上虞人民的骄傲、时代天空的明星、当今社会的至宝。从这个意义上讲，乡贤研究会的工作，您所从事的工作，同样也是功德无量的。作为一名游子，我以满腔的热情，期待着研究会工作的日益兴旺，父老乡亲们生活的(得)更加幸福安康。

顺祝

暑祥

冯建荣

七月二日晚

秋溪先生：

惠函收閱，迟復為歉。我是光明日報的忠实讀者，二十几年如一日，此次蒙您所贈，使我得以重温，浙江上

①

虞傳承鄉賢文化一文，倍受鼓舞，倍受振奮。古往今來，鄉賢們的身上一直有一条文脈相承，那就是萬卷萬里，讀万卷書，行萬里路；

(2)

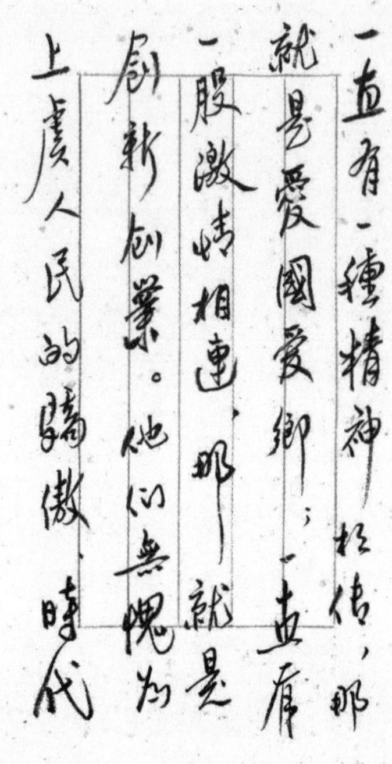
一直有一種精神在傳，那
就是愛國愛鄉；一直有
一股激情相連，那就是
創新創業。他们無愧為
上虞人民的驕傲、時代

③

天空的明星，當今社會的
瑰寶。從這個意義上讲，
鄉賢研究會的工作、您
們的工作，同樣也
是功德無量的。作為一名

④

遊子，我以滿腔的熱情，
祝願着研究會工作的日益興
旺，更祝鄉親们生活的更
加幸福安康。順祝
暑祺

馮達[illegible]
七月六日晚

⑤

陈会长：

书札捧读，殊为感佩。唯春节不在绍兴，未能赴会叙贺，实在可惜，待节后再约时间来探望您吧。

文化是一条源远流长的河，流过昨天，流到今天，还要流向明天。文化的主角是人，这正是人文一词的由来。从这个意义上讲，您致力于乡贤文化的研究、继承与弘扬，实在是功德无量的。愿更多的人来重视、从事这项有意义的事业。

祝揭幕式圆满，祝大家新年吉祥如意！

冯建荣

二月二日中午

陳會長：
書札捧讀，殊為感佩。唯春
節不在紹興，未能赴會敘賀，
實在可惜，待節後再約時間
來探望您吧。
文化是一條源遠流長的河，
流過昨天，流到今天，還要流向

明天。文化的主角是人，這正是人文
一詞的由來。從這個意義上講，您
致力於鄉賢文化的研究、繼承
與弘揚，實在是功德無量的。願
更多的人來重視、從事這項有
意義的事業。
祝揭幕式圓滿，祝大家新年吉祥
如意！
馮建榮 二月二日中午

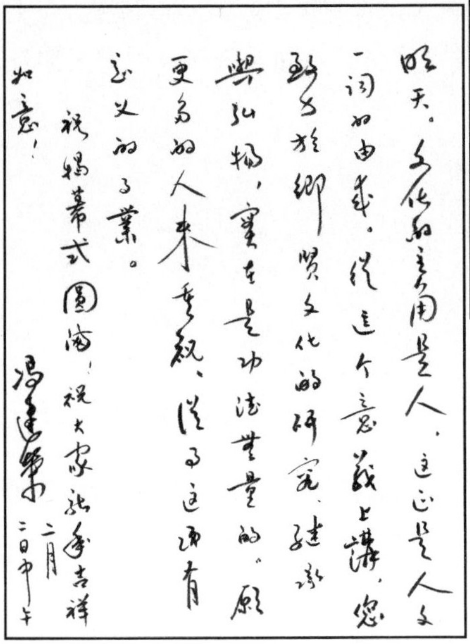

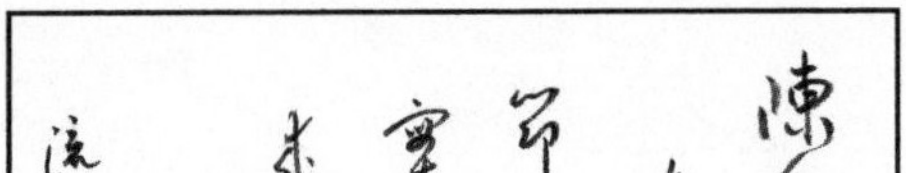

朱新法

朱新法(1963—),上虞崧厦华镇人,1988年毕业于南京大学中文系,获硕士学位,先后供职于南京出版社、新华日报,曾担任新华日报科教卫处副处长、全媒体经济新闻部副主任。现为新华日报高级记者,著有学术专著《山水风度——六朝山水田园诗研究》、中短篇小说集《日暮乡关》等。

秋强先生:

节前收到惠寄的慰问信,年来屡蒙垂顾,所赐资料均已收到,感荷感荷。无以为报,惭愧惭愧。先生早年大作,多所拜读,近年致力乡贤研究,厥功至伟,尤所敬佩。

昨夜读傅山评传,知有上虞画家徐彬曾访青主于太原,并为其造像,今所传傅山像即出其手。我孤陋寡闻,是首次了解。不知乡贤研究中有人涉及否?

奉上拙字一张,先生是书法名家,尚祈教正。

即颂

秋祺

新法于

十月二十三日

秋强先生：

节前收到惠寄的慰问信，年来屡蒙垂顾，所赐资料均已收到，感荷感荷。无以为报，惭愧惭愧。先生早年大作，多所拜读，近年致力乡贤研究，厥功至伟，尤所敬佩。

昨夜读傅山评传，知有上虞画家徐彬曾访青主于太原，并为其造像，今所传傅山像即出其手。我孤陋寡闻，是首次了解。不知乡贤研究中有人涉及否？

奉上拙字一张，先生是书法名家，尚祈教正。即颂

秋祺

[illegible]

十月廿三日

朱仰慈

朱仰慈(1936—),上虞崧厦严巷头村唐嘉桥人。上海医科大学出版社编审,中国出版工作者协作装帧艺术研究会会员,地方科技出版社装帧艺术研究会顾问,上海市编辑学会会员。著有《中国装饰纹样》《钢笔写生技法》等。

陈秋强先生:

十月六日来信早悉,当时正在校阅“钢笔写生技法”校样,未能及时回信,谅之。今书稿已出版,特寄上一本,请多指正。

九五年十月我返故里,画了一些速写,后应虞舜书画院曹松境之约,将原稿全寄他了。确实,我还想再画故乡的变化,限于时间的安排,退休虽已数年,尚在担任一些学校的专业美术教学课,如一旦能成行,定去拜访先生,当面请教。特此告知。

冬安

朱仰慈

二〇〇一年十二月十五日

上虞市乡贤研究会:

每当我读到“上虞市乡贤研究会工作简报”,总能感受到一股浓浓乡情,促人进奋。您们的工作很有意义,很有价值,也很有成效,这是积累文化,传播乡情。谢谢您们,您们辛苦了!

离乡50多年了,且很少回老家,但从未忘记童年的记忆。

随信寄上书四册，留作纪念，如有机会，定去看望大家。

致

礼

朱仰慈

2010年2月20日

陈秋强先生：

十月六日来信早悉，当时正在校阅《珠算乘除技法》校样，未能及时回信，请谅。今书稿已出版，特寄上一本，请多指正。

九九年十月我返故里，返了一些迷宫，后应虞舜书研究院曹松境先生之约，将原稿全寄他了。确实，我还想再返故乡之变化，限于时间之安排，退休虽已数年，尚在担任一些学校之专业英语教学课，如一旦稍有空闲，定去拜访先生，当面请教。先此告知。

冬安

朱仰慈

二〇〇一年十二月十五日

上虞市乡贤研究会：

每当我读到《上虞市乡贤研究会工作简报》，总能感受到一股浓浓的乡情，催人奋进。您们的工作很有意义，很有价值，也很有成效，这是积累文化，传播乡情。谢谢您们，您们辛苦了。

离乡50多年了，虽很少回老家，但从未忘记童年的记忆。

随信寄上书四册，留作纪念，如有机会，定去看望大家。

致

礼

朱仰慈

2010年2月20日

黄山路131号801室

200083

朱旭东

朱旭东(1946—),曾任中共中央纪律检查委员会研究室主任,母亲陆氏籍贯上虞 。

秋强同志:

您好!

来信及所寄资料均已收阅。近来,一直忙于审读一部重要书稿,迟复为歉!

去年十月中旬,我携夫人赴上虞寻祖,受到乡友们热情接待,获益颇多,深表谢忱!

虽然母亲祖居地尚难确认,但先祖源于山阴支已无疑义。鉴于目前横山陆家乡贤人物鲜有传扬,建议列专题发掘整理,努力打造上虞乡贤文化又一张新名片。

十三年来,贵会团结海内外文化人士,研究宣传虞籍重要人物,为弘扬乡贤精神、推动绍兴发展创造了不凡业绩。陆氏后人无不感到自豪与欣慰!

事实表明,上虞乡贤研究会不只为家乡游子搭起了连心桥,更为我国乡贤文化研究宣传树起了一面旗帜。

值此全党大力加强社会主义核心价值体系建设之际,贵会定将确立新的定位,充分发挥自己独特的促进作用。

与您相识时间不长,去了有一见如故之感。您的宏大志向、敬业精神与领军风范,给我们留下了深刻印象。

转眼马年已至。望多保重！

即颂

春安

朱旭东

2014年2月18日

中共中央纪律检查委员会

秋强同志：

您好！

来信及所寄资料均已收阅。近来，一直忙于审读一部重要书稿，迟复为歉。

去年十月中旬，我携夫人赴上虞寻祖，受到乡友们热情接待，彭慕故乡，深表谢忱！

虽然母亲祖居地尚难确认，但先祖源于山阴已无疑义。鉴于目前陈家乡贤人物鲜有传扬，建议列专题发掘整理，努力打造上虞乡贤文化又一张新名片。

十三年来，贵会团结海内外文化人士，研究宣传虞籍重要人物，为弘扬乡贤精神、推动经济发展创造了不凡业绩，陈氏后人无不感到自豪和欣慰！

事实表明，上虞乡贤研究会不只为家乡经济搭起了连心桥，更为我国乡贤文化研究宣传树起了一面旗帜。

值此全党大力加强社会主义核心价值体系建设之际，贵会定将确立新的定位，充分发

中共中央纪律检查委员会

挥自己独特的优势作用。

与您相识时间不长，却有一见如故之感。您的为人坦白，敬业精神和务实风范，给我们留下了深刻印象。

转眼马年已至。望多保重！

即颂

春安！

朱旭东

2014年2月18日

任世瑶

任世瑶，1934年生，上虞上浦人。高级工程师，1961年上海交通大学毕业，一直致力于通风机械、制冷机械的教学和科研工作。曾任上海交通大学通风机械与热交换研究室主任、上海市经委节能改造办公室顾问。他研究设计的节能低噪声轴流风机曾获国家发明奖、环保部和上海市科技进步二等奖、国家专利证书和国家银质奖；大型玻璃钢风机获国家银质奖和化工部科技成果奖；主持研究设计的低噪声和超低噪声冷却塔，获省、部科技奖和国家银质奖、金质奖。1987年被评为上海市先进教育工作者。1990年，他被国家科委、教委联合授予“全国高校先进科技工作者”称号。他积极关心家乡建设，开创“星期日工程师”的先河，回乡帮助上虞风机厂、联丰玻璃钢厂、百官电机厂等开发新产品，解决技术难题，促进了上虞与上海交大的技术联合。

尊敬的陈秋强会长：

您好！

今天我在北京火车站附近。这次赴北京是为“科研项目建议书”答辩而专程赴京的，已买车票准备返沪，写封短信给您，事关上虞冷却塔行业如何早作准备，在国家新冷却塔标准贯彻实前作（做）好技术准备，以免措手不及。

今年5月北京召开了冷却塔标准修订会，我亦应邀参加了会议，参与了量大面广的中小型冷却塔标准的修订，新标准结合我国能源紧缺的实际，①对冷却塔的冷却能力比老标准提高了5%；②冷却塔风机耗电减少了12.5%；③冷却塔项部水滴飘散损失，从原先目测无明显现象为合格而改为有具体定量数据。新标准将自明年4月1日起实施宣贯，为了使上虞企业能主动出击，应付挑战而不退却，必须早作（做）准备。

另外上海市冷却塔标准在5月份已制订了“能耗限定值及能效等级标准”亦经上海市技术监督局批准，明年4月份宣贯。这次制订的“能效”等级标准，共分5个等级，第五级相当于进入上海市及格级，达到第三级指标才能被命名为节能型塔。上海标准上海交大是主要起草单位，本人亦是起草人，是个强制性标准。考虑上海世博工程建设亦需要大量冷却塔，上海这个市场上虞企业不应放弃，应予重视。本人亦与上海能源标准化技术委员会相关人员建议，在上海市举办标准宣贯学习班时，在上虞是否亦可去举办一次，因为有众多企业，这一想法，上海市标准化技术委员会亦会同意的，故今先写信给您，希望听听您的意见。我想办班，执行标准是一种方式，另一种方式是编印相关资料印发企业亦可。如有需要亦可组团（邀请交大部分教师相关专业老师）和上海市相关人员共同来上虞考察一次，对上虞企业的技术需求有进一步了解（时间1~2天）。作为一个上虞籍的人，对原上虞冷却塔企业是有所了解的，有的还共同战斗过，而且目前又在这一领域里工作着，责无旁贷希望上虞风机、冷却塔企业走出价格竞争的区域，坚持走质量取胜道路，在贯彻冷却塔新标准中能抢先一步。

最后我想用以下两句话与上虞企业共勉：“事业因无止境的追求而闪光，人生因不间断的创造而精彩。”

再见！祝

乡贤会工作顺利

任世瑶

2008.10.19

国谊宾馆
GUO YI HOTEL

尊敬的陈秋强会长：（这次赴京是为科研项目立项论证书答辩而专程赴京的，上午结束，下午购买车票回沪）

您好！今天我在北京火车站附近，利用候车返沪前的时间写封短信给您，事关上虞冷却塔行业如何早作准备，在国家新冷却塔标准贯彻实施前作好技术准备，以免措手不及。

今年5月北京召开了冷却塔标准修订会，我有幸应邀参加了会议，参与了量大面广的中小型冷却塔标准的修订，新标准结合我国能源紧缺的实际，①对冷却塔的冷却能力比老标准提高了5%；②冷却塔风机耗电减少了12.5%；③冷却塔顶部水滴飘风散损失，从原先无明显现象而改为有具体定量数据。新标准将自明年4月1日起实施宣贯，为使上虞企业能主动去应付挑战，而不会退却。

另外上海市冷却塔标准在5月份已制订了一个"能耗限定值及能效等级划分标准"，每上海市技术监督局批准，明年4月份宣贯。这次制订的"能效"等级标准共有5个等级，第五级相当上海市的合格级，达到第三级指标才能被命名为节能型。上海标准上海的大多是主要起草单位，上海这个市场上虞企业不是第一起草人。面对这一情况，考虑上海世博工程建设每年需大量冷却塔，上海这个市场上虞企业应予重视。本人系沪市能源标准化技术委员会委员，在上海市主办标准宣贯学习班时，在上虞举办一次，因为有众多企业，这想法上海市标准化技术委员会亦认为是可行的。故今先写一封信告诉您，希望听听您的意见。我想由班委组织执行这一种方案，另外办班方式为编辑相关资料，请上海大学作教师（相关专业教师）来上虞授课一次，对上虞企业技术需求有帮助，企业每个（时间1~2天）。如有需要可组团（邀请……）

作为一个上虞籍的人，对上虞冷却塔企业有3个，有的还直接去国外战斗过，而且目前又在这一领域工作着（责无旁贷），希望上虞风机、冷却塔企业走出价格竞争的区域，坚持走发展取胜道路。

最后用以下二句话与上虞企业咱们共勉之："事业因无止境的追求而闪光，人生因不停顿的创造而精彩"

（上海的标准属强制性标准，待国家登记号下达后宣贯）

再见，祝

乡贤会工作顺利！

陈光强 2008.10.19.

陈秋强会长：正当我整理向您寄的信封时，在报纸上看到谢晋老先生的报导后，心里很难受，这对我国电影事业是个重大损失，对我们虞籍乡亲来说也是个重大损失。在报纸上并报导说师母徐大雯女士手术后还在恢复期中，担心她的健康。希望您、通过您为上虞乡贤的代表，对其家属进行慰问，务须多保重身体！陈光强 2008.10.20.

地址：中国－北京－西城区文兴东街1号 NO.1 East Wenxing Street,West District,Beijing,China
邮编/P.C.：100044 电话/Tel：86-10-68316611 传真/Fax：86-10-68352649
www.guoyihotel.com

关于上面我写的信，请酌情处理一下，不用急。（林祥南）

任汉章

任汉章（1934— ），上虞东关人，中国共产党党员。东关中心小学毕业后考入省立绍兴中学，1955年考入上海交通大学。毕业后进入“439”造船厂（现江南造船集团公司）造船研学动力装置专业工作，1984年评为高级工程师，并受聘交通大学动力机械工程公司技术顾问。获得部级“红旗奖”，科教会“科技发展进步二等奖、三等奖”等。1996年退休，因国防军工产品需要又应聘工作十余年。

秋强先生台鉴：

拜读了会长的手书和附寄的“上虞乡贤”通讯十八期讯息，很感激，也很高兴。离开故乡已60余年了，在八十岁之际，老友的联系，又深深地引起了乡思之情，儿童时代的趣事在脑海中频频浮现。

我是于12岁时考入浙江省绍兴中学（现绍兴一中）寄读。高中毕业后考入上海交通大学，毕业后分配在上海××单位工作，属六机部部属工厂。工作了整整36年退休。因工作需要又返聘工作了十年。

由于工作特殊性，和友人交往较少。而且我为人低调，从不争名争利。连党组生活也很少参加，（当然取得党委会支部同意）一年就去交一次党费。

在学习和工作期间，自认为还算刻苦、认真和勤奋，取得一定成绩，曾获部级单位的“红旗奖”、“三等奖”和“高教委”的二等奖。也算不辜负党和国家的教育和培养，为国家的造船事业发展和海军装备的现代化，贡献了一点绵薄之力。内心尚感自慰——不为故乡人“丢脸”吧？

再过10天，和老伴将去北海银滩作候鸟式养生二个月。（热天到北方去做“候鸟”二个月）如有事联系，可打我手机电话。

20年未提笔写字，手有些抖动且个别字有点“笔头呆”，因此潦潦草草写了上述一些。“手书”确实是有些为难我了。哈哈……不恭！待明年春上定将回故乡探望老友，并受“乡贤会”诸君教益。

预祝：新春愉快，身体康泰！

任汉章上

于2015.12.8晚

(112)

秋滨先生台鉴：

拜读了会长的手书和附寄的"上虞乡贤"通讯十八期，很感激，也很高兴。离开故乡已60余年了，在八十岁之际，老友的联系，又深深地引起了乡思之情，儿童时代的趣事在脑海中频频浮现。

我是于12岁时考入浙江省立绍兴中学（现绍兴一中）就读。高中毕业后考入上海交通大学，毕业后分配在上海××单位工作，除机部属工厂。工作了整整36年退休。因工作需要又返聘工作了十年。由于工作特殊性，和友人交往较少。而且我为人低调，从不争名争利。连党组织生活也很少参加，（当然取得居委会支部同意）一年都去交一次党费。

在学习和工作期间，自认会还算刻苦，认真踏实，取得一定的成绩，曾得部级单位的"红旗奖"、"三等奖"和"高教委"的一等奖。也算不辜负党和国家的教育和培养，为国家的造船事业的发展和海军装备的现代化，贡献了一点绵薄之力。内心为感自豪，——不为故乡人丢"丢脸"吧？

再过10天，和老伴将去北海银川作候鸟入养老二个月。（也只到北方去做"候鸟"二个月。如有事联系，可打我手机021-13651851079电话。

20年未提笔写字，手有些抖动且个别字有点"笔头乐"，因此潦潦草草写了上述一些。"手书"确实还有些丢人现眼了。哈哈……不恭！待明年春天定将回故乡探望老友，并受"乡贤会"诸君教益。

预祝：新春愉快，身体康泰！

任汉章上

于2015.12.8晚

附：照片各两张，各1送转交王德江老友。

（一张在国内 一张在国外）

任林昌

任林昌（1929— ），又名任守枎，上虞崧厦滁泽桥人。1952年，任上海安和内衣厂行政主任。公私合营后，任公方厂长。1974年，调入上海市服装总公司，1984年，任上海市轻工业局职工大学服装设计与管理专业系副主任。1990年起，历任上虞乐帅文制衣公司、开开上虞衬衫厂、广东惠州市富绅集团、上海外商独资企业上海金马集团康业制衣公司和豪士制衣公司总工程师，兼任上海开开集团总经理高级技术顾问、国家服装质量检测中心顾问。上海市服装行业协会顾问，上海市工艺美术协会理事、专家委员、服装研究会主任，上海市纺织工程学会服装专业委员会委员等职务。

乡贤研究会负责同志：

您好！首先向您和研究会全体同志拜个年，祝大家新年快乐，万事如意，春安夏泰，秋吉冬祥。

我原是上虞崧厦滁泽桥人（现名任谢村）。我自1946年离乡到上海一家衬衫厂当艺徒至今达72年之久了，解放后我被任命公私合营企业的公方厂长，随后又被上调到上海市服装工业公司，被任命为负责全上海全体市民男女老少在春夏秋冬时尚服装的设计管理工作，我为组长，另有二个组员当助手，我们任务是要使上海人的穿着时尚，要走在全国先列（这是70—80年代）。我们这个公司，下属有80个服装工厂（全市凡属服装工厂均属我们公司领导和管理），我们这个三人小组就把下属工厂中的设计人员组织起来，使“文革”期间形成那种在服装上见不到红绿色彩、在男女装款式类同、男女难分的局面各个击破，以色彩鲜艳款式新颖的时尚服装进行替代，从而使上海人的脸上露出了笑容。我们这个三人小组，多次得到市长汪道涵、副市长谢丽娟的赞扬。

随后我们工业服装应邀去北京参加全国服装展销会。开幕的第一天就轰动了全国的同行，纷纷要求来上海学习。上海的现场服装销售柜终日里三层外三层的（地）排队抢购。就此也就引起中央首长的注意，如华国锋主席、中央书记处书记习仲勋、黄华外长、陈慕华副总理等亲临现场视察。如华主席和习书记都认真地对我说：上海的服装设计经验，一定要向全国介绍，使全国人民穿着丰富多彩。展览会尚未结束，中央首长的家属做衣、购衣多来找我，为她们在上海定制和购买。例如毛主席的晚辈儿子媳妇、孙子，朱总司令的夫人康大姐、邓小平家的女儿和孙辈、赵紫阳总理的夫人等都来，找我给定做和购买。就此媒体从展会开始在京媒体都争先恐后地对上海服装设计进行大幅报导（道）。例如“新华社”“中国新闻社”《中国日报》（外文版）、《农民日报》《中国服装杂志》“中央电台”。中央电视台还派一行三人来上海专访本人等。还有一些名人和电影明星都来上海找我为他（她）们定制服装或购买服装。例如中央电视台节目主持人赵忠祥，电影明星田华、刘晓庆等。由于我已成为他们的购衣定制时装的服务“总代表”，为此我有幸能常进入中央常委的家中。我还直接与赵紫阳总理谈上海对中央的要求，不仅受到赵总理的赞扬，而

乡贤研究会负责同志您好，首先向您和研究会全体同志拜个年，祝大家新年快乐，万事如意，春安夏泰秋吉冬祥

我原是上虞崧厦滁泽桥人（现名任谢村）我自1946年离乡到上海一家衬衫厂当艺徒至今达72年之久了。解放后我被任命公私合营企业的公方厂长、随后又被上调到上海市服装工业公司被任命为负责全上海全体市民男女老少在春夏秋冬时尚服装的设计管理工作我为组长另有二名组员当助手我们任务是要使上海人的穿着时尚要走在全国先列（这是70-80年代）我们这个公司、下属有80个服装工厂（全市凡属服装工厂均属我们公司领导和管理。我们这个三人小组就把下属工厂中的设计人员组织起来使文革期间形成那种在服装上见不到红绿色彩、在男女装款式类同男女难分的局面各个击破以色彩鲜艳款式新颖的时尚服装进行替代，从而使上海人的脸上露出了笑容，我们这个三人小组多次得到市长汪道涵、副市长谢丽娟的赞扬。

随后我们工业服装应邀去北京参加全国服装展销会开幕的第一天就轰动了全国的同行、纷纷要求来上海学习、上海的现场服装销售柜终日里三层外层的排队抢购、就此也就引起中央首长的注意，如华国锋主席、中央书记处书记

（1）

且当场同意上海提出的要求，即上海的服装行业与国际各国签约定货不再受外贸机构控制。也就是说外商能按自己的要求找上海的任何一个服装厂。而上海任何一个服装厂也都可按自己需求找外商。只要双方愿意就可签约，这样对改革开放提高业务都大有好处。上海就这个要求，不到三周，上海就收到了中央有关部门下发的批复文件。

孙仲勋、黄华外长、陈慕华付总理……等亲临现场视察
如华主席和习书记都认真地对我说：上海的服装设计
经验一定要向全国介绍，使全国人民穿着丰富多彩。展览会尚未结
束，中央首长的家属做衣购衣多来找我为她们在上海定
制和购买，例如毛主席的晚辈儿子媳妇、孙子、朱总司令的
夫人康大姐、邓小平家的女儿和孙辈、赵紫阳总理的夫人……
……等都来找我给定做和购买。就此媒体从展会开始在京、
媒体都争先恐后地对上海服装设计进行大幅报导，例如
"新华社"、"中国新闻社"、"中国日报"(外文版)"农民日报""中国服
饰杂志""中央电台"，中央电视台还派一行三人来上海专
访本人……等，还有一些名人和电影名星都来上海找
我为他(她)们定制服装或购买服装，例如中央电视台节
目主持人赵忠祥、电影名星田华、刘晓庆……等。由于我已
成为他们的购衣定制时装的"服务总代表"，为此我有幸能
常进入中央常委的家中，我还直接与赵紫阳总理谈上
海对中央的要求，不仅受到赵总理的赞扬，而且当场同
意上海提出的要求，即上海的服装行业与国际各国签约定
货不再受外贸机构控制，也就是说外商能按自己的要求
（请见背面）
（2）

随着国内人民生活不断提高，服装出品大幅增长，再加时装款式流行周期也越来越短，而原有的服装设计人员接连退休，设计人员也越来越少。当时国家轻工业部发文要求上海二轻局创办一所“服装设计大学”（从外形效果图直至产品制成）。一天，领导就这办学问题，提出要我负责去创办这所大学。而且没有助手给我。虽我几次提出因自己能力不够，请领导另找他人，领导回答我说：“你不去还有谁能去呢？请不要推托。”我就接了这个任务。我自己在下属单位找了名助手，当时校址也没有，只能暂时附属二轻局职工大学内设了一个服装系，就此我们和新招来的老师一起，商讨办校的一系列问题。当时我听说北京有一所中央美院内设有服装设计专业，我提出去京学习。国家轻工业部告诉我说：中央美院内的服装设计专业，只教画服装外型图，其余都没有。并说我们轻工业部要创办的

找上海的任何一个服装厂，而上海任何一个服装厂也都可按自
己需求找外商，只要双方愿意就可签约，这样对改革开放提
高业务都大有好处。上海就这个要求，不到三周上海就收
到了中央有关部门下发的批复文件。
随着国内人民生活不断提高，服装出口大幅增长，再加时装
款式流行周期也越来越快，而原有的服装设计人员接连退
休，设计人员也越来越少。当时国家轻工部发文要求上海二
轻局创办一所"服装设计大学"（从外形效果图直至产品制成）
一天领导就这办学问题提出要我负责去创办这所大学，而且没有
助手给我。当我几次提出因自己能力不够请领导另找他人，领导
回答我说："你不去还有谁能去呢？你不要推托。"我就此
接了这个任务，我自己在下属单位找了一名助手。当时校址
也没有，只能暂时附属"二轻局职工大学"内设了一个服装系，就此
我们和新招来的老师一起商讨办校的一系列的问题。当时
我听说北京有一所中央美院内设有服装设计专业，我提出去北京学
习，后国家轻工部告诉我，说：中央美院内的服装设计专业，只教
画服装外型图，其余都没有。并说我们轻工业部要办的是：中国
第一所服装设计大学，要从画形图直到产品制成，我们既要办学
（3）

是：中国第一所服装设计大学，要从画形图直到产品制成。我们既要办学，又要同时办厂。一切都要从头摸索起。上课的教材都要从无到有自己创作，从此我更觉得身上担子有多重。但我没有后退，团结全体老师共同努力，总算定期完成了招生前的准备工作。就此按上海市高教局艺术类考分向全国招生（内设有本科和大专），我校在年终评比中被评上了先进。这里我还要插说一下，我自己在接受这项大学创办时提出，只负责创办，不担任写教材上讲台，当时领导也同意。但后来有一个课程（服装设计管理）招不到老师，眼看就要延误招生，我只得自己出来写教材上讲台。我自己编写这本教材字数是19万（是我作品中字数最多的一本），但意料不到的事又发生了，这天晚上我家里来了三位陌生人，他们自我介绍说是北京国家纺织部来的，并出示了各自工作证。说要我写本教材，以作全国服装中专全面统一使用。另外还要在全国新华书店出售。我当即插话说，如要在全国服装中专学校统一使用，又要在全国新华书店出售，如此要求的是教科书，实在不会写，请另找别的高手。但来者异口同声说：你给服装设计大学写的一本21万字的教材，我们纺织部已经看到了，写得非常好。最后我也只得接受，以全册19万字按时完成。此书名为《服装生产技术管理》，自出书后，不仅全

国服装中专统一使用，有的服装大学也作教育参考之用，更使我不解的此出版至今已足有30年，但此书至今仍在网上出售。

我本人在这所大学第一届学生毕业后不到二年我已到了退休年龄。虽领导多次要求我继续工作，但我仍按时退休。

但我退休不久，广东一家大型服装企业，要聘我去当工程师，而被我婉言谢绝。谁知当天晚上，我接到一个陌生人的电话。他说自己是广东这家企业的董事长，说今天晚上为要与我见一面，而特要从广东飞来上海。我当即插话拒绝，劝他不要来上海。而他说你不愿来广东任职，这有你自己决定。但我要求你一定见我一面，希望你一定要答应我。我听他讲话，很诚恳，就答允见一面。这位董事长姓胡，他一见面就直截了当地对我说：你不了解我，我可对你的为人已了解了不少。他接着说：今天我不会以高工资来作为邀请你的资本，你是一个有事业心的人。据说温州有家公司，既是高工资，又是给你房子，你也不去。但我没有这么高的工资，也没有房子，但我有一个平台，可以让你大显身手，使我的企业有个新面貌，最后我答应前去任职。临动身去广东的那天，突然有几个我的熟人说他们也去广东这个公司工作，这

又要同时办厂，一切都要从头摸索起、上课的教材都要从无到有自己创作，从此我更觉得自己身上担子有多重。但我没有后退团结全体老师共同努力，总算定期完成了招生前的准备工作就此按上海市高教局艺术类考分向全国招生（办设有本科和大专），我校在年终评比中被评上了先进。这里我还要插说一下，我自己在接受这项大学创办时我提出，我只负责创办不担任写教材上讲台，当时领导也同意，但后来有一个课程（服装设计管理）招不到老师眼看就要延误招生，我只得自己出来写教材、上讲台。我自己编写这本教材字数是19万（是我作品中字数最高的一本）字，但意料不到的事又发生了、这天晚上我家里来了三位陌生人他（她）们自我介绍说是北京国家纺织部来的并出示了各自工作证。说要我写一本教材以作全国服装中专全面统一使用另外还要在全国新华书店出售，我当即插话说、如要在全国服装中专学校统一使用又要在全国新华书店出售，如此要求的教课书实才不会写请另找别的高手、但来者异口同声说、你给服装设计大学写的一本21万字的教材、我们纺织部已经看到了写得非常好，最后我也只得接受以全册19万字按时完成（4）

使我知道,胡董事长对我这么了解,原来是他们所告之。我们到了广东,对原来他们管理作全面改革组建。经过了约三个月的努力,使该厂的产量比原来提高了300%,质量直升到广东同行首位,被批准免检出口,而且还减少了八十多个闲散人员。我本人为此受到了该省匡副省长的多次表扬。不久该省评比中,我们这个公司(富绅公司)被评为全省同行先进企业。就在这个时候,我想不到的事发生了。因我来广东工作,媒体写文批评上海留不住人才,市人大副主任对此非常重视,就作为提案发往国务院,国务院也就此发文给广东省政府,匡副省长对此特找我谈话。他说:你已退休来这里工作,这不违反党纪,也不违反国法。他再三要求我不要回上海。我们这里需要你。匡副省长还把国务院的文件上批了八个字"认真对待,妥然解决"给我看。当时我也同意匡副省长的意见,答允不回上海。后来我回上海联系工作时,上海领导对我语重心长地说:你的走是我们的无能,今天上午市里开会又谈到你的事,请你帮帮忙回来吧。我听到这番话,心软了。我想自己是一个普普通通的管理人员,怎么会引起这么大的风浪,我就答允,我再一个月待广东工作,安排好,马上回上海,上海领导当场奖我一套住房,而被我拒收。我就此回上海给我安排在国家质量检测中心当顾问。就此我又工作了十六年。到我第二次退休后,就度晚年之乐,玩玩书画,我学书画既不进校学习,也不拜师,就是自说自画。

上海任林昌

此书名为《服装生产技术管理》自出书后不仅全国中专(服装)统一使用，有的服装大学也作教育参考之用，更使我不解的是此书出版至今已近有30年，但此书至今仍在网上出售。

我本人在这所大学第一届学生毕业后不到二年我已到了退休年令，虽领导多次要求我继续工作，但我仍按时退休。

但我退休不久，广東的一家大型服装企业要聘我去当总工程师，而被我婉言谢绝，谁知当天晚上，我接到了一个陌生人的电话，他说自己是广東这家企业的董事长，说今天晚上为要与我見一面而特要从广東飞来上海，我当即将话拒绝，劝他不要来上海，而他说：你不愿来广東任职，这有你自己决定，但我要求你一定見我一面，希望你一定要答应我。我听他讲话很诚实，就答允見一面，这位董事长姓胡，他一見面就直截了当地对我说：你不了解我，可我对你的为人已了解不少，他接着说：今天我不会以高工资来作为邀你的资本，你是一个有事业心的人，据说温州有家公司既是高工资又是给你房子你也不去，但我没有这么高的工资也没有房子，但我有一个舞台，可让你大显身手，使我的企业有个新面貌，最后我答允前去任职，临动身去广東的那天突然有几个我的熟人说他们也去广東这个公司去工作，这使我知道，胡董事长对我这么了解原来是他们所告之。我到了广東对原来他们管理作全面改革组建，经过了约三个月的努力使该厂的产量比原来提高了300%(三倍)不是30%，产量直升到广東同行首位，被批准免检出口，而且还减少了八十多个闲散人員，我本人为此受到了该省正付省长的多次表扬，不久该省评比中我们这个公司(富绅公司)被评为全省同行先进企业，就在这个时候我想不到的事发生了，因我来广東工作，媒体写文批评上海留不住人才，市人大付主任对此非常重视，就作为提案发往国务院，国务院也就此发文给广東省政府，正付省长对此事找我谈话，他说：你已退休来这里工作这不违反党纪也不犯国法。他再三要求我不要回上海，我们这里需要你，正付省长还把国务院的文件上批了八个字"认真对待，妥善解决"给我看，当时我也同意正付省长的意見，答允不回上海，后来我回上海联系工作时，上海领导对我语重心长地对我说"你的走是我们的无能，今天上午市里开会又谈到你的事，请你帮帮忙回来吧，我听到这番话，心软了，我想自己是一个普普通通的管理人员怎么会引起这么大的风浪，我就答允，我再一个月待广東工作安排好，马上回上海，上海领导当场奖我一套住房，而被我拒收，我就此回上海给我安排在国家质量检测中心当顾问，就此我又工作了十六年，到我第二次退休后就度晚年之乐玩玩书画，我学书画既不进校学习也不拜师，就是自说自画。

上海 任林昌 (请看背面) (5)

任柏强

任柏强（1953— ），上虞丁宅任溪村人，温州大学副校长，党委委员。温州大学发展有限公司董事长。浙江移民研究中心，经济与管理学科研究员。先后主持完成《移民与区域发展——温州移民社会研究》等2项浙江省社科规划课题，4项温州市科技计划项目。在《经济学家》《金融研究》等核心期刊发表论文四十余篇。

尊敬的陈会长秋强先生台鉴：

今年春节我回上虞老家探亲，能在任溪村"任氏家谱修订工作座谈会"上遇见您，真是既感到高兴，又感到意外，而更多的是感动。高兴的是，自去年四月您带队赴温，"走近虞籍乡贤采访活动"后，在家乡能与您相见；意外的是在一个不起眼的乡野村落——任溪村，即我老家门口相遇；感动的是小小任溪村的"家谱修订"能得到您这位非任氏姓者领导的重视，并冒寒冷起早赶赴参会，并作精心指导，实属不易。您的这种为推动"传承历史，弘扬文化" 而不辞辛劳的重事敬业精神和品质，在当今社会实是难能可贵，值得我们大家学习和敬佩。在此，我谨斗胆代表任溪村的全体任氏父老乡亲，对您表示由衷的敬意和最诚挚的感谢！

上虞乡贤会是我们这些身在客乡异地的上虞游子心目中在老家的又一个"家"，您就是这个家的 "家长"！相信乡贤会在您的领导下，定能取得更大的成绩，乡贤文化在您的辛勤耕耘下，定能结出累累硕果！

最后，祝您身体健康，万事如意！

温州大学　任柏强

2012年2月9日于温州

尊敬的陈会长秋濬先生台鉴：

今逢春节我回上虞老家探亲，能在汪溪村"汪氏宗谱修订工作座谈会"上遇见您，真是既感到高兴，又感到意外，而更多的是感动。高兴的是自去年4月您带队赴温"走近虞籍乡贤"采访活动后，在家乡能与您相见；意外的是您是在一个不起眼的乡野村落——汪溪村，即我老家门口相遇；感动的是小小汪溪村的"宗谱修订"机构竟然得到您的重视，并冒寒冷赶来赴座谈会，并作热心指导，实属不易。您的这种为推动"传承历史，弘扬文化"而不辞辛劳的重事敬业精神和品质，在当今社会实是难能可贵，值得我们大家学习和敬佩。在此，我谨以此代表汪溪村的全体汪氏宗亲，对您表示由衷的谢意和最诚挚的感谢！

上虞乡贤会是我们这些身在异乡异地的上虞游子心目中的另一个"家"，您就是这个家的"家长"，相信，乡贤会在您的领导下定能取得更大的成绩，乡贤文化在您的辛勤耕耘下定能结出累累硕果！

最后，祝您身体健康，万事如意！

温州大学 汪相滨

2012.2.9.于温州

任移逊

任移逊（1941— ），上虞东关人，1958年就读北京，历任上海航天测控通信研究所总工程师、战术导弹技术指挥、宇航学会副主任委员。领导和参加航天测控领域和研究工作，获国家科技进步一等奖一项、航天部科技进步二等奖三项。

秋强乡友，你好！

很高兴收到你的来信，当我打开你那红格直写的信件时，仿佛回到了五十六前我到北京念大学时，收到父亲寄来家信时的情景，激动之心无以言表。也是这样红格直写的信件。1958年只有17足岁，尚未成年的我，远离家乡，远离父母，只身到北京求学，对父母、对家乡的思念之情是不言而喻的。

父亲在信中总是给我讲述家乡的变化，要我好好学习，报效祖国。我也没有忘记是家乡的地方政府、是高中时的班主任老师，对我

课题编号

技术文件专用稿笺

第 页 共 页

秋强乡友：你好！

很高兴收到你的来信，当我打开你那红格直写的信件时，仿佛回到了五十六年前我到北京念大学时，收到父亲寄来家信时的情景，激动之心无以言表，也是这样红格直写的信件。1958年只有17足岁，尚未成年的我，远离家乡，远离父母，只身到北京求学，对父母、对家乡的思念之情是不言而喻的。

父亲在信中总是给我讲述家乡的变化，要我好好学习，报效祖国。我也没有忘记是家乡的地方政府、是高中时的班主任老师，对我这个因家庭经济困难差点上不了大学的学生的大力支持，才使我上大学的愿望得以实现。否则，我的历史可能就要重新改写了。

我没有辜负亲人们对我的期望，取得了一些成绩。但似乎离乡贤尚有差距。家乡这块地方，地杰人灵，人才辈出，我只能说是家乡的乡员，还不好说是乡贤。如果硬要把我列入，那也算是滥竽充数吧！

至于你要我题词，我们这些学理工科的，文学功底浅薄，

这个因家庭经济困难，差点上不了大学的学生的大力支持，才使我上大学的梦，得以实现。否则，我的历史可能就要重新改写了。

我没有辜负亲人们对我的期望，取得了一些成绩。但似乎离乡贤尚有差距。家乡这块地方，地杰人灵，人才辈出。我只能说是家乡的乡员，还不好说是乡贤，如果硬要把我列入，那也算是滥竽充数吧！

至于你要我题词，我们这些学理工科的，文学功底浅薄，实在勉为其难，既然你提出了要求，我也不能拒绝。

我的题词是：

以家乡精英为楷模，

园[①]中国美梦奔小康。

关于回乡之事，恐怕一时难以成行，以后再说。

祝你

身体健康，阖家幸福

任移逊

2014.2.20 于上海

课题编号

技术文件专用稿笺

第 页共 页

实在勉为其难，既然你提出了要求，我也不能拒绝，

我的题词是：

以家乡精英为楷模

园中国美梦奔小康。

关于回乡之事，恐怕一时难以成行，以后再说。

祝你

身体健康，阖家幸福！

任移逊

2014.2.20.于上海

① 原件作“园”字，编辑过程中改“圆”。

任湘舟

任湘舟(1933—2014),上虞百官里严村人。教授,少将军衔。1951年抗美援朝期间参加军干校,在解放军第二军医大学入伍,为医科学员。1955年任第二军医大学训练部助理员。1960年任解放军后勤学院教员。1970年后,历任第一军医大学教务处处长、教研室主任、训练部副部长、南方医院院长、副校长和党委常委、书记、纪委书记等党政职务。荣立三等功两次,曾赴越南、云南等实地考察、研究、编写出《山岳丛林地带的军事医学》《卫生勤务保障》等专著。参与中国人民解放军第一军医大学"一体二环"办校模式的创立,获国家教学一等奖。

陈会长:

您好:您的友情通知早已收到,因有事外出,没有及时回信。祝贺乡贤研究会成立十周年。十年来乡贤会在市委宣传部、市文联的正确领导下,在陈会长的指挥带领、具体实施下,乡贤会从无到有,从小到大,为上虞挖掘故乡历史,抢救文化遗产,弘扬乡贤精神,服务上虞经济,做了大量仔细卓有成效的工作。你克服了各种困难,为乡贤游子建连心桥等工作,你的巨大付出,为上虞的建设、繁荣、发展做出了重大贡献。你是乡贤研究会的特大功臣,我们要向你学习、致敬!望你在今后工作中,为培育人才多做点工作。祝乡贤研究会工作好上加好!

祝你工作顺利,身体健康,万事如意。

乡贤:任湘舟

二〇一一年九月十五日

陈會长：

您好：你的友情通知早已收到，因有事外出，沒有及时回信，祝贺鄉賢研究會成立十周年，十年来鄉會，在市委宣传部、市文联的正確領導下，在陈會长的指揮带領，具体实施下，鄉賢會從無到有，從小到大，為上虞挖掘故鄉历史，搶救文化遺產，弘揚鄉賢精神，服务上虞经濟，做了大量仔细卓有成效的工作。你克服了各種困難，為鄉賢搭了建連心橋等工作，你的巨大付出，為上虞的建設繁荣發展做出了重大貢獻。你是鄉賢研究會的特大功臣，我们要向你学習、致敬！望你在今后工作中，為培育人才多做些工作，祝鄉賢研究會工作好上加好！

祝你工作順利，身体健康，万事如意。

鄉賢：

任湘舟

二〇二一年九月十五日

齐　香

齐香(1911—　),罗大冈夫人。河北高阳人,生于北京。1933年北京中法大学文学院法文系毕业。同年赴法国留学,先到里昂附近的一个女子中学作住宿生,一年后,进里昂大学攻读法国语言文学,并于1936年先后考取法国文学、美学、法国文学史三张文凭。随后赴巴黎大学文学院学习,曾考得语音学、语音研究及法语发音证书各一张,获文学语言硕士学位。1947年回国后,先后执教于南开大学、清华大学外文系,北京大学西语系,任副教授、教授。主要译作有拉斐德《萝丝·法朗士》《水仙花》,乔治·桑《木工小史》《莫泊拉》;特里奥莱《第一个回合花花了二百法郎》等。

罗大冈

罗大冈(1909—1998),笔名罗莫辰。著名法国文学研究家。上虞长塘罗村人。北京大学西语系教授,中国社会科学院外国文学研究所研究员。1926年,在上海"怡泰茶楼"店当学徒。1928年考取上海震旦大学"特别班",开始正式接触法语。1929年"特别班"毕业后,北上求学,考入北平中法大学文学院。罗大冈以毕业考前三名的优异成绩获取了前往法国公费留学的名额。1940年至1947年间,因为战争滞留在异国他乡,从事翻译和写作。1979年,罗大冈出版了专著《论罗曼·罗兰》。

秋强先生:

接来函,甚感谢。尊著《舜水长流》亦接到,多谢,当仔细拜读。先寄上此信及（容后寄）《罗大冈传》（杨哲著）。过几天再寄上找到的罗大冈著作，至于一些报导专访他的文章，容整理出来再寄上。

他的绝大部分存书、像（相）片、遗物等已捐献给现代文学馆（专有一小间代为保存展出）；革命博物馆曾来人取走一些遗物、像（相）片等，准备展出。

您对大冈的关心，我们衷心感谢。他生前十分怀念家乡，曾与何信恩先生有过联系，可惜时间与健康未允许他回故乡一次。我年已过九十，多种慢性疾病，无法旅行。只好以后由罗永替他了此心愿吧！

此请

大安

齐香

2001.10.12

北京大学
PEKING UNIVERSITY

秋强先生，

接来函，甚感谢。尊著《渭水长源》亦接到，多谢，当仔细拜读。先寄上此信及（容后寄《罗大冈传》（杨哲著）。）过几天再寄上能找到的罗大冈著作，至于一些报导专访他的文章，容整理出来再寄上。

他的绝大部分存书、像片、遗物等已捐献给现代文学馆（专有一小间代为保存展出）；革命博物馆曾来人取走一些遗物、像片等，准备展出。

您对大冈的关心，我们衷心感谢。他生前十分怀念家乡，曾与何信恩先生有过联系，可惜时间与健康未允许他回故乡一次。我年已过九十，多种慢性疾病，无法旅行。只好

以后由罗永替他了此心愿吧

此请

大安

齐香 2001.10.12

秋强先生：

前去一函，想已收到。

现寄上书一包，内有《罗大冈传》（杨哲著）一册，是送给您的。其余11册，请费心转赠上虞乡贤研究会。

1.《罗大冈传》（杨哲著）

2.《罗大冈学术论著自选集》

3.《罗大冈散文选集》

4.《无弦琴》（诗集，罗大冈著）

5. 罗曼·罗兰：《母与子》（上、中、下三集，罗大冈译）

6. 孟德斯鸠：《波斯人信札》（罗大冈译）

7. 拉法格：《文论集》（罗大冈译）

8. 亚朗：《我们最美好的日子》（罗大冈译）

9.《罗曼·罗兰日记选页》（罗大冈译）

望接到后复函。

敬请

大安

齐香

2001.10.16

北京大學

PEKING UNIVERSITY

秋强先生，

前去一函，想已收到。

现寄上书一包，内有《罗大冈传》（杨哲著）一册，是送给您的。其余11册，请费心转赠上虞乡贤研究会。

1.《罗大冈传》（杨哲著）

2.《罗大冈学术论著自选集》

3.《罗大冈散文选集》

4.《无弦琴》（诗集，罗大冈著）

5.罗曼·罗兰：《母与子》（上、中、下三集，罗大冈译）

6.孟德斯鸠：《波斯人信札》（罗大冈译）

7.拉法格：《文论集》（罗大冈译）

8.亚朗：《我们最美好的日子》（罗大冈译）

9.《罗曼·罗兰日记选页》（罗大冈译）

望接到后覆函。

敬请

大安

齐香

2001,10,16.

许宝文

许宝文(1933—)，祖籍上虞小越。1953年，就读于苏联国立莫斯科大学地质系。毕业后，在地质部地球物理探矿局从事石油勘探工作，参与组织了我国各主要油气田的普查勘探工作。1970年起，历任江苏石油勘探指挥部技术员、总工程师、副指挥长。1982年后，任地质矿产部石油地质海洋地质局局长、地质矿产司长、地质矿产部副总工程师，兼任地质矿产部高级科学技术咨询中心常务副主任、中国地球物理学会理事、中国老科协地矿分会副会长。

陈会长：

您好！现寄上许正绶的《重桂堂集》影印本3册，请查收。这是原书的影印集，但加上了一页许正绶手迹的照片(原件保存在上虞许宝庆处)，并附有手迹的译文及重印说明。原来，我是想将它印成线装本的，但由于一时难以完成，所以先用影印的办法，复制了60本，除送许正绶各支的后人外，所余的不多几本，只能先送湖州、上虞家乡的图书馆、档案馆。但日后继续向复制成线装本的方向努力。现今的影印本的封面上的字，是

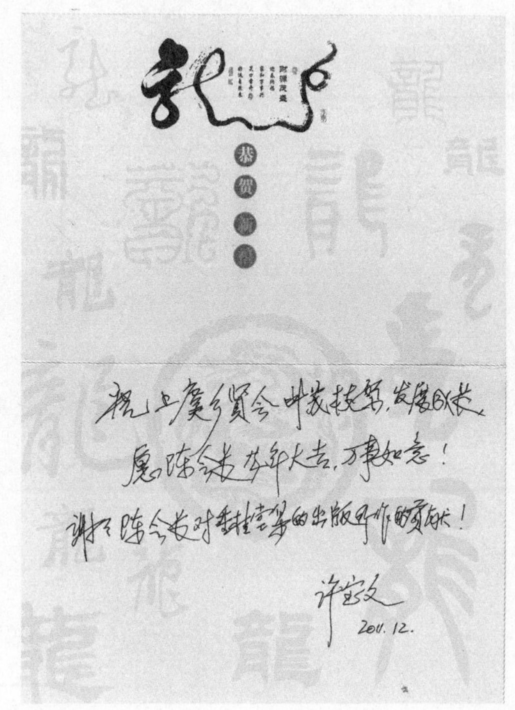

我的大伯许之本(天随)所留,时间应该是1951年了,看来,他之能得到这本书确实是不容易的。《重桂堂集》在北京国家图书馆的古籍馆中有收藏,大概有五本吧。除北京外,似乎还没有在别的地方有所发现。如上海、杭州及绍兴、上虞的图书馆中,已经很难找到,至少在目录中没有查到。所以我就先用影印的办法复制一些,以飨大众。这3本书,除请您指正的那本外,其余两本,请乡贤会转上虞图书馆和档案馆,算是我对家乡文化遗产的一点点贡献吧!

最近,我们又找到了许正绶所著的一本关于楹联的小集子,名为《集千字文楹贴》,又称《重桂堂外集》。这真可能是一本孤本!我们也准备将它影印出来,届时也一定会寄给乡贤会的。

谢谢乡贤会每次给我寄来上虞乡贤会的会刊、通讯及有关资料,使我能清晰地看到故乡的发展和进步,我们计划,明年去上海参加世博会的时候到上虞拜访。祝乡贤会不断前进,为上虞的发展做出新贡献!

许宝文

二〇〇九年三月于北京

陈会长:

您好!现寄上许正绶的《重桂堂集》影印本3册,请查收。这是原书的影印集,但加上了一页许正绶手迹的照片(原件保存在上虞许宝庆处),并附有手迹的译文及重印说明。原来,我是想将它印成线装本的,但由于一时难以完成,所以先用影印的办法,复制了60本,除送许正绶各支的后人外,所余的不多几本,只能先送湖州、上虞家乡的图书馆,档案馆。但我仍想日后继续向复制成线装本的方向努力。现今的影印本的封面上的字,是我的大伯许之本(天随)所留,时间应该是1951年了,看来,他之能得到这本书确实是不容易的。《重桂堂集》在北京国家图书馆的古籍馆中有收藏,大概有五本吧。除北京外,似乎还没有在别的地方有所发现。如上海、杭州及绍兴、上虞的图书馆中,已经很难找到,至少在目录中没有查到。所以我就先用影印的办法复制一些,以飨大众。这3本书,除请您指正的那本外,其余两本,请乡贤会转上虞图书馆和档案馆,算是我对家乡文化遗产的一点点贡献吧!

最近,我们又找到了许正绶所著的一本关于楹联的小集子,名为《集千字文楹贴》又称《重桂堂外集》。这真可能是一本孤本!我们也准备将它影印出来,届时也一定会寄给乡贤会的。

谢谢乡贤会每次给我寄来上虞乡贤会的会刊、通讯及有关资料,使我能清晰地看到故乡的发展和进步,我们计划,明年去上海参加世博会的时候到上虞拜访。祝乡贤会不断前进,为上虞的发展做出新贡献!

杜　风

杜风(1925—　),小名生荣,曾用笔名舜莹、舵夫、四毛,上虞章镇人。儿童文学作家。1947年毕业于湖北省新闻专修班,在上虞小越、章镇、县立第二小学任教。1950年后,在上海重光小学、北京西路小学任校长,开始儿童文学创作。1954年,调任少年儿童出版社《少年文艺》小说散文组责任编辑。1958年,调宁夏永宁一所中学任教。1979年,参加中国作家协会宁夏分会。退休后,迁居杭州。作品被收入全国数十种儿童文学选集。事迹被编入《儿童文学辞典》《中国当代文艺家辞典》等多种辞书。

秋强先生:

你好!

我觉得你的工作很有意义。现将有关风沙的资料复印寄上,供参考。

王宗埏是我童年时的同学、朋友,原住曹娥泰孚弄10号,已有几年没联系了,他知道一些风沙的情况。

月底,我可能到上虞、下官走一趟,但不一定会有时间去看你。

匆此　祝

近好

杜风

1999年5月2日

秋强先生：

您好！

寄赠拙作一册，请教正。瞬时可以翻翻1980年以后的作品。《杜氏一族》中有些资料可参阅。

我是个兴趣广泛的人，除了儿童文学，还涉猎别的。寄上一些资料，供参阅、了解。其中一篇张燕的打印稿，用后盼寄还给我。因为《儿童文学研究》尚未正式发表。

余再谈。匆此　祝

好

杜风

1999年6月13日

近接通知，我的有些作品编入了：《中国儿童文学50年精品库》《中国新时期幼儿文学大系》。

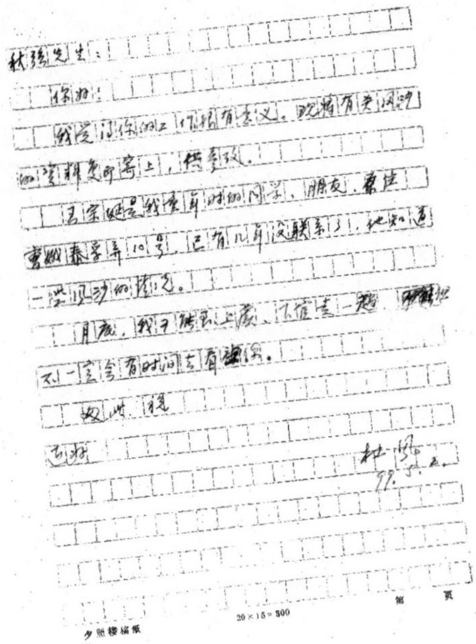

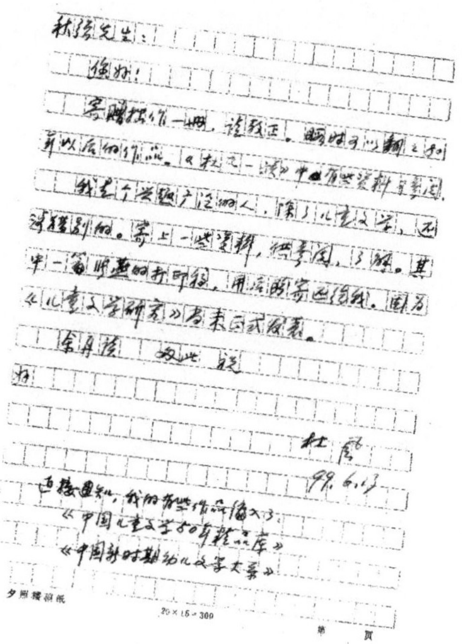

杜金炎

杜金炎，上虞五夫人，杭玻集团工程师，退休居杭州。

尊敬的陈秋强先生：

上虞乡贤研究会成立以来，她为收集、挖掘、整理上虞的古老而丰富的人文历史，把许多湮灭或即将湮灭重要史料抢救出来，为振兴故乡经济、文化作出了重大贡献。

作为一个长期旅居在外的上虞子弟，一直颇感兴慰，今又知驿亭镇政府，在全市首个提出要建立“乡贤研究分会”，并获同意，即将成立，这更是一个好消息。作为解放初期离开了五夫的小青年，将逐渐成为耄耋老人的我，对家乡的怀念，更为强烈。

上虞乡贤研究驿亭分会的成立，更将成为一条团结、联络全国各地驿亭乡亲的纽带，互通信息、共叙乡情、共同关心家乡人文历史，开发家乡各项事业。

最后对上虞乡贤研究会驿亭分会的成立，表示热烈祝贺，更望发扬光大，为故乡上虞作出更大贡献。并祝愿祖籍上虞繁荣昌盛，故乡人民生活美满幸福。

上虞子弟　杭州杜金炎敬贺

2008.9.27

建设部浙江泛华工程监理公司

尊敬的陳秋强先生：

上虞乡贤研究会成立以来，她为收集、挖掘、整理上虞的古老而丰富的人文历史，把许多湮灭或即将湮灭重要史料抢救出来，为振兴故乡经济、文化作出了重大贡献。

作为一个长期旅居在外的上虞子弟，一直颇感兴慰，今又知驿亭镇政府在全市首个提出要建立"乡贤研究分会"，并获同意，即将成立，这更是一个好消息。作为解放初期离开了五夫的小青年，将逐渐成为耄耋老人的我，对家乡的怀念，更为强烈。

上虞乡贤研究驿亭分会的成立，更将成为一条团结、联络全国各地驿亭乡亲的纽带，互通信息，共叙乡情，共同关心家乡人文历史，开发家乡各项事业。

最后对上虞市乡贤研究会驿亭分会的成立，表示热烈祝贺，更望发扬光大为故乡上虞作出更大贡献，并祝愿祖籍上虞繁荣昌盛，故乡人民生活美满幸福。

上虞子弟 杭州 杜金炎 敬贺

2008.9.27.

杜觉新

杜觉新(1931—),别名寿成,小名小康,上虞驿亭五夫村人。1949年,考入南京华东军政大学。1950年起,先后在防空军、空军、抗美援越等部队工作,历任班长、排长、连长、副营长、教导大队教员、军区参谋等职。1970年转业在上海仪表工业公司所属企业工作,先后任车间党支部书记、宣传科长、厂党总支书记、调研员。离休后,享受处级待遇。曾在部队荣立集体二等功、三等功。

秋强先生:

在这辞旧迎新之际,谨向你及乡贤会的全体同仁致以美好的祝福,并祝愿你们在新的一年里,能取得更丰硕的业绩成果。

我受何畏老所嘱,寄上上海五夫乡亲联谊会的一份简报材料。请你指正。

秋强先生,我十分敬佩你的崇高敬业精神。十多年来,为了收集虞舜大地上丰富的古今灿烂文化,你们不辞辛劳,不怕困难,深入调查,不计报酬,坚忍不拔地把湮灭在历史长河里许多有价值的人文史料,一个个地抢救性地挖掘出来,创造性地整理成章。你们功德无量的劳动成果,已成为教育当代,造福于子孙后代的精神财富。

我从何畏老处见到了上虞乡贤会2005年第21期简报,报导(道)了贵会将在《上虞乡贤文化》第五辑,收录我在七月份寄上的一篇拙作,对此我深感荣幸。由于我上次所寄的稿子里,简体字写得不规范,个别之处亦感不妥,如若尚未排印,请按现在寄上的一份为准,多麻烦了。

秋强先生,我另有一事相求,我已先后收集到了《上虞乡贤文化》第1、2、3

辑，并成为我藏书中的珍品。目前，第4辑也出版了，我殷切祈求能否获得此辑，或可否邮购一册？十分盼望。

今匆匆到此，祝安康！

乡友　杜觉新

2005.12.30

上海华臣投资咨询有限公司

Shanghai Huachen Invest Consult Co.,Ltd.

秋玉亭先生：

在这辞旧迎新之际，谨向你及乡贤会的全体同仁致以美好的祝福，并祝愿你们在新的一年里能取得更丰硕的业绩成果。

我受何昌者所嘱，寄上上海王夫乡亲联谊会的一份简报材料，请你指正。

秋玉亭先生，我十分敬佩你们崇高敬业精神，十多年来，为了收集广袤大地上丰富的古今地域文化，你们不辞辛劳，不怕困难，深入调查，不计报酬，坚韧不拔地把湮灭在历史长河里许多有价值的人文史料，一个个地抢救性地挖掘出来，创造性地整理成章汇编成书，奉献给了全社会，成了上虞地域文化中的一件件无价之宝，你们功德无量的劳动成果，已成为教育当代、造福于子孙后代的精神财富。

我从何昌者处见到了上虞乡贤会2005年第21期简报，报录了贵会将在《上虞乡贤文化》第五辑，收录我在七月份寄上的一篇拙作，对此我深感荣幸。由于我上次所寄的稿子里简体字写得不规范，个别之处有所不妥，如若尚未排印，请理换在寄上的一份为准，另新烦了。

秋玉亭先生，我另有一事相求，我已先后收集到了《上虞乡贤文化》第1.2.3辑，并成为我藏书中的珍品。目前，第4辑也出版了，我殷切祈求能否获得此辑，或可否邮购一册，十分盼望。

今匆匆到此，祝安康！

乡友　杜觉新　2005.12.30.

地址：上海市北京东路318号　　电话：8621-63602701　　传真：8621-63605254

秋强先生：

感谢乡贤会又及时给我邮寄了《上虞乡贤》和市委宣传部的信函，送来了故乡一片暖暖情意。

祝贺您被授予“2010年度最具影响力人物奖”和当选为“十大民间爱心人物”。这是您二十余年来锲而不舍辛勤耕耘的成果！您所从事的不仅为传承和发展“虞舜文化”作出了卓越的贡献，而且更是利在当代，造福后代的一项文化建设大事，我们上虞人民将会永远铭记心间。

在此，通过您特向乡贤会的各位同仁致以亲切问候！

（附：本人通讯录一份）

祝夏安！

乡友　杜觉新

2011年8月16日

上海仪表（集团）公司

SHANGHAI INSTRUMENTATION CORPORATION (GROUP)

137 Beijing Road E, Shanghai P.R.C.

Tel: 3231557 ext. Cable: 1682 Shanghai

秋强先生：

感谢乡贤会又及时给我邮寄了《上虞乡贤》和市委宣传部的信函，送来了故乡一片暖暖情意。

祝贺您被授予“2010年度最具影响力人物奖”和当选为“十大民间爱心人物”，这是您二十余年来锲而不舍辛勤耕耘的成果，您所从事的不仅为传承和发展“虞舜文化”作出了卓越的贡献，而且更是利在当代，造福后代的一项文化建设大事，我们上虞人民将会永远铭记心间。

在此，通过您特向乡贤会的各位同仁致以亲切问候！

（附：本人通讯录一份）

祝夏安！

乡友 杜觉新

2011年8月16日

杜桐源

杜桐源(1938—),上虞丰惠贯杜村人。研究员,九三学社社员。1962年毕业于复旦大学,分配到广东省昆虫研究所工作。长期从事农林害虫综合治理研究,任广东省昆虫学会理事。发表学术论文34篇,获科研成果奖4 项,其中获广东省科技进步三等奖,获广东省自然科学三等奖。享受国务院颁发的政府特殊津贴。

秋强先生:

有幸千里来相会,虽然人太多,没聊上几句,但可以看出您是一个实干的人,埋头苦干,做了那么多工作却不事张扬。我喜欢您这样的人,我也不善言词(辞),靠自己本事干点事。不过,在今天的社会环境,像我这种人是吃不开了。

多谢您们那么远送来《上虞乡贤画册》,编得很好,我很喜欢,就是太厚了点,我们年纪大的人翻起来有点吃力。也难为您们那么远带那么重的东西来,真是十分感谢了。

上虞领导每次来都很热情,弄得我也很不好意思。不过我还是十分盼望家乡人来,想多听听家乡的变化,新鲜事。也许人老了,又远离故土,更怀旧,更怀念自己的故乡,听到家乡巨大变化也更高兴

那天送的有关我的材料,真是很不好意思,太少了。正如我以前信中所提,虽然国家给了我荣誉,自感做的不多。我参与编写的两本书,一则不是我主编,自己也只存有一本,所以只复印得一点点。我也有自知之明,确实也不够资格在乡贤馆展出,请原谅了。

另外,又有事相求,请您方便时帮忙联系一下,不急,办不成也无所谓,只是又麻烦您了。一是想要一本上虞县志。我已有一套绍兴市志(五册),但我更喜欢上虞县志。因在绍兴市志中介绍上虞的不多。我曾去信上虞市地方

志办公室，但无回音，不知是否这个机构已撤销了，如能要到，价钱由他们定，没问题。

另外想要一套杜氏家谱的复印件，前年我曾去信问过乡下村中人，他们的答复是不能外传，连复印都不行，只好作罢。现请您能否向上虞博物馆帮我打听下，他们那儿有否杜氏家谱，且要丰惠镇杜家的。因我们丰惠镇杜家也是从驿亭镇迁过来的，同一个祖宗，老祖宗就是杜衍，但后代就不同了。若上虞博物馆内存有，可否请他们代为复印一份(套)，费用多少请作一预算(包括寄费)，我可先寄钱去，再复印后寄给我。

以上二事真是麻烦您了，不急，办不成也无所谓，多谢了。

等您收到此信时，想您也已平安回到上虞了。顺祝

工作顺利，身体康健

杜桐源

2004.4.25

秋德先生：

有幸千里来相会，可惜人太多，没聊上几句，但可以看出您是一个实干的人，埋头苦干，做了那么多工作却不事张扬。我喜欢您这样的人，我也不善言词，靠自己本事干实事。不过，在今天的社会环境，像我这种人是吃不开了。

多谢您们那么远送来《上虞乡贤画册》，编得很好，我很喜欢，就是太厚了点，我们年纪大的人翻起来有点吃力，也难为您们那么远带那么重的东西来，真是十分感谢了。

上虞领导每次来都很热情，弄得我也很不好意思。不过我还是十分盼望家乡人来，想多听听家乡的变化，新鲜事。也许人老了，又远离故土，更怀旧，更怀念自己的故乡，听到家乡巨大变化也更高兴。

那天送的有关我的材料，真是很不好意思，太少了。正如我以前信中所提，虽然国家给了我荣誉，自感做的不多。我参与编写的两本书，一则不是我主编，自己也只存有一本，所以复印得一点点。我也有自知之明，确实也不够资格在乡贤馆展出，请原谅了。

另外，又有事相求，请您方便时帮忙联系一下，不急，办不成也无所谓，只是又麻烦您了。一是想要一本上虞县

20×25=500 GD007 第 页

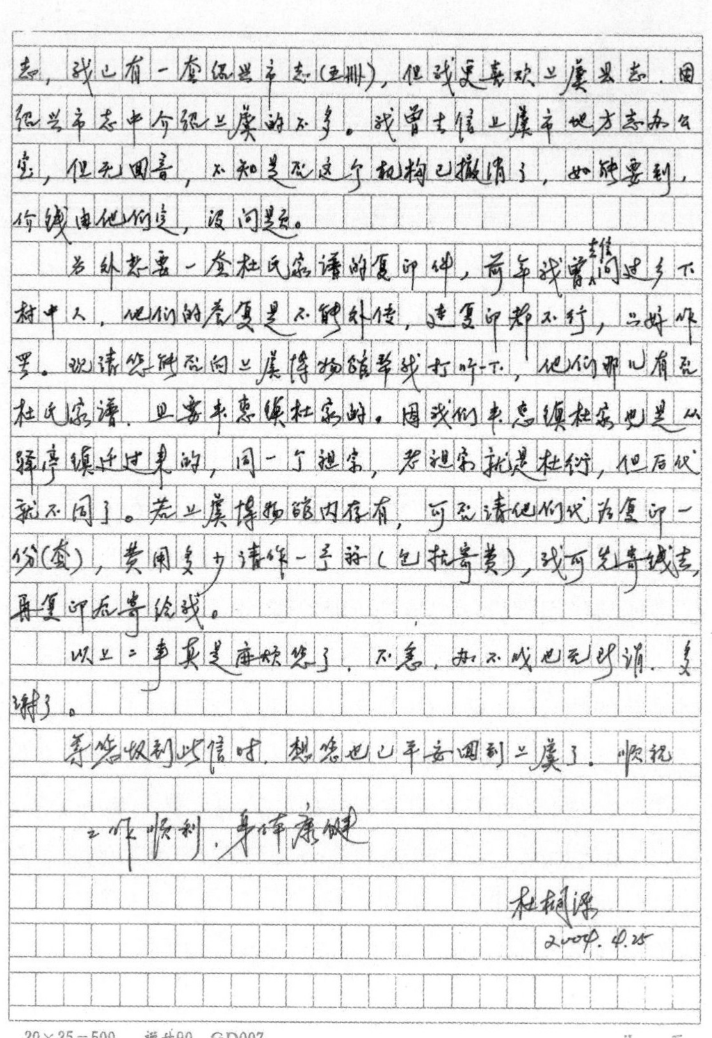

志，我已有一套绍兴市志（五册），但我更喜欢上虞县志，因绍兴市志中介绍上虞的不多。我曾去信上虞市地方志办公室，但无回音，不知是否这个机构已撤消了，如能要到，价钱由他们定，没问题。

另外想要一套杜氏家谱的复印件，前年我曾去信问过乡下村中人，他们的答复是不能外传，连复印都不行，只好作罢。现请您能否向上虞博物馆帮我打听一下，他们那儿有否杜氏家谱，且要丰惠镇杜家的。因我们丰惠镇杜家也是从驿亭镇迁过来的，同一个祖宗，老祖宗就是杜衍，但后代就不同了。若上虞博物馆内存有，可否请他们代为复印一份（套），费用多少请作一预算（包括寄费），我可先寄钱去，再复印后寄给我。

以上二事真是麻烦您了，不急，办不成也无所谓，先谢了。

等您收到此信时，想您也已平安回到上虞了。顺祝

工作顺利，身体康健

杜桐梁

2004.4.25

20×25=500　稀卅90　GD007　　第　页

杨永法

杨永法，1952年生，上虞人。自幼潜心书艺，尤以楷书见长。曾担任上海市第一届书法篆刻进修班辅导员，现为中国书法家协会会员，上海市书法家协会行书专业委员会副主任兼副秘书长，上海市书法家协会楷书专业委员会副主任，上海航天书法家协会主席，武警工程大学书画客座教授。

陈秋强先生：

您好！衷心祝贺二〇一一年中国首届虞商大会于九月二十四至二十七日在上虞国际大酒店隆重举行。感谢家乡市委市府的关怀，让我有幸参加这次盛会，与众多的杰出虞商相聚在一起，特别是王慧琳副书记、陈坚常务副市长在百忙中还与我们部份(分)虞商促膝交谈，介绍上虞的发展蓝图。让我们倍感振奋。

上虞是我的故乡，对家乡的飞速发展，我们备感自豪。乡贤研究会给我们架起了在外虞商的与家乡政府沟通的桥梁。这次虞商大会又是一个很好的平台。中央台阿丘说，广东潮商有抱团的传统。其实离开家乡创业、闯荡世界，这种抱团就是团结。系统论的一个著名论点，是系统大于部份(分)之和，这就是团结的力量、发展的力量。

上虞人杰地灵，物华天宝。愿我们的上虞百尺竿头更上一层。谢谢陈会长，谢谢市委市府！

此致

敬礼

辛卯秋杨永法书于永和堂

陈秋强先生：

您好！您的来函收悉并拜读，您所书写的颁奖词，遵嘱已用四尺宣纸并书成楷书，现呈上。说到讲一下书法与人生一事，前些时我曾在同济大学、交通大学学生和总裁们讲过，这也是一种沟通交流。倘若合适，可以在家乡尝试。

谢谢！

致礼

杨永法于甲午闰九月十五日书

陳秋强先生您好 衷心祝賀二〇一四年
中國首屆虞商大會於九月二十四至
二十七日在上虞國際大酒店隆重舉
行，感謝家鄉市委、市府的關懷，
讓我有幸參加這次盛會，與眾多
的傑出虞商相聚在一起，特別是
王慧琳副書記、陳豎常務副市長在
百忙中還與我們部份虞商[illegible]

交談、介紹上虞的發展藍圖，讓我們
倍感振奮。上虞是我的故鄉，對家鄉
的飛速發展，我們備感自豪。鄉賢
研究會給我們架起了在外虞商的
與家鄉政府溝通的橋梁，這次虞商
大會又是一個很好的平台。中央台
[illegible]廣東潮商有抱團的傳統，其
實離開家鄉、創業、闖蕩世界這種

陳秋強先生您好來函收悉并拜讀您
所書寫的頌奠胡運鳴已用四尺宣紙并
書成楷書現呈上，說到講一下書法與人
生一事前些時，我曾在同濟大學、交通
大學學生和總裁們講過，這也是一種
溝通交流，倘若合適可以在家鄉賞識
謝謝敬禮

楊永法於甲午閏九月十九日書

抱團這就是團結系統論的一個著名論
點是系統大於部份之和，這就是團結
的力量發展的力量，上虞人傑地靈物
華天寶願我們的上虞百尺竿頭更
上一層，謝謝陳會長，謝謝市委、市府
此致
敬禮

辛卯秋楊永法書於永和堂

杨守正

杨守正(1915—)，曾用名田冲、田大聪，上虞谢塘新岑村人。1935年就读于北平大学，参加了“一二·九”学生运动。1937年进西北联大学习，加入中华民族解放先锋队，1938年加入中国共产党。同年入延安抗大学习。1940年起历任八路军一二〇师支队(三五九旅补充团)政治教员、支队政治处副主任，团政治处代主任，中原军区后勤部政治部主任，吉林工业专科学校校长。新中国成立后，历任东北工业部设计处处长、重工业部设计司司长，国家计委设计计划局副局长，国家建委标准定额局局长，辽宁省化工石油厅厅长，中共辽宁省委副秘书长，1964年起，任中国驻索马里、苏丹、埃塞俄比亚、莫桑比克、苏联大使。1985年后，任中国人民大学经济系教授，外交学院、解放军外语学院等院校兼职教授。

陈秋强会长：

您好！来信收悉！非常感谢家乡政府一直对我的关心！我少小离乡，解放后长期在北京工作，对家乡的建设未能出过什么力，甚为憾事。

今年七月，欣闻上虞新大舜庙建成启用，小儿笑天蒙邀出席典礼，非常欢喜。记得我年幼时，每有机会去大舜庙游玩，都非常高兴。如今新庙建成，相信上虞悠久的大舜文化定会为上虞社会经济发展带来新的和谐和繁荣。

最近时而忆起小时父亲带我去岑仓堰杨氏祠堂祭祖的情形。这个祠堂现在大概已经不在了。希望我孩子将来能有机会替我回那里看看，届时请予关照！谢谢！

衷心希望家乡发展得越来越好！乡贤研究会的工作不断取得新的成就！

此致

敬礼

杨守正

2011年12月25日

No.

Date

陈秋强会长：

您好！来信收悉！非常感谢家乡政府一直对我的关心！我少小离乡，解放后长期在北京工作，对家乡的建设未能出过什么力，甚为憾事。

今年七月，欣闻上虞新大舜庙建成启用，小儿笑天蒙邀出席典礼，非常欢喜。记得我年幼时，每有机会去大舜庙游玩，都非常高兴。如今新庙建成，相信上虞悠久的大舜文化定会为上虞社会经济发展带来新的和谐和繁荣。

最近时而忆起小时父亲带我去岑仓堰杨氏祠堂祭祖的情形。这个祠堂现在大概已经不在了。希望我孩子将来能有机会替我回那里看看，届时请予关照！谢谢！

衷心希望家乡发展得越来越好！乡贤研究会的工作不断取得新的成就！

此致

敬礼！

杨守正

2011年12月25日

杨金团

杨金团，祖籍上虞沥海，绍兴诸善弄杨氏中医内科第三代传人，从事中医药已四十余年，系高年资执业中医师、副主任中药师，熟知药性，擅长内科、妇科，退休后应聘在绍兴震元堂中医馆坐诊。

陈会长：

您好！

欣闻您们成立了“上虞乡贤研究会”，并得到了国家中宣部的表彰，真是可喜可贺，并向您们表示深深的敬佩。

我叫杨金团，是一名退休老中医，在绍兴市中医院退休后，一直在震元堂国药馆坐诊。我妻子叫汪立军，是绍兴县教师进修学校退休教师，是绍兴市政协第四届、第五届政协委员。

今日来信，是向您们介绍两位上虞乡贤：一位是我的祖父杨厚斋先生，原籍上虞沥海，做过沥海乡乡董，在沥海为百姓做过很多公益事业，是清末民初名医，业绩载入《绍兴市志》等史册，详见资料。

一位是我妻子的祖父汪竹安先生，是清末民初全国名医之一，原籍上虞肖金沽渚汪家溇，业绩载入绍兴政协《绍兴文史资料》和《全国名医验案类编》等史册，为上虞和绍兴做出过很多奉献，详见资料。

今日初次联系，把两位乡贤的资料寄给您，请您们深入研究，如有可能最好能列入乡贤，载入史册。用以告慰先人，激励后辈。同时我也愿意为乡贤研究尽一绵薄之力，希望以后多加联系，有空到绍兴来，我们一起谈谈。

祝

夏安

杨金团

2015.6.6

115

陳会长：

您好！

欣闻您们成立了"上虞乡贤研究会"，并得到了国家中央部门表彰，真是可喜可贺，并向您们表示深深的敬佩。

我叫杨金团，是一名退休老中医，在绍兴市中医院退休后，一直在震元堂国药馆坐诊。我妻子叫汪立华，是绍兴县教师进修学校退休教师，是绍兴市政协第四届、第五届政协委员。

今日来信，是向您们介绍两位上虞乡贤：一位是我的祖父杨厚斋先生，原籍上虞汤浦，做过汤浦乡乡董，在汤浦为百姓做过很多公益事业，是清末民初名医，事迹载入《绍兴市志》等史册，详见资料。

一位是我妻子的祖父汪竹安先生，是清末民初全国名医之一，原籍上虞肖金沽渚汪家埭，事迹载入绍兴政协《绍兴文史资料》和《全国名医验案类编》等史册，为上虞和绍兴做出过很多贡献，详见资料。

今日初次联系，把两位乡贤的资料寄给您，请您们深入研究，如有可能最好能列入乡贤，载入史册。用以告慰先人，激励后辈。同时我也愿意为乡贤研究尽一绵薄之力，希望以后多加联系，有空到绍兴来我们一起谈谈。

祝

夏安！

杨金团 15.6.6.

联系地址：绍兴越城区森海豪庭合欢园17幢101室

电话 13606559958

李吉生

李吉生，上虞梁湖镇南穴村人，曾任江西铜业集团公司党校常务副校长。

上虞乡贤研究会并陈秋强会长：

先后寄我的《上虞乡贤》期刊第十九、二十、二十一期均已收到，十分感谢!!

我离开上虞故乡已六十年，人在异乡心在虞，家乡的山山水水，乡土人情永不忘，很想了解家乡的每一点变化、进步和发展。《上虞乡贤》传递了家乡的信息。每一期收到后一口气要联看三遍。

从《上虞乡贤》中看到了上虞人杰地灵，乡贤遍全国。

《上虞乡贤》传递了上虞乡贤文化研究的先进经验，并已推广至全国，正在开花结果。

《上虞乡贤》虽不定时期，版面不多，但内容丰富、图文并茂、信息量大，是一份很受广大乡贤和人们欢迎而爱戴的期刊。也是一份很有希望

中共江西铜业公司 贵溪冶炼厂党校

上虞乡贤研究会并陈秋强会长：

先后寄我的《上虞乡贤》期刊第十九、二十、二十一期均已收到，十分感谢!!

我离开上虞故乡已六十年，人在异乡心在虞，家乡的山山水水，乡土人情永不忘，很想了解家乡的每一点变化、进步和发展。《上虞乡贤》传递了家乡的信息。每一期收到后一口气要联看三遍。

从《上虞乡贤》中看到了上虞人杰地灵，乡贤遍全国。

《上虞乡贤》传递了上虞乡贤文化研究的先进经验，并已推广至全国，正在开花结果。

《上虞乡贤》虽不定时期，版面不多，但内容丰富、图文并茂，信息量大，是一份很受广大乡贤和人们欢迎而爱戴的期刊。也是一份很有希望和生命力的期刊！

上虞乡贤研究会在陈秋强会长的带领下，为上虞乡贤文化的研究发展，为《上虞乡贤》期刊的出版、发行作了大量辛勤的努力，取得了丰硕的成果。向你们表示祝贺

装 订 线

7696010921 第 页

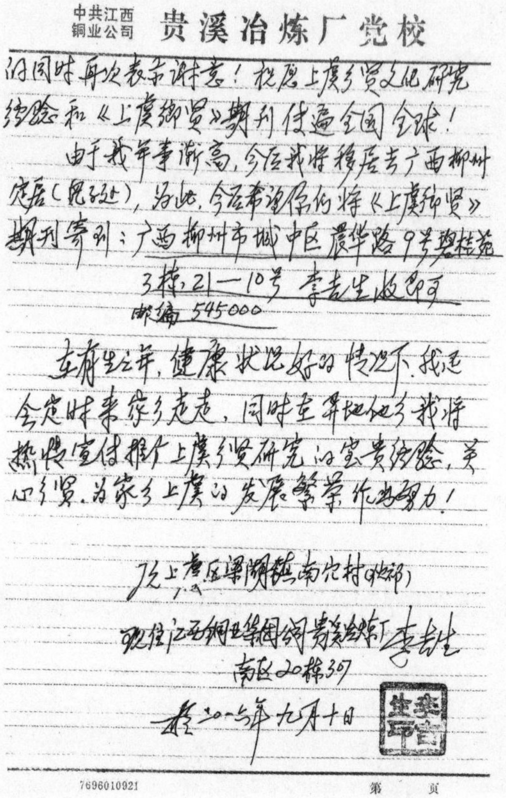
中共江西铜业公司 贵溪冶炼厂党校

的同时再次表示谢意！祝愿上虞乡贤文化研究经验和《上虞乡贤》期刊传遍全国全球！

由于我年事渐高，今后我将移居去广西柳州定居（儿子处），为此，今后希望你们将《上虞乡贤》期刊寄到：广西柳州市城中区晨华路9号碧桂苑3栋，21—10号 李吉生收即可

邮编545000

在有生之年，健康状况好的情况下，我还会定时来家乡走走，同时在异地他乡我将热情宣传推广上虞乡贤研究的宝贵经验，关心乡贤，为家乡上虞的发展繁荣作出努力！

原上虞区梁湖镇南穴村（狄祁）

现住江西铜业集团公司贵溪冶炼厂 李吉生

南区20栋307

于二〇一六年九月十日

李吉生印

7696010921 第 页

和生命力的期刊！

上虞乡贤研究会在陈秋强会长的带领下，为上虞乡贤文化的研究发展，为《上虞乡贤》期刊的出版、发行作了大量辛勤的努力，取得了丰硕的成果。向你们表示祝贺的同时，再次表示谢意！祝愿上虞乡贤文化研究经验和《上虞乡贤》期刊传遍全国全球！

由于我年事渐高，今后我将移居去广西柳州定居（儿子处），为此，今后希望你们将《上虞乡贤》期刊寄到：广西柳州市城中区李吉生收即可，邮编545000。

在有生之年，健康状况好的情况下，我还会定时来家乡走走，同时在异地他乡我将热情宣传推广上虞乡贤研究的宝贵经验，关心乡贤，为家乡上虞的发展繁荣作（做）出努力！

原上虞区梁湖镇南穴村（狄祁）。

李吉生

于二〇一六年九月十月

李武军

李武军（1963—　），上虞人，1984年参加工作，大学学历。绍兴日报社副总编、绍兴广播电视总台副台长、广播电视总台党委副书记。

尊敬的上虞乡贤研究会陈会长：

辛苦了！

每逢佳节倍思亲，收阅“家书”（《上虞乡贤》报）更温馨！

网络时代，媒介发达，信息海量；作为办报人，案头报刊每日如山。然而，说实在的，最让人心头一热的，当然要数“版面最少，时效最迟”的这份“小报”了。虽然离“家”并不远，但她一出现，总会让人勾起怀旧思乡之心！也许是年岁渐大使然，但更多的无疑是凝结在这份小报上的“微言大义”，既有信息量，更有人文力。从原来的《上虞乡贤》简报，到如今的《上虞乡贤》报，无不体现着陈会长等“乡里乡亲”默默无闻的执着、奉献、智慧乃至人格力量……

办报甘苦非人知。职业办报，自不待言，兼职为之亦然。无论组稿约稿，还有版式修造；

绍興日報社

尊敬的上虞乡贤研究会陈会长：

辛苦了！

每逢佳节倍思亲，收阅“家书”（《上虞乡贤》报）更温馨！

网络时代，媒介发达，信息海量，作为办报人，案头报刊每日如山。然而，说实在的，最让人心头一热的，当然要数“版面最少，时效最迟”的这份“小报”了。虽然离“家”并不远，但她一出现，总会让人勾起怀旧思乡之心！也许是年岁渐大使然，但更多的无疑是凝结在这份小报上的“微言大义”，既有信息量，更有人文力。从原来的《上虞乡贤》简报，到如今的《上虞乡贤》报，无不体现着陈会长等“乡里乡亲”默默无闻的执着、奉献、智慧乃至人格力量……

①

既有文字、图片需编校，更有清样以后排印发；除了内容基调，还有排名得当，更有手法技巧，岂止简单的"责任"两字能包罗？

在此，真切表示赞佩！

同时，在商言商。在下也顺便从职业习惯的角度，提点十分浅表的想法和建议，如果能有所共鸣或启发，则也算一个虞籍小乡对乡贤会的一种良好态度了。因为，这份《上虞乡贤》报已日渐成为万千游子在外"望乡"的"窗口"了。

1. 报头。"上虞乡贤"四字，一是能否在边框（文武浅）上用小方格打上"浙江省文化建设示范点""上虞市文化贡献奖"等荣誉性字样（小字），因为第2期上报头下的这二块"荣誉榜"不可能每期都印，但不写又有点可惜。而报头浅框上体现下，也可起装饰作用，目前似乎有点呆板，同时此浅框也可改成类似第2版中的花架或线条，以典雅文味点；二是"上虞乡贤"四字，能否采取邀约或征集，即每期请不同的上虞乡贤题写（也可题上名），既可增强乡贤的参与性，体现报纸的互动性，也可让其他乡贤和广大读者感受到常读常新。这方面的爱好书法的乡贤似乎不少，其实也不一定是"书协会员"，形式比质量重要，开放办报，大家办报嘛。

2. 宗旨。本人注意到第2期"本报编辑部"文章中，提到上虞乡贤研究会一直秉承的"宗旨"，应该说初衷是这样的出发点，但十年风雨走过来，其实际情况已超越了这个范畴。内涵和外延可能有所变化了，比如至少最后一句"服务上虞经济"似乎略显局限，甚至功利。其实岂止经济啊，社会发展、和谐进步（上虞美誉度、凝聚力、影响力等），建议可改成"服务上虞发展"。另外前二句"挖掘故乡历史"和"抢救文化

绍興日報社

办报之甘苦非人矣。职业办报自不待言，兼职为之不易。无论组稿约稿，还有版式修改；既有文字、图片需编校，更有清样以后排印发；除了内容基调，还有排名得当，更有手法技巧，岂止简单的"责任"二字能包罗了！

在此，真切表示赞佩！

同时，在商言商。在下也顺便从职业习惯的角度，提点十分浅表的想法和建议，如果能有所共鸣或启发，则也算一个虞籍小乡对乡贤会的一种良好态度了。因为，这份《上虞乡贤》报已日渐成为万千游子在外"望乡"的"窗口"了——

1. 报头。"上虞乡贤"四字，一是能否在边框（文武浅）上用小方格打上"浙江省文化建设示范点""上虞市文化贡献奖"等荣誉性字样（小字），因为第2期上报头下的这二块"荣誉榜"不可能每期都印，但不写又有点可惜，而报头浅框上体现

(2)

遗产”也略显重叠，应该说有一句已体现责任担当了，而且更有力度。总概起来，是否体现如下层意：“抢救文化遗产”“继承（或弘扬）虞舜精神”，“凝聚乡贤力量”，“服务上虞发展”。（此发展当然包括、首先是“经济”为主的各种发展了。）当然，具体用词等可再推敲。

3.征稿。能否每期开设“故土印象”（照片、速写等）、“回乡思绪”（观感、游记、回忆等）类以栏目，除“题字寄语”（书法留言）外，让乡贤们尤其是回乡乡贤留下点文字、图片记忆，视情适当作（做）些人物简介等，这样可能增强报纸的亲切感和互动性，活泼版面。像第2期中头版最下面一照片，如果是乡贤拍的，署上姓名及现单位即可。

4.出版。尽量能相对定期应时出版，或季刊或双月刊逢5、逢10日出版，这样，既可体现规范和期待，同时，也可定期从市委市府办摘编一些“上虞大事记”（前三个月或前一季的“速录”下二个月或下一阶段的“前瞻”），让乡贤们知情明事，也许可以更好地回乡省亲、服务家乡了。

说说容易，做做难，一时兴起，大笔一挥，不当之处敬请谅解。好在陈会长也是熟悉的。老车现在常在百官吗？方便时也想去看望他下，与你等聚聚。你来绍兴时，也请联系我，便餐下。

此颂保重

秋祺

李武军

2011.9.15夜

绍興日報社

下，也可起装饰作用，目前似乎有点呆板。同时，
此线框也可改成类似第二版中的花架式线
条，以显雅文味点； 二是“上虞乡贤”的字，
能否采取邀约或征集，即每期请不同的上虞
乡贤题字（也可署上名），既可增强乡贤的参与性，
体现报纸的开放性，也可让其他乡贤和广大读者
感受到常读常新，这方面的参加书法的乡贤
似乎不少，其实也不一定是“书协会员”，形式
比质量更重要，开放办报、大家办报嘛。

2、宗旨。本人注意到第2期“本报编辑部文章
中，提到上虞乡贤研究会一直秉承的宗旨”，应
该说初衷是这样的出发点，但十年风雨走过来，
其实际情况已超越了这个范畴，内涵和外
延可能有所变化了。比如宗旨最后一句“服务
上虞经济”似乎略显局限，甚至功利，其实包括上
经济的，社会发展、和谐进步（上虞美誉度、凝聚
力、影响力等），建议可改成“服务上虞发展”。另外，
（3）

绍興日報社

前述"挖掘故乡历史"和"抢救文化遗产"也略显重叠，应该说有句已体现责任担当了，而且更有力度。总概起来，是否体现以下层意："抢救文化遗产"、"传承（或弘扬）虞舜精神"、"凝聚乡贤力量"、"服务上虞发展"（此"发展"当然包括、首先是"经济"为主的各种发展了。）当然，具体用词等可再推敲。

3. 征稿。能否每期开设"故土印象"（照片、速写等）、"回乡思绪"（观感、访记、回忆等）类似栏目，除"题字寄语"（书法或留言）外，让乡贤们尤其是回乡乡贤留下点文字、图片记忆，视情选登以及人物简介等，这样可能增强报纸的亲切感和可读性，活跃版面。像第二期中头版最下面一照片，如果是乡贤拍的，署上姓名日期等应即可。

4. 出版。尽量能相对固定期定时出版，或季刊或双月刊，逢5、逢10日出版，这样，既可体现

④

绍興日報社

规范和期待，同时，也可定期以市委市府办结合一些"上虞大事记"（前二个月或前一季的"速录"、下二个月或下一阶段的"前瞻"），让乡贤们知情明事，也许可以更好地回乡创业、服务家乡了。

说了容易做起来难，一时兴起，大笔一挥了，不当之处敬请谅解。如有啥会议也是、缺席的，老年现在常在百官啊，方便时也想去看望他下，与你当聚聚。你来虞时，也请联系我，便餐下。

顺颂俾安，

秋祺！

[illegible]

2011.9.15夜

⑤

李鸿庆

李鸿庆，上虞崧厦人。居住上海。虽身体患病，但意志顽强，团结一大批志同道合的朋友，数十年坚持耕耘民间文学，并办起一张在上海颇具影响力的《东方民文》报。

陈秋强会长，您好。

谢谢您的关爱，是您高度评解（价）我在十年办《东方民文》的历史意义。其实写文、画图、办报仅是我的一个业余爱好，是对生了癌以后对癌友，对家庭亲友的一个承诺。俗话说一诺千斤（金），我基本做到了。在人们追求财富和物欲，在民间文学边缘化的今天，我选择了以报会友，自辟蹊径，虽没有轰轰烈烈的成就，但也为传承民间文学、繁荣草根艺术尽一分力，这其间的甘苦自己知道，也有像洪承伟退休街道主任、民歌大王王森和您的慧眼识珠，我深感欣慰。

我是患有两种癌，五次车祸，六次开刀，三次全麻的大病患者。虽然面临的是一无资金，二无专门人材，三无办公场所，但我决定搞还是搞成了。我的口头禅是事在人为，办法比困难多。只要你决心搞，一定能搞成，并且搞得好，不为名不为利，只为他人作嫁衣，这十年我做到了。联络300位文化老人，作为我办刊的依靠力量志愿者。十年中我找到了一百多个单位和个人成为协办单位（收取2000～2500元的资料费），以一版养三版方式，走出了一条没有钱办报，不要钱送报的全新办报路子。办刊和作者著文的要求是："贴近时代，反映民心。""以文会友，自娱自乐"则是聚集文友根本要求。十年办刊不仅为作者读者提供一份精神食粮，而且还为外地和本市作者几十年不见成了一座桥梁——联系上了，为培养新秀，为老作者提供耕耘园地，为文化大发展、大繁荣尽了一点职，出了一份力。

上虞有很深的文化底蕴，您干乡贤文化很有历史意义，也实在花费心血。你的成就功德无量，历史不会忘记您，上虞人民记着您。我期望家乡繁荣昌盛，一江两女的旅游资源大有文章好做。

关于您邀我来故乡看看，我想带我的东方民文自助总会的文友15~20位一齐来家乡采风交流，时间初定3天两夜，费用基本自掏，为取得有关方面支持，与我们有联系的有上虞市民协、上虞市文化馆、上虞日报、上虞市政协赵畅，规格不要高，住宿招待所、农家乐就行，只要卫生，吃饭盒饭即可，只要安全，老人出行一辆车是必须落实的。

祝

夏安

上海同乡李鸿庆

2012.6.23

当顾者。十年中我找到了一百多个单位和个人成为协办单位（收录2000多篇文的资料带了），以一版养三版方式，走出了一条没有钱办报、不要钱送报的全新办报路子。办刊和作者著文的要求是：贴近时代，反映民心。"以文会友、自娱自乐"则是家乡文友根本要求。该办刊不仅为作者读者提供一个精神家园，而且还为外地和本市作者从十年不见成了一座桥梁——联系上了。为培养新秀，为文学作者提供耕耘园地，为文化大发展大繁荣尽了一点微薄之力。

上虞有很深的文化底蕴，适于发展文化很有历史意义。也需在化新心血，你的成就功绩无量，历史不会忘记你们，上虞人民记着您。我期望家乡繁荣昌盛，一江两岸的旅游资源大有文章好做。

关于您邀我来故乡看看，我想带我的专业艺文自助旅游会的文友15—20位一行来家乡采风交流，时间初定5天两夜，费用基本自理，为此得有关方面支持，与我们有联系的有上虞市民协、上虞市文化馆、上虞日报、上虞市政协文史办，规格不要高，住宿、招待所、宾馆都可以，只要卫生，吃饭简单就可，只要安全，三人出行一切都是自己落实的。祝夜安

2012.6.23. 上海同乡 李伯庆

严　肃

严福昌，笔名严肃，上虞盖北镇江村人，1939年出生，1963年毕业于上海戏剧学院，分配到四川省文化厅，任剧目办公室副主任。1997年加入中国作家协会，系国家一级编剧、中国剧协理事、四川文联副主席、四川省剧协主席，历任四川省文化局干事，中共四川省委宣传部文艺处处长，四川省文化厅副厅长等职。

敬启者

秋强仁兄：

欣悉您执长(掌)的乡贤会成立十周年，谨表诚挚的祝贺。这个民间社团的肇始，是筚路蓝缕的开创、呕心沥血的筹划、脚踏实地的奋斗，成就了乡贤会文化的奇葩，可谓是对传统与现代联结的重要创新。您被评为上虞最具影响力人物奖，乡贤会被评为市红旗单位、浙江省文化建设示范点，乃是实至名归的必然。

曾记得您为考察(也是发现)明代虞籍贤吏谢瑜在四川的政绩，千里迢迢奔赴蜀地，不辞劳苦来到夹江千佛岩实地踏勘御察使遗迹，我有幸陪同聆听当地文管干部讲述吾乡先贤清正廉洁的故实(事)，为“濯足振衣”的高尚情怀所感动，也为这位伟岸的乡长而深感荣耀。然后您设法将丈余的“振衣岗”巨型拓片带回上虞，为乡贤增添了一大实证。我更为您一丝不苟的工作作风和对乡贤鞠躬景仰精神所感染；我们也从此结下了深厚的友谊。

这十年来，您的文化学者与企业家兼具的家乡情结，做出了许多堪称丰厚非凡的业绩，在浙东乃至全国独树乡贤的旗帜，这对创新发展中国特色社会主义文化，是功不可没的。市领导评价乡贤会“挖掘故乡历史，抢救文化遗产，弘扬乡贤精神，服务上虞经济”十分恰切。您和同仁们就中功莫大也。对此，我这个离乡半个世纪有余的上虞子民要向你们表达深深的敬意！

欢迎您再到蜀地一游，大地震后的四川依然美丽。

即颂

时绥

乡友

严肃谨叩

辛卯夏月

2011.夏

敬启者

秋强仁兄：

欣悉你执长的乡贤会成立十周年，谨表诚挚的祝贺。这个民间社团的肇始，是筚路蓝缕的开创，呕心沥血的筹划，脚踏实地的奋斗，成就了乡贤研究文化的奇葩，可谓是对传统与现代联结的重要创新。曾被评为上虞最具影响力人物奖，乡贤会被评为市红旗单位，浙江省文化建设示范点，乃是实至名归的必然。

曾记得，作为考察（也是发现）的虞籍代贤者谢瑶在四川的政绩，千里迢迢奔赴蜀地，不辞劳苦来到来江千佛岩实地踏勘"乡贤传"遗迹。我有幸陪同聆听当地文管干部讲述了乡先贤清正廉洁的故实，为"濯足、接衣"的高尚情操所感动，也为这位伟岸的乡长而深感荣耀。然后您设法将丈余的"接衣岩"巨型拓片带回上虞，为乡贤馆增添了一大实证。我更为您二位不辞辛劳、风雨对前贤鞠躬尽瘁的精神所感染，我们也从此结下了深厚的友谊。

这十年来，您以文化学者企业家兼具的敬乡情结，做出了许多堪称卓越非凡的业绩，在浙东乃至全国独树乡贤的旗帜，这对创新发展中国特色社会主义文化是功不可没的。而您领导的乡贤会，挖掘故乡历史，抢救文化遗产，弘扬乡贤精神，"冠名上虞经验"十分恰切，您和同仁们诚功莫大也。对此，我这个离乡半个世纪有余的上虞子民要向你们表达深深的敬意！

欢迎您再到蜀地一游，大地震灾后的四川依然美丽。

即颂

时绥

乡友 严孝刚 谨

辛卯夏月

吴甲选

吴甲选(1928—)，当代茶圣吴觉农之子，上虞丰惠人。毕业于北京外国语学院英文系；1972年，调中国人民外交学会，任副秘书长、外交学会理事、中国联合国协会理事，负责调研和接待工作。曾任驻牙买加特命全权大使。离休后从事文学翻译工作，担任华侨茶叶发展基金会副理事长。

秋强会长：

来函敬悉。十分感谢将由市乡贤研究会承办先父传记的首发仪式。近日，我见了正在京参加本届人大的传记作者王旭烽女士，我已告她，将由我代表家族来虞参会。

梁祝故事源出上虞本是不争事实，非常高兴听到将构建祝家庄风景旅游区的消息。乡贤馆设在梁湖更是一件极有意义的事。上虞名人荟萃，先父能列名其中，我们深感荣幸，定当全力支持。

乡贤会在您的领导下，

年 月 日

秋强会长：

来函敬悉。十分感谢将由市乡贤研究会承办先父传记的首发仪式。近日，我见了正在京参加本届人大的传记作者王旭烽女士，我已告她，将由我代表家族来虞参会。

梁祝故事源出上虞本是不争事实，非常高兴听到将构建祝家庄风景旅游区的消息。乡贤馆设在梁湖更是一件极有意义的事。上虞名人荟萃，先父能列名其中，我们深感荣幸，定当全力支持。

乡贤会在您的领导下，已取得了非凡的成绩，谨向您和研究会同志致以诚挚的祝贺和感谢！ 此致

敬礼！

吴甲选

2004年3月14日

已取得了非凡的成绩，谨向您和研究会同志致以诚挚的祝贺与感谢！

此致

敬礼！

吴甲选

2004年3月14日

秋强会长：

上虞乡贤研究会成立十年，为研究故乡历史，弘扬乡贤精神，多方面作出了令人瞩目的贡献，谨此致以诚挚的祝贺，并向您和研究会同志们的辛勤努力致敬。

上虞是人文荟萃、人才辈出之地，在我国近、现代史上也涌现了众多为民族复兴、国家富强、人民幸福而奋斗的志士仁人。近年来，“与时俱进”一词逐渐成为时代的流行语，我未查过此词最先的出处，但似早曾相识。我在这里讲一段小小的回忆：抗战初年，先父吴觉农担任当时中国主要出口商品茶叶的对外贸易工作，经常来往于重庆、香港之间。胡愈之伯伯常来香港，也住在我家。我曾听他们谈起中国民主革命的先驱者之一经亨颐先生提倡“与时俱进”作为春晖中学的校训，这充分说明了那一代知识分子具有探索真理、追求社会进步与变革的迫切愿望和坚定意志，是很值得后人敬仰的。

值此乡贤研究会成立十周年，敬书“播火传薪，与时俱进”以表祝贺。

顺颂

秋安

吴甲选

2011年8月25日

担任当时中国主要出口商品茶叶的对外贸易工作，经常来往于重庆香港之间，胡愈之伯伯常来香港，也住在我家，我曾聽他们谈起中国民主革命的先驱者之一、他们的良师益友经亨颐先生提倡“与時俱进”作为春晖中学的校训，这充分说明了那一代知识分子具有探索真理、追求社會进步与变革的迫切愿望和坚定意志，是很值得后人敬仰的。

值此鄉賢研究會成立十周年，敬书“播火傳薪 与時俱进”以表祝贺。 順頌

秋安

吴甲選

2011年8月25日

装订线

MAXLEAF 年 月 日 第 页

吴重远

吴重远，当代茶圣吴觉农先生长子，1926年生于上海。1949年毕业于上海同济大学法学院，1950年在团中央工作。1953年调至国家体委工作，曾任中国奥林匹克委员会副主任兼新闻委员会主任。担任过中国参加奥运会、亚运会代表团副秘书长、副团长，北京亚运会和奥运会申办委员会新闻部长和发言人。获国家体委授予的“新中国体育开拓者奖章”“体育工作贡献奖章”。

秋强会长：

接读来信，感谢对我的关心。在报、刊、通讯上常拜读你的大文。(你)为加强乡贤之间的联系，发掘上虞乡贤所做出的贡献，弘扬虞舜文化做了许多工作。

谈到我个人，因为在体委工作近半世纪，在那个工作岗位上，做了一些事，也尽了自己一份力，但说不上有什么贡献。最近收到上虞一个初中三年级学生给我的信，对我做过的一些工作也予以赞扬。我还不知道这位孩子是从哪里了解我的一些情况的，大概就是从《上虞乡贤文化》一书中读到的吧！我给这位小朋友复了一封信，这种交流倒是不错的。

我写过一些文章，做过一些事，也有比较多的经历。但是，我从不存集这些资料，包括有的报刊写过我的一些事情。因为我觉得只是我在那个工作岗位上该做的事罢了，比起我的两位好友——谢晋和何振梁，就不可同日而语了。他们是真正为一方面的事业作出了贡献。如果我也有点贡献的话，是把何振梁拉回老乡的行列。因为他出生在江苏无锡，因此他过去填的祖籍都在无锡，我说别忘了本，老子是上虞人，你也应该是上虞人。从此他才归队了。一笑。

我四年多前编写第二次申奥报告时突患脑血栓，虽保住了一条命，左侧行动不便，生活处于半自理状态，也很难再往外地走动，包括仍魂牵梦系的老家上虞。倒是希望你们有机会来北京时能见见面、聊聊天。顺致

春节的问候

又：春节期间如谢晋回老家，见着了代我问好。

吴重远

2001年3月2日

秋鸿会长：

接读来信，感谢对我的关心。在报、刊、通讯上常拜读你的大文，为加强乡贤之间的联系，发掘上虞乡贤所做出的贡献，弘扬虞舜文化做了许多工作。

谈到我个人，因为在侨务工作近半世纪，在不同工作岗位上，做了一些事，也尽了自己一份力，但谈不上有什么贡献。最近收到上虞一个初中三年级学生给我的信，对我做过的一些工作也予以赞扬，我还不知道这位孩子是从哪里了解我的一些情况的。大概就是从《上虞乡贤文化》一书中读到的吧！我给这位小朋友复了一封信，这种交流倒是不错的。

我写过一些文章，做过一些事，也有比较多的活动。但是，我从不存集这些资料，包括有的报刊写过我的一些事情。因为我

年　月　日　　　　第　页

装 订 线

觉得只是我在那个工作岗位上该做的事罢了。比起我的两位好友——谢晋和何振梁，就不可同日而语了。他们是真正为一方面的事业作出了贡献。如果我也有点贡献的话，是把何振梁硬拉回老乡的行列。因为他出生在江苏无锡，因此他过去填的祖籍都是无锡。我说别忘了本，老子是上虞人，你也应该是上虞人。从此他才归队了。一笑。

我在年前编写第二次申奥报告时突患脑血栓，总算保住了一条命，左侧行动不便，生活处于半自理状态，也很难再经常地走动，包括仍魂牵梦萦的老家上虞。但总希望你们有机会来北京时能见见面、聊聊天。顺致

春节的问候。

[illegible]

3/2

（2001年）

又：春节期间如谢晋回老家，也请代我问好。

年　月　日　　　　第　页

吴德融

吴德融(1931—),上虞汤浦下街村人,北京对外经贸大学54届本科德语系毕业。1949年9月,在上海参加革命工作,随即进入在南京的解放军华东军政大学学习。1950年,调上海市粮食公司任仓储技术员。1953年,调中央贸易使馆,先后担任商务随员、商务二秘和中国驻法大使馆商务参赞。1967年起,在对外经贸部第一局对苏联和东欧贸易处工作,先后任科员、副处长、处长等职。1989年起,在中国华能集团国际经贸公司先后任经理、副总经理,曾为朱镕基等中央领导担任经贸会谈的德语翻译。

陈秋强会长并乡贤会诸位先生,您们好!您们辛苦了!对您们的工作表示极大的崇高敬意!

愉快地得悉陈会长被评为"文化工作特别贡献奖"。在此谨向陈秋强先生表示衷心祝贺!同时,我也认为,这也是贵会诸位同仁的荣耀,是市委和市政府领导对您们工作的充分肯定和评价。

自乡贤会成立以来,贵会在陈会长的领导下和您们全体同仁主动地、积极地、努力地、深入地工作并获得了显著的、丰硕的成绩。您们的工作受到表彰是受之无愧的。您们确实做了大量工作,付出了心血,从每期简报看来,您们真是非常忙碌,活动频繁,有做不完的工作,拓展的领域更加广泛和更加深入。我认为,您们的工作意义很大,不仅对我们上虞市一个地方,而且对我们国家、民族,激发爱国爱乡的热情增强凝聚力,弘扬文化都有深远的意义。为此建议您们把几年来乡贤工作好好作一个总结,把您们宝贵的经验传播给全国各地,从而作出更大贡献。

同乡人吴德融

2007.11.25

陳秋強会長並乡贤会諸位先生：您们好，

您们辛苦了！对您们的工作表示极大的学习与敬意！

愉快地得悉陈会长被评为"文化工作特别贡献奖"，在此谨向陈秋强先生表示衷心祝贺！同时，我也认为，这也是贵会诸位同仁的荣耀，是市委和市政府领导对您们工作的充分肯定和评价。

自乡贤会成立以来，贵会在陈会长的领导下和您们全体同仁主动地、积极地、努力地、深入地工作，并取得了显著的、丰硕的成绩。您们的工作受到表彰是受之无愧的。您们确实做了大量工作，付出了心血，从每期简报看来，您们真是非常忙碌，有做不完的工作，拓展的领域更加广泛和更加深入。我认为，您们的工作意义很大，不仅对我们上虞市一个地方，而且对我们国家、民族，激发爱国爱乡的热忱，增强凝聚力，宏扬文化都有深远的意义。为此建议您们把这几年乡贤工作好好作一个总结，把您们宝贵的经验传播给全国各地，从而作出更大贡献。

同乡 吴德聪

2007.11.25

一个问题：伟大诗人李白曾游历绍兴，是否也到过上虞？

上虞乡贤研究会:

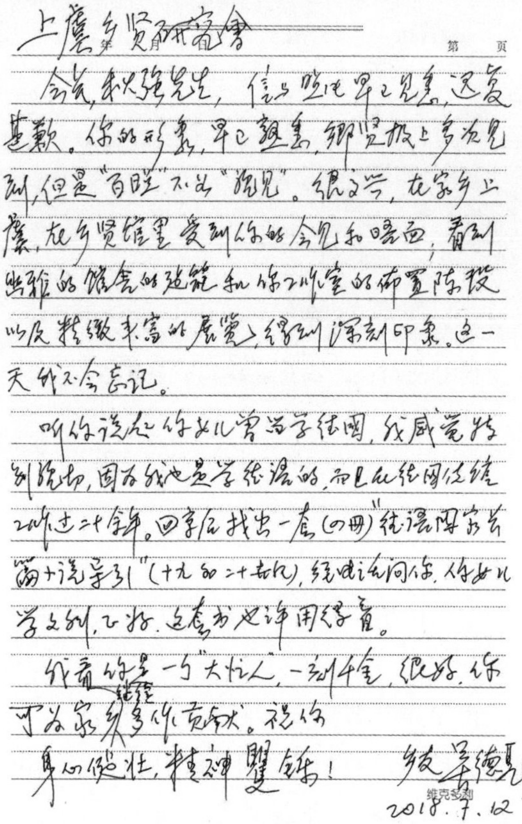

会长秋强先生,信与照片早已见悉,迟复甚歉。你的形象,早已熟悉,乡贤报上多次见到,但是“百照”不如“亲见”。很高兴,在家乡上虞,在乡贤馆里受到你的会见和晤面。看到幽雅的馆舍的建筑和你工作室的布置陈设以及精致丰富的展览,得到深刻印象。这一天我不会忘记。

听你说起你女儿曾留学德国,我感觉特亲切,因为我也是学德语的,而且在德国使馆工作过二十余年。回京后找出一套(四册)“德语国家长篇小说导引”(十九和二十世纪),经电话问你,你女儿学文科,正好,这套书也许用得着。

我看你是一个“大忙人”,一刻千金,很好,你可为家乡继续多作贡献。

祝你

身心健壮,精神矍铄

乡友吴德融

2018.7.12

吴慧娟

吴慧娟(1963—)女,曹娥上沙村人。中共党员,高级工程师,现任国家住房和城乡建设部建筑市场监管司司长。1982年毕业于上海同济大学土木系工业与民用专业,获学士学位,分配在国家建设部。1991年任建设部施工管理司体改法规处副处长。1993年任建设部驻新加坡工作组组长。1995年调建设部建筑业司国际市场处工作,任处长。中国对外承包工程商会建筑分会常务副会长。

陈会长:

您好！您的来信于前些天收到,很感激老家的乡贤研究会还惦念在京的虞籍人士！

我父亲是曹娥上沙村人,母亲是东关镇人。我出生在上海,但小时候年年过年父母亲带我们回上虞,我每年寒暑假几乎都在上虞过,还横渡过曹娥江,至今我们能讲一口流利的绍兴话,对上虞感情深切,对外我一直声称我是上虞人。

马年即将到来,在此对您对我的关心深表谢意！给您拜年！并祝您及全家人马年快乐！健康幸福！

此致

礼

吴慧娟

2014.1.26

中华人民共和国住房和城乡建设部

陈会长：

您好！您的来信于前些天收到，很感激老家的乡贤研究会还惦念在京的虞籍人士！

我父亲是曹娥上沙村人，母亲是东关镇人，我出生在上海，但小时候年年过年父母常带我们回上虞，我每年寒暑假几乎都在上虞过，还横渡过曹娥江，至今我们能讲一口流利的绍兴话，对上虞感情深切，对外我一直声称我是上虞人。

马年即将到来，在此对您对我的关心深表谢意！给您拜年！并祝您及全家人马年快乐健康幸福！

此致

礼！

吴慧娟 2014.1.26

何　阳

何阳，上虞著名乡贤何振梁之子，人民体育出版社副编审、副总编辑。

上虞乡贤研究会：

你们好！

这是我父亲何振梁在1984年洛杉矶奥运会期间所戴的太阳镜，现捐赠给贵会保存。

捐赠人：何阳

2019年7月5日

第29届奥林匹克运动会组织委员会
Beijing Organizing Committee
for the Games of the XXIX Olympiad
北京市海淀区北四环中路267号
邮编：100083
电话：(86-10)66692008
传真：(86-10)66699229
267 Beisihuanzhonglu, Haidian,
Beijing, 100083
Tel: (86-10)66692008
Fax: (86-10)66699229
www.beijing2008.com

上虞乡贤研究会：

你们好！

这是我父亲何振梁在1984年洛杉矶奥运会期间所戴的太阳镜，现捐赠给贵会保存。

捐赠人：何阳

2019年7月5日

何畏

何畏(1913—2012),原名杜其昌,上虞驿亭镇五夫村人。1938年加入中国共产党。曾任五夫小学教员四年。1939年,奉命打入国民党上虞县政府,任科员,执行党的特殊任务。1942年,受中共浙东区党敌伪军工作委员会派遣,打入汪伪上虞县政府和汪伪绍兴敌特机关做情报工作。撤出后,历任抗日民主政府三北特派员公署,慈溪县政府秘书,中共梁湖区区委委员、区长等职。1945年奉命北撤,先后任解放军第一纵队政治部民运部干事、新汶煤矿公司秘书、山东省卫生局和华东军区卫生部秘书、科长。1949年随军南下,在上海参加接管工作,历任中共上海市委组织部副科长、科长、副处长,市人事局办公室副主任,上海中学副校长,上海市体委办公室副主任,上海体育干部进修学院负责人。1984年离休。

陈秋强同志:

您好!前后两信及附件收悉,谢谢。

上虞市乡贤研究会荣获上虞市红旗单位称号,我十分高兴,热烈祝贺。这是您领导有方和大家共同努力的结果。

一、关于构建上虞名贤馆的建议,我完全赞成,热烈拥护。对实施方案提几点意见,供参考。

1.作为旅游景点过于分散固然不好,但过于集中也非良策。曹娥景区已有舜耕巨雕园、曹娥庙等景点之外,还在规划增建、扩建,相当集中。上虞名贤馆的构建在内涵和风格上与曹娥景区的景点不同,最好另选城区附近,有山有水,交通便捷的地方,尽可能与自然景点结合,各个别具风格的单体建筑散落在水边山坡,增加观赏价值。同时可以多带动一方经济与社会发展。三面环山的白马湖畔倒是一个比较理想的地方,又能与名校春晖中学和诸位名贤故居毗连和共鸣,增加文化氛围。

2.舜和曹娥不可相提并论。

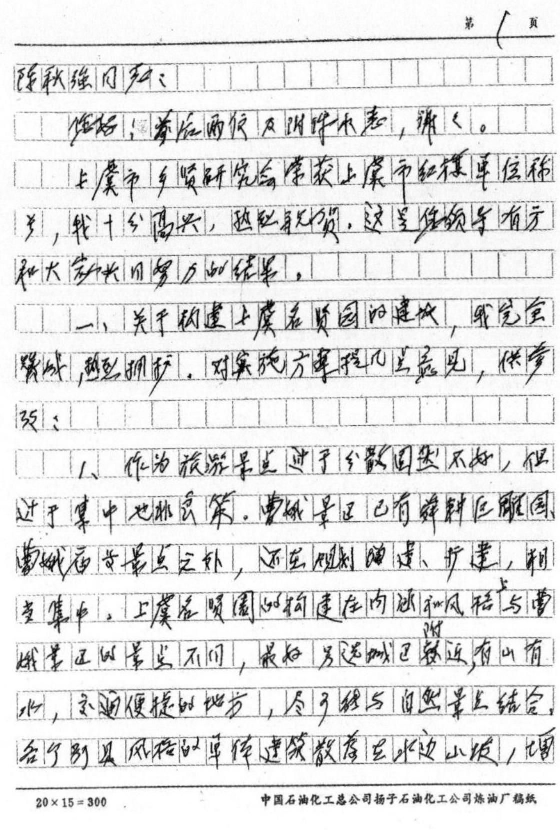

第 1 页

陈秋强同志：

您好！寄后两信及附件收悉，谢谢。

上虞市乡贤研究会荣获上虞市红旗单位称号，我十分高兴，热烈祝贺。这是您领导有方和大家共同努力的结果。

一、关于创建上虞名贤园的建议，我完全赞成，热烈拥护。对实施方案提几点意见，供参考：

1、作为旅游景点过于分散固然不好，但过于集中也非良策。曹娥景区已有舜耕区雕园、曹娥庙等景点之外，还在规划增建、扩建，相当集中。上虞名贤园的构建在内涵和风格上与曹娥景区的景点不同，最好另选城区附近、有山有水，交通便捷的地方，令其能与自然景点结合，各个别具风格的单体建筑散落在水边山坡，增

20×15=300　中国石油化工总公司扬子石油化工公司炼油厂稿纸

3.名贤雕像与纪念馆都是单个的雕像和专馆纪念，比较专一突出，不同于群雕和合馆纪念，所以在确定时需要审慎，必须其人业绩、功德确凿，有根有据，历来为社会所公认。雕像尽可能形象逼真，至今尚有争议的人物，不必急于列入。

4.状元等有功名的古人，有的虽声名显赫，但不一定是贤者，故须分别对待。

5.要适当突出革命烈士，我主张另建烈士纪念馆。

6.乡贤馆和名贤纪念馆的名称不易辨别，建议将前者改称名贤陈列馆。

7.四位刚正不阿的谏官是否包括李光在内？海南岛的五公祠有李光在内。

二、您前信要我和夏弘宁同志联系关于举行上虞旅沪乡亲联谊活动事，我准备最近写信和他联系。他如愿发起，登高一呼，应者必众。我与他未见过面，不熟悉，试试看。

三、您们想来上海为我祝寿，我感激之余，又感实在不敢当。在上海的部分五夫乡亲，拟在三四月间举行一年一度的联谊会，顺便为我祝寿，您如有兴趣和时间，欢迎您光临参加。等时间、地点确定了通知您，好吗？

第 2 页

加以观赏价值，同时可以带动一方经济与社会发展。三面环山的白马湖畔倒是一个比较理想的地方，又能与春晖中学和诸位名贤的居址连和共鸣，增加文化氛围。

2、舜和曹娥不可相提并论。

3、名贤雕塑与纪念馆都是单个的雕象和专馆纪念，比较突出专一，不同于群雕和合馆纪念，所以在确定时需要审慎，必须其人业绩功德确凿，有根有据，历来为社会所公认。雕象不可能形象逼真，至今尚有争议的人物，不必急于列入。

4、状元等有功名的古人，有的是声名显赫，但不一定是贤者，故须区别对待。

5、要适当突出革命烈士，我主张另建烈士纪念馆。

20×15=300　　中国石油化工总公司扬子石油化工公司炼油厂稿纸

四、读了您编著的《舜水长流》，对其中《寂寞的乌石山》一文印象特深，觉得您对后人冷落先贤王充深感不平。我也同感，我没有读过《论衡》，一无所知，但我想，乡贤研究会能否发动专家、学者成立研究组织，对王充及其《论衡》结合时代精神加以研究，研究成果撰文在报上发表，古为今用。象(像)当前“梁祝文化”研究一样，掀起一个王充研究热潮。如何？

五、前嘱为构建上虞名贤园向上虞市领导进言(写信)，附去信的抄件，请收阅，不知是否有当？我与现任主要领导都只见过一面，是否有效，也只能试试看。

我和老付、陈慧琴现暂在上海浦东新区社会福利院疗养，定四月份回家。福利院在浦东新区川沙路5637号，邮编201200，电话58925181，拨通后再拨房号210号。

祝

身体健康，事业兴旺，工作顺利，并向诸位问好

何畏

2003.2.23

第 3 页

6、乡贤馆和名贤纪念馆的名称不易辨别，建议将前者改称名贤陈列馆。

7、四谏阁不知以谏官是否包括李光在内？海南岛的五公祠有李光在内。

二、陈前信要我和俞弘宇同志联系关于举行上虞旅沪乡亲联谊活动事，我准备最近写信和他联系，他不一定会记，登高一呼，应者必众。我与他未见过面，不熟悉，试试看。

三、您们想来上海为我祝寿，我感激之至，实在不敢当。在上海的部分丰惠乡亲，打算在三四月间举行一年一度的联谊会，顺便为我祝寿，您如有兴趣和时间，欢迎您光临参加。具体时间地点确定了通知您好吗？

四、读了您编著的《[illegible]》，对其中《覆巢的鸟石山》一文印象特深，觉得您对后

中国石油化工总公司扬子石油化工公司炼油厂稿纸

20×15=300

第 4 页

人冷落先贤王充深感不平。我也同感。我没有读过《论衡》，一无所知。但我想，乡贤研究会能否发动专家学者成立研究组织，对王充及其《论衡》，结合时代精神加以研究，研究成果按文史格式分表，古为今用。象当前“梁祝文化”研究一样，掀起一个王充研究热潮。如何？

五、前嵊为称建上虞名贤园向8位市领导建言（写信），附去信的抄件，请审阅，不知是否有意？我与现任主要领导都只见过一面，是否有效，也只能是试试看。

我和老伴住在现暂居上海浦东来此过冬，将在四月初回家。福利院在上海浦东新区川沙路5637号，邮编201200，电话58985181转，接通后再拨房号210号。

祝

身体健康，事业兴旺，工作顺利。并向诸位问好。

20×15=300

中国石油化工总公司扬子石油化工公司炼油厂稿纸

1.4日

何立明

何立明(1959—),上虞盖北兴海村人。少将军衔。博士(后),空军工程大学教授,博士生导师,航空宇航推进理论与工程国家重点学科学术带头人,《飞机推进系统原理》国家精品课程负责人。中国航空学会燃烧与传热传质专业委员会委员,原总装备部新型非传统动力技术专家组专家,国家自然科学基金、航空科学基金同行评议专家,先后荣立三等功2次,2003年获军队院校育才奖"金奖",2009年被评为"全国优秀教师"。

陈会长:您好!

我父亲曾是一名普通的基层乡镇干部,家住盖北。我是一个地地道道的上虞人,长大后先从军内蒙古,后求学于西安军校,工作在空军工程大学。虽然四十多年远离了家乡,但乡音乡情成了我一生的牵挂,无论我走得多远,家乡始终萦绕在我的心头。

特别是2016年6月,您举办了"走近西安虞籍乡贤活动",我们有幸相识,自此之后,我找到了在外游子的"家",乡贤文化成了我生命中一个不可或缺的精神驿站。

您的工作很有意义,比如当我得悉您曾经为上虞著名乡贤徐光宪修缮祖坟之事,把工作做到了乡贤的心坎里,我们在外地的游子听了后无不感到十分的温暖。

你们的工作激发了潜藏在我们身上的爱乡之情,激励着我们顽强拼搏,勇攀高峰,为家乡争光。

感谢您对乡贤的厚爱，我们今后多多联系。

何立明

2019年10月8日

空军工程大学 航空航天工程学院

陈会长：您好！

我父亲曾是一名普通的基层乡镇干部，家住孟坝，我是地地道道的庆阳人，长大后先从军内蒙，后求学于西安军校，2004年在空军工程大学。虽然四十多年远离了家乡，但乡音乡情成了我一生的牵挂，无论我走到哪里，家乡始终萦绕在我的心头。

特别是2016年6月，您举办了"走近西安庆籍乡贤活动"，我们有幸相识，自此之后，我找到了在外游子的"家"，乡贤文化成为了我生命中不可或缺的精神驿站。

您的工作很有意义，比如当我得知您曾经和岐黄养老乡贤给，先后修缮祖坟之事，把工作做到了乡贤的心坎里，我们在外地的游子听了后无不感到十分的温暖。

你们的工作激发了潜藏在我们身上的爱乡之情，激励着我们顽强拼搏，勇攀高峰，为家争光。

感谢您对乡贤的厚爱，我们今后多多联系。

地址：西安市灞桥区霸陵路一号 邮编：710038 第 页

何立明

2019.10.8

何纪华

何纪华(1927—),笔名何若非、辛禾等。浙江嵊州人。1952年,浙江大学外文系毕业。历任浙江省文化厅、华东文化局、中央戏剧学院编译,上海戏剧学院文学系讲师、副教授、教授及艺术理论教研室副主任、戏剧文学系工会主席。中国作家协会会员。

秋强先生:

您好!大作《舜水长流》精装本早已收到,记得收到书的第二天即有一E-mail发给您,表示我的铭感之情,不知收到否?《舜水》前不久已拜读完毕,因庸务缠身,拖至今日始与您联系,乞谅。

读完尊著,可谓收获多多。首先,丰富独特的地域文史知识,给了我一个少有的视觉冲击。身为与上虞毗邻的嵊州住民,不甚了解贵市竟蕴藏着如此丰厚多彩的自然与人文的资源富矿。从上世纪40年代绍中求学时代起,我不知多少次路过曹娥镇,却从未去拜谒过曹娥庙。如今在书中读了您对她的描述,真觉得又艳羡,又抱憾啊!我17岁离嵊外出求学,直到在杭、沪、京等地供职,很少有机会至家乡走动,因此对会稽、剡中这些藏龙卧虎之地本来就知甚少。现在通过《舜水》,您给我扎扎实实补了一课,让我终生难忘。其次,这本散文集,最大的特点是,不像某些文化大散文那样作(做)一些空洞自炫的或掉书袋式的叙述,也不仅仅停留在以某些文史古迹的复述,给人认识上的满足了事,也并非仅仅以别样的自然景色和人文风俗画面,给人以一时愉悦而心甘。您的乡土散文有更高的美学追求。它之所以耐人咀嚼,引人回味,显示出文学的力度和厚度,在于这些散文在乡土文化的写照后面,还流淌着一股隐秘的艺术潜流,即作为对民族文化心态的观照和发掘。这在一般乡土散文中是不多见的。例如《广陵无迹》《沉重的辉煌》《舜水长流》等都是上好的篇什。当然也有些写得一般化的，如“炳叔叔”的故事等。另外，还有一些文字上错排舛误之处，就不一一赘述了。

以上是我的一些直感，肯定有许多不当之处，敬祈交流和斧正为幸。

附上名片一纸，便于日后联系。我已年近八旬，免去了各种职务，现在是大闲人一个，所幸身体尚称顽健，例行体检都未查出异常现象。

朱振国先生在绍兴市文联作协供职吗？我跟他不认识，只是听张关鑫先生在电话中提起他，日后有机会我定去拜访你们。匆匆不尽，顺颂

撰安

何纪华

二〇〇六年五月廿日

申城　上海市愚园路

上海戏剧学院

秋强先生：

您好！大作《舜水长流》精装本早已收到，记得收到书的第二天即有一E-mail发给您，表示我的铭感之情，不知收到否？《舜水》书不久已拜读完毕，因庸务缠身，拖到今日始与您联系，乞谅。

读完尊著，可谓收获多多。首先，丰富独特的地域文史知识，给了我一个少有的视觉冲击。身为与上虞毗邻的嵊县住民，不甚了解贵市竟蕴藏着如此丰厚多彩的自然与人文的资源富矿。从上世纪40年代绍中求学时代起，我不知多少次路过曹娥镇，都从未去拜谒过曹娥庙，如今在书中读了您对她的描述，真觉得又艳羡，又抱憾啊！我17岁离嵊外出求学，直至退休，沪、京两地供职，很少机会回家乡走动，因此对会稽剡中这些藏龙卧虎之地本来所知之甚少。现在通过《舜水》您给我扎扎实实补了一课，让我终生难忘。其次，这本散文集最大的特点是，不像某些文化大散文那样作一些空洞自炫的或掉书袋式的叙述，也不仅仅停留在以某些文史古迹的复述，给人知识上的满足了事，也并非仅仅以别样的自然景色和人文风俗画面，给人以一时愉悦而心甘。您的乡土散文有更多的美学追求。它之所以耐人咀嚼，引人回味，显示出文学的力度和厚度，在于这些散文在乡土文化的写照后面，还流淌着一股隐秘的艺术潜流，即作者对民族文化心态的观照和发掘，这在一般乡土散文中是不多见的。例如《广陵无迹》、《沉重的辉煌》、《舜水长流》等都是上好的篇什，当然也有些写得一般化的，如“炳叔叔”的故事等。另外，还有

上海戏剧学院

一些文字上错排讹误之处，就不一一赘述了。

以上是我的一些直感，肯定有许多不当之处，敬祈交流和斧正为幸。

附上名片一纸，便于以后联系。我已年近八旬，免去了各种职务，现在是大闲人一个，所幸身体尚称硕健，例行体检都未查出异常现象。

朱振国先生在绍兴市文联、作协供职吗？我跟他不认识，只是听张关铨先生在电话中提起他，日后有机会我定当拜访你们。匆匆不尽，顺颂

撰安！

何纪华

〇六年三月廿日

何绍灿

何绍灿(1930—),上虞崧厦何家村人。1950年起,在上海大公纺织印染厂参加生产自救、民主改革、公私合营和企业改造等领导工作,历任科长、组织委员、厂党总支负责人。1960年负责组建上海市业余工业大学杨浦区分校,后调任总校党委组织部副部长、党委统战部部长等职。1991年,任上海科教技术进出口公司、上海申雄实业公司高级顾问。1994年,任上海吉地实业发展有限公司董事。系上海哲学社会科学学会会员。

秋强会长:

对《上虞乡贤》创刊,我表示热烈的祝贺。

作为建议,不久前我曾给《上虞日报》写过一封信,其中提及“乡贤会”应重视乡贤中新生代的工作。因为虞籍乡贤中大都年事已高,希望有新的一代传承。事实上,在乡贤们的后代中(在国内外)经济上有实力、政治上有地位、社会上有影响、学术上有造诣者大有人在。他们是生机勃勃的新一代,无论对乡贤的传承和上虞的发展都是不可或缺的。希望你会在调查摸底基础上,尽快形成一批新生代的联系对象。

作为上虞人,我对家乡的一草一木、一景一物都是十分亲切的,有些人和事又是刻骨铭心的。这在我的《思念》一书中有不少叙述。七十年前,家乡旱灾,我只身漂海逃往上海。一九九八年春节,我带着儿孙们一行十多人,来到崧厦镇塘下的何家村寻根。当时,我看到的景象很是失望。特别是那条老百姓赖以生存的小河,杂草丛生,又臭又黑,可是村民还在那里洗衣淘米。一个好端端的“大夫第台门”已破烂不成样子,园内两个四合院,成了鸡鸭饲养场。然而,事隔几年——二〇〇五年当我再次去塘下何家时,着实使我眼睛一亮。仍然是这条小河,已是容貌大变,河床宽了,水也清了,两边绿树成荫,

龙吴路2121/15—402

上海第二工业大学 邮201101

SHANGHAI SECOND POLYTECHNIC UNIVERSITY

80 SHAN XI BEI LU SHANGHAI CHINA

秋强会长： 对《上虞乡贤》创刊，我表示热烈的祝贺。

作为建议，不久前我曾给"上虞日报"写过一封信其中提及"乡贤会"应重视乡贤中新生代的工作。因为虞籍乡贤中大都年事已高，希望有新的一代传承。事实上，在乡贤们的后代中（在国内外）经济上有实力，政治上有地位，社会上有影响，学术上有造诣者大有人在。他们是生机勃勃的新一代，无论对乡贤的传承和上虞的发展都是不可或缺的。希望你会在调查摸底基础上尽快形成一批新生代的联系对象。

作为上虞人，我对家乡的一草一木，一景一物都是十分亲切的，有些人和事更是刻骨铭心的。这在我的《思念》一书中有不少叙述。七十年前，家乡旱灾，我只身漂海逃往上海。一九九八年春节，

凝然一个风景点。村子里的泥潭地也都变成了宽畅的水泥路面。1998年第一次给我的印象是:上虞全变了,崧厦大变了,农村没有多大变化,反而多了一点陈旧感。2005年这次的接触,我不得不为家乡的突变喝彩叫好！为此,我把1998年和2005年在同一地方拍摄的照片作一对比。据此,看出这几年农村发生的深刻变化,也从一个侧面折射出上虞经济的发展和农民生活状况的转变。

值此,新的一年,也是"十二五"开局的一年即将来临之际,我以真挚的心愿,深深地祝愿上虞——我的家乡繁荣昌盛,并祝福你和你的同事们身体健康,万事如意,阖家康乐!

何绍灿

2010年12月15日于金汇豪庭

上海第二工业大学

SHANGHAI SECOND POLYTECHNIC UNIVERSITY

80 SHAN XI BEI LU　　SHANGHAI　CHINA

我带着儿孙们一行十多人，来到崧厦镇圩下何家村寻根。当时，我看到的景象很是失望。特别是那条乡百姓赖以生存的小河，杂草丛生，又臭又黑，可是村民还在那里洗衣淘米。一个好端端的《大夫第台门》已破烂不成样子，园内两个四合院，成了鸡鸭饲养场。然而，事隔几年——二〇〇五年当我再次去圩下何家时，着实让我眼睛一亮。仍然是这条小河，已是容貌大变，河床宽了，水也清了，两边绿树成荫，俨然一个风景点。村子里的泥泞地也都变成了宽畅的水泥路面。(98年)第一次给我的印象是：上虞全变了，崧厦大变了，农村没有多大变化，反而多了一点陈旧感。(05年)这次的接触，我不得不为家乡的突变喝采、叫好！为此，我把98年和05年在同一地方拍摄的照片作一对比。据此，看出这几年农村发生的深刻变化，也从一个侧面折射出上虞经济

上海第二工业大学

SHANGHAI SECOND POLYTECHNIC UNIVERSITY

80 SHAN XI BEI LU　　SHANGHAI　CHINA

的发展和农民生活状况的转变。

值此，新的一年，也是"十二五"开局的一年即将来临之际，我以真挚的心愿，深深地祝愿上虞——我的家乡繁荣昌盛，并祝福你和你的同事们身体健康，万事如意，阖家欢乐！

何[illegible]

2010年12月十五日于金汇豪庭

余慰祖

余慰祖（1944—　），字篴，号云间石人，上虞百官人，毕业于大连工学院。现为上海市书法家协会会员，中国硬笔书法家协会会员，中国艺术学会常务委员会常务委员，新华艺术网艺术委员会副主席。

陈秋强会长：

　　您好！“甲午马年”将至，今给“上虞乡贤”寄去一组篆刻作品。拙作，请正之。

　　前寄来“上虞乡贤”报，均收到，谢谢！

　　附艺术简历。

　　衷心祝您及家人新年快乐，马年吉祥如意！

　　颂

安

余慰祖

2014.1.25

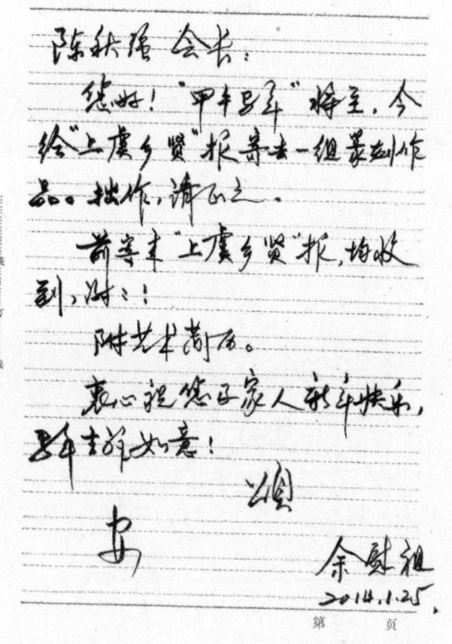

陈秋强会长：

您好！“甲午马年”将至，今给“上虞乡贤”报寄去一组篆刻作品。拙作，请正之。

前寄来“上虞乡贤”报，均收到，谢谢！

附艺术简历。

衷心祝您及家人新年快乐，马年吉祥如意！

颂

安

余慰祖
2014.1.25.

第　页

为迎庆"甲午马年"而作！

恭贺新禧　　生肖印马

余慰祖 篆刻　　通讯地址：上海市松江区兴

一马当先　　立马昆仑

阳南路23号204室　　邮编：201699

陆 岭

陆岭(1959—),上虞东关人,1976年东关中学毕业后,在中国人民解放军空军第四航校服役,历任仪表师、航校直属警通连指导员、司令部营职干事、理训处协理员。1999年转业至河北省政协,任机关党委干事,省政协办公厅宣传处副处长、处长、厅级巡视员。

上虞乡贤研究会

陈会长:

您好!

欣接家乡来信,激我思乡之情,甚喜。溢美之词愧不敢当。

每年回乡探望双亲,颇多知悉家乡新貌,尤其是上虞乡贤研究会在您的多年倾心努力下,名扬四海,其功甚伟。作为在冀近四十年的上虞游子,每与朋友说起家乡,顿生自豪。

您老如来河北,必尽地主之谊,邀友一聚。在此恭候大驾。

祝安!

晚学 陆岭

书于五月二十三日

312300

浙江上虞舜耕公园上虞鄉賢研究會

陳秋強 先生 4-8

中国人民政治协商会议河北省委员会

地址：石家庄市维明北大街58号

邮政编码 050051

上虞鄉賢研究會

陳會長：

您好！

欣接家鄉來信，激我思鄉之情，甚喜。溢美之詞愧不敢当。每年回鄉探望双親，頗多知悉家鄉新貌，尤其是上虞鄉賢研究會在您的多年傾心努力下，名揚四海，其功甚偉。作為在冀近四十年的上虞游子，每与朋友說起，頗生自豪。您老如來河北，必尽地主之宜，邀友一聚。在此恭候大駕。

祝安

晚学陸嶺書於五月二十三日

沈者寿

沈者寿(1938—),上虞崧厦人,湘湖师范毕业,1958年7月参加工作,1958年6月加入中国共产党。历任萧山县委宣传部干事、县委办公室秘书,杭州市委组织部办公室秘书、副主任,杭州市委办公室主任,市委副秘书长兼办公室主任,市委秘书长兼办公室主任,市委常委、秘书长、保密委员会主任,杭州市委副书记,杭州市委副书记、市政协副主席、党组书记,市政协副主席、党组书记。

秋强同志:

您好!昨日杭州"民革"一位85岁老同志给我一篇《上虞骄子胡愈之》文章,一看是您的佳作,觉得写的(得)平实、翔实、耐看,更可贵的是把胡老先生的伟人伟业与他青少年时期受上虞地域文化熏陶滋润的因果关系"点"清楚了。我想,我们研究乡贤文化、名人文化就应该有这样正确的思路。

昨天我已特地将您大作寄给《绍兴名人》研究会黄天德先生,如果《绍兴人》杂志以前未刊出过此文,建议他能刊登。

随信附上我去年底给绍兴市名人文化研究会的《贺信》。我在信中就提出名人文化研究会究竟"研究什么"的问题,信中说了两点建议。现从您文章中可以看出,我的那两点建议是行得通的,而且应该像您这样来潜心研究乡贤的成长发展人生轨迹的。

顺祝

新年吉祥

身体健康

沈者寿　草上

2007.1.21

中国共产党杭州市委员会

秋生同志：

您好！昨日杭州"民革"一位85岁老同志给我一篇《上虞乡贤与胡愈之》文章，一看是您的佳作，觉得写得平实、翔实、耐看，更可贵的是把胡愈之先生的伟人伟业与他青少年时期受上虞地域文化熏陶滋润的因果关系"点"清楚了。我想，我们研究乡贤文化、名人文化就应该有这样正确的思路。

昨天我已特地将您大作寄给《绍兴名人》研究会黄天德先生，如果《绍兴名人》杂志以前未

①

中国共产党杭州市委员会

刊出过此文，建议他转刊登。

随信附上我去年致给绍兴市名人文化研究会的一份贺信。我在信中就提出名人文化研究会究竟"研究什么"的问题，内中谈了两点建议。从您文章中可以看出，我的那两点建议是行得通的，而且应该像您这样来精心研究乡贤的成长发展人生轨迹的。

顺祝

新年吉祥

身体健康！

沈[illegible] 草上

07.1.21.

沈晓明

沈晓明(1963—),上虞东关人。1984年,毕业于温州医学院儿科系,获医学学士学位。1991年,在上海第二医科大学获医学博士学位。1994年,赴美国纽约爱因斯坦医学院从事博士后研究。1996年回国后,破格晋升为教授。现任十九届中央委员,中共海南省委书记。

秋强同志:

您送上的书法作品收到,谢谢您!

月前回乡参加母校东关中学校庆,耳闻目睹了家乡的巨大变化,无比兴奋。在校庆仪式上遇见许多隔壁邻居、儿时好友,感慨良多,思乡之情油然而生。

春节将至,顺致新春问候。

沈晓明

元月廿日于沪上

秋强同志:

时常在媒体上看到乡贤研究会的活动,觉得十分难能可贵。您来信提及的活动我不能参加。专此祝贺。祝

新春好

沈晓明

二月五日

秋旌同志：

您送上的书法作品收到，谢谢您！

月前回乡参加母校東吴中学校慶，耳闻目睹了家乡的巨大变化，无比興奮。在校慶儀式上遇见许多隔别鄰居、儿时好友，感慨良多，思乡之情油然而生。

春節将至，顺致新春问候。

沈鹏儿 二月廿日於沪上

秋旌同志：

時常在報紙上看到了詩詞研究會之活動，覺得十分難能可貴。您來信提及之活動我不能参加，专此祝贺。祝

新春好！

沈鹏儿

二月五日

沈惠臣

沈惠臣，上虞人，居住杭州。退休前任浙江省工业经济联合会、浙江省企业联合会、浙江省企业家协会常务副会长兼秘书长、高级经济师。

尊敬的陈秋强会长：

您好！

上虞乡贤研究会，在你的十几年的耕耘，已经取得了举世瞩目的成就。我非常重视这个组织，每一期“上虞乡贤”“上虞史志”我几乎每期都详细阅读，了解了很多古今中外的上虞史料。

现在我退休在家，是否可把资料邮件寄到我家里，以便及时拜读。

人老了，仍想了解家乡的变迁。麻烦你与有关部门说一声。谢谢了。

此致

敬礼

沈惠臣

2014.10.27.

浙江省工业经济联合会
浙江省企业联合会
浙江省企业家协会

尊敬的陈秋强会长，您好！

上虞乡贤研究会，在你的十几年的耕耘，已经取得了举世瞩目的成就。我非常重视这个组织，每一期"上虞乡贤""上虞史志"我几乎每期都详细阅读，了解了很多古今中外的上虞史料。

现在我退休在家，是否可把资料由文件寄到我家里，以便及时拜读。邮寄地址："杭州施家花园13幢2单元201室。"

浙江省工业经济联合会
浙江省企业联合会
浙江省企业家协会

人老了，仍想了解家乡的变迁。麻烦你与有关部门说一声。谢谢了。

此致

敬礼

张惠臣

2014.10.27

张　杰

张杰(1929—　),上虞梁湖华光村人。1956年赴香港定居,先后在天福、华福、天祥、新三洋等南货店当职工。1978年租屋开店,经营茶叶蛋、粽子、大闸蟹、香烟、饮料等。曾任香港创业公司业主(经理),现为上虞旅港同乡会永远名誉会长。1979年开始,将历年省吃俭用的钱陆续捐赠家乡兴办教育事业,先后资助建造上虞中学、梁湖中学、梁湖小学和绍兴文理学院等大中小学近20所,设立上虞张杰先生教育事业发展基金,并支持家乡公益事业,1997年被浙江省人民政府授予"爱乡楷模"称号,2005年被评为"浙江骄傲"。

尊敬的领导、嘉宾、校长、老师、亲爱同学,大家好!

非常高兴,陈列室今天开放了,首先要感谢各位领导在百忙之中来参加。本人表示衷心感谢。张杰中学能建成,首先要感激徐文光市长有远见,易地新建,由于梁湖中学建校土地批不出,后有张杰命名,省发改委批给上地150亩,奖金20万,因为我是浙江省爱乡楷模。在建校过程中,承蒙上虞教体局、梁湖镇政府大力支持。宣局长关心,陈伯良校长出力,雅图吴经理费了很多心机,在此我向各位致谢。改革开放30年,我国已成为全世界第二强国,如果再建设3年,全世界可算第一强国,但道德、文明与其他国家来比,相差距离还很远,有关部门应该重视。我只想做一个平凡人,也不欢喜个人风头主义。我建张杰事迹陈列室,设计我在香港摊位,使同学们知道我捐资兴学血汗钱来之不易。三代(十一人)住30平方,打掉二窗搭二张床,省地市领导、交大校长,都来看过,80年代上虞中学落成典礼,李德葆副省长称张杰精神对同学有教育启发作用。张杰中学校园设施可称一流,但要到过人,才能知道。如果教育质量能达到一流,全国全省全市皆知,由于教育基础较差,难度很大,唯一希望市教体局关心与支持,那才会有希望在明天。

在困难阶段，我们应该自力更生，以推广办学新思路。第一，校长本人要站得正，要关心教职工生活；第二，教职工要体谅领导为难之处。赏罚要分明，教职工自会认真，要实行责任制，同舟共济，使[①]学校质量更上一层楼。学校领导压力很重，也想争一口气，费尽心机，也想创出好成绩，你们辛苦工作，我是见到的，尤其管教育李副校长责

张杰事迹陈列室开放讲话　（一）

尊敬领导、嘉宾、校长、老师、亲爱同学、大家好，
非常高兴，陈列室今天开放了，首先要感谢各位
领导在百忙之中参加，本人表示衷心感谢。
张杰中学能建成，首先要感激徐文光市长前来见，
马地新建，由于梁湖中学建校土地批不出，只有张杰
命名，省政府批给土地150亩，成为我是浙
江省爱乡楷模。在建校过程中，[illegible]上虞教体局
梁湖镇政府大力支持，宣向长关心，陈伯良校长
出力，雅图吴经理，帮了很多心机，在此我向各位
致谢。（鞠躬）改革开放30年，我国已成为全世界第
二经济国，如果再建设30年，全世界可称第一经济国，
但道德文明，与其他国家来比，相差距离还很远，
有关部门应该重视，我只想做一个平凡人，也不想
出个人风头，我建张杰事迹陈列室，设计我在
香港摊位，使同学们知道我捐资兴学，血汗钱，来
之不易，三代（11人）住30平方，打掉二窗搭二张床，
省地市领导、交大校长、[illegible]，80年代上虞中学落
成典礼，李[illegible]省长，称了张杰精神，[illegible]。
张杰中学，校园设施可称一流，但要培养人才能知道，

任更重。校长与教师要团结，可创好成绩。外界只知道老师假期长，退休工资十足，其实不明工作辛苦。责任制对老师压力非常大，如果任班主任，早六晚九，自己孩子要祖母外婆看管，因此社会上，对教师尊敬，也有教师节。但有一点我要告诉大家，张杰中学地理环境，可称全市第一，希望你们努力安心珍惜这份工作，今后生源少，希望山区学生来读。

同学们：知识可以改变命运，但要读得好，才有单位来请你工作，只要勤力工作，节约用钱，一样能够成功。在校要诚实做人，尊敬老师，节约用钱，同学之间相互帮助共同提高，努力学习，天天向上，报效祖国。严守纪律，不准

① 原信中为“把”字，编辑过程中改为“使”字。

带手机进学校，做一个好学生。

旧社会家里穷，我只读了五年书，为了生活，11岁离乡别井，从后海坐风篷船去上海找工，适逢太平洋战争爆发，只得回来，14岁才找到工作，恒兴号竹木行，做了八年。二六轰炸失业了，跑单帮（行商）做了八年。同学们，我与你们来比真是天差地远，幸福是共产党给你们的，为什么以前是多子女家庭，现在是独生子女，政策好。

想当年，我捐资兴学，多人说我脑有问题，自己这样艰苦，认为造学校根本是国家事，说我是多余的。但我知道中国共产党领导才会成功。事实摆在眼前。中国长期贫困落后，受外国人欺侮，我全家没有文化，吃了一辈子苦，不希望下一代像我家受苦。振兴中华务必要发展教育，中国人口多，摊子大，单靠国家拨款是不够的，我作为海外游子前来分担一部分。我1953年去香港，在四家食品店工作了20多年，不管"文革"，每年回家乡看看，公安局也说少有。1978年三中全会改革开放，我在马路边卖河蟹赚到钱考虑怎样用，我觉得人生在世有限的，钱多也不能挽留，决定捐资兴学。现在知道我有远见，做得对，家乡很多青年受益，人民对我尊敬。如果我的钱存银行，

如果教育质量能达到一流，全国全省全市皆知，
由于教育基础较差，难度很大，唯一希望市教体局
关心和支持，那才会有希望在明天。
在困难阶段，我们应该自力更生，以推广办学新思路，
第一校长本人要站得正，要关心教职工生活，第二教职
工要体谅领导为难之处，赏罚要分明，教职工自会认
真，要有责任制，同舟共济，把学教质量更上一层楼。学
校领导，压力很重，也想争一口气，费尽心机，也想
创出好成绩，你们辛苦工作，我是见到的。尤其管教育
李付校长责任更重，校长和教师要团结，~~不可[illegible]~~。可创好成绩，
外界只知道，老师假期长，退休工资十足，其实不明工作辛苦，
责任制对老师压力非常大，如果任班主任，早六晚九，自己孩
子要祖母外婆看管，因此社会上，对教师尊敬，也有教师
节。但有一点我要告诉大家，陈杰中学地理环境，可称全
市第一，希望你们努力专心，珍惜这份工作。今后我的希望：学校学生读
同学们：知识可以改变命运，但要读得好，才有单位来
请你工作，只要勤力工作，节约用钱，一样能够成功，
在校要诚实做人，尊敬老师，节约用钱，同学之间，相
互帮助，共同提高，努力学习，天天向上，报效祖国。
遵守纪律，不准带手机进学校，做一个好学生。

自己上天堂，子女不会谢谢你这么多遗产。

我没有文化，有失言之处，尚请原谅。中午在上虞宾馆设有午餐，菜薄情义重，请大家光临。

最后祝大家身体健康，工作进步，同学们学业进步，谢谢大家。

张　杰

2010.5.11

（三）

旧社会家里穷，我只读了三年书，为生活11岁离乡别井，从宁海坐风蓬船去上海找工，适逢太平洋战争爆发，只得回来，14岁才找到工作，拜师学竹木匠，做了八年二六[illegible]失业了，就跑单帮（[illegible]）做了八年。同学们我与你们来比真是天差地远，幸福是共产党给你们的，为什么以前是多子女家庭，现在是独生子女，政策好。

想当年我捐资兴学，有人说我脑子有问题，自己这样艰苦，认为造学校本来是国家事，说我是多余的，但我知道中国共产党领导才会成功，事实摆在眼前，中国长期积贫积弱后受外国人欺侮，我全家没有文化，吃了一辈子苦，不希望下一代像我家受苦，振兴中华务必要发展教育，中国人口多摊子大，单靠国家拨款是不够的，我作为海外游子要来承担一部分，我53年去香港在四家食品店工作了20多年，不管文革每年回家乡看看，公安局也没有为难，78年三中全会，开放改革，我在香港[illegible]边买了店铺，赚到钱老是想怎样用，我觉得人生在世有限的钱多也不能挽留，决定捐资兴学，现在知道我有远见，做得对，家乡很多青年受益，人民对我尊敬，如果我的钱存在银行，自己也上天堂，子女不会谢谢你这么多遗产。

我没有文化，有失言之处，尚请原谅，中午在上虞宾馆设有午餐，菜薄情义重，请大家光临，最后祝大家身体健康，工作进步，同学们学业进步，谢谢大家。

张杰

2010.5.11

上虞市乡贤会

陈秋强会长先生：你好！

首先祝你新的一年身体健康、工作顺利，万事胜意，创造更好成绩！是颂。

关于成立十周年贺词，将报刊分给各位，兹告于下：顾新海律师去台湾，同乡会已寄出，金先生我去过二次，他不感兴趣，我的一份今寄上。

我拟三月底来上虞，届时面谈。如有事请来电话联系，向令夫人问好。

此致

新年快乐

张杰　启

2011.1.19

向各位同事代问好。

上虞市乡贤会
陈秋强会长先生：你好：
首先祝你新的一年、身体健康、工作顺利，
万事胜意、创造更好成绩，是颂。
关于成立十周年贺词，将报刊分给各位，
兹告于下：顾新海律师去台湾，同乡会已寄出，
金先生，我去过二次，他不感兴趣，我的
一份今寄上，
我拟三月底来上虞，届时面谈，如
有事请来电话联系，00852-23678558
向令夫人问好。
此致
新年快乐　张杰启
2011.1.19日
向各位同事代问好

陈一心

陈一心(1932—)，上虞百官镇人，陈鹤琴之子。1947年，加入中国共产党。曾任上海李伦中学学生自治会主席、中共地下党支部书记。上海解放后，在青年团上海市委工作，先后任学生部科长、副部长、常委、统战部部长、代秘书长，并修完大专课程。1971年，在大屯煤矿指挥部工作。后回上海市人民政府外事办工作，任政治处副主任、友好城市工作处长。1980年后，任上海市人民对外友协秘书长、副会长、上海国际问题研究所副所长。

上虞乡贤研究会陈秋强会长：

首先，热烈祝贺上虞市乡贤研究会成立十周年。

“悠悠娥江水，脉脉故乡情”，作为上虞的子女，我们经常收到家乡寄来的报刊和简报。您们在挖掘、传承、弘扬乡贤历史文化遗产方面，作出许多贡献，特向您们表示热烈祝贺和感谢。

父亲陈鹤琴是上虞培养的我国著名教育家、儿童教育专家。他是我国幼儿教育的奠基人，被誉为“中国幼教之父”。

为了缅怀、弘扬陈鹤琴的教育思想，几年来，我们子女配合教育部门做了一些资料整理、历史回忆工作。现将近期整理出版的著作寄上，供您们阅存。

一、慈父　良师益友　教育家陈鹤琴诞辰118周年家庭聚会纪念集(上海·2010)。

二、陈鹤琴生平年志(1892—1982)。

三、陈鹤琴著作及主编的刊物、丛书目录(1919—1982)。

四、ALL FOR CHILDREN“一切为儿童”——中国教育家陈鹤琴的生平和业绩。

我们七个子女都健在，大哥一鸣，91岁，我79岁，在上海。三个姐姐秀霞、秀焕，秀云及二哥一飞均年过八十，在北京。小妹秀兰，76岁，在南京。

烦请收到后，来一函告之，谢谢！

陈一鸣　陈一心

2011.6.17

于上海

上海市人民对外友好协会

上虞乡贤研究会陈秋强会长：

首先，热烈祝贺上虞市乡贤研究会成立十周年。

"悠悠故园水 脉脉故乡情"，作为上虞的子孙，我们经常收到家乡寄来的报刊和简报，您们在挖掘、传承、弘扬乡贤历史文化遗产方面，作出许多贡献，特向您们表示热烈祝贺和感谢。

先父陈鹤琴是上虞培育的我国著名教育家、儿童教育专家，他是我国幼儿教育的奠基人，被誉为"中国幼教之父"。

为了继承、弘扬陈鹤琴的教育思想，嗣来，我们协助纪念教育部门做了一些资料整理、历史回忆工作。现将近期整理出版的著作、刊物寄上，供您们阅存。

一、慈父 良师益友 教育家陈鹤琴诞辰118周年纪念会纪念集（上海，2010）。

二、陈鹤琴生平年表（1892—1982）。

三、陈鹤琴著作及主编的刊物、丛书目录（1919—1982）。

四、ALL FOR CHILDREN"一切为儿童"——中国教育家陈鹤琴的生平和业绩。

我们七个子女都健在，大哥一鸣，91岁，我79岁在上海。三个姐姐秀霞、秀焕、秀云及二哥一飞均年过八十，在北京，小妹秀兰，76岁在南京。

我的家庭地址：上海市南京西路1025弄28号（邮编200041）

电话：（021）—62567897（宅）

烦请收到后，来一函告之，谢谢！

陈一鸣　陳一心　2011.6.17

于上海

陈乃圣

陈乃圣(1933—),又名振林,上虞曹娥人。1950年,在华东军政大学学习。毕业后历任华东军区干部部组织处干事、山东军区干部学校教员。1960年在复旦大学经济系毕业,历任山东师范大学政治系教师,山东大学经济学院副教授、教授、系主任、副院长,兼任山东财政学院、省委党校教授。共获国家级、省部级科研成果奖8项,省教委教学及科研奖多项。被评为山东省专业技术拔尖人才,入选省委组织部、宣传部编写的《山东当代著名社会科学家传》。

百官街道办事处乡贤研究会:

你们的来信我最近才看到,原因是我的信箱在经济学院,前些时候因北方天冷,又是学校放寒假,所以未去看我的信箱。最近我给院党员讲党课,我才看到你们来信,所以复信晚了,抱歉!

我的信息其实很好找,1999年上虞市委出过一本《上虞名人录》,主编是姚作汀,在该书206页有我的介绍。

我的简单情况是:1949年绍兴解放,当时我在浙江省立绍兴中学高中部上学,经学校介绍我考入中国人民解放军华东军区政治大学(校长是华东军区司令员陈毅兼任),毕业后我在华东军区干部部组织处工作,后调任山东军区干部学校任教员。1955年调入上海复旦大学政治经济学系学习(带薪待遇),毕业后在山东师范大学任教,后调入山东大学任经济学院第一任院长(教授),并在省委党校等多所大学兼任教授,1992年成为国务院特殊津贴专家。我的家在曹娥老坝底,邻居加小时候朋友有蒋梦兰、叶武樵等,前几年我带着儿子、孙子去过曹娥(住在上述几位朋友家,因为在曹娥已无亲戚,都在上海),去过曹娥庙和“是乎墺”(原名)现叫三宝什么的。祖坟都在这所寺的后山上,寺内永信师父我们很熟,因日本人来时我们全家避难住

该寺。上次我去时还同永信师父交谈过，他对我家很熟，我送了他一些吃的和一些钱，现听叶武樵（我们至今年节时打电话），永信师父已走了。

我今年84岁（1933年4月出生），身体虽还好，也常想再去老家看看，从济南有直达宁波高铁。我儿子、孙子常去普陀山玩（儿子、孙子都是上海同济大学毕业，儿子在党校任教授，女儿女婿也都是大学教授，孙子从美国留学回来了，事业很好，外甥女从我们山东大学中文系硕士毕业，也在出版社工作了。家庭很幸福，全是高知，生活很美满。我现在是厅级待遇，医疗可住干部保健病房，但我未住过院）。

谢谢你们的关怀，给我来信。曹娥是出孝子孝女的地方，乡贤也不少。我算不了什么，当今在总书记领导下，是我国发展最好时期，晚年能有如此好社会环境，也算是大家的福气了。

有机会我来时一定去你们处坐坐（我绍兴还有一个亲戚，原在中学任教，常住他家去曹娥，他也是曹娥人）。在曹娥我住叶武樵家，我们如一家人。还有蒋梦兰也招待我，有一年他派车去奉化玩。

谢谢你们的研究会，还记得我们这些游子。百官发展很快，上次我去时县长招待过我，叫王润生（我这里还有他的一张名片）。人越到老年越回忆起小时情景（我上过曹娥小学，教师名字我还都记得），乡情难忘，曹娥人民是忠厚老实，孝亲爱友，乡风很好。

最后再次谢你们有这个“乡贤研究会”关心我们这些游子。

祝你们事业有成。即请

春安

陈乃圣(原名振林)

2017.4.16晨

山东大学经济学院

SCHOOL OF ECONOMICS SHANDONG UNIVERSITY

百官街道办事处乡贤研究会：

你们的来信我最近才看到，原因是我的信箱在经济学院，前些时候因北方大冷，又是学校放寒假，我没去看我的信箱。最近我给院党员讲党课，我才看到你们来信，说以复信晚了，抱歉！

我的信息其实很好找，1999年上虞市委出过一本《上虞名人录》，主编是姚作汀，在该书206页有我的介绍。

我的简单情况是：1949年绍兴解放，当时我在浙江省立绍兴中学高中部上学，经学校介绍我考入中国人民解放军华东军政大学（校长是华东军区司令员陈毅兼任），毕业后我在华东军区干部部组织处工作，后调任山东军区干部学校任教员，1955年调入上海复旦大学政治经济学系学习（带薪读书），毕业后在山东师范大学任教，后调入山东大学任经济学院第一任院长（教授），并在省委党校等多所大学兼任教授，1992年成为国务院特殊津贴专家。我的家在曹娥老坝底，邻居和小时朋友有顾梦兰、叶武望等。前几年我带着儿子孙子去过曹娥（住过上述几位朋友家，因为在曹娥已无亲戚，都在上海）去过曹娥庙和“是乎燠”（原名）现叫三宝什么的，祖坟都在这所寺的后山上，寺内和尚师父我们很熟，因日本人来时我们全家避难住在该寺，上次我去时还同和尚师父交谈过，他对我家很熟，我送了他一些吃的和一些钱，听说叶武望（我们每年春节时打电话）和尚师父已过世了。

我今年已84岁（1933年4月出生）身体也还好，也常想再去老家

地址：中国济南市山大南路27号　邮编：250100　电话：(86)-531-88364625

传真：(86)-531-88571371　网址：http://www.econ.sdu.edu.cn

山东大学经济学院

SCHOOL OF ECONOMICS SHANDONG UNIVERSITY

前几年从济南有直达宁波的高铁，我儿子孙子常去普陀山玩。（儿子孙子都是上海同济大学毕业，儿子在党校任教授。女儿女婿也都是大学教授。孙子从美国留学回来了，事业很好。外甥女从我们山东大学念中文硕士毕业也在出版社工作了。家庭很幸福，全是高知，生活很美满：（我现在是厅级待遇，医疗可住干部保健病房，但我未住过院）

谢谢你们的关怀给我来信。曹娥是出孝子孝女的地方，乡贤也不少，我算不了什么。当今在习总书记领导下，是我国发展最好时期，晚年能有如此好社会环境，也算是大家的福气了。

有机会我来时一定去你们处坐坐。（我很早还有一个亲戚，原在中学任教，常住他家去曹娥（他也是曹娥人），在曹娥我住叶试挺家，我们如一家人，还有蒋梦兰也招待我，有一年他派车去奉化玩。

谢谢你们的研究会还记得我们这些游子。百官发展很快，上次我去时县长亲自招待过我，叫王润生（我这里还有他的一张名片），人越到老年越回忆起小孩时情景。（我上过曹娥小学，教师名字我还都记得）乡情难忘。曹娥人民是忠厚老实，孝亲爱友，乡风很好。

最后再次谢谢你们有这个“乡贤研究会”关心我们这些游子。

祝你们事业有成。即请

春安！

陈乃圣（原名振林）

2017.4.16.晨

地址：中国济南市山大南路27号　邮编：250100　电话：(86)-531-88364625
传真：(86)-531-88571371　网址：http://www.econ.sdu.edu.cn

陈宏寿

陈宏寿，上虞丰惠人，居住上海。

尊敬的陈秋强先生：您好！

每当我亲友把家乡的《上虞日报》送到我这里，我就产生了一种亲切感，家乡的山、家乡的水呈现眼前，乡情不能自控！我也想起了您这个操心、痴心虞舜文化、乡贤研究的传奇人物。

几年前我曾看到您和顾志坤先生合写的《东山再起》一书。我今从三月廿日的上虞日报上喜悉东山文化旅游区概念规划方案已通过审评，东山文化是虞舜文化的一部分，是不可缺少的一部分，而且是虞舜文化的重要组成部分。从报刊上看到您不少大作，您是重描虞舜景点，这些景点就是虞舜文化。

看了晨晔先生写的"乡贤背后站着另一位乡贤"真是动人极了。说出了我的心里话……上虞籍的名人为乡贤会寄语致词(辞)，绍兴市委书记冯顺桥对您这种精神加予赞语。

卧龙大酒店的书画是现代的特别景点，吸引了不少文人墨客，名人也光临下榻，这与您呕心沥血分不开的！

梁湖老王家天香楼藏碑(大理石)可能不齐全了，现存曹娥庙里。这个天香楼虽残址了，但也是个景点，有的门上有这样的词句："瑶草春深鹤梦闲，梅花香馥琴心古。种竹问三经，焚香老一峰"等，不知现在尚存否？

去春碰上张杰先生，谈起天香楼与兰芎山，他十分惋惜地说："这些景点要是在多好！"

当代著名导演谢晋在八七年时通过信，我多么想(希)望他，在家乡取几个镜头，把这些景点搬上银幕，来提高家乡的知名度……

顺致深深的

敬意

您的读者：陈宏寿

四月三日于上海

尊敬的陈秋强先生：您好！

每当我亲友把家乡的"上虞日报"送到我这里，我就产生了一种亲切感，家乡的山，家乡的水呈现眼前，乡情不能自控！我也想起了您这个搭山、痴山虞舜文化、乡贤研究的传奇人物。

几年前我曾看到您和顾志坤先生合写的"东山再起"一书，我今从三月廿日的上虞日报上喜悉东山文化旅游区概念规划方案已通过审评，东山文化是虞舜文化的一部份，是不可缺少的一部份，而且是虞舜文化的重要组成部份。从报刊上看到您不少大作，您是重描虞舜景点，这些景点就是虞舜文化。

看了启晔先生写的"乡贤背后站着另一位乡贤"真是动人极了，说出了我的心里话……上虞籍的名人为乡贤会寄语致词，绍兴市委书记冯顺桥对您这种精神加予赞语。

卧龙大酒店的出世是现代的特别景点，吸引了不少文人墨客，名人也光临下榻，这与您呕心沥血分不开的！

梁湖乡王家天香楼藏碑（大理石）可能不齐全了，现在曹娥庙里这个天香楼虽残址了，但也是个景点，有的门上有这样的词句："瑶草春深鹤梦闲，梅花且馥琴心古。种竹间三径，焚香坐一常安"，不知现在尚存否？

去春碰上鸿杰先生说起天香楼与兰芎山，他惋惜十分地说："这些景点要是存在多好！"

当代著名电影导演谢晋在八七年时通过信，我多么想请他在家乡取几个镜头，把这些景点搬上银幕来提高家乡的知名度……

顺致深深的

敬意！

您的读者：陈宏寿 四月三日于上海

陈绍华

陈绍华(1954—),上虞人。1982年毕业于北京工艺美术学院。创作宣传画《绿,来自您的手》,获第六届全国美展金牌。担任电影《孩子王》美工师,获第八届电影金鸡奖最佳美术奖。曾任深圳国际企业服务公司广告创意总监。

陈绍华

国际平面设计师联盟(AGI)会员;中国美术家协会会员;深圳平面设计协会创始人之一;纽约艺术指导俱乐部(ADC)会员。1972年就读于西安美院;1982年毕业于清华美术学院;大学任教六年;1988年任万科集团创意总监;1992年成立陈绍华设计公司至今。1984年获六届全国美展金牌;1988年获电影美术金鸡奖;1998年获布尔诺国际设计评委主席奖;2000年设计北京2008年申奥标志;2007年设计第一届世界智力运动会会徽;

主要邮票作品:

联合国第四届世界妇女大会纪念邮票;北京申奥成功纪念邮票主图;世界艾滋病日邮票;世界地球日邮票;中国-东盟对话15周年纪念邮票;2010年上海世博会邮票;甲申年生肖猴票;丁亥年生肖猪票;己丑年生肖牛票等

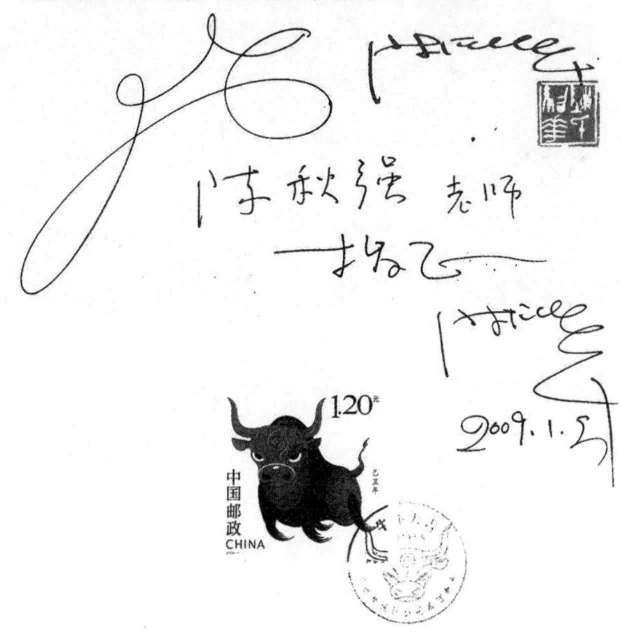

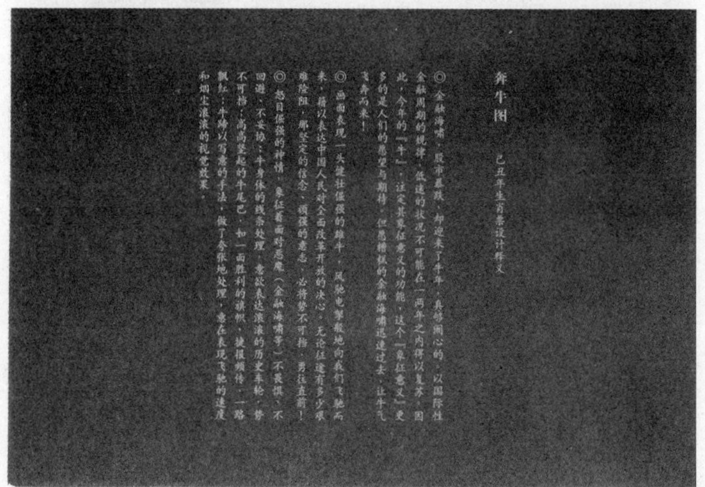

奔牛图

己丑年生肖票设计释文

◎金融海啸，股市暴跌，却迎来了牛年，真够闹心的，以国际性金融周期的规律，低迷的状况不可能在一两年之内得以复苏，因此，今年的『牛』，注定其象征意义的功能，这个『象征意义』更多的是人们的愿望与期待，但愿糟糕的金融海啸迅速过去，让牛气飞奔而来！

◎画面表现一头健壮倔强的雄牛，风驰电掣般地向我们飞驰而来，藉以表达中国人民对全面改革开放的决心，无论征途有多少艰难险阻，那坚定的信念、顽强的意志，必将势不可挡，勇往直前！

◎怒目倔强的神情，象征着面对恶魔（金融海啸等）不畏惧、不回避、不妥协；牛身体的线条处理，意欲表达滚滚的历史车轮，势不可挡；高高竖起的牛尾巴，如一面胜利的旗帜，捷报频传，一路飘红；牛蹄以写意的手法，做了夸张地处理，意在表现飞驰的速度和烟尘滚滚的视觉效果。

312300

上虞市曹娥舜耕公园

市旅游局内乡贤研究会

陈秋强 先生

壬辰年

江苏苏州
2012.01.05.17
图书馆(临)2

陈绍华 寄

首日封 F.D.C

邮政编码：

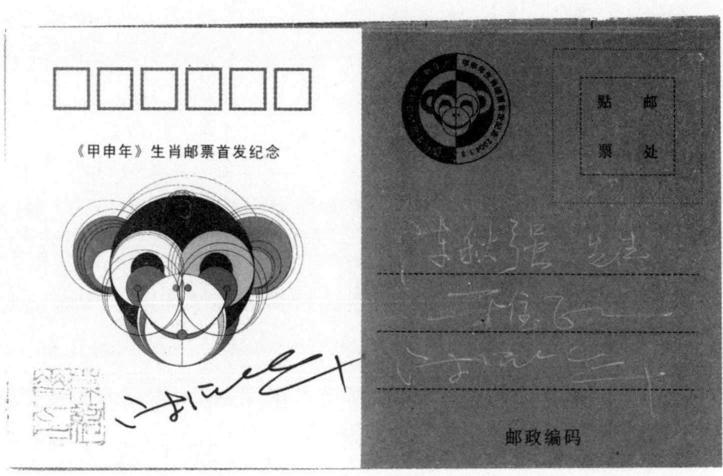

《甲申年》生肖邮票首发纪念
贴 邮
票 处
邮政编码

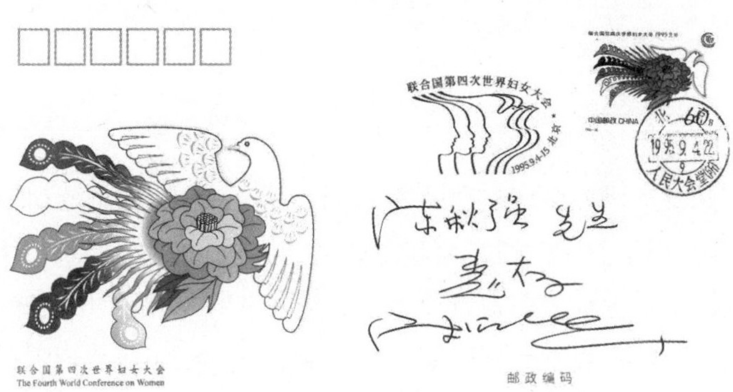

联合国第四次世界妇女大会
1995.9.4-15 北京
中国邮政 CHINA
60分
1995.9.4.22
人民大会堂邮
联合国第四次世界妇女大会
The Fourth World Conference on Women
邮政编码

2004
陈绍华
1954年 浙江上虞出生
1975年 毕业于西安美术学院
1982年 毕业于北京中央工艺美术学院
1982年 西安美术学院任教
成立深圳陈绍华设计公司
获第六届全国美展招贴画金牌奖
1988年 获得第八届中国电影美术金鸡奖
1998年 获"鲁尔诺国际设计双年展"评委主席奖
1998年 应法国文化部邀请赴巴黎举办专题讲座
2000年 加入国际平面设计联盟（AGI）协会
2000年 设计北京申办2008年奥运会申办标志
2003年 设计世界艾滋病邮票
2003年 设计第三套甲申年生肖邮票
BEIJING 2008
Candidate City

陈洲其

陈洲其，1939年1月生于上虞百官横街红台门。1952年就读上虞春晖中学，1961年毕业于武汉地质专科学校，1961年参加工作，1979年加入中国共产党，研究员。曾任全国政协第九届委员会人口资源环境委员会副主任、国土资源部咨询研究中心主任、中国宝玉石协会常务副会长、中国国土经济学研究会副会长、中国石油学会副会长等职务。

上虞乡贤研究会　秋强会长：

今年是乡贤研究会成立十周年，十年虽是弹指一挥，但对研究会却是漫长而又忙碌、艰辛而又灿烂。你和研究会的同仁们十年如一日，执着地在乡贤文化这块土地上努力探索，默默耕耘，坚守着“挖掘故乡历史，抢救文化遗产，弘扬乡贤精神，服务上虞经济”的宗旨，致力服务，助推发展，开拓创新，与时俱进，开创了全国县级市乡贤研究的先河，铸就了全国有开拓意义的文化品牌，形成了上虞一张“传承历史，服务当代，放眼明天”的文化名片。十年的磨砺和创新，乡贤研究会取得了累累硕果。你们不愧被上虞人民誉为：“一部上虞乡土文化的110”“上虞民间智囊团”“家乡游子的连心桥”“一盏校园学生的导航灯”。各种荣誉纷至沓来，得到了上级领导和社会各界的高度赞赏。我为秋强会长和你的同仁所取得的成绩感到由衷的高兴，表示热烈祝贺，并致以崇高的敬意！尊一声你们辛苦了。

十年征程出品牌，而今迈步从头越。衷心希望上虞乡贤研究会再接再励（厉），从零开始，在新的起点争取更大成绩。为家乡美好明天作出更大贡献！

祝你和研究会的同仁身体健康，家庭幸福，万事如意！

顺致

夏祺

陈洲其

二〇一一年八月二十日

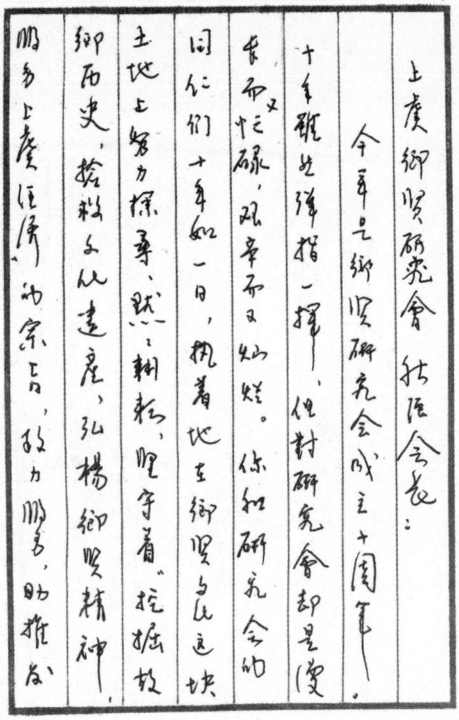

上虞乡贤研究会陈伍会长：
今年是乡贤研究会成立十周年。
十年虽然弹指一挥，但对研究会却是漫
长而忙碌，艰辛而又灿烂。你和研究会的
同仁们十年如一日，执着地在乡贤与文这块
土地上努力探寻，默默耕耘，坚守着"挖掘故
乡历史，抢救文化遗产，弘扬乡贤精神，
服务上虞经济"的宗旨，致力服务，助推家

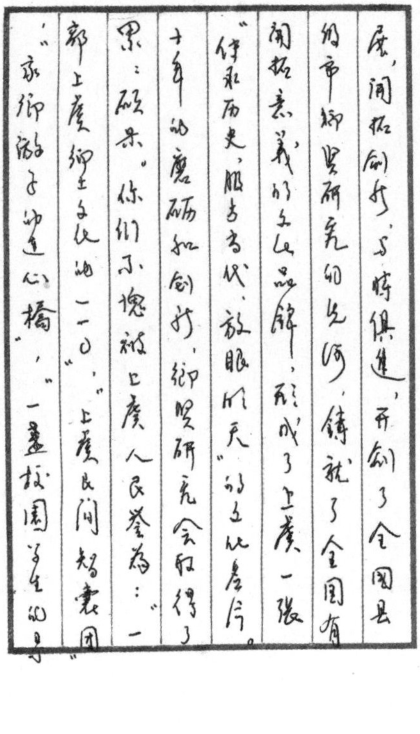

展，开拓创新，与时俱进，开创了全国县
级市乡贤研究的先河，铸就了全国有
开拓意义的文化品牌，形成了上虞一张
"传承历史，服务当代，放眼明天"的文化名片。
十年的磨砺和创新，乡贤研究会取得了
累累硕果。你们不愧被上虞人民誉为："一
部上虞乡土文化的[illegible]"，"上虞民间智囊团"
"家乡游子的连心桥"，"一盏校园学生的明

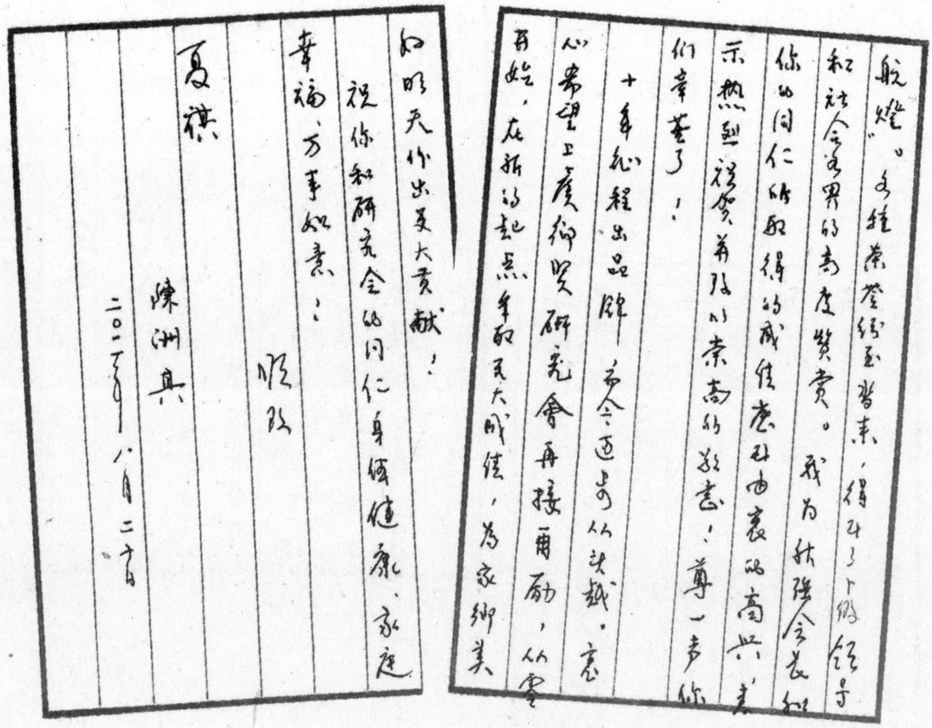

"航燈"，文种荣誉纷至沓来，得到了上级领导和社会各界的高度赞赏。我为钱强会长和你的同仁所取得的成绩感到由衷的高兴，表示热烈祝贺并致以崇高的敬意！尊一声你们辛苦了！

十年心程出品牌，而今迈步从头越。衷心希望上虞乡贤研究会再接再励，从零开始，在新的起点争取更大成绩，为家乡美好明天作出更大贡献！

祝你和研究会的同仁身体健康、家庭幸福，万事如意！

顺致

夏祺

陈洲真

二〇一一年八月二十日

陈树津

陈树津，1949年出生，上虞曹娥人。曾任国家纺织工业部秘书处副处长、部长办公室主任，中国纺织总会办公厅副主任，1998年任国家纺织工业局企业司司长，中国纺织工业协会副会长兼秘书长。现任《中国纺织工业年鉴》主编，《中国纺织》杂志主编，中国纺织国际交流中心主任、中国服装协会常务理事。

秋强会长：您好！

前不久看到7月30日出版的《上虞乡贤》，确切知道乡贤会成立十周年了。对于市委宣传部徐伟军副部长《在上虞市乡贤研究会成立十周年授牌仪式上的讲话》中对乡贤会的评价深表赞同，对秋强会长被评为“乡贤背后的乡贤”亦感恰当之极。

我1949年出生在天津，记得第一次回上虞是1985年。当时陪老父亲回到家乡，即感受到浓浓乡情。住老宅、走小巷、看曹娥江，听远亲（似懂非懂）乡音，历历在目，至今难忘。

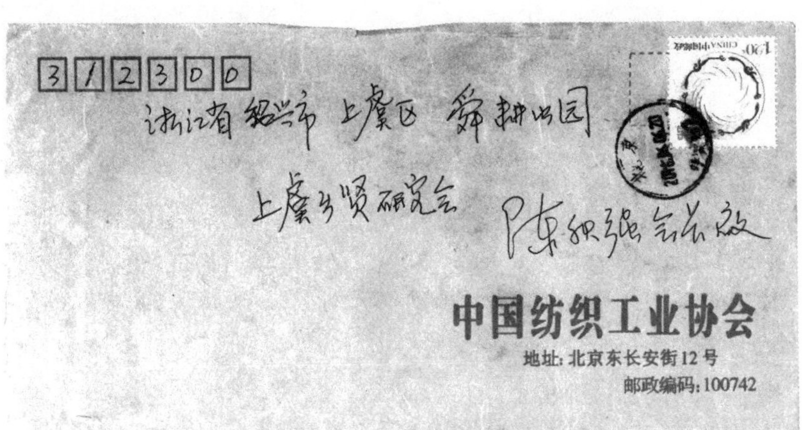

中国纺织工业协会

秋强会长：您好！

前不久看到7月30日出版的《上虞乡贤》，确切知道乡贤会成立十周年了。对于市委宣传部徐伟军副部长《在上虞市乡贤研究会成立十周年授牌仪式上的讲话》中，对乡贤会的评价深表赞同，对秋强会长被称为"乡贤背后的乡贤"亦感恰当之极。

我1949年出生在天津，记得第一次回上虞是1985年。当时陪老父亲回到家乡，即感受到浓浓乡情。住老宅、走小巷、看曹娥江，听远亲（似懂非懂）乡音，历历在目，至今难忘。

乡情是说不清的感情。我父亲十七岁从家乡出来谋生，我们兄弟姐妹6人全部在北方的北京、大同、天津等地出生，没在上虞生活过一天，但从骨子里对家乡有一种感情。因此，我不仅带妻携女回过上虞，

1

中国纺织工业协会

还曾麻烦过上虞棉纺织厂朱培培厂长接待过哥哥、姐姐，实现了他们多年要回老家看一看的夙愿。

过去只是以绍兴自居为祖籍，笼统地说一些绍兴城里的事；然而，对上虞知之甚少。真正了解还是这十年。特别是在乡贤会的帮助下，对上虞的历史文化有了较深刻的了解（乡贤会寄给我的每期工作简报、每辑上虞乡贤文化）都认真阅读；当然，市里定期寄来的上虞日报、每年的团拜会也让我了解了上虞的社会经济现状）。使人感慨的是乡贤会协助市委、市政府把在外地的上虞人也拢在一起，增强了我们惦念上虞、热爱上虞的内生动力。我觉得上虞乡贤会确实是一个优秀的民间组织，为市委政府起到很好的辅佐作用，为上虞的发展做出了贡献。市委宣传部的评价十分准确。

2

乡情是说不清的感情。我父亲十七岁从家乡出来谋生，我们兄弟姐妹6人全部在北方的北京、大同、天津等地出生，没在上虞生活过一天，但从骨子里对家乡有一种感情。因此，我不仅带妻携女回过上虞，还曾麻烦过上虞棉纺厂朱培培厂长接待过哥哥、姐姐，实现了他们多年要回老家看一看的夙愿。

过去只是以绍兴自居为祖籍，笼统地说一些绍兴城里的事；然而对上虞知之甚少。真正了解还是这十年。特别是在乡贤会的帮助下，对上虞的历史文化有了较深刻的了解（乡贤会寄给我的每期工作简报、每辑上虞乡贤文化都认真阅读；当然，市里定期寄来的《上虞日报》、每年的团拜会也让我了解了上虞的社会经济现状）。使人感慨的是乡贤会协助市委、市政府把在外地的上虞人也拢在一起，增强了我们惦念上虞、热爱上虞的内生动力。我觉得上虞乡贤会确实是一个优秀的民间组织，

为市委（市）政府起到很好的辅佐作用，为上虞的发展做出了贡献。市委宣传部的评价十分准确。

改革开放后，经过努力，我国成为世界纺织第一生产国、出口国和消费国，并且科技和品牌水平日益提升，到2020年要建成纺织强国。浙江省是全国名列前茅的纺织大省，绍兴是中国纺织产业的标志性地区，上虞也有一定的基础，像华孚集团在纺织业界有很大影响力。

中国纺织工业协会

我从1965年开始在纺织行业工作，至今已46年，现在还任中国纺织工业协会副会长（11月份将更名为中国纺织工业联合会）。因此，我很希望纺织产业在上虞能有一个新的高层次的发展，上虞人民能够穿着更美，家居更美！身为一个上虞人，总想为家乡做一点事，特别是在纺织业界，希望有此机会。

祝上虞市乡贤研究会在秋强会长领导下不断取得新的成绩！祝上虞发展越来越好！老百姓越来越幸福！

陈树津

2011.10.26

秋强会长：您好！

贺词寄上，请查收。

上次回乡，承蒙您多方帮助，收获颇丰。

临回京之前，我到那个女孩子陈银娟（陈礼棠孙女）家里去了一下。她从一个塑料袋里拿出一本族谱。我仔细看了一下，吃了一惊，这是我爷爷抄录的族谱，从陈始祖存斋公（明弘治十八年生，隆庆六年卒，1505—1572）开始记载，中间略记，然后从我上属第七代（雍正年代）又较详细。抄录的一般都是姓名、字号、生卒时间，至于什么职业，官位等都没有记载。不过这也不错了，我如获至宝。

我现在正在整理（因前两个月，写了一本书，又出一个月的国，所以没动手整理和找人核对信息）。我想有两点会有突破，一是目前我在杭州、上海、北京、长沙、武汉、萧山等地认识和不认识的亲戚，之间的关系会一下子明朗起来。二是，我看到上虞还有别的陈氏宗谱，说不定还能互相联系起来。

总之，在您的帮助之下，搞清祖上的来龙去脉，是一件快乐的事，谢谢您！

我整理出结果，再向您介绍，再回乡时，一定会拜访您。

此致

夏安

陈树津

2017.8.4

陈音桦　陈志强

陈音桦、陈志强系陈良先生子女。陈良(1925—2018),原名陈阿良,笔名虎子、郛拉。上虞市谢塘人。作曲家、音乐教育家、指挥家,教授。1944年,入上海音乐院学习声乐,1947年赴香港,任中华音乐院声乐教员,并参加香港新音乐社工作。1949年回北京,在华北大学任教,任北师大合唱讲师,天津中央音工团合唱指挥,中央少儿广播合唱团、中央歌舞团,中央乐团合唱指挥队长。1958年,调广西艺术学院,历任音乐系主任、副教授、副院长及广西音协副主席。1979年,任上海音乐学院副院长。上海合唱指挥学会副理事长、上海老年音乐家协会副会长。

尊敬的上虞乡贤研究会领导:

我是上虞老乡陈良的家人,多年来一直收到你们寄给我们家乡的报纸,让我们知道了解家乡的变化,非常开心。父亲在90岁的时候,一直想回家乡来看一下,我们也纠结在乘汽车还是火车过来当中,然而随着老人身体越来越老化,逐渐站立的时间越来越短,最终没有成行。

去年9月15日我们的老父亲陈良去世了。这件事最终成了他一生中最后一个遗憾。我们想把他的一些遗物,放在他的家乡,让他魂系故里,例如一个半身的雕塑像,还有一些他的生平介绍以及参加学生运动革命的史料和他创作的音乐手稿等。不知道咱们乡贤会有没有可能给他放个专柜呢?也算可以让老父亲叶落归根了,还了他一个遗愿。

谢谢!

陈良子女　陈音桦　陈志强

2019.4

第1页

尊敬的上虞乡贤研究会领导：

我是上虞老乡陈良的家人。多年来一直收到你们寄给我们家乡的报纸，让我们知道了解家乡的变化，非常开心。父亲在90岁的时候，一直想回家乡来看一下，我们也纠结在乘汽车还是火车过来当中，然而随着老人身体越来越老化，逐渐站立的时间越来越短，最终没有成行。

去年9月15日我们的老父亲陈良去世了，这件事最终成了他一生中最后一个遗憾。我们想把他的一些遗物，放在他的家乡，让他魂系故里，例如一个半身的雕塑像，还有一些他的生平介绍以及参加学生运动革命的史料，和他创作的音乐手稿等。不知道咱们乡贤会有没有可能给他放个专柜呢？也算是可以让老父亲叶

上海文艺出版社　16开文稿纸　20×15=300

第2页

落归根了。还了他一个心愿。恳请回复。

谢谢！

陈良子女：陈育梓　陈志强

2019.4

上海文艺出版社　16开文稿纸　20×15=300

陈梦熊

陈梦熊(1917—2012),生于江苏南京,祖籍上虞百官,著名水文地质学家,中国科学院资深院士。长期在地矿部水文地质工程地质局担任副总工程师职务,主管水文地质科技业务,领导完成全国区域水文地质普查工作。20世纪80年代以来,又致力于地下水资源与环境水文地质问题的研究。曾任国土资源部科技高级咨询中心咨询委员。

秋强先生:

8.12函收悉,谢谢!

非常抱歉,一时找不到陈梦家的照片,现另邮寄上有关陈梦家的资料五份及著作两本;

1. 陈梦家小传
2. 陈梦家先生的生平及其学术贡献
3. 陈梦家的《尚书通论》
4. 忆梦家
5. 陈梦家教授年谱

著作两本:1. 铁马谋,2. 尚书通论

这两本著作也算不上他的代表作。

随函附上一张我们五兄弟同母亲合影的一张照片,但并不太清楚。"忆梦家"一文中有两幅照片,可惜也不够清晰。顺祝

著安

陈梦熊

2003.8.18

又另邮中包括一本《国土资源》,其中有一篇报导(道)文章"浓浓山水情"。

陈秋强会长：

您好！欣逢上虞市乡贤研究会成立十周年纪念，十分高兴。十年来乡贤会成果累累，对促进上虞市的文化建设，作出重要贡献，可喜可贺！由于年迈体衰，身体欠佳，不能回乡参加庆贺，深感遗憾！

今年又正逢家兄陈梦家诞辰一百周年纪念，南京师大附中校友会《校友通讯》上，载有纪念文章，特寄上两本供参阅。

关于里严墓地迁移事，承蒙多方协助，十分感谢！据悉墓地及具体方位均已基本选定，但有关施工以及涉及政府补贴等问题尚待协商，拟予近期内委派小儿泽行前往上虞，处理相关事宜，届时仍希多加协助，不胜感激！

陈梦熊

2011.11.18

中国科学院院士用笺
Member of the Chinese Academy of Sciences

Add:
Postcode:
Tel: Fax:
E-mail:

秋强先生：

8.12.来函悉，谢谢！

非常抱歉，一时找不到陈梦家的照片，现另邮寄上有关陈梦家的资料五份及著作两本：

1. 陈梦家小传
2. 陈梦家先生的生平及其学术贡献
3. 陈梦家的《尚书通论》
4. 忆梦家
5. 陈梦家教授年谱

著作两本：1. 铁马集，2. 尚书通论

这两本著作也称不上他的代表作，

随函附上一张我们五兄弟同母亲合影的一张照片，但并不太清楚。"忆梦家"一文中插有两帧照片，可惜也不够清晰。此致

著安！

陈梦熊

2003.8.18.

又另邮中包括一本《国土资源》，其中有一篇报导文章"浓浓山水情"。

中华人民共和国国土资源部

陈秋强会长：

您好！欣逢上虞市鄉賢研究会成立十周年纪念，十分高兴。十年来鄉贤会成果累累，对促进上虞市的文化建设，作出重要贡献，可喜可贺！由于年迈体衰，身体欠佳，不能回鄉参加庆贺，深感遗憾！

今年又正逢家兄陈梦家诞辰一百周年纪念，南京师大附中校友会《校友通讯》上，载有纪念文章，特寄上两本供参阅。

关于里严墓地迁移事，承蒙多方协助，十分感谢！据悉墓地及具体方位均已基本选定，但有关施工以及涉及政府补贴等问题尚待协商，拟予近期内委派小儿泽行前往上虞，处理相关事宜，届时仍希多加协助，不胜感激！

陈梦熊

2011.11.18

陈崎嵘

陈崎嵘(1955—),笔名稽嵘,浙江上虞人,中共党员。1979年毕业于浙江师范大学中文系。后在上虞师范大专班任教。历任绍兴市委组织部副科长、科长,市委宣传部副部长,共青团浙江省委副书记,浙江省青年联合会主席,衢县县委书记,金华市委常委、宣传部部长,文化部华文中国民间文化艺术发展公司常务副总经理,《求是》杂志副秘书长、办公室主任,中国作协办公厅主任,现任政协第十三届全国委员会文化文史和学习委员会委员,中国作协党组成员、书记处书记、主席团委员、办公厅主任。2013年5月增选为中国作协副主席。

秋强先生:

您好!

惠示及所赠墨宝早悉。前段时间,因忙于杂务,迟复为歉。

上虞政协拟出版虞籍名人信笺集萃,这是一件颇有创意,也很有意义的事。我们上虞,乃是天赐的一方宝地,物产的一方沃土。虞山舜水,越瓷春晖,历史悠久,名人辈出。古有王充,著《论衡》而阐述唯物之思想;今有谢晋导经典而传播现实之美学。入新的历史时期后,故乡借改革开放之东风,乘势而上。辟荒凉滩涂,为新兴工业园区;建华美大厦,作寻常百姓居室。偶尔返乡探视父母,每每惊诧于故地城乡面貌之日新月异,儿时伙伴生活之富庶安康。彼时,更深感做上虞人的荣耀与责任。如将在外虞籍人士此等观感或体会形诸文字,一则能禀告乡亲,表达在外虞籍人士思乡之情愫;一则可相互交流,增进我辈之间的共识,诚佳事也!

但将我列为上虞名人,着实不妥。吾天资愚钝,生性懒惰。自离虞以来,耽于杂务,安于现状,日计有余,岁计不足,一事无成,一无建树。诚如老父早先之所言:文不文,武不武。如将我列为虞籍名人,恐有辱于名人之雅号,也有愧于虞地之清誉。故恳请将我从虞籍名人册中剔除，复原虞籍平庸乡亲之真面目，则幸甚！

近无诗作，抄录我在上虞同乡会上即席所赋的《寄语故乡》作复：“寄身京都游子怀，虞山舜水入梦来。欣闻越瓷已建馆，遥望长虹正跨海。常访民间知忧乐，敢为人才搭舞台。三十一年思故园，此情绵绵永不衰。”

简函作复，辞（词）不达意，尚祈鉴谅！

顺祝

冬祺

陈崎嵘

2012年元月9日

草于北京沙滩

中国作家协会

秋强先生：

您好！

惠书及所赠墨宝早悉。前段时间因忙于杂务，迟复为歉。

上虞政协拟出版虞籍名人信笺集萃，这是一件颇有创意、也很有意义的事。我们上虞，乃是可爱的一方宝地，物丰的一方沃土。虞山舜水，越瓷春晖，历史悠久，名人辈出。古有王充，著《论衡》而阐述唯物之思想；今有谢晋，导戏而传播人生之美学。入新的历史时期后，故乡借改革开放之东风，乘势而上。开荒滩涂，为新兴工业园区；建华美大厦，供寻常百姓居室。偶尔回

中国作家协会

每将探父母，每每惊讶于故地城乡面貌之日新月异，儿时伙伴生活之富庶安康。彼时，更深感做上虞人的荣耀与责任。如将海外虞籍人士也寄忆感或诗文形诸文字，一则能寄去乡愁，表达海外虞籍人士思乡之情愫；一则可相互交流，增进我辈之间的共识，诚佳事也！

但将我列入上虞名人，着实不妥。吾天资愚钝，生性懒惰。自离虞以来，耽于案头，安于现状，日计有余，岁计不足，一事无成，一无建树。诚如先父早年之所言：文不文，武不武。如将我列入虞籍名人，恐有辱于名人之称号，也有损于虞地之清誉。故恳

中国作家协会

请将我从虞籍名人册中删除，复原虞籍平庸乡亲之真面目，则幸甚！

近无诗作，抄录我在上虞同乡会上即席所赋的《寄语故乡》作复："寄身京都游子怀，虞山舜水入梦来。欣闻越瓷已建馆，遥望曹江正涌涛。常访民间知忧乐，敢为人才搭舞台。三十一年思故园，此情绵绵永不衰。"

简函作复，辞不达意，尚祈鉴谅！

顺祝

安祺！

陈建功

2012年元月9日

草于北京沙滩

陈嗣星

陈嗣星(1936—),上虞东关人;1949年东关中心小学毕业后,就读绍兴中学;1960年7月南京航空航天大学毕业,大学期间加入中国共产党。毕业后在西安航空工业部113厂工作;后在河南新乡航空工业部103厂,任总工程师、厂长(副地师级),1988年获全国五一劳动奖章,1989年晋升研究员级高级工程师;1990年起在河南新乡任航空航天部新航公司经理(正地师级),获国务院特殊津贴;1997年退休。

陈秋强会长:

您好!

我1936年在上虞东关出生,1949年东关中心小学毕业,适逢上虞解放。我13岁就按国家需要和分配,求学、工作,远离家乡,为国防工业建设默默奉献,心里却一直牵挂着生我养我的上虞故乡。

半个多世纪过去了,退休了,终于能重温故乡的乡土气息、人情风貌了,仿佛又回到了少年时代。

上虞的今昔对比,当然会使我赞叹不已,这次见到您和您创造的上虞乡贤研究会,更使我长久远离故乡的游子感到温暖和激动!

经过长期奋斗,我们是得到了很多,但也失去了很多好的东西。乡贤研究会“挖掘故乡历史,抢救文化遗产,弘扬乡贤精神,服务上虞发展(经济)”的宗旨,在抢救失去的精神财富上,无疑是笔很大的廉价资源。它确实是我们家乡游子的连心桥,校园学生的导航灯。

我对您和上虞乡贤会的全体会员深表钦佩和感谢。您们无私奉献,辛苦工作，在全国开了个好头，给上虞打造了一张独特的城市文化名片！

原航空航天部新航公司经理

陈嗣星

2014年5月

陈秋强会长：您好！

我1936年在上虞东关出生，1949年东关中心小学毕业，迎来上虞解放。我13岁就按国家需要和分配，求学、工作，远离家乡，为国防工业建设默默奉献，心里却一直牵挂着生我养我的上虞故乡。

半个多世纪过去了，退休了，终于能重温故乡的乡土气息、人情风貌了，好似又回到了少年时代。

上虞的今昔对比，变化之大让我赞叹不已。这次见到您和您创建的上虞乡贤研究会，更给我长久远离故乡的游子见到温暖和激动！

经过长期奋斗，我们虽得到了很多，但也失去了很多美好的东西。乡贤研究会“挖掘故乡历史、抢救文化遗产，弘扬乡贤精神，服务上虞发展”的宗旨，在抢救失去的精神财富上，无疑是巨大的原创资源。它确实是我们家乡游子的连心桥，报国学生的导航灯。

我对您和上虞乡贤会的全体会员深表钦佩和感谢，您们无私奉献，辛苦工作，在全国开了个好头，给上虞打造了一张独特的城市文化名片！

原航空航天部新航公司经理

陈嗣星

2014年5月

陈薇麟

陈薇麟，浙江海宁人，曾在上虞小越、崧厦等中学校任教多年。

秋强：

你由快件公司寄赠我的书与信件，已于本月21日收到，谢谢。由于我急于阅读你的散文集，所以未及时回复，害你久等了，希谅。

你的散文短小精悍，清新隽永，读来亲切，如身临其境，久久不忍放下。我首先读的是诸如曹娥庙、白马湖、沥海、道墟等有关的文章，因为这些地方也都是我亲临过、深藏心底的地方。我作为一个海宁的游子，毕竟在上虞这个人文荟萃的风水宝地，生活了二十又八个年头，为她献出了宝贵的青春时光，虽然一事无成，却流过汗、出过力。

在书的有关部分，我还知道了一些过去与我有过交往的人。赵畅与我在小越中学曾同过事，我回海宁后，还有一二年时间与他共同写作过语文教学方面的论文，在相关杂志发表。后来他升官公忙，就断了联系。还有四埠的何武玉君，他也已有书出版了，记得我在崧厦中学时，曾邀请他到学校替我班学生上语文课，讲解有关诗歌和散文的内容。现在想起来，一件小事有点可笑。那时正是“文革”后期，民生凋疲，国家经济困难，没有的校外请人授课经费，于是乎上完课后，我只有空口相谢，自己招待他吃了顿便餐。

在《名人信札》中得知娄国良君已成美术家，我感到十分欣慰。前曾托你们赠我折扇一把，一看扇上国画，就感到非同一般，有方便时，请再次代我向他表示感谢。

随便涂了这些，不妨碍你的工作了。下次有事再聊。

顺颂

署安

薇麟

于2014年7月24日

般，有方便时，请再次代我向他表示感谢。
随便涂了这些，不妨碍你的工作了。下次有事再聊。
顺颂
署安！
薇麟
2014.7.24.
单线稿 第 页

邵明娥

邵明娥，上虞沥海人。上海市丝绸工业公司退休，现居上海。

上虞市乡贤会负责同志，

《上虞乡贤》编辑同志：

本人非常荣幸地收到你们寄来的《上虞乡贤》创刊号，使我及时了解我的故乡飞跃发展的美好景象。你们为包括本人在内的背乡离井、远走外地的上虞游子，提供了故乡的亲近内容和令人振奋、欣欣向荣的信息，使我感到由衷的高兴和万分的感激！

我出生在上虞沥海，十几岁时到上海谋生，但置身在异乡而对家乡的眷恋，从未间断。每次读到《上虞日报》上登载的可喜报导(道)，就会精神振奋、喜出望外。

我原在上海市丝绸工业公司工作，已退休多年，但每年都要回乡省视，亲眼看看故乡的可喜面貌，如工农业的发展、道路交通的畅通、生活环境的改

中共上海市长宁区华阳社区(街道)工作委员会

地址：上海市定西路1310弄12号　电话：62518868　邮编：200050

善等，真是一年一个样。我真的为上虞的发展而祝愿和骄傲

追溯往昔，感慨万千。回想起在抗战时期，人们来上海，要从沥海城外走几十里的沙滩地，乘木枫船到“海北”（金山汇一带）。杭州湾风大浪高，经常发生翻船事故，不知有多少人遇难，还会遇到海盗的抢劫。而如今汽车、火车四通八达。现在又有嘉绍大桥正在动工兴建，到2012年可以通车，到那时从上海到上虞仅需48分钟，这在以前是不可想像（象）的事情。

中共上海市长宁区华阳社区（街道）工作委员会

到“海北”（金山汇一带）杭州湾风大浪高，经常发生翻船事故，不知有多少人遇难，还会遇到海盗的抢劫。而如今汽车、火车四通八达。现在又有嘉绍大桥正在动工兴建，到2012年可以通车，到那时从上海到上虞仅需48分钟，这在以前是不可想像的事情。

2010年已经过去，新的一年已经到来，在辞旧迎新之际，祝我的故乡在市委、市政府的领导和全市人民的努力下，在目前已经取得的巨大成绩的基础上，在今后的岁月里再创更大的辉煌，夺取更大的胜利，改变更大的面貌！

春节即将来临，顺此敬向你们和全体同仁拜个早年，预祝大家身体健康，工作顺利。

此祝

安康

邵明娥 敬上

2011年元旦

地址：上海市定西路1310弄12号　电话：62518868　邮编：200050

2010年已经过去，新的一年已经到来。在辞旧迎新之际，祝我的故乡在市委、市政府的领导和全市人民的努力下，在目前已经取得的巨大成绩的基础上，在今后的岁月里，再创更大的辉煌，夺取更大的胜利，改变更大的面貌！

春节即将来临，顺此敬向你们和全体同仁拜个早年，预祝大家身体健康，工作顺利。

此祝

安康

邵明娥　敬上

2011年元旦

邵益文

邵益文(1931—),上虞沥海人。1955年毕业于中央团校,历任中国青年出版社助编、编辑室主任、党委副书记。1984年,调文化部筹建中国出版科学研究所,任副所长,党委书记。中国编辑学会常务副会长兼秘书长。创建中国书籍出版社,主持编辑、出版了我国第一批编辑学专著。著有《编辑学研究在中国》,并发表论文多篇,在编辑学研究方面做了开创性工作。

上虞乡贤会会长

尊敬的陈秋强先生:

您好!

由于您的辛勤劳作,经常把家乡的情况,通过《上虞乡贤》告诉我们,(使)我这样的久离故土的他乡游子,也能经常了解一些家乡的情况,常常勾起我举头望明月,低头思故乡的心情,拉近了我和故乡的距离。想起儿时的玩耍和少年时的劳动,作为一个耄耋之年的老人,也是感慨万千,但常忆过去,必将励于今后,此皆公之所赐也。

寄上我的编、著10本,都是业务上的东西,于一般业外人无多用处,也算是对家乡父老的一点汇报。我本想把我所有著、编之作,收集一套送上,但有的出版较早,虽再三寻觅,未能如愿,如《中国编辑研究》,从1996年起已出版十六本,但现在只能寄呈八本,十分遗憾了。还望先生谅鉴。

我一直想回乡看看,但年老多病,即使能去,也是来去匆匆,无缘拜谒,务请原宥。

祝乡贤会发扬传统，越办越好！

先生健康长寿！

家乡兴旺发达！

邵益文

2014年9月28日

年 月 日

上虞乡贤会会长

尊敬的陈秋强先生：

您好！

由于您的辛勤劳作，经常把家乡的情况通过《上虞乡贤》告诉我们，使我这样的久离故土的他乡游子，也能经常了解一些家乡的情况。常常勾起我举头望明月，低头思故乡的情怀，也拉近了我和故乡的距离。想起儿时的玩耍、和少年时的劳动，作为耄耋之年的老人，也是感慨万千。但常忆过去，必将励于今后。此皆公之所赐也。

寄上我的编、著10本，都是业务上的东西，于一般业外人无多用处，也许是对家乡父老的一点汇报。我本想把我所有著、编之作，收集一套送上，但有的出版较早，另再三寻觅，未能如愿（如《中国编辑研究》从1996年起，已出版十六本，但现在只能寄呈八本，十分遗憾），还望先生谅鉴。

我一直想回乡看看，但年老多病，即使能去，也是来去匆匆，无缘拜谒，务请原宥。

祝乡贤会发扬传统，越办越好！

先生健康长寿！

家乡兴旺发达！

邵益文

2014.9.28.

诚意纸品 第 页

孟国元

孟国元(1950—)，上虞崧厦人。博士。1969年参军，转业后在沪工作，任上海市虹口区人力资源和社会保障局主任科员，2011年退休，现居上海。

上虞市乡贤研究会：

已数十载收到故乡日报，感激万分，特表示崇高敬意！

每当我收到上虞日报时，我总要阅读一遍，精彩的文章还要仔细阅读。可以说上虞日报是我的精神粮食之一，通过该报，(使)我了解家乡巨变、飞速发展。更是千层巨浪激起对故乡的思念(倍加亲)。虽然我对上虞没有作出贡献，但我也在无形之中为知我上虞，爱我上虞作(做)一些努力。无论在职时，还是退休后与一些单位工作交往和人际交流中，总是要介绍上虞人杰地灵，“上虞建筑之乡”“上虞吐鲁番”等，使他们了解上虞，(让)上虞走(向)世界。今后仍须努力。保持联系。

孟国元

二〇一一.八.二十日

上虞市鄉賢研究會：

已數十載收到故鄉日報，感激萬分，特表示崇高敬意！

每當我收到上虞日報時，我總要閱讀一遍，精彩的文章還要仔細閱讀。可以說上虞日報是我的精神糧食之一，通過該報，使我了解家鄉巨變、飛速發展，更是千層巨浪激起對故鄉的思念倍加親。雖然我對上虞沒有作出貢獻，但我也在無形之中為知我上虞、愛我上虞作一些努力。無論在職時，還是退休後與一些單位之工作交往和人際交流中，總是要介紹上虞人杰地靈，“上虞建築之鄉”“上虞吐魯番”等，使他們了解上虞、上虞走世界。今後仍須努力，保持聯係。

孟國元

二〇一一、七、二十日

本人孟國元，原單位上海市虹口區人力資源和社會保障局，原任主任科員，現已退休，聯係地址：上海市新市南路

杭乃敦

杭乃敦，上虞崧厦杭家村人。1955年参军，后在杭州读书，学习热工专业，毕业后在杭州制氧机厂设计科从事设计、研究工作，1993年退休，现住杭州市。

上虞乡贤会：

首先让我衷心祝贺《上虞乡贤》报创刊号出版，并对于乡贤会已经取得的杰出成就表示深深的钦佩！我作为一名背乡离井半个世纪的上虞人，一个频频思念故乡的老人，能成为上虞乡贤会的成员而感到非常荣幸！每次收阅其“工作简报”倍感亲切，似乎自己又生活在上虞民众之中，心情十分愉悦。

从“工作简报”得知，上虞民间姓氏修谱方兴未艾，此事正是我十余年来的心事。崧厦杭家村杭氏，具有千年的历史，其家谱代代相传记谱，直到解放前二十年前后，被经管人所丢失。此后有人叹惜，却无人续编。解放后，人们的氏族观念渐趋淡薄，此事被许多人淡忘。然而杭氏子孙对于自己杭姓的由来和杭姓氏族的优越感，并未淡化。杭姓本姓“抗”，是宋太祖赵匡胤亲自所赐。村里“杭氏宗祠”颇具规模，字联匾额十余块，词意颇有官庭朝政文化气氛，并有圣旨牌挂于前庭……这座具有凝聚力的祠堂，毁于1956年，特大台风，当时我在北京当兵，不知村政府是如处理这个瓦砾场的。许多文物不知其下落。解放后出生的村民，心目中已不存在祠堂的印象。我想趁在今后修谱中，编写杭氏的由来、杭村的建立及解放前杭氏族人的特点，并入杭氏家谱之中。这里我一直认为我应当为族人尽一份责任，组织人员把这项工作完成，作为为(对)族人的一个交待(代)。对于这方面的文章，一个人可以先做起来，我已收集了一些材料，有些是自己的记忆。我已大部分写就了，万余字，修改一下，讨论一下就可以了。而主体部分家谱，必组织编修班子不可。然而意想不到的事情碰头了，在与村中旧友联系后方知，村中能写写抄抄的中青年都出去打工发财去了，一些老的由于长久不写字，已不会写字了。第一步就落空。我虽可一个人先干起，但我身居杭州，老家已无老窝，只能临时跑几次，不可能住下来。

技术文件及计算资料	共　　页第　　页
	编号：

上虞鄉賢会

首先让我表心祝贺"上虞鄉賢"報創刊出版，并对于鄉賢会已經取得的傑出成就表示深深的欽佩！我作为一名背鄉离井半个世纪的上虞人，一个頻頻思念故鄉的老人，能成为上虞鄉賢会的成员而感到非常榮幸！每次收阅其"工作简報"倍感親切，似乎自己又生活在上虞民众之中，心情十分愉悦。

从"工作简報"得知，上虞民间姓氏修谱方兴未艾，此事正是我近十余年来的心事。崧厦杭岗村杭氏具有千年的历史，其家谱代代相传记谱，直到解放前二十年前后，被經管人丢失。此后有感叹惜，却无人续编。解放后，人们的氏族观念渐趋淡薄，此事被许多人淡忘。然而杭氏子孙對于自己杭姓的由来和杭姓氏族的优越感并未淡化。杭氏本姓"抗"，是宋太祖趙匡胤親自改賜。村里"杭氏宗祠"頗具规模，字联匾額十余块，词意頗有宫廷朝政文化气氛，并有聖旨牌挂於前庭……。这座具有凝聚力

目前上虞地区农村青年，估计也同样出去打工发财。可人家怎么能组织起编写班子来？难道他们有什么妙法？我想乡贤会可能知道情况，能否介绍一下他们的经验？以助解难。

今天我向上虞乡贤会介绍一位先生，崧厦人，叫张邦铣。退休前在杭州供电局任某处长，年75岁。是崧厦镇张家大宅门张允升之幼子，现居杭州。此人具有超凡之公关能力，极善演说，有较强组织能力。他性格活泼，待人热情，平而近人，言词丰富，是个大家喜欢的人。现在身体健康，社交广泛，是杭州仁和书画研究会之副会长，擅长书法。我将《上虞乡贤》报让他看

之后，他很有兴趣，有参加乡贤会之意向。请问乡贤会是否同意给予邀请？

祝上虞乡贤研究会在新的一年中，取得更大的成绩！并向陈秋强会长及诸位问好！

杭乃敦敬上

忘了介绍自己，我是崧厦镇杭家村人，从小村中读书种田。1955年参军，后在杭州读书，学习热工专业，毕业后在杭州制氧机厂设计科从设计、研究工作，到1993年退休，现住杭州市。退休后发挥余热多年，并投入书画活动十余年，在黄建成先生联络下，参加过上虞书画活动，并参加了东方文化的书画展。

技术文件及计算资料　共　页第　页　编号：

的祠堂，毁于1965年特大台风，当时我在北京当兵，不知村政府是如何处理这个瓦砾场的，其许多文物不知其下落。解放后出生的村民，心目中已不存在曾祠堂的印象。我想，趁在今后修谱中，编写杭氏的由来，杭村的建立及解放前杭氏族人的特点，併入杭氏家谱之中。这里，我一直认为我应当为族人尽一份责任，组织人员把这项工作完成，作为族人的一个交待。对于这方面的文章，个人可以先做起来，我已收集了一些材料，加些是自己的记忆，我已大部分写就了万余字，修改一下，讨论一下就可以了。而全体部分家谱，必组织编修班子不可。然而意想不到的事情碰头了：在与村中旧友联系后方知，村中能写写抄抄的中青年都出去打工发财去了，一些老的由于长久不写字，也不会写字了。第一步就卡壳了，我要一个人先干起，但我身居杭州，老家已无老窝，只能临时跑几次，不可能住下来。

目前上虞地区农村青年，估计也同样出去打工发财，可人家怎么能组织起编写班子来？难道他们有什么妙法？我想乡贤会可能知道情况，能否介绍一下他们的经验？以助解难。

技术文件及计算资料	共　　页第　　页 编号:

今天，我向上虞乡贤会介绍一位先生，崧厦人，叫张邦铣，退休前在杭州市供电局任某处长，年75岁，是崧厦镇张家大台门张先昇之幼子，现居杭州。此人具有超凡之公关能力，极善演说，有较强组织能力。他性格活泼，待人热情，平易近人，言词丰富，是个大家喜欢的人。现在身体健康，社交广泛，是杭州仁和书画研究会之付会长，擅长书法。我将“上虞乡贤”报让他看之后，他很有兴趣，有参加乡贤会之意向。请问乡贤会是否同意给予邀请？（他电话0571.85303781）

祝上虞乡贤研究会在新的一年中，取得更大的成绩！并向陈秋强会长及诸位问好！

杭乃敦 敬上　0571.85191337
15356192601

忘了介绍自己，我是崧厦镇杭家村人，从小村中读书种田。1955年参军，后在杭州读书学习热工专业，毕业后在杭州制氧机厂设计科从设计、研究工作，至1993年退休，现住杭州市。退休后发挥余热多年，并投入书画活动十余年，在黄建成先生联络下，参加过上虞的书画活动，并参加了东方文化的书画展。

范志强

范志强（1925— ），上虞沥海人。1949年3月，参加中共地下党外围组织，同年10月，参加新民主主义青年团。1950年在上海市总工会虹口区办事处工作，历任干事、副科长、科长、党组成员。1963年，在中共虹口区委组织部干部科任科长。1966年起，任同心路、唐山路街道办事处党委副书记、书记。1981年后，任上海市总工会虹口区办事处主任、党委书记。离休后，被聘为横滨桥城市信用社理事长。

上虞乡贤研究会编辑部同志：

寄来创刊号收到，谢谢！读了市委书记叶时金同志祝词"破茧化蝶，再创辉煌"，编辑部创刊词，是弘扬乡贤精神，服务上虞经济，同志们辛苦了！

我是沥海人，离乡七十年，但常回家看看，见到家乡发展，海涂巨变，嘉绍大桥，建设启动，桥头堡前，已去张望，再过二年，将会建成，到时我为，携妻带孩，再来看望。乡贤精神，薪火传承。

至此我祝愿乡贤研究会成立十周年，并祝乡贤们安康、快乐、幸福，长寿！送上条幅祝贺！祝编辑部同志节日快乐！

此致

敬礼

范志强启

2010年12月24日

上虞鄉贤研究会編輯部同志：

寄来創刊号收到，謝々！讀了市委書記叶明金同志祝詞、"破茧化蝶，再創輝煌"，編輯部創刊詞，是弘扬鄉贤精神、服务上虞经济，同志们辛苦了！

我是沥海人，离鄉八十年，但常回家看々，见到家鄉发展，海塗巨变，嘉绍大桥，建設啟动，桥头堡前，已去眺望，再过二年，将会建成，到时我另，携妻带孩，再来看望，鄉贤精神，薪火傳承。

至此我祝贺鄉贤研究会成立十周年，並祝鄉贤们安康、快樂、幸福、長寿，送上条幅祝贺！祝編輯部同志节日快樂！

此致

敬礼

沈孝強敬

2010年12月24日

16K书写文稿纸500格

范岱年

范岱年(1926—),上虞丰惠人。1948年毕业于浙江大学物理系,留校攻读研究生。同年10月,加入中国共产党。1949年起,历任中共杭州市青委组织部干事、市委组织部干事、市学校党委秘书。1952年后,历任中国科学院科学通报编辑室编辑、副主任,宣传处副处长,中科院办公厅资料室副主任。1963年,调任中科院哲学研究所《自然辩证法研究通讯》编辑。1979年,任社科院哲学所自然辩证法研究室副主任,副研究员。1980年,任中科院《自然辩证法通讯》杂志社副主编兼副社长。1987年,任中科院科技政策与管理科学研究所研究员。

秋强先生:

二月一日来函敬悉。

知道上虞市将范寿康故居整修,列入计划,定于2014年完成,十分欣喜。

据家父结婚证书记载,家父与家母结婚,是在1916年,就在家父故居内。所以这房子至晚在1914年应已建成,所以也是近百年的老宅了。

家父在1983年去世前,曾关照我大哥范岳年(上虞乡贤报1月16日报道中误为范学年),将旧宅捐献上虞政府。但由于种种原因,大哥岳年直到2010年去世,也未把捐赠手续办完。此事就由我继续办理。2011年,有房产继承权的11人均已将捐赠书送交上虞市公证处公证,手续具体办妥。现在就只等上虞市派员来我处,正式签署捐赠书,并派员正式接管房子,就可以了。如果今年能办成,离1983年也已30年了!!!

关于捐赠浙江博物馆的家父收藏的书法作品,如能全部调拨上虞市博物馆,就最为理想了。否则,只能请求浙江博物馆照原样复制一套,将来作为范寿康故居的陈列品。不知你和浙江博物馆有无熟人关系？如果有熟人，我们一起去联系交涉，可能就会顺利一些。

我家旧宅，实际上是我祖父范高平（范运枢）所建，我祖父也是上虞乡贤，与经亨颐一同留日，1911年与经亨颐一起在杭州参加辛亥革命后建立的浙江军政府，他是浙江农科院（浙江农事试验场）首任领导，已被该院追认为“百年风采人物”。所以，我认为范寿康故居，最好称为范高平、范寿康故居。

看到乡贤报关于陈梦家的报道，很欣慰。陈梦家也是上虞市杰出乡贤，可惜在“文革”中被迫害至（致）死。他的夫人赵萝蕤是著名英国文学家。乡贤徐懋庸，我和他在哲学所同事十多年。他在“文革”中也吃了不少苦头。

祝好

范岱年

2012.2.14

秋弦先生：

二月一日来函敬悉。

知道上虞市已将范寿康故居整修，列入计划，定于2014年完成，十分欣喜。

据家父结婚证书记载，家父与家母结婚，是在1916年，就在家父故居内。所以，这房子至晚，在1914年应已建成，所以也是近百年的老宅了。

家父在1983年去世前，曾关照我大哥范岳年（上虞乡贤报1月16日报道中误为范学年），将旧宅捐献上虞政府。但因种种原因，大哥岳年直到2010年去世，也未把捐赠手续办完。此事就由我继续办理。2011年，有房产继承权的11人均已将捐赠书送至上虞市公证处公证，手续基本办妥。现在就只等上虞市派员来我处，正式签署捐赠书，并派员正式接管房子，就可以了。如果今年能办成，离1983年也已30年了!!!

关于捐赠浙江博物馆的家父收藏的书法作品，如能全部调拨上虞市博物馆，就最为理想了。否则，只能请求浙江博物馆照原样复制一套，将来作为范寿康故居的陈列品。不知你和浙江博物馆有无熟人关系？如果有熟人，我们一起去联系交涉，可能就会顺利一些。

我家旧宅，实际上是我祖父范高平（范远相）所建。我祖父也是上虞乡贤，与经亨颐一同留日，1911年与经一起在杭州参加辛亥革命后建立的浙江军政府，他是浙江农科院（浙江农事试验场）首任会办，已被该院追认为"百年风采人物"。所以，我以为范寿康故居，最好称为范高平、范寿康故居。

省刊乡贤报关于陈梦家的报道，很欣慰。陈梦家也是上虞市走出乡贤，可惜在文革中被迫害至死。他的夫人赵萝蕤是著名英国文学家。乡贤徐懋庸，我和他在哲学所同事十多年，他在文革中也吃了不少苦头。　　祝好！

范岱年

2012.2.14.

秋强先生：

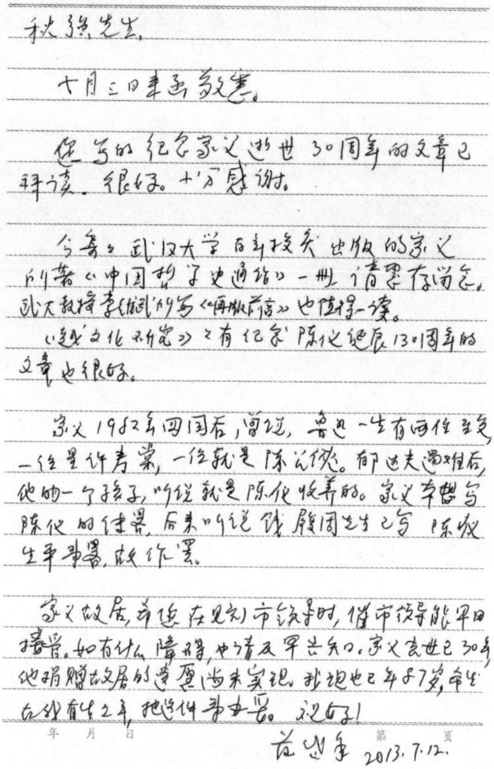

七月三日来函敬悉。

您写的纪念家父逝世30周年的文章已拜读。很好。十分感谢。

今寄上武汉大学百年校庆出版的家父所著《中国哲学史通论》一册，请您存留念。武大教授李维武所写《再版前言》也值得一读。

《越文化研究》有纪念陈仪诞辰130周年的文章也很好。

家父1982年回国后，曾说，鲁迅一生有两位至交，一位是许寿裳，一位就是陈公侠。郁达夫遇难后，他的一个孩子，听说就是陈仪收养的。家父本想写陈仪的传略，后来听说钱履周先生已写陈仪生平事略，故作罢。

家父故居，希您在见到市领导时，催市领导能早日接管。如有什么障碍，也请及早告。家父去世已30年，他捐赠故居的遗愿尚未实现。我现也已年87岁，希望在我有生之年，把这件事办妥。祝好！

范岱年

2013.7.12

范昌运

范昌运，1940年出生于上虞丰惠。高级工程师。1959年从杭州水利水电学校毕业分配到天台县水利局，从技术员干到副局长，又破格提升为副县长，1984年起担任过一届常务副县长和两届县长、天台县委副书记等职。获水利电力部先进科技奖，省水利厅优秀设计奖。

陈会长：您好！

来信收悉，非常感谢！

当我看到《上虞日报》对我专访的报道，内心感到无比的激动，贵报对我评价太高，自觉汗颜。

我离家五十余载，在天台从政多年，未曾为故乡作(做)些应有的贡献，在此深表歉意。

时今我已是古稀之身，念念不忘为党和人民的事业发挥余热，作(做)点贡献。加快“大琼台”的建设——再现“天台山大瀑布”，并有所创新，为浙江旅游业增光添辉，也是我对家乡父老表达的拳拳赤子之心。

欢迎您们再来天台山访问。

范昌运

二〇一三年六月八日

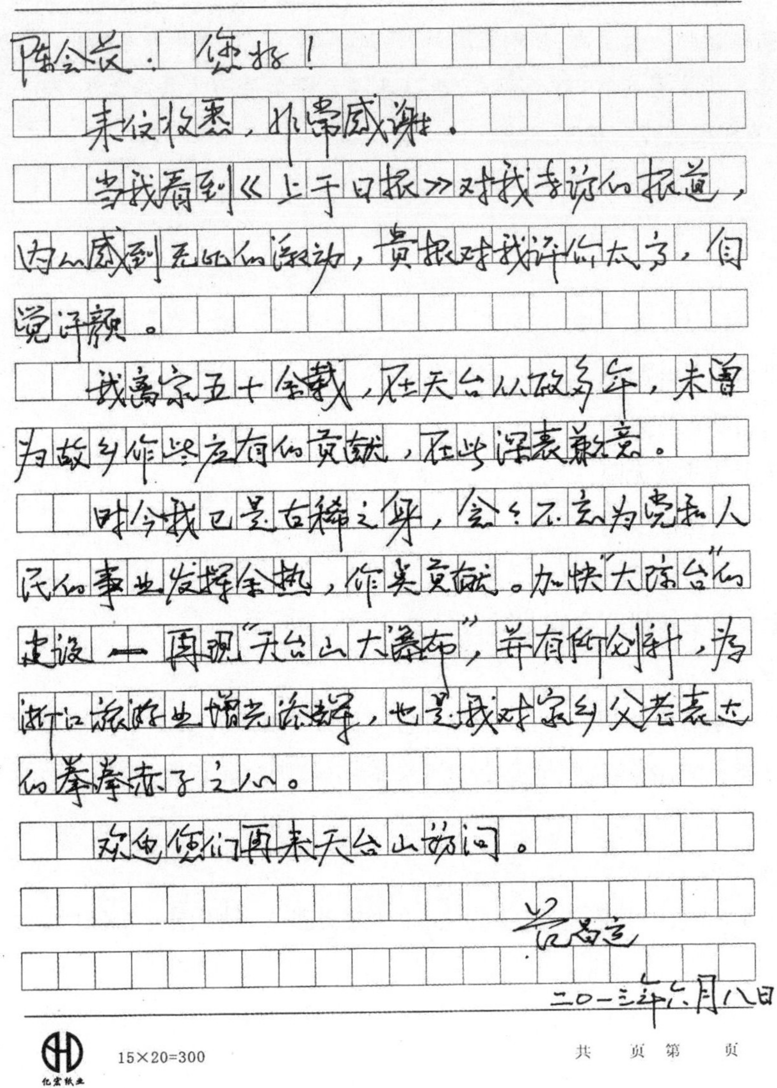

陈会长：您好！

来信收悉，非常感谢。

当我看到《上海日报》对我专访的报道，内心感到无比的激动，贵报对我评价太高，自觉汗颜。

我离家五十余载，在天台从政多年，未曾为故乡作些应有的贡献，在此深表歉意。

时今我已是古稀之年，念念不忘为党和人民的事业发挥余热，作点贡献。加快"大凉台"的建设——再现"天台山大瀑布"，并有所创新，为浙江旅游业增光添彩，也是我对家乡父老表达的拳拳赤子之心。

欢迎您们再来天台山访问。

岩昌立

二〇一三年六月八日

15×20=300　　共　页第　页

亿宏纸业

罗　平

罗平(1927—　),原名金才根,上虞章镇人。大学文化,杭州市第七中学高级教师。长于画,师承黄宾虹,画风浑厚、苍茫,常于经意间出不经意之笔。平生喜宾翁、石壶两家,盖取其浑无斧凿痕而又磊磊落落,格高韵雅、重于气质的风格。

树高千寻叶归根
虞山舜水故人情
江南塞北景无限
　　月是故乡明

上虞市乡贤研究会成立纪念

罗平原名金才根,一九二七年出生,上虞章镇人。四十年代末就读于白马湖春晖中学,潜转杭州毕业于中国美术学院,师承黄宾虹,画宾翁石壶一路山水。

近读秦简,羡其笔意,拈手为之,荒唐之处甚多,秋强先生方家槃正。

罗平　启

2000年12.24

樹高千尋葉归根

虞山舜水故人情

江南塞北景无限

月是故鄉明

上虞市鄉賢研究会成立纪念

罗平原名金水根，一九二七年出生，上虞章镇人。四十年代末就讀於白馬湖春暉中学，後轉杭州畢業於中國美术学院，師承黄賓虹，画宗翁石壶一路山川。

近讀秦简，羡其筆意，拈手為之，乖誤之處甚多，　　秋濤先生 方家雅正

罗平 書2006年12,24.

20×15=300　　第　页

罗步臻

罗步臻，1943年生于上海，祖籍上虞，字兆真，号逸翁、轶翁，上海虹口书画院副院长，中国美协上海分会会员。是海上名家应野平入室弟子。在五十余年的从艺生涯中，他孜孜不倦地探索传统与现代结合之路，终于在中国水墨山水画上形成了自己特有的艺术风格。曾在国内外共举办过三十余次个人画展，其中3件作品为中国美术馆收藏。出版画集4册。获菲律宾国家博物馆特授荣誉证书。

秋强先生大鉴：

手书聆悉。

拙书寄上请查收。

蒙先生抬爱在此感谢。

今年想去四明山写生，届时将再拜访先生畅叙。

祇颂

文绥

逸翁寄

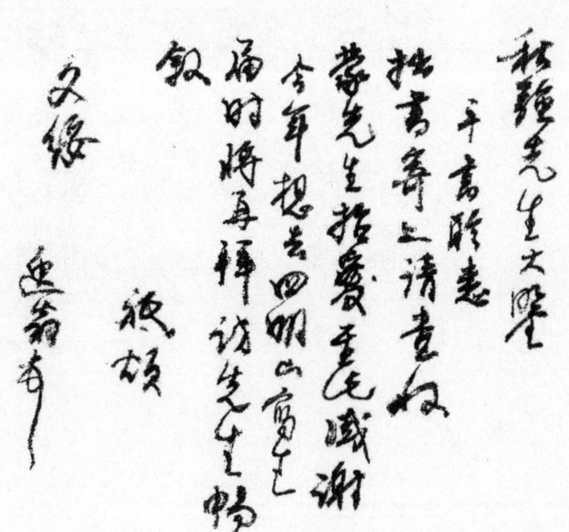

秋强先生大鉴

手书聆悉

拙书寄上请查收

蒙先生抬爱在此感谢

今年想去四明山写生

届时将再拜访先生畅叙

祇颂

文绥

逸翁寄

罗祖琦

罗祖琦（1933— ），上虞永和人，1945年毕业于平昌小学，1946年考入上虞简易师范学校，上海解放后，在厂做工会工作，进入南京华东空军军政干部学校学习，毕业后长期在空军部队工作，历任空军政治部干部处副处长、秘书处处长、政治部副主任，1986年任空军调研员。曾两次在中南海受到毛泽东主席和中央其他领导的接见。曾获解放奖章，立三等功两次，嘉奖多次。

陈秋强会长：

悠悠娥江水，脉脉故乡情。二〇〇一年的一月，在上虞市委、市府的关怀下，我们优秀的乡贤陈秋强先生，创造性地、无私地组建了上虞市乡贤研究会。从此，我们这些在外多年的游子，有了自己的家。十年来，我们在您的带领下，同心协力、同舟共济，大大激活了历史人文资源，在研究、抢救、服务、凝聚、培育等等方面作出了很大贡献。同时也大大提高了乡贤会的知名度。这种独特的上虞乡土文化现象，不但影响了上虞，影响了浙江省，也影响了祖国各

陈秋强会长：
悠悠娥江水，脉脉故乡情。二〇〇一年一月，在上虞市委、市府的关怀下，我们优秀的乡贤陈秋强先生，创造性地、无私地组建了上虞市乡贤研究会。从此，我们这些在外多年的游子，有了自己的家。十年来，我们在您的带领下，同心协力，同舟共济，大大激活了历史人文资源，在研究、抢救、服务、凝聚、培育、

地，甚至海外。所有这一切成就，我们的带头人——陈秋强先生功不可灭(没)。应该好好为您庆功。

现在，我们上虞人民在市委市府的坚强领导下，故乡上虞有了翻天覆地的变化，上虞不简单，上虞了不起，我作为一名上虞的游子，感到十分欣慰，十分骄傲。祝愿上虞不骄不躁，脚踏实地，争取走在全省乃至全国的前列。祝上虞人民幸福安康，祝陈秋强会长身体永远健康，万事如意，继续当好我们的带头人。

罗祖琦

二〇一一年八月于北京

等等方面作出了很大贡献。同时也大大提高了乡贤会的知名度。这种独特的上虞乡土文化现象，不但影响了上虞，影响了浙江省，也影响了祖国各地，甚至海外。所有这一切成就，我们的带头人—陈秋强先生功不可灭。应该好好为您庆功。

现在，我们上虞人民在市委市府的坚强领导下，故乡上虞有了翻天地覆的变化，上虞不简单，上虞了不起，我做为一名上虞的游子，感到十分欣慰、十分骄傲，祝愿上虞不骄不躁、脚踏实地、争取走在全省乃至全国的前列。祝上虞人民幸福安康，祝陈秋强会长身体永远健康、万事如意，继续当好我们的带头人。

罗祖琦

二〇一一年八月于北京

罗秋国

罗秋国(1936—　),上虞四维乡罗家舍(今谢塘镇新戴家村)人。1956年应征入伍,1997年6月退休至今,担任《军事通信学术》特邀编辑。今居武汉。

陈会长

秋强先生台鉴:

元月廿二日惠拜读,并仔细阅读了随信所寄的《乡贤陈秋强》及乡贤工作简报。谢谢!

我十八岁离上虞,十九岁半参军。1962年后才能每年探亲一次,与当地党政干部鲜有交往。1972年家属随军后,很少返乡。偶有几次,均系为老人奔丧或探视病情,逗留时间很短。故我这无名小卒,鲜为县、镇政府所知。您从未听说过,也就毫不奇怪了。我最近一次回乡是在2000年底、2001年初,为时半月。看看家乡的变化的确令人高兴。

雨岐兄是我在嵊县师范的同窗好友,去年才联系上。

我的简历很简单,平淡无奇。简述如下:

1936年7月(农历)出生于上虞县四维乡罗家舍一个农民家庭。同胞兄弟甚多,死去(多为夭折)过半,长大成人的五人(现健在三人)。在五兄弟中,我排行第四。

1944年—1945年读私塾;1946年起上本保保校、禹峰乡中心国民学校(即三近小学)、横山春晖小学(陈春澜在其本村所办的一所小学);1950年下半年读了半年春晖中学,因家居被人纵火,辍学。

1951年初在上海南市蓬莱路先棉祠北弄41号新义泰良记纸品厂学徒,因反抗师傅打骂而出走。寄居姑母家半年后返乡务农。

1951年10月—1952年1月,在县粮食局小越粮管所当助征员。

1952年3月—1954年7月，在小越区镇海乡五村校、小越区中心校、春晖中学、章镇区龙浦乡中心校任教职员。

1954年9月—1956年1月，嵊县师范小教轮训班学习。

1956年1月—1959年2月，海军东海舰队训练团、舟山基地复员大队、海岸炮兵99连（桃花岛）、福建基地岸炮一分群107连服役。参加炮击金门战斗。

1959年2月—1961年8月，总参汉口通信兵技术学校教员集训队学习。

1961年8月—1969年7月，总参通信兵成都技术学校、上饶技校、上饶通校、重庆雷达技校当教员（无线电接力通信专业）。其间参加过城镇“四清”运动（任材料员）及军队院校“文化大革命”运动。

1969年7月—10月，通信兵宝襄“五七”干校劳动待分配。

1969年10月—1971年7月，在电信总局西安邮电器材仓库、西安微波器材厂（503厂）当军宣队员。

1971年7月—1974年3月，在通信兵19研究院试验大队（现总参61研究所试验基地）工作。

1974年3月—1997年6月，在汉口有线电技校、通信军政干校、通信学院、通信指挥学院当教员、学报编辑、教学督导、教材编委员副主任兼编审办主任，直至退休。

1997年6月退休至今，担任《军事通信学术》（总参、全军、全国优秀期刊、全军重点刊物、军事学核心期刊）特邀编辑（负责付印前的最后审修）。为沈阳、兰州、成都、南京四大军区、二炮基地、总参几个部及通信指挥学院编辑了几十本专著、教材。

平生编辑书稿几百种，共七千万字。

在武汉的上虞乡亲不少，多平民百姓。过去乡亲“出路”到外头，首选上海，其次就是汉口了。春晖校友录上可找到几个，也多年未联系了。包括我在内，称得上乡贤的，可能就区区而一了。

这次就谈这些，请您指教。

致以

敬礼

退休老兵　罗秋国

2005.3.12.

教　案　纸

陳會長

秋强先生　台鉴：

元月廿二日惠書拜读，并仔细阅读了随信所寄的《乡贤　陳秋强》及乡贤会工作简报。谢谢！

我十八岁离上虞，十九岁参军。1962年后才能每年探亲一次，与当地党政干部鲜有交往。1972年家属随军后，很少返乡。偶有几次，均係为老人奔丧或探视病情，逗留时间很短。故我这無名小卒，鲜为县、镇政府所知。您從未聽说过，也就毫不奇怪了。我最近一次回乡是在2000年底、2001年初，为时半月。看到家乡的变化的确令人高兴。

雨岐兄是我在嵊县师范的同窗好友，去年才联系上。

我的简歷很简单，平淡無奇。简述如下：

1936年7月（农曆）出生於上虞县四維乡罗家舍一个农民家庭。同胞兄弟甚多，死去（多为夭折）过半，长大成人的五人（現健在三人）。在五兄弟中，我排行第四。

1944年～1945年读私塾；1946年起上东保保校、禹峰乡中心国民学校（即三近小学）、横山春晖小学（陳春澜在其本村所办的一所小学）；1950年下半年读了半年春晖中学，因家居被人縱火，辍学。

1951年初在上海南市蓬莱路光扬祠北弄41号新义泰良记纸品厂学徒，因反抗师傅打骂而出走。寄居姑母家半年后返乡务农。

1951年10月～1952年1月，在县粮食局小越粮管所当助征员。

1952年3月～1954年7月，在小越区镇海乡五村校、小越区中心校、春晖中学、章镇区龙浦乡中心校任教职员。

第　　页

教 案 纸

1954年9月～1956年1月，嵊县师范小教轮训班学习。

1956年1月～1959年2月，海军东海舰队训练团、舟山基地假员大队、海岸炮兵99连（桃花岛）、福建基地岸炮一分群107连服役。参加炮击金门战斗。

1959年2月～1961年8月，总参汉口通信兵技术学校教员集训队学习。

1961年8月～1969年7月，总参通信兵成都技术学校、上饶技校、上饶通校、重庆雷达技校任教员（无线电接力通信专业）。其间参加过城镇四清运动（任材料员）及军队院校文化大革命运动。

1969年7～10月，通信兵宜宾"五·七"干校劳动待分配。

1969年10～1971年7月，在电信总局西安邮电器材仓库、西安微波器材厂（503厂）任军宣队员。

1971年7月～1974年3月，在通信兵19研究院试验大队（现总参61研究所试验基地）工作。

1974年3月～1997年6月，在汉口有线电技校、通信军政干校、通信学院、通信指挥学院任教员、学报编辑、教学督导、教材编委会副主任兼编审办主任，直至退休。

1997年6月退休至今，担任《军事通信学术》（总参、全军、全国优秀期刊，全军重点刊物、军事学核心期刊）特邀编辑（负责付印前的最后审阅）。为沈阳、兰州、成都、南京四大军区，二炮基地，总参几个部及通信指挥学院编辑了几十本书著、教材。

平生编辑书稿几百种，共七千万字。

在武汉的上虞乡亲不少，多平民百姓。过去乡亲"出路"到外头，首选上海，其次就是汉口。老辈校友录上可找到几个，也多年未联系了。包括我在内，称得上乡贤的，可能就区区而一了。

这次就谈这些，请您指教。

致以

敬礼

退休老兵 □秋国 致

2005.3.12.

罗随祖

罗随祖(1952—),祖籍上虞,罗振玉孙子、故宫博物院研究员,故宫艺术研究院篆刻院特聘教授、专家、故宫博物院“故宫学校”教授、中国文物学会培训部讲授专家、西泠印社社员。

陈秋强会长台鉴:

日前北京会晤十分愉快,谅先生返虞亦必顺利。所赐墨宝,已悬于寒舍,不时欣赏诵读,颇多愉悦。

上虞乡贤研究会,为海内孤芳。在北京等城市影响渐深,正在发挥更大之作用。此是会长远见卓识,及贵会同仁不懈努力,以至诚至勇精神为国家文化事业贡献才智之体现。先生既导夫前路,余愿为之鼓呼呐喊,以广绩效。

余前所荐“乡贤教室”之议,窃以为可以开现代民间教育之先河,形式内容上,先易后难,渐成规模。初发端或以引导收藏、艺术品赏析等具有实用的

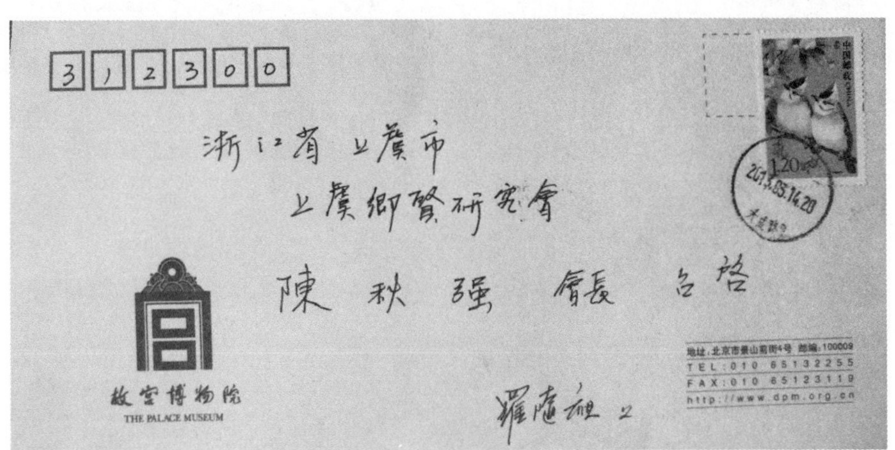

内容为主，兼及艺术品鉴定如：陶瓷、书画、玉石杂项等。另及地方历史、文化，如“漕运历史”等题目。学者授课兼及地方电视台配套制作文化类节目，以广传播，一劳多得。或有众大欢喜之效。

上虞常住人口虽少，但现代传媒已不受地域、交通之限制，重在内容与传播。内容既受瞩目，预先宣传做得好，自然有人不远而来倾听。绍兴、宁波、杭州等地均可纳入传播范围。

各地目前唯缺少好的、有特色的文化内容。地方政府“文化建设发展”也是一条政绩题目，只要有新意，能做好，何愁缺少宣传途径？

先生若需深入交换意见，或月末余愿再来上虞，面陈管见，顺便会见媒体，以广宣传。不知先生意下如何？

专此奉闻，余不一一。

顺颂

春安大吉

罗随祖上

三月十一日

故宮博物院

陳秋強會長台鑒：

日前北京會晤十分愉快，諒先生返虞安必順利。所賜墨寶，已懸於寒舍，不時欣賞誦讀，頗多愉悅。

上虞鄉賢研究會為海內孤芳，在北京等城市影响漸深，正在發揮更大之作用。此是會長遠見卓識及貴會同仁不懈努力，以至誠至勇精神為國家文化事業貢獻才智之體現。先生既导夫前路，余願為之鼓呼吶喊，以廣績效。

余前所看“鄉賢教室”之講，竊以為可以開現代民間教育之先河。形式内容上，先易後難，漸成規模，初發端或以引导收藏、藝術品賞析等具有實用性的内容為主，兼及藝術品鑒定如：陶瓷、書畫、玉石雜項等。另及地方歷史、文化，如“漕运歷史”等題目。學者授課兼及地方電視台配套製作文化類節目，以廣傳播，一勞多得。或有衆大歡喜之效。

上虞常住人口雖少，但現代傳媒已不受地域、交通之限制，重在内容與傳播。内容

故宮博物院

既受矚目，預先宣傳做得好，自然有人不遠而來傾听。紹興、寧波、杭州等地均可納入傳播范圍。

各地目前唯缺少好的、有特色的文化内容。地方政府“文化建設發展”也是一條政績題目，只要有新意、能做好，何愁缺少宣傳途徑？

先生若需深入交換意見，或月末余愿再來上虞，面陳管見，順便會見媒体，以廣宣傳。不知先生意下如何？

專此奉聞，余不一一。

順頌

春安大吉

羅隨祖上　三月十一日。

（2013年3月14日
北京大柵欄（郵局）寄

竺　安

竺安(1929—　),上虞东关人,竺可桢之子。中国科学院化学研究所研究员、博士生导师。1950年,毕业于浙江大学化学系物化专业。主要从事有机痕色谱学和生化物质分析,毛细管电泳的研究。兼任浙江大学分析测试中心教授、国家自然科学基金会评委。

秋强先生:

来信及一批材料收到,你倡议并奔走成立上虞乡贤会,令人钦佩。让每一个人都从小就熟知家乡的历史、地理、物产、人文,是极有意义的活动,这就是爱国主义教育。

1980年代初,曾自发地成立过“竺可桢研究会”,进行了大量的工作,后来因为人员老化、亡故,又无形地解散了。近四年来“竺可桢全集”编委会成立并进行了艰巨的工作,去年十月终于出版了第1~4卷(上海科技教育出版社),并在当月的“上海书市”上被评为“十大好书”之首,今年则将出版第5~8卷,预计总共为20卷。全集的出版将会激起研究竺可桢的高潮。至于竺氏家谱,已中断多年,过去的研究也积累了一些材料,你寄来的材料也可供参考和研究,不过它没有提到所依据的原始材料是什么,因此可信度就降低了。

我不敢称乡贤,而且我认为对乡贤的要求尺度要严一些,宁少毋滥,以便于作为家乡人民和年青学子的楷模,不知你以为妥否?

即致

敬礼

竺安

2005.4.2

秋强先生：

来信及一批材料收到。你倡议并奔走成立上虞乡贤会，令人钦佩。让每一个人都从小就熟知家乡的历史、地理、物产、人文，是极有意义的活动，这就是爱国主义教育。

1980年代初，曾自发地成立过"竺可桢研究会"，进行了大量的工作，后来因为人员老化、亡故，又无形地解散了。近四年来"竺可桢全集"编委会成立并进行了艰巨的工作，去年七月终于出版了第1-4卷（上海科技教育出版社），并在当月的"上海书市"上被评为"十大好书"之首，今年则将出版第5-8卷，预计总共为20卷。全集的出版将会激起研究竺可桢的高潮。至于竺氏家传，已中断多年，过去的研究也积累了一些材料，你寄来的材料也可供参考或自我研究，不过它没有提到所依据的原始材料是什么，因此可信度就降低了。

我不敢称乡贤，而且我认为对乡贤的要求应当严一些，宁少毋滥，以便于作为家乡人民和青少年学习的楷模。不知您以为妥否？

此致

敬礼

竺安

05.4.2

周　丽

周丽，上海交通大学安泰经济与管理学院高层管理教育培训中心主任。

尊敬的陈会长：

您好！

今天一早收到您的亲笔信和上虞乡贤报，十分激动，感谢您以及乡贤研究会的深情厚意(谊)！

六月六、七日我们一家的寻亲之旅得到了您和家乡亲友们太多的热忱帮助，收获了许多意外的喜悦和幸福。

古人云，近乡情更怯，不敢问来人，可是，第一次踏上家乡的土地，我便立刻被浓浓的亲情所包围，没有一丝的陌生感。上虞，不愧是一个人杰地灵的地方，不仅山水秀丽，文化历史底蕴深厚，给我留下更深刻印像(象)的是家乡的亲人们，你们是最美丽的一道风景线。

这次回乡有幸结识了您，罗兰芬书记、史济荣老师、周建良先生和上虞的叔叔弟弟们，留下了许多美好而温馨的回忆。您对上虞乡贤会的倾力贡献，让我们这些游子倍感亲切和温暖。祝愿上虞乡贤研究会越办越好。有需要我出力的地方也敬请吩咐。我会常老家的，也欢迎您来上海，祝您和您的家人平安健康幸福！

感谢！感恩！

周丽敬上

二〇一五年六月十七日

上海交通大学
安泰经济与管理学院

尊敬的陈会长：

您好！

今天一早收到您的亲笔信和《上虞乡贤报》，十分激动，感谢您以及乡贤研究会的深情厚意！

六月六、七日我们一家的寻亲之旅得到了您和家乡亲友们大力的热情帮助，收获了许多意外的喜悦和幸福。

古人云，"近乡情更怯，不敢问来人"，可是，第一次踏上家乡的土地，我便立刻被浓浓的亲情所包围，没有一丝的陌生感。上虞，不愧是一个人杰地灵的地方，不仅山水秀丽、文化历史底蕴深厚，给我留下更深刻印象的是家乡的亲人们，你们是最美丽的一道风景线。

这次回乡有幸结识了您、罗书记、史济荣老师、陶建良先生和上虞的叔叔弟弟们，留下了许多美好而温馨的回忆。您对上虞乡贤会的倾力贡献让我们这些游子倍感亲切和温暖。祝愿上虞乡贤研究会越办越好，有需要我出力的地方也敬请吩咐。我会常回老家的，也欢迎您来上海。

祝您和您的家人平安健康幸福！

感谢！致意！

陶昕 敬上

二〇一五年六月十七日

上海市法华镇路535号 邮编:200052
No.535 Fahuazhen Road, Shanghai 200052, P.R. China
www.acem.sjtu.edu.cn
+86 21 62932986

周永友

周永友(1943—),上虞丰惠镇东溪村人。1966年应征入伍,历任昆明军区汽车二十四团班长、二营书记、四连政治指导员、团政治处股长。1977年,调任原北京军区汽车二十四团政治处主任、副政委、党委常委。1979年,任原北京军区第七分部政治部干部科科长、政治部党委委员。1983年,任石家庄军需仓库政委、党委书记。1987年,任解放军白求恩国际和平医院政委、党委书记,大校军衔。

秋强先生:

您好!

首先说一句心中想说的话:感谢你对我的关心和信任。

看了你的情况介绍,市府给我寄的上虞日报上也经常看到你的文章,感到你对乡贤研究工作热情,又非常投入,已经做了大量的工作,取得了丰硕成果,因此我写了乡贤研究成果丰硕8个字。本想写行草的,但字数太少,因此写了篆书,带点古气。写得不好,只能起点补缺作用,算是我对你工作成绩的体会和祝贺吧。

顺便请你同工作人员说一下,今后寄资料一份就行了,这里只我一个人。

此致

敬礼

周永友

2000年3月28日

中国人民解放军 白求恩国际和平医院

孙强先生：　您好！

首先说一句心中想说的话：感谢你对我的关心和信任。

看了你的精心介绍、前后给我寄的上虞日报上也经常看到你的文章，感到你对乡贤研究工作很热情、又非常投入，已经做了大量的工作，取得了重大成果，因此我写了乡贤研究成果重大8个字，本想写行草的，但字做大了，因此写了篆书，带点古气，写得不好，只能起点补缺作用，算是我对你工作成绩的体会和祝贺吧。

收后请你同工作人员说一下，今后寄资料一份就够了，这里只我一个人。

此致

敬礼

周永友

2000年3月28日

周伯英

周伯英(　—2018),上虞崧厦人,香港苏浙沪同乡会会长。

陈秋强先生钧鉴:

谨奉来示,知最近出版之短评得蒙垂青,无任欣慰,特此致谢。

惟有关之短文,均为针砭时事,有感而发,志在抛砖引玉,盼有识之士共同关心时政,认为不适合贵刊,同时本人平素事务繁忙,难以抽时间命笔,有负雅正,甚歉。

贵刊服务乡梓,宣传家乡文化,贡献良多,非常敬佩,祝贵刊一纸风行再创辉煌。

顺祝

编安

周伯英

二零壹叁年八月十日

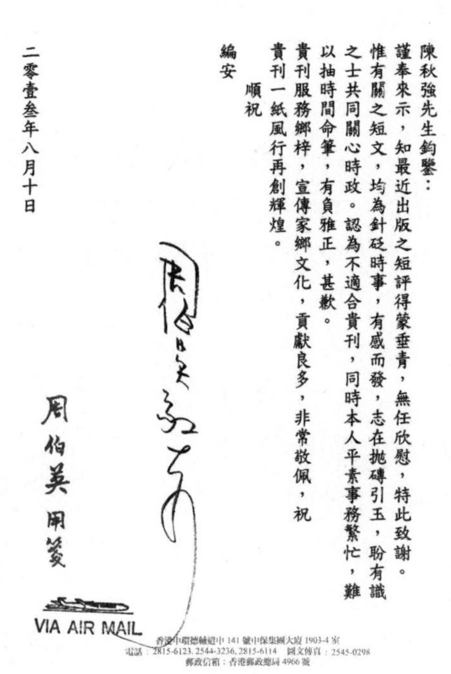

陳秋強先生鈞鑒：

謹奉來示，知最近出版之短評得蒙垂青，無任欣慰，特此致謝。

惟有關之短文，均為針砭時事，有感而發，志在拋磚引玉，盼有識之士共同關心時政。認為不適合貴刊，同時本人平素事務繁忙，難以抽時間命筆，有負雅正，甚歉。

貴刊服務鄉梓，宣傳家鄉文化，貢獻良多，非常敬佩，祝貴刊一紙風行再創輝煌。

順祝

編安

二零壹叁年八月十日

周伯英用箋

VIA AIR MAIL

香港中環德輔道中 141 號中保集團大廈 1903-4 室
電話：2815-6123, 2544-3236, 2815-6114　圖文傳真：2545-0298
郵政信箱：香港郵政總局 4966 號

周圻身

周圻身(1935—),上虞长塘人,大专学历。1954年6月绍兴越光中学毕业后参加中国人民解放军,就读解放军测绘学院,毕业后在解放军总参谋部测绘局工作。1960年在总参谋部鹰潭训练队任教,改任政治处干事。1962年赴兰州军区第25测绘大队任营级政治指导员,后调任兰州军区副司令员康健民秘书。1969年7月调任兰州军区第25测绘大队副政委。1982年2月转业,任浙江省纪律检查委员会案件审理室正处级副主任。1995年10月退休。

秋强会长阁下台鉴:

久仰大名,未得当面聆听,为憾!近日,贵市老干部杜康年同志来杭,谈起上虞乡贤研究会的工作,颇有建树,令人起敬。联想到1996年由罗锦川等三位老人编写的《长塘今昔观》光荣事业,长塘名声始得播扬。时隔八年,即二〇〇四年,由您担任编委配合,并由乡贤研究会与长塘镇委、镇政府共同编写的《嵇康故里长塘镇》再度隆重出版,且内容更为丰盛,史料越加详(翔)实,文化底蕴尤见深厚,从而大大提升了长塘的知名度和美誉度,

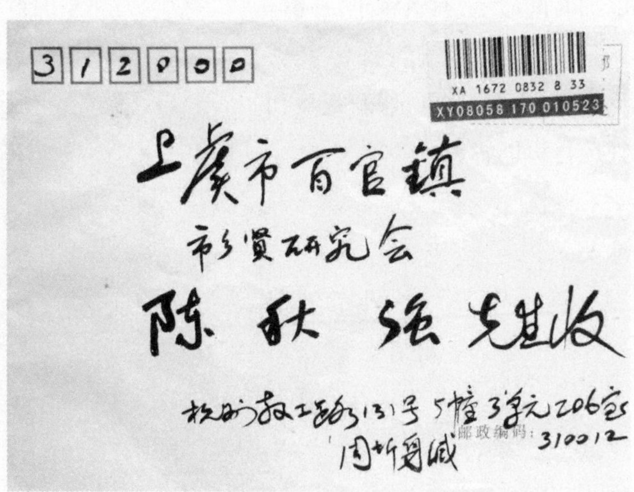

中共浙江省纪律检查委员会

作为长塘人，吾特借此深表谢忱。

近年来，还陆续地看到了由徐华仁同志主编的《保驾山村志》和《担山村志》，近日又拜读了王德江老师所著《银东关春秋》，甚是敬佩，受益尤深。特别是担山村，这是我和罗玉燕女士，在六十多年前，即新中国刚成立不久的1951年，共同担任过第一任小学教师的地方，如今这里发生了翻天覆地的变化，还评上了全国文明村，去年慕名到此故地重游，大有一番全新感受，确是物质文明、精神文明、社会文明和生态文明大发展、大丰收，实令吾辈欢欣鼓舞。保驾山村也是我和罗女士担任过老师或代课老师的地方，以后我还有缘成了该村的女婿。加之此两村原都为长塘乡所管辖，长塘也是老东关的属地，因此这些村落、市镇，都是我最亲近的家乡，感情之深，不言而喻。故而对于辛勤为之耕耘的徐华仁、王德江老人，尤其感到亲切，也要顺便向他们道一声：谢谢。

浮想联翩，恕不赘述。日后若有机会，定当造府拜访。

恭祝

文安

乡友　周圻身　手上

2013年10月28日于杭州

中共浙江省纪律检查委员会

近年来，我还陆续地看到了由俞华仁同志主编的《保驾山村志》和《担山村志》，近日又拜读了王德江老师所著之《银发采风录》，也是敬佩，受益非浅。特别是担山村，这是我和罗玉燕女士，在六十多年前，即新中国刚成立不久的1951年，共同担任过第一任小学教师的地方。如今这里发生了翻天覆地的变化，还评上了全国文明村，去年[illegible]重修，大有一番全新面貌，确是物质文明、精神文明、社会文明和生态文明大发展、大丰收，实令我辈欢欣鼓舞。保驾山村也是我和罗女士担任过老师或代课老师

中共浙江省纪律检查委员会

的地方，以后我还有缘成了该村的女婿，加之此两村原都为章镇乡所管辖，章镇也是东关的属地，因此这些村落、市镇，都是我最亲近的家乡，感情之深，不言而喻。所以对于辛勤劳作之耕耘的俞华仁、王德江老人，尤其感到亲切，也要顺便向他们道一声：谢谢。

浮想联翩，恕不赘述。倘若有机会，定当造府拜访。

恭祝

文安

乡友 周圻才 拜上

2013年10月28日 于杭州

周国建

周国建(1956—),上虞沥东人。1974年应征入伍,历任车长、排长、连长、师教导队副队长、作训科参谋、集团军司令部参谋、作训处副处长、侦察处处长,驻浙某集团军司令部装甲兵处处长,省军区副司令员,少将军衔等职。1984年,毕业于解放军装甲兵指挥学院。曾立三等功4次。

尊敬的陈秋强会长:

真诚祝贺上虞市乡贤研究会成立十周年。勤勉十年呕心沥血,换得累累硕果,令人瞩目成就,陈会长秋强先生辛苦了,也使我油然而生钦敬之心。

因了军旅倥偬,迟迟回复,还望会长见谅!

乡贤研究会呵护乡土文脉,发掘故乡历史,弘扬乡贤精神,助推家乡发展,确确实实是故乡游子心头一缕温暖的寄托与守望,亦提升了我等上虞乡籍的自信荣誉。

幸也忝列上虞乡贤,而诚愧于经年忙碌乡外,常不能奉一己绵薄之力。偶得闲暇,眺望故乡,心既向往,当有机会仿效如先生与诸多乡贤,为研究会出一份力;为家乡贡献一份赤子之心。

祝陈会长秋强先生身体健康,事业顺遂!

致礼

周国建

于2011.11.18

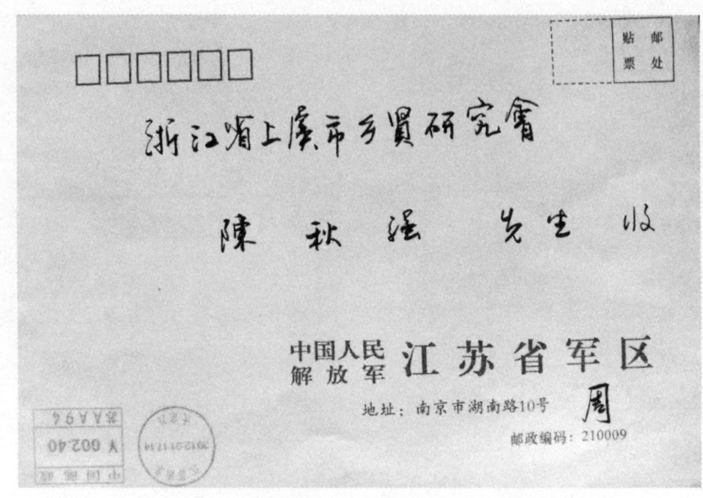
□□□□□□

贴邮票处

浙江省上虞市乡贤研究会

陈秋强先生收

中国人民解放军 江苏省军区

地址：南京市湖南路10号 周

邮政编码：210009

中国人民解放军江苏省军区

尊敬的陈秋强会长：

真诚祝贺上虞市乡贤研究会成立十周年。勤勉十年呕心沥血，换得累累硕果，令人瞩目成就，陈会长秋强先生辛苦了，也使我油然而生钦敬之心。

因了解信息，迟迟回复，还望会长见谅！

乡贤研究会，呵护乡土文脉，发掘故乡历史，弘扬乡贤精神，助推家乡发展，桩桩实实是故乡游子心头一缕温暖的寄托与守望，亦提升了我等上虞乡籍的自信荣誉。

幸忝系列上虞乡贤，而诚愧于经年忙碌乡外，竟不能尽一己绵薄之力。偶得闲暇，眺望故乡，心驰神往，当找机会仿效好先生贤诸多乡贤，为研究会出一份力；为家乡贡献一份赤子之心。

祝陈会长秋强先生身体健康，事业顺遂！

致礼！

周国建

于2011.11.18

周勤之

周勤之，1927出生，上虞沥海人。机械制造工艺与设备专家。1950年毕业于中华工商专科学校。现任东华大学教授、上海机床厂高级工程师、副总工程师。1995年当选为中国工程院院士，是中国静压轴承开创人之一，国内外享有盛誉的精密机床及工艺专家。

陈秋强同志：

这次上虞之行十分愉快。七十年未回故乡，多年愿望，一旦成现实，心中激动之情，未可以言语表达。而你与上虞市府之盛情更铭记于心。

附上照片几张供留念。

此致

敬礼

周勤之

2006年5月10日

中国工程院院士用笺

陈秋强同志：

这次上虞之行十分愉快。七十年未回故鄉，多年愿望，一旦成现实，心中激动之情，未可以言語表达。而你与上虞市府之盛情更銘記于心。

附上照片几张供留念

此致 敬礼

周勤之

2006年5月10日

项永昌

项永昌，1937年生，上虞东关朱家溇村人。定居新加坡，为新加坡艺术协会及中华美术研究会永久会员。1951年，赴港求学，毕业于香港工业学院机械工程系。自幼酷爱书画，就读于新亚书院艺术系、香港大学外国画专修班，并得名师指点，专攻山水、人物、花卉画，作品多次在新加坡、马来西亚和家乡绍兴、上虞等地展出。被聘为虞舜书画院名誉会员。

秋强吾兄：

想近忙于研究会事，赐手书早接并内附定庵先生信函一札。沈公书精而文高，乃吾乡之宝也。弟上月初遇港洽谈为吾师画展事后返星州，预期复诊体检，一切无碍。近阅家乡对文化产业迅速发展如不久能重建市博物馆，弟希望五年后能捐赠与八十回顾画展之佳。欲言不尽，草草。顺颂

台绥

弟项永昌顿首再拜

壬辰五月廿六日

秋强乡兄：

久未联系，想诸事均好，弟上月廿七日抵港，承惠上虞乡贤报九期，细读之乡意越厚乡情越亲，“阅院士言，情怀故里难忘家乡”。弟近年勤于作画，计划年八十回家乡展示！匆匆奉告顺祝近安！

弟永昌启

六月十六

James Y. C. Hong
14, Jalan Lempeng,
#04-01 Park West Cond.,
Singapore 128799.

陳秋綬會長台啓
上虞市鄉賢研究会
中國浙江省上虞市
舜耕公園旅游局内 收
郵编 312300
P. R. OF CHINA.

AIR MAIL
PAR AVION

秋綬鄉兄：久未联系，想諸事均好。弟上月廿七日抵港，承惠上虞鄉賢報九期，細讀之，鄉意越厚，鄉情越親。周院士言「情懷故里，難忘家鄉」。弟近年勤於作画，計划年八十回家鄉展出！匆匆奉告，順祝近安。

弟永昌啓 六月十二

秋綬吾兄：想正忙於研究会事，賜手書早悉，並內附定慶先生信函一札，沈公書精而文高，乃吾鄉之寶也。弟上月初過港洽談為吾師畫展事，后返星洲，預期復診體檢一切無礙。正闔家鄉對文化事業迅速發展，如不久能重建市博物館，弟希望五年后能捐贈六十回顧画展之佳。欲言不盡，草草順頌

台綏

弟 項永昌頓首拜啟
壬辰五月廿六日

赵 洪

赵洪（1930— ），上虞百官人，高级经济师。1950年，毕业于江苏省立上海中学商科，应聘去东北区盐务管理局工作。后调东北区人民政府财务部、东北区基本建设投资银行。1954年，调至中国人民建设银行总行。1958年，调原第二机械工业部，任成本科副科长、财务处副处长等职。1971年，调回中国人民建设银行总行，任拨款处副处长、处长，外事处处长。1981年，调中国投资银行，历任办公室主任、副行长、常务董事。

秋强会长：

你好！

首先热烈祝贺上虞市乡贤研究会成立十周年，并获得市委宣传部的授牌和各界的肯定。同时，祝贺你获得“二〇一〇年年度最具影响力人物奖”“十大民间爱心人物”“上虞市文化工作特别贡献奖”等等荣誉。

光阴似箭。十多年来，市乡贤研究会和你为了“挖掘故乡历史，抢救文化遗产，弘扬乡贤精神，服务上虞经济”，做了大量令人瞩目的工作，乡贤会从无到有，从小到大，你的艰苦

秋强会长：
你好！
首先热烈祝贺上虞市乡贤研究会成立十周年，并获得市委宣传部的授牌和各界的肯定。同时，祝贺你获得「二〇一〇年年度最具影响力人物奖」、「十大民间爱心人物」、「上虞市文化工作特别贡献奖」等等荣誉。
光阴似箭，十多年来，市乡贤研究会和你

创业之功，与前面获得的荣誉，是实至名归的。事实上，你既是会长，也是一位出类拔萃的乡贤。回忆乡贤会成立之前，你已经做了充分的前期准备工作，你几次来京参加市委、市府春节团拜会时，与乡亲们保持密切联系，后来你与市档案局的同志来京进行“走近虞籍乡贤”的采访活动，等等。平时，我从阅读《上虞日报》有关乡贤会的报导(道)和每期乡贤会的简报中了解到更多的工作情况、文化宝藏和古今乡贤动态。为此，我感到由衷的喜悦，犹如我已回到故乡。确实，乡贤会是家乡游子的连心桥，而且乡贤会也是我们的家，我们思念家乡的深情，由你们这根红线紧紧地联系地一起了。

祝愿乡贤会越办越好，长盛不衰。

此致

敬礼

百官横街人　赵洪

二〇一一.十.一

为了“挖掘故乡历史，抢救文化遗产，弘扬乡贤精神，服务上虞经济”，做了大量令人瞩目的工作，乡贤会从无到有，从小到大，你的艰苦创业之功，与前面获得的荣誉，是实至名归的。事实上，你既是会长，也是一位出类拔萃的乡贤。回忆乡贤会成立之前，你已做了充分的前期准备工作，你几次来京参加市委、市府春节团拜会时，与乡亲们保持密切联系，后来你与市梓森局长同志来京进行「走近虞籍乡贤」的采访活动，等等。平时，我从阅读「上虞日报」有关乡贤会的报导和每期乡贤会的简报中了解到更多的工作情况、文化宝藏和古今乡贤动态。为此，我感到由衷的喜悦，犹如我已回到故乡。确实，乡贤会是家乡游子的连心桥，而且乡贤会也是我们的家，我们思念家乡的深情，由你们这根红线紧紧联系在一起了。

祝愿乡贤会越办越好，长盛不衰。

此致

敬礼

百官横街人

赵洪

二〇一一.十.一

赵　铨

赵铨(1943—　)，上虞丰惠人。1967年，毕业于浙江大学化学工程系化学工程专业。1968年，在解放军6548部队服役。1970年，转业到南京化学工业公司磷肥厂工作，先后任技术员、工程处助理工程师。1980年起，先后任江苏省环境监测站工程师、副站长、总工程师。1990年后，历任省环保局管理处处长、副局长。系江苏省第八届政协委员和江苏省环境科学学会第二届理事、环境监测专业委员二届理事、环境监测专业委员会主任、省环境保护标准化技术委员会委员。

陈会长：

您好！

车票烦您转交。对在虞期间的热情接待再次表示衷心感谢。对您为提升上虞的“软实力”，促进上虞的发展所作(做)出的巨大贡献表示敬佩。老哥是我学习的好榜样。

祝

诸事顺利，健康快乐

小弟　赵铨

6月30日

中国人民政治协商会议江苏省委员会　　年　月　日

陈会长，您好！

车票烦您转交。对在虞期间的热情接待再次表示衷心感谢。对您为提升上虞的软实力"促进上虞的发展所作出的巨大贡献表示敬佩。老哥是我学习的好榜样。祝

诸事顺利，健康快乐！

The Chinese People's Political Consultative Conference of Jiangsu Provincial Committee

小弟 赵铨 6.30

赵力知

赵力知(1933—),别名赵肃,小名平沙,上虞百官人。农工民主党党员。1957年毕业于南京农学院畜牧兽医系畜牧专业本科,分配到浙江省农业科学院畜牧兽医研究所,从事家畜饲料营养兔育种工作。历任省农科院慈溪畜牧兽医试验站副站长、饲料营养研究组长、家兔育、养兔研究室主任等职。系浙江省第五、六、七、八届政协委员,全国家兔育种委员会育种组成员,浙江省长毛兔科研协作组长,《中国养兔》杂志编委和浙江前进农牧医技术研究所所长。

陈会长:

您好!

来信收悉,因外甥女(台湾小妹的女儿)在上海举行婚礼,全家赴沪,未能及时函复,深感抱歉!

陈梦熊院士是我父亲赵廷珍的表弟,他在给上虞市政府的信中提及赵廷珍是抗日英雄一事,我认为没有达到这种境界,父亲只是当时中国抗日军人的一个缩影。

父亲于1926年毕业于春晖中学,同年考入黄埔军校第六期。1929年毕业,翌年被选入中央航空学校第一期,1934年毕业,进空军第二大队;1937年8月13日抗击日寇的沪战爆发时,他担任空军第30中队队长,8月14日率轻型轰炸机7架,轰炸在黄浦江的日本军舰及日军海军司令部,重创日军。在上海抗战前后,也参加过一些零星战役;随后被派任空军联络参谋、空军幼年学校教务长、空军第五军区参谋长兼人事处长等职,1949年去台湾。在海峡两岸关系缓和后,我们与父亲于1989年在杭州首次见面,随后,他又于1991、1994和1998年来过大陆,由于他不愿张扬,因此四次大陆之行均未与政府有关部门联系。

母亲沈苏梅也毕业于春晖中学，在战乱年代，以自己坚强的毅力，勤奋务实，刻苦耐劳，为人师表，做了一名为农友们称颂的优秀乡村女教师。

我在浙江省农业科学院工作，于2003年70岁时才退休，海峡两岸形势鼓舞我们与在美、在台的弟、妹紧密联系，享受祖国盛世的太平生活。谢谢你对我们的关怀！

此致

敬礼

赵力知

2011年7月27日

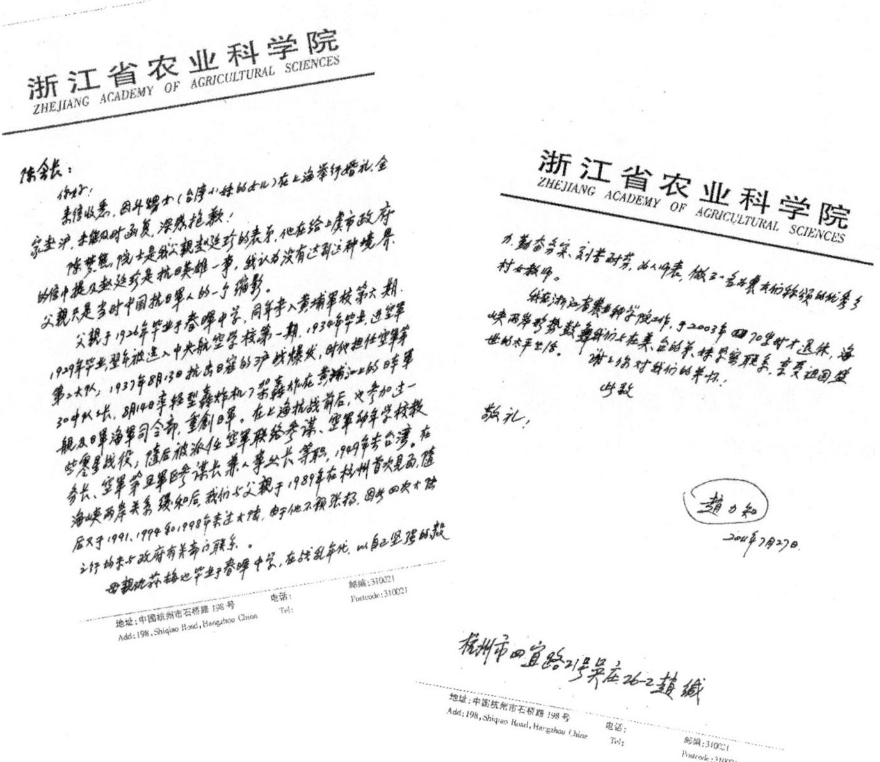

浙江省农业科学院
ZHEJIANG ACADEMY OF AGRICULTURAL SCIENCES

陈会长：

你好！

来信收悉，因外甥女（台湾小妹的女儿）在上海举行婚礼，全家出沪，未能及时函复，深感抱歉！

陈梦熊院士是我父亲赵廷珍的表弟，他在给上虞市政府的信中提及赵廷珍是抗日英雄一事，我认为没有达到这种境界，父亲只是当时中国抗日军人的一个缩影。

父亲于1926年毕业于春晖中学，同年考入黄埔军校第六期，1929年毕业，翌年被选入中央航空学校第一期，1934年毕业，进空军第二大队；1937年8月13日抗击日寇的沪战爆发，时任担任空军第30中队队长，8月14日率轻型轰炸机7架轰炸在黄浦江上的日军舰及日军海军司令部，重创日军。在上海抗战前后，也参加过一些零星战役；随后被派任空军联络参谋、空军幼年学校教务长、空军第五军区参谋长兼人事处长等职，1949年去台湾。在海峡两岸关系缓和后，我们与父亲于1989年在杭州首次见面，随后又于1991、1994和1998年来往大陆，由于他不愿张扬，因此四次大陆之行均未与政府有关部门联系。

母亲沈苏梅也毕业于春晖中学，在战乱年代，以自己坚强的毅

地址：中国杭州市石桥路198号 电话： 邮编：310021
Add:198, Shiqiao Road, Hangzhou China Tel: Postcode:310021

浙江省农业科学院
ZHEJIANG ACADEMY OF AGRICULTURAL SCIENCES

力，勤奋务实，刻苦耐劳，为人师表，做了一名为农友们称颂的优秀乡村女教师。

我在浙江省农业科学院工作，于2003年70岁时才退休，海峡两岸形势鼓舞我们与在美、台的弟、妹紧密联系，享受祖国盛世的太平生活。谢谢你对我们的关怀！

此致

敬礼！

赵力知

2011年7月27日

杭州市四宜路21号吴庄26-2赵缄

地址：中国杭州市石桥路198号 电话： 邮编：310021
Add:198, Shiqiao Road, Hangzhou China Tel: Postcode:310021

赵宗鼐

赵宗鼐，1928年4月生于北京，祖籍上虞丰惠。1948年6月参加革命工作。大学学历。高级工程师。1948年加入民主青年同盟。同年加入中国共产党。1951年毕业于清华大学化工系。曾任中共中央组织部副部长，人事部副部长等职位。1981年，任石油工业部海洋石油勘探局党委书记，中国海洋石油总公司副总经理。1982年8月，任石油工业部副部长、党组成员、党组副书记。1986年4月，任中共中央直属机关委员会常务副书记。1988年1月，任中共中央组织部副部长，人事部副部长、党组副书记。1994年10月—1995年，任人事部副部长、党组副书记。中共第十二届中央候补委员、第十三届中央委员，中共十四大中纪委委员。

秋强先生：

您好！

收到了您热情洋溢的来信和您的书法作品，非常高兴，非常感谢！

我虽已年届耄耋，但书法实未入门。我喜欢您的书法，请多多指教，且容我好好学习吧！

衷心祝愿您

书法精进

新春愉快

宗　鼐

辛卯岁尾

秋强同志：

遵嘱写了两幅，今寄上供选用。即祝

年禧！

赵宗鼐

十二月廿九日

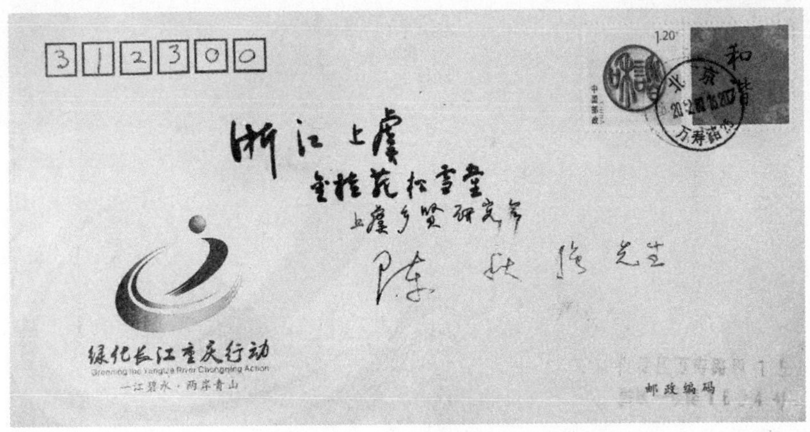

秋强先生，

您好！

收到了您热情洋溢的来信和您的书法作品，非常高兴，非常感谢！

我虽已年届耄耋，但书法实未入门，我喜欢您的书法，[illegible]，且容我好好学习吧！

衷心祝贺您

书法精进！

新春愉快！

宗羿 辛卯岁尾

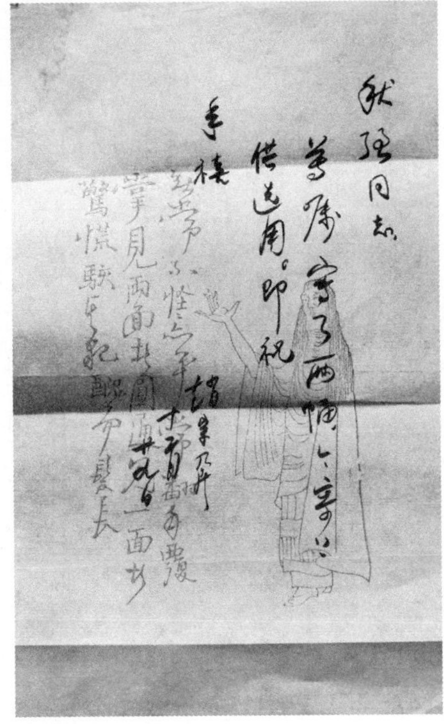

秋强同志：

遵嘱写了两幅，今寄上供选用。即祝

年禧

赵信成

赵信成（1935— ），上虞崧厦西华赵家村人，高级经济师。1848年离开家乡到上海读书及谋生。1998年退休，现居上海。

陈秋强总编先生：

十二月十二日中午，打开信箱，看到“上虞乡贤”研究会寄给我的“上虞乡贤”创刊号的报刊，非常感动，在此向你并通过你向有关同志表示谢意。

我叫赵信成，1935年出生，原籍崧厦西华赵家村人，解放前在裴家“时化”小学读书，1848年离开家乡到上海读书及谋生。1949年6月解放战争时期返回上虞家乡，1950年又返回上海工作。至今已有60余年了。到上海以后进一家国营大型企业工作，曾担任生产计划、经营管理的领导工作，历时近40年，现退休在家（现担任两家公司的顾问），

陈秋强 总编先生，

十二月十二日 中午 打开信箱 看到“上虞乡贤”研究会寄给我的“上虞乡贤”创刊号的报刊 非常感动 在此向你并通过你向有关同志表示谢意。

我叫赵信成 1935年出生 原籍上虞崧厦西华赵家村人，解放前在裴家“时化”小学读书 1948年离开家乡到上海读书及谋生。1949年6月 解放战争时期返回上虞家乡。1950年又返回上海工作，至今已有60余年了。到上海以后进一家国营大型企业工作 曾担任生产计划、经营管理的领导工作 历时近40年，现退休在家（现担任两家公司的顾问）高级经济师职称。

在我任职期间 曾经想到为家乡经济发展做些工作，但由于当时的政策关系，我无能为力。1983

第 页

高级经济师职称。

在我任职期间，时刻想到为家乡经济发展做点工作，但由于当时的政策关系，我无能为力。1983年中央三中全会以后，发展经济势头很猛，国有企业与农村企业联手横向联营，搞得很热。我在这个时候，曾带了一些同志考察上虞。在上虞驻沪办事处同志的推荐下，去了沥海的一家镇办企业，有点基础，想与他们搞分厂，并邀请该厂领导赴上海来参观工厂，并商谈协作事宜。过了一星期，该厂几位领导到了上海，我陪他们参观工厂全貌。结果返回上虞以后，就没有音信了。我想办联营企业是双向的，不能勉强。在这种情况下，我又带队考察宁波鄞县。在县政府领导支持下，在与工厂商谈成紧密型的联营分厂，我担任该联营厂董事长十年之久，直到我1998年退休为止。现在该分厂发展的(得)好，每年销售在5000万元左右。

我看到了你们寄给我的上虞日报、上虞乡贤报，联想到当时的情况，感到很内疚，错过了为家乡经济发展的一个机遇。

陈秋强先生，说句老实话，我家乡观念很重，时刻关心家乡的发展，看到家乡面貌改变，经济腾飞，生活水平的提高，感到有(由)衷的高兴。祝愿家乡经济搞的(得)更好，人民生活更加富裕，让虞籍乡贤更感到亲近与温暖。我在有生之年，有机会的话不放过，为家乡做点微薄贡献。

此致

敬礼

上虞游子 赵信成敬上

2

年，中央三中全会以后，发展经济形势很好，国有企业与农村企业进行搞横向联营，搞的很热。我在这个时候，曾带了一些同志，李学之等，在上海市驻沪办事处同志的推荐下，去了汤海的一家镇办企业，有关来往，帮为他们搞分厂。並邀请该厂领导赴上海来参观工厂，並商谈协作事宜。过了一星期该厂几位领导到了上海，我陪他们参观工厂全貌。结果返回上虞以后，就没有音信了。我想办联营企业是双赢的，不能勉强。

在这种情况下，我又带陈李学，宁波鄞县，在县政府领导支持下，在那工厂商谈成果实型的联营分厂，我担任该联营厂董事长，陈之久（直到我退休为止，1998年）现在该分厂发展的好，每年销售在5000万元左右。

我看到了你们寄给我的上虞日报、上虞乡贤报，

第　　页

3

联想到当时的情况，感到很内疚，错过了为家乡经济发展的一个机会。

陈秋强先生，说句老实话，我家乡观念很重，特别关心家乡的发展，看到家乡面貌改变，经济腾飞，生活水平的提高，感到有最大的高兴，祝愿家乡经济搞的更好，人民生活更加富饶，让贵籍乡贤更感到我国的温暖。我在有生之年，有机会的话，不放过，尽力为家乡做点微薄贡献。

此致

敬礼

上虞游子 [illegible] 敬上

通信地址：上海曲阳路610弄58号1122室
电话：021-65540829　邮编200092
手机：13816316078

第　　页

赵建华

赵建华(1946—),上虞崧厦沥东人。主任记者。1970年毕业于北京对外贸易学院外语系,分配到新疆人民广播电台,从事记者、编辑、节目发稿等工作。1984年起,先后任新闻部副主任、主任。1991年起,历任新疆人民广播电台党委书记兼第一台副台长,广播电视厅副厅长、党委书记,北京广播学院党委书记。

《上虞乡贤》编辑部:

十分高兴地收到了你们寄来的《上虞乡贤》创刊号,谢谢你们!

我是上虞松厦人。1965年春晖中学毕业后到北京上大学,毕业后在大西北广播电影电视系统工作了近30年,上世纪90年代末调到国家广播电影电视总局,现已退休,返聘在中国广播电视协会专家组工作。作为虞籍人,作为上虞市政府的顾问,我一直关注家乡的发展变化。近几年每当我收到"上虞乡贤研究会工作简报"时,一股乡情、亲情、友情油然而生。十年来,你们为挖掘故乡历史,抢救历史文化遗产,弘扬乡贤精神,服务上虞经济社会发展,作出了重要贡献,为故乡联络海内外虞籍乡亲发挥了桥梁纽带作用,历史将会永远记住你们。

值此乡贤研究会成立10周年,《上虞乡贤》创刊之际,送上远方游子一份真诚的祝愿:

祝乡贤研究会再创佳绩!

祝《上虞乡贤》越办越好!

祝家乡的明天更加辉煌!

顺致

敬礼

赵建华

2010年12月26日

国家广播电影电视总局

《上虞乡贤》编辑部：

十分高兴地收到了你们寄来的《上虞乡贤》创刊号，谢谢你们！

我是上虞松厦人。1965年春晖中学毕业后到北京上大学，毕业后在大西北广播电视系统工作了近30年，上世纪90年代末调到国家广播电影电视总局，现已退休，返聘在中国广播电视协会工作。作为虞籍人，作为上虞市政府的顾问，我一直关注家乡的发展变化。近几年，每当我收到"上虞乡贤研究会工作简报"时，一股乡情、亲情、友情油然而生。十年来，你们为挖掘故乡历史、抢救历史文化遗产，弘扬乡贤精神，服务上虞经济社会发展，作出了重要贡献，为故乡联络海内外虞籍乡亲发挥了桥梁纽带作用，历史将会永远记住你们。

值此乡贤研究会成立10周年、《上虞乡贤》创刊之际，送上远方游子一份真诚的祝愿：

祝乡贤研究会再创佳绩！

祝《上虞乡贤》越办越好！

祝家乡的明天更加辉煌！

此致

敬礼！

赵建华

2010.12.26.

赵新华

赵新华，祖籍上虞，南京汽轮电机集团有限责任公司市场总监、高工。

陈会长：您好！

来信及附上的绍兴日报，均已收到。我反复阅读了好几遍，爱不释手，浮想联翩。常说"乱世藏黄金，盛世修家谱"。当我们步入耄耋之年，就想寻根问祖，看清自己的根从何而来，增加对父母亲的尊敬。在上世纪八十年代大姐赵新秋就开始策划编写家史，后因家谱失踪，大家只能断断续续写了一些回忆。可是我们一个普通的家庭，能写回忆录吗？这还能算得上家谱吗？正处无从下笔之时，去年7月9日，

南京汽轮电机（集团）有限责任公司

陈会长：您好！

来信及附上的绍兴日报，均已收到。我反复阅读了好几遍，爱不释手，浮想联翩。常说"乱世藏黄金，盛世修家谱"。当我们步入耄耋之年，就想寻根问祖，看清自己的根从何而来，增加对父母亲的尊敬。在上世纪八十年代大姐赵新秋就开始筹划编写家史，后因原谱失踪，大家只能断断续续写了一些回忆。可是我们一个普通的家庭，能写回忆录吗？这还能称得上家谱吗？正处无从下笔之时，去年7月9日，我们姐弟怀着忐忑不安的心情，敲开了您的办公室大门。您在百忙之中，欣然接待了我们，并十分认真仔细地听完了我们的想法和顾虑。您十分肯定地说："你们的家风很好，值得弘扬与传承；你们十分孝恩，不是上虞孝德文化在一个家庭中的具体体现；你们挚爱故乡，激情乡情难能可贵；你们赵家的百年沧桑，很具代表性，也反映了时代的一个侧面"，您又建议我们"以家庭为单位，把以往的经历如实地记录下来，既为今后续谱积累了资料，又是一本回忆录"。

地址：南京市中央北路80号　　电话：（025）85503264
邮编：210037　电报挂号：0617　　传真：（025）85502858

南京汽轮电机（集团）有限责任公司

您的这番话，正是一支"催生剂"，在您的鼓励和鞭策下，尤其您又特意地为我们写了一篇"序"，更加激励了我们赵家每一个人，包括了我们的下一代，才能编写成这本"赵氏家谱"。

2013年10月5日我们赵家三代32位，能在父母亲的故乡，上虞市档案馆三楼，隆重举行"岁月流云 赵氏家史"的首发仪式，这么多领导和媒体朋友，放弃了国庆休息，参加这次文化活动。不久又收到您的信，我又得知您把这本书赠给卧龙集团董事长，还夸奖了我们"做了件大好事，为大家树立了榜样"。绍兴日报、上虞日报又都登载了有关文章，叙述了我们赵氏姐弟8人多年寻根，修编家史的经历，又肯定了我们这本家史，也是"一段上虞人在上海创业的故事"，"虽没波澜壮阔，多的是平凡琐碎，百年沧桑，却是大时代的一个缩影"。

陈会长，我立即把您的信和报纸转发给我们赵家每一个人，反响很大。陈会长，正是有了您，才会有这本不同于往常的新家谱，才会有10月5

地址：南京市中央北路80号　电话：（025）85503264
邮编：210037　电报挂号：0617　传真：（025）85502858

我们姐弟怀着忐忑不安的心情，敲开了您的办公室大门。您在百忙之中，欣然接待了我们，并十分认真仔细地听完了我们的想法和顾虑。您十分肯定地说："你们的家风很好，值得弘扬与传承；你们十分感恩，正是上虞孝德文化在一个家庭中的具体体现；你们挚爱故乡，浓郁乡情难能可贵；你们赵家的百年沧桑，很具代表性，也反映了时代的一个侧面。"您又建议我们："以家庭为单位，把以往的经历如实地记录下来，既为今后续谱积累了资料，又是一本回忆录。"您的这番话，正是一支"催生剂"。在您的鼓励和鞭策下，尤其您又特意地为我们写了一篇"序"，更加激励了我们赵家每一个人，包括了我们的下一代，才能编写成这本"赵氏家谱"。

2013年10月5日，我们赵家三代32位，能在父母亲的故乡，上虞市档案馆三楼，隆重举行"岁月流云，赵氏家世"的首发仪式，这么多领导和媒体朋反，放弃了国庆休息，参加这次文化活动。不久又收到您的信，我不但知您把这本书赠予卧龙集团董事长，还夸奖了我们"做了件大好事，为大家树立了榜样"。绍兴日报、上虞日报又都登载了有关文章，叙述了我们赵氏姐弟8人多年寻根，修编家史的经历，又肯定了我们这本家史，也是"一段上虞人在上海创业的故事”，“虽没波澜壮阔，多的是平凡琐碎，百年沧桑都是大时代的一个缩影。”

陈会长，我立即把您的信和报纸转发给我们赵家每一个人，反响极大。陈会长，正是有了您，才会有这本不同于往常的新家谱，才会有10月5日的活动，以及媒体的报道，而这些形成了一股空前的正能量，注入了我们赵家每一个人，大家都非常的兴奋和激动，每一个人都受到了一次深刻的教育和鼓励，为此我代表赵家每一个人，再次感谢您给予我们取之不尽的精神财富！

最后，我期盼您抽空来南京，多多指点。

乡友　赵新华

2013年11月20日

南京汽轮电机（集团）有限责任公司

日的活动，以及媒体的报道，而这些形成了一股空前的正能量，注入了我们赵家每一个人，大家都非常的兴奋和激动，每一个人都受到了一次深刻的教育和鼓励，为此我代表赵家每一个人，再次感谢您给予我们取之不尽的精神财富！

最后，我期盼您抽空来南京，多多指点。

乡友　赵新华

2013年11月20日

地址：南京市中央北路80号　　电话：（025）85503264
邮编：210037　　电报挂号：0617　　传真：（025）85502858

柯　原

柯原（1931—　），原名章恒寿，上虞道墟人。1946年，在天津读中学时，参加民主学生运动，并开始发表诗作。1948年，越过国民党军队封锁线到达华北解放区，入华北大学学习。1949年参军，曾任原广州军区政治部文艺处长、师职研究员等。1962年，加入中国作家协会，为中外散文诗研究会会长、世界华文诗人协会理事。

陈秋强会长：

新年好！

祝国家幸福，万事如意！并请代向市乡贤研究会的全体同志致意！

寄来的26期研究会工作简报收到，可见得你们做了大量工作。可敬！

遵嘱寄上近照一张，题词一幅。我的字写得不好，见笑了。

即颂

大安

柯　原

2007.1.5

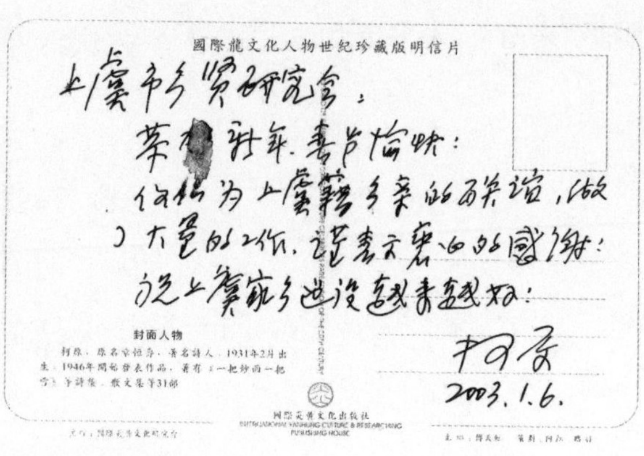

國際龍文化人物世紀珍藏版明信片

上虞市乡贤研究会：

恭[illegible]新年、春节愉快！

你们为上虞籍乡亲的联谊，做了大量的工作，谨表示衷心的感谢！

祝上虞家乡建设越来越好！

柯原

2003.1.6.

封面人物

柯原，原名章恒寿，著名詩人，1931年2月出生，1946年開始發表作品，著有《一把炒面一把雪》等詩集、散文集等31部

上虞乡贤编辑部：

你们好！向你们拜年，祝新年好，春节好！

收到《上虞乡贤》创刊号，十分高兴，因为这是家乡的报纸。我老家是上虞道墟镇人，原姓章，我的父亲是一位“绍兴师爷”。因工作关系长期居住北方，我是在河北省景县出生的，但对故土仍然是十分眷恋的。

上虞乡贤报介绍了家乡的许多情况，介绍了上虞市出现的各种人才，使我对家乡更感亲切，更加热爱。祝《上虞乡贤》越办越好！

致

敬礼

柯原

2011.1.18

胡士弘

胡士弘(1934—),笔名史洪。上虞丰惠人。大校军衔,为中国作家协会会员。1950年在上海参军,历任电台台长,二十军《前锋报》社、原南京军区军区《人民前线》报社、军委总政《解放军报》社记者、编辑,《解放军文艺》社编辑,军委国防科工委宣传处处长,新华社记者、分社社长等。长期从事新闻、文学工作,著有小说、散文、报告文学、剧本等300余万字。

秋强:

新年好!

千里觅知音。我非常赞同你的人生追求。关于你,我听人说起过。你年富力强,才华横溢,能倾心于“乡贤”事业,乃虞人之幸事!日后必有大成。对虞人当功德无量!

我是个“乡思病”患者,病得很执着,久治不愈,缠绵终生。又无特效药。当今方剂,应是乡贤会之“红头文件”。乡贤会出的东西,万勿将我遗漏为感!

吾垂垂老矣!要是年轻一二十岁,定将步你后尘,追随你开掘虞舜文化!

所托之事,说来惭愧。我与薛驹夫妇曾有一般关系,但已中断多年。盖因我的出尔反尔,弄得他们很被动。想回浙江最终又没有下决心回去。从此我便再不好意思去见他们了。

你的要求似乎很急迫。看来只有赶紧另觅他途。建议你去杭找找我乡袁啸吟老前辈。他是老浙东,又长期在省里工作,在薛面前是说得上话的。可备一函,写得婉转恳切一点。突出我乡乃四明老区,是他当年战斗过的地方,由袁转交,也许会成功。

我与袁不熟，也不曾谋过面，也许通过电话——我与谢晋也是。还是他来电问我一个事。

关于"梁祝"，想到两点：从人性上开掘；研究"梁祝"现象。供参考。

我手头还有些书稿，待交了差，咱俩再好好叙叙。致

安好

士弘

2002年12月17日

秋强：

新年好！

千里觅知音。我非常赞同你的人生追求。关于你，我听人说起过。你年富力强，才华横溢，能倾心于"乡贤"事业，乃虞人之幸事！日后必有大成。对虞人当功德无量！

我是个"乡思病"患者，病得很执着，久治不愈，缠绵终生。又无特效药。当今之剂，应是乡贤会之"红头文件"。乡贤会出的东西，万勿将我遗漏为感！

吾垂垂老矣！要是年轻一二十岁，定将步你后尘，追随你开掘虞舜文化！

所托之事，说来惭愧。我与薛驹夫妇曾有一般关系，但已中断多年。盖因我的出尔反尔，弄得他们很被动。想回浙江最终又没有下决心

解放军报社稿纸　　页　　20×15=300

回去。从此我便再不好意思去见他们了。

你的要求似乎很急迫。看来只有赶紧另觅穷途。建议你去杭城找我乡袁啸吟老前辈。他是老浙东，又长期在省里工作，在薛面前是说得上话的，可备一函，写得婉转恳切一点。突出我乡乃四明老区，是他当年战斗过的地方。由袁转交。也许会成功。

我与袁不熟，也不曾谋过面。也许通过电话——我与谢晋也是。还是他来电问我一个事。

关于"梁祝"，想到两点：从人性上开掘；研究"梁祝"现象。供参考。

我手头还有些书稿，待交了差，咱俩再好好叙叙。

致

安健！

士弘

2002年12月17日

解放军报社稿纸　页　20×15＝300

秋强会长：

您好！

前些日子曾寄奉《开国上将张爱萍戎马生涯》教正，谅可收到？（寄到开发区一公司）

经常看《上虞日报》，乡贤会在您的领导下越办越活跃，影响也越来越大，可说已是“声名远播”，由此推想您一定很忙！

乡贤会确实为吾乡做了不少好事。传承、链接、沟通、发掘……不久前我们还看了你们特意派来的市越剧团的演出。“祝英台……”终于在您的努力下唱响了。不过，还不够，还可以“唱”得更响些——不要去请“洋人”“大腕”明星，既是土生土长，总应保持并发掘“原生态”！“越女天下白”，越女本身便很美，倒是在表现形式上，我看可以吸纳一些现代人喜闻乐见的东西。——随便说说，请勿“当真”。

求您一事。见《上虞日报》获悉乡贤会编了一本书——《上虞古桥》，很想得到一本，或者代买一册。我有一位至亲，业余研究古桥，跑遍了大半个中国。对我乡古桥很感兴趣，但知之不多。有机会还想到上虞去考

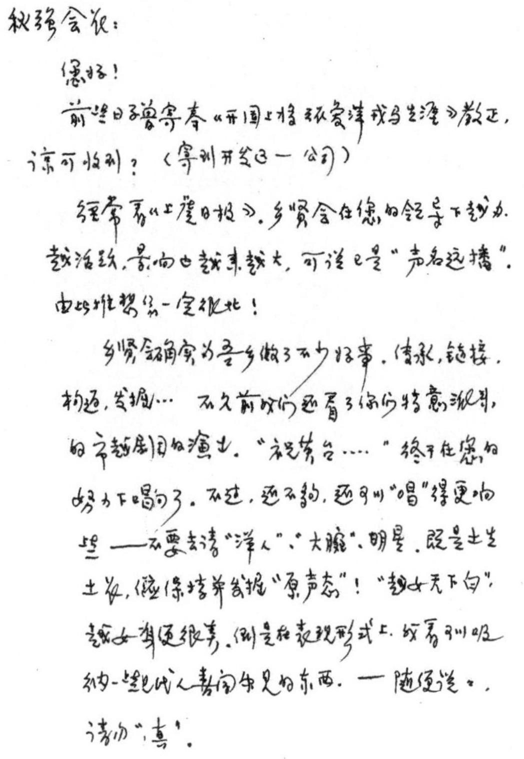
秋强会长：
您好！
前些日子曾寄奉《开国上将张爱萍戎马生涯》教正，谅可收到？（寄到开发区一公司）
经常看《上虞日报》，乡贤会在您的领导下越办越活跃，影响也越来越大，可说已是“声名远播”。由此推想您一定很忙！
乡贤会确实为吾乡做了不少好事。传承、链接、沟通、发掘…… 不久前我们还看了你们特意派来的市越剧团的演出。“祝英台……”终于在您的努力下唱响了。不过，还不够，还可以“唱”得更响些——不要去请“洋人”、“大腕”、明星，既是土生土长，总应保持并发掘“原声态”！“越女天下白”，越女本身便很美，倒是在表现形式上，我看可以吸纳一些现代人喜闻乐见的东西。——随便说说，请勿“当真”。

察一番。

请在方便时候，惠寄为感！

乡贤会的《简报》每期都收到，很好，也很感谢！乡贤会有什么要求？我能办的，尽力为之！

祝

安健

胡士弘

2006.9.23

我还有一事：见《上虞日报》，获悉乡贤会编了一本书——《上虞古桥》，很想得到本，或者代买一册。我的一位至亲，业余研究古桥，跑遍了大半个中国。对我乡古桥很感兴趣，但知之不多。有机会还想到上虞去考察一番。

请在方便的时候，惠寄为感！

乡贤会的《简报》每期都收到，很好，也很感谢！乡贤会有什么要求？我能办的，尽力为之！

祝

安健！

胡士弘

2006.9.23.

胡公洛

胡公洛（1934— ），上虞丰惠人。河南洛阳农业高等专科学校教授。1957年，毕业于南京农业大学植物保护系，分配在河南洛阳农业高等专科学校任教。先后获河南省科技进步二等奖两次、三等奖三次，被评为洛阳市优秀教师、洛阳市优秀专家、河南省先进科技工作者。系校学报主编、学术委员会副主任。曾任中国植物病理学会华北分会理事、洛阳市植物保护学会理事长、河南省微生物学会理事。

秋强先生：

您好！我读过你的大作《舜水长流》，那是2001年，由我的表叔成鸿焕老人赠与（予）的。从“走近敕五堂”一文，更拉近了距离，感到上虞总有贤达之士在关注着这座老宅……

我是胡愈之的远房侄孙，今年9月9日是胡愈老诞辰110周年，故8月份我就写好一篇纪念文章寄给《上虞日报》，谁知至今不予理睬，但也不退稿。虽然我是学理科的，但自感文字功底尚可，曾长期兼职做本校

河南科技大學

秋强先生：

您好！我读过你的大作《舜水长流》，那是2001年，由我的表叔成鸿焕老人赠与的。从“走近敕五堂”一文，更拉近了距离，感到上虞总有贤达之士在关注着这座老宅……

我是胡愈之的远房侄孙，今年9月9日是胡愈老诞辰110周年，故8月份我就写好一篇纪念文章寄给“上虞日报”，谁知至今不予理睬，但也不退稿。虽然我是学理科的，但自感文字功底尚可，曾长期兼职做本校学报的编辑工作，因此就想到，了解内容不适时宜，有悖主旋律，那就没有办法了。

现在我把该文的文稿寄给您，以补充过去成鸿焕老人口述的不足。另外，希望借你的笔来宣传敕五堂。敕五堂胡姓人，都是北宋大儒胡安国的后裔，胡愈之是胡安国的第31世孙，胡国柱是胡安国的33世孙（我同国柱平辈）。敕封五次而不仕者，乃我祖安国公也。现代人多看不懂文言文，宗谱里写得明白，都领会不了。

00211 地址：河南省洛阳市涧西区 电挂：2139 邮编：471003 第 页

学报的编辑工作,因此就想到,内容不适时宜,有悖主旋律,那就没有办法了。

现在我把该文的文稿寄给您,以补充过去成鸿焕老人口述的不足。另外,希望借你的笔来宣传敕五堂。敕五堂胡姓人,都是北宋大儒胡安国的后裔。胡愈之是胡安国的第31世孙,胡国枢是胡安国的33世孙(我同国枢平辈)。敕封五次而不仕者,乃我祖安国公也。现代人多看不懂文言文,宗谱里写得明白,都领会不了。

我出生于上海,两次淞沪抗战,我祖父产业破落,而回到故里上虞敕五堂,曾在春晖读过书(同曹娥中学赵汉雄老师同班),16岁走出上虞,长期从事农业教育和科研工作,现在退休而定居洛阳。希望得到你的示教。顺祝

冬安

同乡 胡公洛

2006.12.9

又,敕五堂始祖砥园公,有六子:

长房警堂公:现在在世的老人,属“国”字辈,如胡国枢。

二、三、四房:分别传4—6代而止。

河南科技大學

我出生于上海,两次淞沪抗战,我祖父产业破落而回到故里上虞敕五堂,曾在春晖读过书(同曹娥中学赵汉雄老师同班),16岁走出上虞,长期从事农业教育和科研工作,现在退休而定居洛阳。希望得到你的示教,顺祝

冬安!

同乡 胡公洛

电话:0379—64282377

2006.12.9.

敕五堂始祖砥园公,有六子:

长房 警堂公:现在在世的老人,属“国”字辈,如胡国枢。

二、三、四房:分别传4—6代而止。

五房 南溪公:现在在世的是“鸿”字辈和“公”字辈。成鸿焕的外公只有一个独生女,故继承了外公的房产,并随胡氏的排行,本人属于这一房。从血缘讲,我同成鸿焕先生是最近的,表叔胜似亲叔。

六房 潘溪公 其后代为“学”字辈,如学愚,即愈之;往下是“序”字辈,为序威、序达、序同。

00211 地址:河南省洛阳市涧西区 电挂:2139 邮编:471003 第 页

清末之后,也有不随辈而取名的。

五房南溪公：现在在世的是“鸿”字辈和“公”字辈。成鸿焕的外公只有一个独生女，故继承了外公的房产，并随胡氏的排行，本人属于这一房。从血缘讲，我同成鸿焕先生是最近的，表叔胜似亲叔。

六房澹溪公：其后代为“学”字辈，如学愚，即愈之，往下是“序”字辈，为序威、序建、序同。

清末之后，也有不随辈而取名的。

陈会长钧鉴：

我的曾祖父胡璞山(1857—1925)，一生的大部分时间在北方工作，对家乡的贡献甚微，今值老人家150华诞，写篇纪念文章，仅限直系子孙中传阅。后考虑到你们的研究工作，可能会有参考意义，故寄上一份，留作资料吧！

我在河南工作50年了，对河南的了解远多于浙江(上虞)，河南没有“乡贤研究会”一说，这是上虞的亮点，一定要发扬光大。

敕五堂抢修工程正在进行，宗亲常有电话告知，但对于现在的“半拉子工程”，又怎能高兴得起来呢？这里有一个误区，可能主管领导认识不全面。

根据现行的《中华人民共和国文物法》(2002年10月江泽民签发)及其实施细则：乾隆六十年是个时限，凡建于乾隆六十年(1795)以前，又有历史文化底蕴的建筑物，就是不可移动文物，就应保护。敕五堂建于乾隆初年，状元梁国治题匾就是铁证！宅是由统一设计后施工的建筑群(大厅是主体)，具有清早期江南民居特色，在建筑学上具有科学价值，建筑史上有教材意义！即使不出贤孙胡愈之，单就建筑物本身来说，也是必须保护的。其实，上虞文物局的领导，思路是清晰的的，牌上写明保护单位是敕五堂，括弧内(胡愈之故居)，现在执行者怎能割裂开来只保护一半，建筑物怎能分开的？换言之，从政府来说，如果圆满完成敕五堂工程，是一举两得，政绩双重，何乐而不为呢？原估价过高(1000万)，现在实际远低于此数(143万)，看来资金也不是问题，真是弄不明白，遗憾！暂此。顺致

秋安

胡公洛

2007.10.7

河南科技大學

陈会长钧鉴：

我的曾祖父胡瑛山（1857—1925），一生的大部份时间在北方工作，对家乡的贡献甚微，今值老人家150华诞，写篇纪念文章，仅限直系子孙中传阅。后考虑到你们的研究工作，可能会有参考意义，故寄上一份，当作资料吧！

我在河南工作50年了，对河南的了解，远多于浙江（上虞），河南没有“乡贤研究会”一说。这是上虞的亮点，一定要发扬光大！

敕五堂抢修工程正在进行，宗亲常有电话告知，但对于现在的“半拉子工程”，又怎能高兴得起来呢？这里有一个误区，可能主管领导认识不全面：根据现行的中华人民共和国文物法（2002年10月江泽民签发）及其实施细则：乾隆60年是个时限：凡建于乾隆60年（1795）以前，又有历史文化底蕴的建筑物，就是不可移动文物，就应保护。敕五堂建于乾隆初年，状元梁国治题匾就是铁证！它是由统一设计后施工的建筑群（大厅是主体），具有清早期江南民居特色，在建筑学上具有科学价值，建筑史上有教材意义！即使不出贤孙胡愈之，单就建筑物本身来说，也是必须保护的。其实，上虞文物局的领导，思路是清晰的：牌上写明保护单位是敕五堂、桔福内（胡愈之故居），现在执行者怎能割裂开来只保护一半呢，建筑物怎能分开的？换言之，从政府来说，如果圆满完成敕五堂工程，是一举两得，政绩双重，何乐而不为呢？原估价过高（1000万），现在实际远低于此数（143万），看来资金也不是问题，真是弄不明白，遗憾！暂此　顺致

秋安！

胡公济　2007.10.7

胡序建

胡序建，1942年11月出生，浙江上虞丰惠人。1960年考入北京大学化学系有机化学专业。1966年9月留校待分配，1968年分配到石油工业部新疆独山子炼油厂工作，在双炉裂化车间为实习生、技术员。1975年起，担任车间党支部书记、厂宣传科科长。1980年调南京金陵石化公司炼油厂，历任厂属党支部书记、厂党委副书记；1983年调任中国石油化工总公司金陵石化公司党委副书记、书记。1984年10月任中共南京市委副书记、金陵石油化工公司党委书记，1985年3月，南京市委副书记，1993年3月始，兼任南京市人大常委会主任，1998年起担任江苏省政协副主席。2003年1月江苏省政协副主席、南京市人大常委会党组书记。

尊敬的秋强会长：

欣悉在乡贤会成立十周年大喜日子里，举行了大舜庙落成和中国孝德文化之乡授牌仪式，特表示热烈的祝贺！

乡贤会成立十年来，在市委有力指导下，在您的带领和全体会员共同努力下，取得了令人瞩目的成绩，您们在贯彻文化强市战略和申报中国孝德文化之乡等重大活动中都发挥了独特的作用。你们坚守宗旨、牢记使命，同心协力，脚踏实地铸就了一个在全国有开拓意义的文化品牌。我为你们取得的丰硕成果感到由衷的高兴。

我从小就离开了家乡，平时因工作繁忙也很少有机会回家乡看看。但家乡上虞对我十分关心，我每天都能看到上虞日报，市里各部门和乡贤会还经常给我寄来些刊物和信息资料。市领导每年都带队来南京看望虞籍乡亲，使我们感到十分温暖。改革开放以来，南京与其他中心城市一样，发生了巨大的变化。现在的南京，既是国内一个现代化程度很高的大城市，也较好地保存了我国著名的古都和历史文化名城的特色。在传承历史、发掘人文资源、实施文化强市战略方面，也做了不少工作。但在工作的力度、深度上，与上虞还有差距，特别是还没有像乡贤会那样的社团作为文化策划的智囊团。南京自古以来就是一个移民城市，人员来自五湖四海，在宁虞籍乡亲不是很多，但他们主要分布在大型国企和科研院校、机关部队。相对来说，层次较高。改革开放以来，南京来了一批虞籍企业家。他们大多吃苦耐劳，善于经营，取得了很好的业绩。不久前，在几位知名的企业家带领下，在南京成立了虞籍乡亲联谊会。联谊会将来可以为促进两市经济、文化、科技等各方面的交流做些工作，也可以为在南京的虞籍乡亲会面和交流提供一个场所。最后，衷心希望乡贤会取得新的更大成绩，希望乡贤会为南京和

尊敬的秋强会长：

值此在乡贤会成立十周年大喜日子里，举行了大舜庙落成和中国孝德文化之乡授牌仪式，特表示热烈的祝贺！

乡贤会成立十年来，在市委有力指导下，在您的带领和全体会员共同努力下，取得了令人瞩目的成绩，你们在贯彻文化强市战略和申报中国孝德文化之乡等重大活动中都发挥了独特的作用。你们坚守宗旨，牢记使命，同心协力，脚踏实地铸就了一个在全国有开拓意义的文化品牌，我为你们

YI CAI 美工竖线　　No：

取得的丰硕成果感到由衷的高兴

我从小就离开了家乡，平时因工作繁忙也很少有机会回家乡看看。但家乡上虞对我十分关心，我每天都能看到上虞日报，市里各部门和乡贤会还经常给我寄来些刊物和信息资料，市领导每年都带队来南京看望虞籍乡亲，使我们感到十分温暖。改革开放以来，南京与其他中心城市一样，发生了巨大的变化。现在的南京既是国内一个现代化程度很高的大城市，也较好地保存了我国著名的古都和历史文化名城的特色，在传承历史、发掘人文

YI CAI 美工竖线　　No：

上虞文化方面的交流，发挥积极的作用。也希望乡贤会对南京的乡亲多多关心。

祝身体健康，万事如意！

南京　胡序建

二〇一一.八.十五

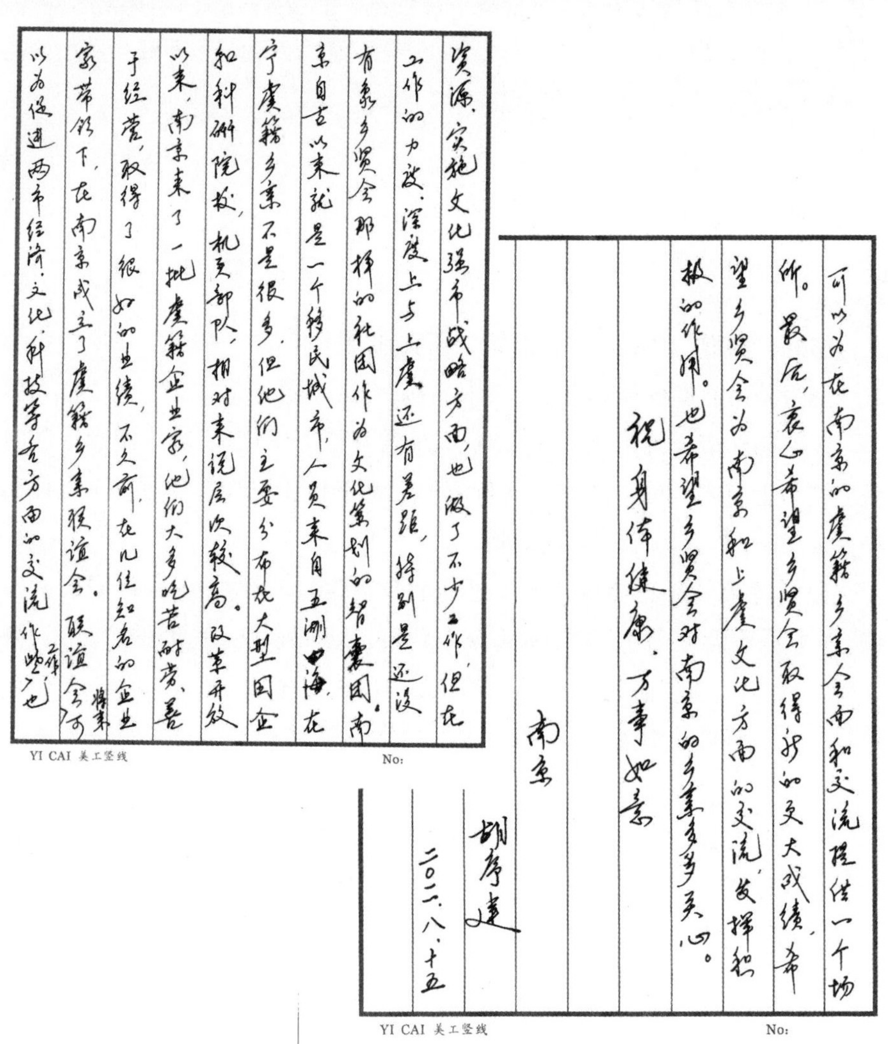

资源、实施文化强市战略方面，也做了不少工作。但在工作的力度、深度上与上虞还有差距，特别是还没有象乡贤会那样的社团作为文化策划的智囊团。南京自古以来就是一个移民城市，人员来自五湖四海。在宁虞籍乡亲不是很多，但他们主要分布在大型国企和科研院校，机关部队，相对来说层次较高。改革开放以来，南京来了一批虞籍企业家，他们大多吃苦耐劳、善于经营，取得了很好的业绩，不久前，在几位知名的企业家带领下，在南京成立了虞籍乡亲联谊会。联谊会将来可以为促进两市经济、文化、科技等方面的交流作些工作，也

YI CAI 美工竖线　No:

可以为在南京的虞籍乡亲会面和交流提供一个场所。最后，衷心希望乡贤会取得新的更大成绩，希望乡贤会为南京和上虞文化方面的交流，发挥积极的作用。也希望乡贤会对南京的乡亲多多关心。

祝身体健康，万事如意

南京

胡序建

二〇一一.八.十五

YI CAI 美工竖线　No:

胡序威

胡序威(1928—),上虞丰惠人。著名地理学家,中科院地理研究所副主任,博士生导师。1947年,赴新加坡在其伯父胡愈之领导的新南洋出版社工作。1949年回国,进华北大学学习,毕业于中国人民大学。1954年调入中国科学院地理研究所工作,主编《经济地理》杂志,著有《中国沿海港口城市》等多种论文,并在华东师大、中国科大等校研究中心任兼职教授。

秋强先生:

您好!惠赠《上虞乡贤文化》第二辑收到,甚谢!

您为弘扬上虞乡贤文化作出无私奉献,令人钦佩。

今年初徐市长等市领导来京时,我们曾建议上虞市建"名人纪念馆",对胡愈之等上虞名人的一些有历史价值的文献资料和纪念文物进行系统搜集和妥善保管,为名人研究提供方便。

现获悉市领导已批准筹建《上虞市乡贤馆》的方案,而且你们还有专辟"胡愈之纪念室"的设想,确实令人欣慰。经商议后,我们的意见是,要建"胡愈之纪念室"必须由市委、市政府作出正式书面决定,由市政府出面主办,乡贤研究会协助具体筹办,采取公办民助的方式,才能保证传之久远。

若将"胡愈之纪念室"建成对全国开放的专门研究和纪念胡愈之的文献中心,我们可提供胡愈之的各种著作,包括某些珍本和手稿。国内外研究和纪念胡愈之的各种书籍、报刊文章,以及照片、光盘、录音磁带和纪念物等。在胡愈之诞辰100周年纪念活动时,我们赠送给市里的胡愈之画像,赵朴初手书“我爱愈之翁”诗、民盟领导人等庆贺胡愈之80寿辰衍题伺作画、邹家华“怀念胡愈之伯伯”条幅等。现均保存在上虞市图书馆内，将来也可集中到“胡愈之纪念室”统一保管。若乡贤馆只考虑陈列展览，我们只能送些出版物和照片。

有关上述意见和建议，在必要时我和胡德华等可联名给市领导写个书面报告。

请寄赠一册《上虞乡贤文化》第二辑给黄树滋的大女儿黄復德以留纪念。

昨与胡国枢电话联系，他说尚未见到该书。他是书中“王佐——近代上虞乡贤之楷模”一文的作者。估计你们会寄书给他的。

顺祝

安康

胡序威

2003.4.30

中国科学院地理研究所

钦隆先生：

您好：惠赠《上虞乡贤文化》第二辑收到，甚谢！

您为弘扬上虞乡贤文化作出无私奉献，令人钦佩。

今年初徐市长等市领导来京时，我们曾建议上虞市建名人纪念馆，对胡愈之等上虞名人的一些有历史价值的文献资料和纪念文物进行系统搜集和妥善保管，为后人研究提供方便。

现获悉市领导已批准筹建“上虞市乡贤馆”的方案，而且你们还有专辟“胡愈之纪念室”的设想，确实令人欣慰。经商议后，我们的意见是，要建“胡愈之纪念室”必须由市委、市政府作出正式书面决定，由市政府出面主办，乡贤研究会协助具体筹办，争取社会各界赞助的方针，才能保证持之久远。

希望“胡愈之纪念室”建成对全国开放的专门研究和纪念胡愈之的文献中心，我们可提供胡愈之的各种著作，包括某些珍本和手稿，国内外研究和纪念胡愈之的各种书籍、报刊文章，以及照片、光盘、录音磁带和

地　址：北京市安定门外大屯路917大楼　　邮政编码：100101　　电　话：64914841

中国科学院地理研究所

纪念烟子。在胡愈之诞辰100周年纪念活动时，我们曾赠送给市里的胡愈之画像、赵朴初手书“我爱愈之翁”诗、及曾经领导人文友贺胡愈之80寿辰的题词作品、郑家华“怀念胡愈之伯伯”条幅等，现均保存在上虞市图书馆内，将拟日后和“胡愈之纪念室”统一保管。贵乡贤馆亦要陈列展览，我们亦能送些出版物和照片。

有关上述意见和建议，在乡贤时我和胡德华等同样当给市领导写个书面报告。

请寄赠一册《上虞乡贤文化》第二辑给黄树滋的大女儿黄复得以留纪念。她的通信地址是：南京市北京西路76号9幢202号，邮编210013。

听说胡国枢申请残疾，他说尚未见到该书。他是书中“五位一体代上虞乡贤之楷模”一文的作者。估计你们会寄书给他的。他的通信地址是：杭州市宝石新村8幢16号。邮编：310007。

顺祝

安康！

胡序威

2003.4.30.

地　址：北京市安定门外大屯路917大楼　　邮政编码：100101　　电　话：64914841

秋强先生：

寄上“胡愈之故居”展板设计内容中有关文化名人对胡愈之客观评价和材料。供你参阅。

此次上虞之行，深感家乡的许多年轻干部对胡愈之很不了解，只知道他曾当过全国人大常委会副委员长，是大官，是政治名人，不把他看成是曾对全国文化界产生过重大影响的重大文化名人。所以在许多涉及上虞历史文化名人的场合，有吴觉农、谢晋等人，竟没有胡愈之。在滨江小学有那么多家乡文化名人的雕塑像，却看不到胡愈之。金庸那次在访问上虞时的题词，将胡愈之摒除在上虞历史文化名人之外，起了很不好的作用。希望您今后能以乡贤文化研究权威人士的身份，以客观公正的态度对此类问题作（做）必要的表态。

我们在龙山公园胡愈之铜像前的合影，过些时候将通过电子邮件发给您。该半身铜像的文字说明明显有误，将1933年参加民权保障同盟和加入中共，写成1922年，而且简介内容也不够全面精确。建议请曹松境代为改写。

顺祝

大安

胡序威

2013年11月11日

中 国 地 理 学 会

（ ）地理会发字 号

第 页

胡国枢

胡国枢(1928—),上虞丰惠镇人。浙江省社会科学院研究员,曾任历史研究所所长,省历史学会副会长、辛亥革命史研究会副会长、陶行知研究会常务副会长,中国陶行知研究会常务理事。著有《蔡元培评传》《生活教育理论——陶行知教育思想研究》。与人合著《陶行知传》等。主编《浙江近代著名学校与教育家》《浙江历史大事记》等书二十余本,并在国内外报刊发表论文与其他文章两百余篇,现在连续发表《北美见闻录》。曾获全国有关专业优秀成果一等奖,多次获省社会科学优秀成果奖。

秋强会长:

您好,收读大函,非常高兴!乡贤会在您的领导下,几位同志共同努力,搞得很有起色,可喜可佩!

垂询关于中山小学校史几个问题简告于下:

一、今日丰惠镇小前身的历史,您的调查是正确的。

二、愈(之)公幼时就读于此,我亲耳听他说过;先贤中还有觉公吴觉农先生也是从经正书院(可能已改校名)出来的,我直接听他说过多次。因我研究历史,所以后来每次见了他,总是以历史问题作为话题。

三、我读中山小学已很迟了,从小学一年级读到六年级,正逢抗日战争,过了一段非常有意义的生活。老师很好,有几位爱国心很强烈的年轻教师。每当日本飞机来投传单,学校组织宣传队到大街小巷城郊农村去收集传单,一次到了后山脚下一个村里,至今还留下深刻印象。

可以写个回忆录,但得过些日子,最近没有空,对校庆有什么想法,也待以后再告吧。

四、德华比我大，她的妹妹胡令升是我同班同学，可惜她已去世，我们还一道演出爱国歌剧。

还有胡序威，现在中科院地理所，也是中山小学的，您可写信给他。

收到来信，匆匆写此二页，不然一拖，就不知搁到什么时候了！顺颂会务顺心。

胡国枢　匆上

2003年6月22当天

我家电话 0571-85101830，从未停机。8份大多数上午外出，老母已101岁不大接电话，上午十一点大致回家吃饭，一般不在外面吃。

浙江省社会科学院

李烈岚会长：

您好，收读大函，非常高兴！乡贤会在您的领导下，加经同会共同努力，搞得很有起色，可喜可贺！

垂询关于中山小学校史的问题，简告于下：

一、今日书志镇小前身的历史，您的调查是正确的；

二、愈（之）公幼时就读于此，我亲耳听他说过；先贤中还有觉公吴觉农先生也是从（可能已改校名）［？］出来的，我直接听他说过多次。因我研究历史，所以后来每次见了他，总是以历史问题作为话题；

Z04022000

浙江省社会科学院

三、我读中山小学已很迟了，从小学一年级读到六年级，正逢抗日战争，过了一段非常有意义的生活。老师很好，有些爱国心很强烈的年轻教师。每当日本飞机来投传单，学校组织宣传队到大街小巷城郊农村去收集传单，一次到了后山脚下一个村里，至今还留下深刻印象。

可以写个回忆录，但得过些日子，最近没有空，对校史有什么想法，也得以后再告吧。

四、德华比我大，她的妹妹胡令升是我同班同学，可惜她已去世，我们还一道演出爱国歌剧。

还有胡序威，现在中科院地理所，也是中山小学的，您可写信给他。

收到来信，匆匆写此二页，不然一拖，就不知搁到什么时候了！顺颂会务顺心。　胡国枢匆上　2003.6.22当天

秋强会长：

上月末来示敬悉，因连续外出开会迟复为歉！大舜庙落成与孝德文化之乡授牌二件大事，因头部跌伤当时正在恢复而未去成，遗憾而抱歉！失去了一次学习好机会与一本可贵的纪念册。

我恭读了徐伟军副部长在授牌典礼上的讲话，感奋莫名，这是代表市领导对乡贤会的正确评价，充分显示乡贤会同仁的十年苦辛，已得到故乡人民的高度赞许，还为今后乡贤会工作发展指明了方向。话都说到点子上，我完全赞成。

作为市乡贤会的最早赞同者，十年前参与乡贤会成立大会的一员，谈一点感想：上虞市乡贤会把准了上虞历史发展的文脉，走对了方向，才能旗开得胜，顺利前进。

上虞作为舜之故地，曹娥之家乡，地灵人杰，人才辈出，千百年来形成了可贵的人文优势，一支清晰的优秀文脉。历史上早已形成朴素的宗教观念、科学观念与哲学观念。哲学家王充的诞生，其大著《论衡》的破土而出，把人类的文明智慧，推到了崭新的高度。这是上虞人对祖国文明史的又一大贡献！后经唐宋以来历代发展，到近代，上虞人对人类文明的推进日益明显，涌现出一大批先进人物。这种影响，波及至今，乡贤会也由于此，成了开展工作的一个深厚的基础。

乡贤会的工作对头，成绩巨大，就在于抓对了方向，抓住了人，抓住了上虞人的发展主导方向与本质特点。

上虞人最本质的特点是含蓄平和，待人谦和，精神内守，以和为贵，而不是咄咄逼人，给别人无后退立足之地。自己积极进取，勇往直前，同时善以待人，也给别人有口饭吃，而不逼人到绝路。名闻上虞的财星，也是创办春晖中学的文星陈春澜的一生，就是一个典型例子。和谐处世，好有好报，复杂世界，社会有个大循环，大轮回，就大处言，绝非迷信之见。今日上虞经济繁荣，文化发达，并非偶然；以上虞开发区说，从境外观，走对了一条共同富裕的和谐之路，当然就领导个人认识而言，程度上会有深浅之别。

综观乡贤会十年工作，就几个主要方面而言，都符合这个方向，顺应了民心、党心与会心，所以才会投之以桃报之李，一片赞扬之声。相信乡贤会在您与诸位达人领导下，一定会继往开来，有所前进，下一个十年做出更大的成就，必可期待！

祝成功！

胡国枢　敬上

2011年8月30杭州宝石山下

杜强会长：

上月来示敬悉，因连续外出开会迟复为歉！大舜庙落成与孝德文化之乡授牌二件大事，因头部跌伤当时正在恢复而未去成，遗憾而抱歉！失去了一次学习好机会与本一可贵的纪念册。

我恭读了徐伟军副部长在授牌典礼上的讲话，感奋莫名，这是代表市领导对乡贤会的正确评价，充分显示乡贤会同仁的十年苦辛，已得到故乡人民的高度赞许，还为今后乡贤会工作发展指明了方向，话都说到点子上，我完全赞成。

作为市乡贤会的最早赞同者，十年前参与乡贤会成立大会的一员谈一点感想。上虞市乡贤会把握了上虞历史发展的文脉，走对了方向，才能旗开得胜，顺利前进。

上虞作为舜之故地，曹娥之家乡，地灵人杰，人

浙江省社会科学院　15×20=300　第 1 页

才辈出，千百年来形成了可贵的人文优势，一支
清晰的优秀文脉。历史上早已形成朴素的宗教
观念、神学观念与哲学观念。哲学家王充的诞生，
其大著《论衡》的破土而出，把人类的文明解
慧，推到了崭新的高度。这是上虞人对祖国文
明史的各一大贡献！后经唐宋以来历代发展，到
近代，上虞人对人类文明的推进日益明显，相现
出一大批先进人物。这种影响，波及至今，乡贤
会也由于此，成了开展工作的一个深厚的基础。

乡贤会的工作对头，成绩巨大，就在于抓对
了方向，抓准了人，抓住了上虞人的发展
主导方向与本质特点。

上虞人最本质的特点是含蓄平和，待人谦和
，精神内守，以和为贵，而不是咄咄逼人，给别人无
后退立足之地。自己积极进取，勇往直前，同时善

第 2 页

浙江省社会科学院　15×20=300

以待人，也给别人有口饭吃，而不逼人到绝路。
名闻上虞的财星、也是创办春晖中学的文星陈春
澜的一生就是一个典型例子。和谐处世，好有好报
，复杂世界，社会有个大循环、大轮回，就大处言
绝非迷信之见。今日上虞经济繁荣、文化发达，
并非偶然；以上虞开发区论，从境外观，走对了一条共同
富裕的和谐之路，当然就领导个人认识而言程
度上会有深浅之别。

综观乡贤会十年之作，就几个主要方面而言
都符合这个方向，顺应了民心、党心与会心，所
以才会投之以桃报之以李，一片赞扬之声。相信
乡贤会在您与诸位达人领导下，一定会继往开来，
有所前进，下一十年做出更大的成就，必可期待！

祝成功！

胡国枢 敬上
2011.8.30 杭州宝石山下

浙江省社会科学院　15×20=300

第 3 页

胡孟嵩

胡孟嵩，上虞丰惠镇人。乡贤胡序同之女，浙江省民盟退休干部。

尊敬的陈秋强老师：您好！

记得我第一次知道您的名字是在2016年8月18日刊登在《上虞日报》头版的一篇文章《陈秋强：乡贤文化的持灯者》，文章中介绍了您在发掘、保护、研究乡贤文化领域做出的不懈努力和斐然的成绩，使我深感钦佩。希望有机会能与您见面聆听您的指教。不久，在上虞宾馆参加《夏丏尊、胡愈之、范寿康三乡贤纪念会》上，第一次和您见面。交谈中，觉得您谈吐高雅，学识渊博，儒风清新，有一见如故之感觉。后来，又知道我的舅公刘泰（石甘棠）也是您的叔公后，便倍感亲切，这不仅使我们既有

古典文学知识编辑部

尊敬的陈秋强老师：您好！

记得我第一次知道您的名字是在2016年8月18日刊登在《上虞日报》头版的一篇文章《陈秋强：乡贤文化的持灯者》，文章中介绍了您在发掘、保护、研究乡贤文化领域做出的不懈努力和斐然的成绩，使我深感钦佩。希望有机会能与您见面聆听您的指教。不久，在上虞宾馆参加《夏丏尊、胡愈之、范寿康三乡贤纪念会》上，第一次和您见面，交谈中，觉得您谈吐高雅，学识渊博，儒风清新，有一见如故之感觉。后来，又知道我的舅公刘泰（石甘棠）也是您的叔公后，使倍感亲切，这不仅使我们既有乡情，而且还又多了一份亲情！

作为我胡氏家族的后人，十分感谢您和您所领导的上虞乡贤研究会，感谢上虞区政府、上虞丰惠镇政府以及丰惠乡贤研究分会的各位领导，由于你们的重视和不懈的努力，使得胡氏的二处祖宅分别得以重新发掘、修缮、恢复重建和保护。

胡愈之故居《翰五堂》，是具有三百多年历史的建筑，由于种种历史的原因，此建筑经历了无数的劫难，我第一眼见到它时，已是杂草丛生，破败不堪。2009年底，在当时的上虞市政府和领导的重视关照下，在[illegible]

第 1. 页　20×25=500

乡情，而且还又多了一份亲情！

我和我胡氏家族的后人，十分感谢您和您所领导的上虞乡贤研究会，感谢上虞区政府，上虞丰惠镇政府以及丰惠乡贤研究分会的各位领导，(由于)你们的重视和不懈的努力，使得胡氏的二处祖宅分别得以重新发掘、修缮、恢复重建和保护。

胡愈之故居敕五堂，是具有三百多年历史的建筑，由于种种历史的原因，此建筑经历了无数的劫难。我第一眼见到它时，已是杂草丛生，破败不堪。2009年后，在当时的上虞市政府和领导的重视关照下，在您本人亲力亲为的指导下，对胡愈之故居进行抢救性的恢复重建工作，基本恢复了敕五堂昔日的风貌。2011年，胡愈之故居又升格为“浙江省文物保护单位”，2014年11月3日，又在故居举行了隆重的“胡愈之故居”开放仪式，使这座具有历史纪念意义的名人故居，成为大众参观游览、接受爱国主义教育的基地，发挥出服务社会新的正能量。

2018年，您和您的乡贤研究会，在开展台门文化的发掘研究中，又发现了

古典文学知识编辑部

为的指导下，对胡愈之故居进行抢救性的恢复重建工作，基本恢复了《敕五堂》昔日的风貌。2011年，胡愈之故居又升格为《浙江省文物保护单位》，2014年11月3日，又在故居举行了隆重的《胡愈之故居》开放仪式，使这座具有历史纪念意义的名人故居，成为大众参观游览，接受爱国主义教育的基地，发挥出服务社会新的正能量。

2018年，您和您的乡贤研究会，在开展《台门文化》的发掘和研究中，又发现了另一位丰惠文化名人——胡仲持的故居。胡仲持是胡愈之的胞弟，排行老二。上世纪三十年代，在丰惠镇的十字街头建了一所住宅，解放后，胡氏兄弟基本都在外工作，胡仲持及家人就再也没有回来住过。在一次偶然的机会中，丰惠乡贤会的副会长史济荣先生在路过十字街头33号台门，和住户聊天才知道这里原来是胡仲持的故居，欣喜异常，便向您和卢宇先会长汇报此事情况，并刊发一文《先贤故居今犹在，何人识得胡仲持》。如今，在您的丰惠镇政府的支持下，在卢宇先和史济荣等丰惠乡贤会的具体操作下，使得沉寂了七十多年胡仲持故居，又重新走入人们的视线。今年9月20日，《胡仲持故居》揭碑仪式在故居前举行。揭牌立碑，在碑文中记载了胡仲持一生的简历。这又为丰富上虞乡贤文化

第 2 页　20×25=500

另一位丰惠文化名人——胡仲持的故居。胡仲持是胡愈之的弟弟，排行老二。上世纪三十年代，在丰惠镇的十字街头建了一所住宅，解放后，胡氏兄弟基本都在外工作，胡仲持及家人就再也没有回来住过。在一次偶然的机会中，丰惠乡贤分会的副会长史济荣先生坐轮椅路过十字街头33号台门，和住户聊起来才知道这里原来是胡仲持的故居，欣喜异常，便向您和卢守先会长报告此好消息，并刊发一文《先贤故居今犹在，何人识得胡仲持》。此后，在您和丰惠镇政府的支持下，在卢守先和史济荣等丰惠乡贤会的具体操作下，使得沉寂了七十多年胡仲持故居，又重新走入人们的视线。今年9月20日，"胡仲持故居"揭碑仪式在故居前举行，挂牌立碑，在碑文中记载了胡仲持一生的简历。这又为丰富上虞乡贤文化增添了浓墨重彩的一笔！

至此，被誉为文化出版界的"双子灯塔"的胡愈之、胡仲持兄弟俩的故居，都得到了有效的保护。这一切都是上虞区政府和丰惠镇政府的重视，是您和您的同事们卢守先先生、史济荣先生的辛勤工作的结果。在此，我代表胡氏家族的后人向你们表示衷心的感谢！

上虞地方，人杰地灵，名人辈出，乡贤文化领域研究的内容十分广博，我们看到的只是您在发掘、研究、保护无数个乡贤文化中的一二而已。您作为"乡贤文化的持灯者"，则是任重而道远，对您，我再次表示敬意！让我们一起为乡贤文化的长久赓续、薪火相传而共同努力吧！

乡贤胡愈之、胡仲持的后人　胡孟嵩

2018年10月30日

古典文学知识编辑部

增添了浓墨重彩的一笔！

至此，被誉为文化出版界的"双子灯塔"的胡愈之、胡仲持兄弟俩的故居，都得到了有效的保护。这一切都是上虞区政府和丰惠镇政府的重视，是您和您的同事们卢宇光先生、史济荣先生的辛勤工作的结果。在此，我代表胡氏家族的后人向你们表示衷心的感谢！

上虞地方，人杰地灵，名人辈出，乡贤文化领域研究的内容十分广博，我们看到的只是您在发掘、研究、保护无数个乡贤文化中的一、二而已。您作为"乡贤文化的持灯者"，则是任重而道远，对您，我再次表示敬意！让我们一起为乡贤文化的长久赓续，薪火相传而共同努力吧！

乡贤胡愈之、胡仲持的后人

胡[illegible]

2018年10月30日

第 3 页　　20×25=500

钟伯荣

钟伯荣(1934—),上虞丰惠镇人,浙江省政府原副秘书长。现居杭州。

陈秋强会长:

首先感谢您在百忙中抽出时间,陪我和杜教授一起参观乡贤馆,教益匪浅。

您注入了极大的精力,创建了全国第一个乡贤研究会;您几乎跑遍全国各地,拜访了故乡的游子,凝聚了乡贤力量;您不辞辛劳,研究、发掘、传承乡贤文化;在您不懈努力下,建立了乡贤馆。(由于)您的付出得到了上虞人民的尊重和党委、政府的支持。如今上虞区乡贤会已经帮政府传递了听不到的声音,办了政府

浙 江 省 人 民 政 府 办 公 厅

陈秋强会长:

首先感谢您在百忙中抽出时间,陪我和杜教授一起参观上虞乡贤馆,教益匪浅。

您注入了极大的精力,创建了全国第一个乡贤研究会;您几乎跑遍全国各地,拜访了故乡的游子,凝聚了乡贤力量;您不辞辛劳,研究、发掘、传承乡贤文化;在您不懈努力下,建立了上虞乡贤馆,由于您的付出得到了上虞人民的尊重和党委、政府的支持。如今上虞区乡贤会已经帮政府传递了听不到的声音,办了政府难以办到的事情,提供了政府难以想到的建议,聚集了政府难以聚集的乡贤力量。使乡贤文化渗透到社会、经济各个领域,您的事迹必将载入上虞名人的史册。

上虞,是生我育我的故土,一九三四年

浙江省人民政府办公厅

出生于丰惠镇西小街孝义台门内，就读毕业于上虞县小，因无力升学在农村牧牛、务农三年，一九五〇年随土改工作队参加工作，先后在家乡参加土地改革，在百官赵家村试办全县第一个高级农业合作社，经历了征粮、发证、镇反、肃反等运动，一九五五年任中共上虞县委农村工作部副部长，同年下半年调宁波地区农工部任科长、农委副主任，一九八四年调任浙江省农村政策研究室副主任、主任、省政府副秘书长，为农村的改革、发展做过一些工作，也为支持家乡建设办过一些实事，如今年已老矣！但爱乡、思乡之情更深，每年都要回乡住一段时间，走访老宅、古街和农村，与亲朋一起回忆已逝的过去，亲身体验家乡的巨大变化，去年以来在您领导下的丰惠乡贤分会邀请下，通过乡贤研究会这个平台，继续为家乡的发展出谋划策，更有幸结识了您这位仰贤楼主——陈会长，殷切期望与您保持联系。钟伯荣 于二〇一七年十月二十日丰惠

杭州住址：拱墅区·白马公寓1幢1单元702室
电话：0571—85812036. 手机 15355071530

难以办到的事情，提供了政府难以想到的建议，聚集了政府难以聚集的乡贤力量。使乡贤文化渗透到社会、经济各个领域，您的事迹，必将载入上虞名人的史册。

上虞，是生我育我的故土。一九三四年出生于丰惠镇西小街孝义台门内，就读毕业于上虞县小，因无力升学在农村牧牛、务农三年。一九五〇年随土改工作队参加工作，先后在家乡参加土地改革，在百官赵家村试办全县第一个高级农业合作社，经历了征粮、发证、镇反、肃反等运动。一九五五年任中共上虞县委农村工作部副部长，同年下半年调宁波地区农工部任科长、农委副主任。一九八四年调任浙江省农村政策研究室副主任、主任、省政府副秘书长，为农村的改革、发展做过一些工作，也为支持家乡建设办过一些实事。如今年已老矣！但爱乡、思乡之情更深，每年都要回乡住一段时间，走访老宅、古街和农村，与亲朋一起回忆已逝的过去，亲身体验家乡的巨大变化。去年以来在您领导下的丰惠乡贤分会邀请下，通过乡贤研究会这个平台，继续为家乡的发展出谋划策，更有幸结识了您这位仰贤楼主——陈会长，殷切期望与您保持联系。

钟伯荣

于二〇一七年十月二十日丰惠

钟经纬

钟经纬，上虞人，毕业于上海复旦大学文博系。刘海粟美术馆分馆(普陀区美术馆)馆长，上海普陀区文化遗产保护管理委员会办公室主任。

陈会长：

您好！收到您的来信及《上虞乡贤》报，十分高兴，也十分荣幸，感谢您的厚爱。作为晚辈，实在惭愧，因信件未及时收到及工作原因，才给您回信，抱歉万分。

我的父亲钟连庭，您应该十分熟悉。我是在上海复旦大学文博系念完博士之后留在上海工作的。工作一直在普陀区的文化系统。我现在从事的是全区的文化遗产保护工作，包括文物保护、非遗保护传承和相关博物馆的管理工作。同时还担任了刘海粟美术馆分馆普陀区美术馆副馆长。(因老馆长将于今年四月退休我先熟悉工作)

虽然离家多年，但家乡的人、事总有特殊的感情，所以收到您的来信，真的很开心，也希望为家乡，为上海、上虞之间的文化交流做点力所能及的事。

羊年春节临近，恭颂陈会长新春吉祥、万事如意！

晚生：钟经纬

2015.1.21

苏州河工业文明展示馆
SUZHOU CREEK INDUSTRIAL CIVILIZATION MUSEUM
地址：上海市普陀区光复西路2690号　邮编：200062
Add.: No.2690, West Guangfu Road, Putuo District, Shanghai
Tel./Fax: 021-52675556　Web: www.scicm.com

陈会长：

您好！

收到您的来信及《上虞乡贤》报，十分高兴也十分荣幸。感谢您的厚爱，作为晚辈，实在惭愧。因信件未及时收到及工作原因，才给您回信，抱歉万分。

我的父亲钟逸庭您应该十分熟悉。我是在上海复旦大学文博系念完博士之后留在上海工作的，工作一直在静安区文化系统。我现在从事的是全区的文化遗产保护工作，包括文物保护、非遗保护传承和相关博物馆的

苏州河工业文明展示馆
SUZHOU CREEK INDUSTRIAL CIVILIZATION MUSEUM
地址：上海市普陀区光复西路2690号　邮编：200062
Add.: No.2690, West Guangfu Road, Putuo District, Shanghai
Tel./Fax: 021-52675556　Web: www.scicm.com

管理工作。同时还担任了刘海粟美术馆分馆、静安美术馆副馆长。（因老馆长将于今年4月退休，我先熟悉工作）

虽然离家多年，但家乡的人、事总有特殊的感情，所以收到您的来信真的很开心，也希望为家乡，为沪虞之间的文化交流做点力所能及的事。

羊年春节临近，恭颂陈会长新春吉祥，万事如意！

晚生：钟[illegible]

2015.1.21

钟群鹏

钟群鹏，1934年生于浙江省东阳县，祖籍上虞丰惠。失效分析预测预防专家，教育家，中国失效分析学科的开拓者之一，中国工程院院士。创建了中国第一个失效分析学会组织。组织参与了中国机电、航空、航天及众多国民生产领域的五百多个重大灾难事故的分析调查，作出了科学、准确、令人信服的公正结论。

陈会长：您好！

两次来信均已收悉！金庸先生的墨宝也已收到，十分感谢！

今请我的侄女婿胡金友、钟美珍前去面谢！顺便交上我的一点心得，望能得到您的指教！

龙年春节将至，顺祝春节愉快，工作顺利，身体健康，阖家欢乐！

致

礼

钟群鹏

于1月18日

中国工程院院士用笺

陈会长：您好！

两次来信均已收悉！金庸先生的墨宝也已收到，十分感谢！

今请我的侄女婿胡金友、钟美珍前去面谢！顺便交上我的一点心得，望能得到您的指教！

龙年春节将至，顺祝春节愉快，工作顺利，身体健康，阖家欢乐！

致

礼

钟群鹏

于1月18日

尊敬的上虞乡贤会陈秋强会长及乡贤会的同仁们：

你们好！我和陈秋强会长相识已近20年，深感会长敬乡爱民、执着奉献、谦和豁达、博学多才，我受益匪浅、深为感动。在交往的过程中我还进一步加强了对乡贤会的认识和对故乡的感情。我认为，上虞乡贤会是上虞文化集溯地，是一个文化的传承组织；上虞乡贤会是政府联系乡贤的枢纽，是一个上虞高层人才的荟聚中心；上虞乡贤会是馆藏丰富的乡贤馆，是一个文化科普教育基地；上虞乡贤会是乡贤交流聚集的场所，是广大乡贤的温馨之家；上虞乡贤会是上虞文化的特色优势，是上虞的文化软实力。因此，它具有文化和科学属性、基础和教育属性、社会和战略属性。上虞乡贤会在上虞的经济、社会、文化、教育发展中具有重要的地位和作用，它是“坚定文化自信”的重要组成部分和集成细胞。

我今年85岁，我的前半生可以用一组数字来表述：68368。6年在上虞老家，8年在乐清上小学至初中二年级上学期，3年在金华该(读)初中两年毕业至高中二上肄业，68年在北京，在中央团校学习、参加土改、上大学、读研究生和从教。我虽然只有童年的6年在老家，但后来曾多次回老家探亲访友，我对家乡有深厚的感情。我对家乡的深情厚谊可以用“六乡三情”来概括。“六乡”是思乡、恋乡，经常梦见家

中国工程院院士用笺

尊敬的上虞乡贤会陈秋强会长及乡贤会的同仁们：

你们好！我和陈秋强会长相识已近20年，深感会长敬乡爱民、执着奉献、谦和豁达、博学多才，我受益匪浅、深为感动。在交往的过程中我还进一步加强了对乡贤会的认识和对故乡的感情。我认为，上虞乡贤会是上虞文化集溯地，是一个文化的传承组织；上虞乡贤会是政府联系乡贤的枢纽，是一个上虞高层人才的荟聚中心；上虞乡贤会是馆藏丰富的乡贤馆，是一个文化科普教育基地；上虞乡贤会是乡贤交流聚集的场所，是广大乡贤的温馨之家；上虞乡贤会是上虞文化的特色优势，是上虞的文化软实力。因此，它具有文化和科学属性、基础和教育属性、社会和战略属性。上虞乡贤会在上虞的经济、社会、文化、教育发展中具有重要的地位和作用，它是“坚定文化自信”的重要组成部分和集成细胞。

我今年85岁，我的前半生可以用一组数字来表述：68368。6年在上虞老家，8年在乐清上小学至初中二年级上学期，3年在金华该初中两年毕业至高中二上肄业，68年在北京，在中央团校学习、参加土改、上大学、读研究生和从教。我虽然只有童年的6年在老家，但后来曾多次回老家探亲访友，我对家乡有深厚的感情。我对家乡的深情厚谊可以用“六乡三情”来概括。“六乡”是思乡、恋乡，经常梦见家乡；爱乡、荣乡，我把我的工作和为家乡争光联系在一起；祈乡、祝乡，我盼望家乡不断发展。“六乡”贯穿我的前半生。“三情”是乡情、友情和亲情，乡情浓浓、友情多多、亲情满满。我的前半生是“三情”相融。

我曾半夜三点从曹娥步行到丰惠寻家，探望父母、胞弟和弟妹全家；我曾诚邀三兄弟(二哥幼鹏、四弟秀鹏和我)回老家，共忆童年、共叙友情、共享发展；我祖孙三代曾赞助重修“起凤塔”，诚邀北京

中国工程院院士用笺

(中国)书画收藏家协会会长郝竟存撰写“起凤塔”匾额,并在“起凤塔”落成典礼上做主旨讲话。我曾在春晖中学成立100周年时赠写成才格言,赠写上虞实验中学校训“超越自我”。我曾出资重修祖居“鹏抟源”,并诚邀时任中国工程院常务副院长潘云鹤院士撰写“鹏抟源”和祖居匾额。我曾于2018年7月1日我孙子钟舸通出国深造前夕携全家回上虞寻根、探基、追源,传承家风家训和乡风乡俗。我与上虞人民政府领导和乡贤会陈会长等有良好的关系,曾多次相互专访,并做过专题咨询报告,还多次接受上虞日报、上虞电视台的专访,等等等等。可以说,这些都是我“六乡三情”的具体体现,故乡是我立足成人之根、立言成长之基、立业成事之源,是我朝思暮想之地、行动奋斗之力和叶落归根之所。

衷心祝愿家乡在经济发展、人民富足、乡村美丽、文化自信和乡风淳朴等方面做出更大的业绩,祝上虞乡贤会在文化传承、人才荟聚、科普教育、氛围温馨和实力增强等方面再创佳绩。衷心祝愿陈秋强会长和乡贤会同仁们工作顺利、万事如意、精神愉快、身体健康!

中国工程院院士

2019年3月7日

乡;爱乡、荣乡,我把我的工作和为家乡争光联系在一起;祈乡、祝乡,我盼望家乡不断发展。“六乡”贯穿我的前半生。“三情”是乡情、友情和亲情,乡情浓浓、友情多多、亲情满满。我的前半生是“三情”相融。

我曾半夜三点从曹娥步行到丰惠寻家,探望父母、胞弟和弟妹全家;我曾诚邀三兄弟(二哥幼鹏、四弟秀鹏和我)回老家,共忆童年、共叙友情、共享发展;我祖孙三代曾赞助重修“起凤塔”,诚邀北京(中国)书画收藏家协会会长郝竟存撰写“起凤塔”匾额,并在“起凤塔”落成典礼上做主旨讲话。我曾在春晖中学成立100周年时赠写成才格言,赠写上虞实验中学校训“超越自我”。我曾出资重修祖居“鹏抟源”,并诚邀时任中国工程院常务副院长潘云鹤院士撰写“鹏抟源”和祖居匾额。我曾于2018年7月1日我孙子钟舸通出国深造前夕携全家回上虞寻根、探基、追源,传承家风家训和乡风乡俗。我与上虞人民政府领导和乡贤会陈会长等有良好的关系,曾多次相互专访,并做过专题咨询报告,还多次接受上虞日报、上虞电视台的专访,等等等等。可以说,这些都是我“六乡三情”的具体体现,故乡是我立足成人之根、立言成长之基、立业成事之源,是我朝思暮想之地、行动奋斗之力和叶落归根之所。

衷心祝愿家乡在经济发展、人民富足、乡村美丽、文化自信和乡风淳朴等方面做出更大的业绩,祝上虞乡贤会在文化传承、人才荟聚、科普教育、氛围温馨和实力增强等方面再创佳绩。衷心祝愿陈秋强会长和乡贤会同仁们工作顺利、万事如意、精神愉快、身体健康！

中国工程院院士 钟群鹏

2019年3月7日

中国工程院院士用笺

关于放大镜的说明

这是一个普通的放大镜，但是它是我近年来工作不可或缺的、重要的常备用具。我在20多年前患青光眼，虽经双眼三次手术但视力仍不断下降，由于我担任中国机械工程学会副理事长、国家安全生产专家综合组组长、北京航空航天大学校学术委员会主任等职务，出于工作和学习的需要，我必须阅读和消化大量的的文件资料，只得借助放大镜来进行工作。因此，这个放大镜是我勤勉工作、精细阅读、顽强拼搏的证物，现特赠送给上虞乡贤会留作纪念。

捐赠人：钟群鹏

2019年3月7日

关于放大镜的说明

这是一个普通的放大镜,但是它是我近年来工作不可或缺的、重要的常备用具。我在20多年前患青光眼,虽经双眼三次手术但视力仍不断下降,由于我担任中国机械工程学会副理事长、国家安全生产专家综合组组长、北京航空航天大学校学术委员会主任等职务,出于工作和学习的需要,我必须阅读和消化大量的的文件资料,只得借助放大镜来进行工作。因此,这个放大镜是我勤勉工作、精细阅读、顽强拼搏的证物,现特赠送给上虞乡贤会留作纪念。

捐赠人:钟群鹏

2019年3月7日

俞如友

俞如友(1936—),上虞嵩坝人,国家医药管理局上海医药装备研究中心主任,兼上海医药工业研究院研究室主任。兼任中国化学工程学会非均相分离委员会委员,上海化学工程学会化学工程专业委员会委员,中国医药工程设计协会理事,国家医药管理局节能设备评委会委员、压力容器设计资格审查组成员等职。其事迹入编《当代中国科学家与发明家大辞典》《上海市高级专家名人录》。

秋强同志:

您好!上次市委宣传部来信述及关于编撰“虞籍名士通讯录”之事,吾收后即将有关资料寄上,现已事隔半年,不知已编好了吗?甚念!

作为乡亲,吾有一点设想及建议,因为所谓“树高千丈,落叶归根”,故希望上虞亦能像上海之“福寿园”一样,将沪地著名人士故世后葬于一起以纪念之,若上虞亦能建起类似之公墓使虞籍名士魂归故里时亦能汇聚一起。这是件相当有意义之事,请能转告有关领导考虑。

公墓地址则选取靠近普净寺附近较妥,一则离上虞市区较近,二则扫墓时让后辈们亦可顺便参观古迹,三则已有公墓建立(但规模较小)。

上述肤浅建议供参考之,盼复!

此致

敬礼

俞如友

于四月三日

国家医药管理局上海医药工业研究院

耿瑞同志：

您好！上次市委统战部来收集关于编撰"台籍名士通讯录"之事，吾收后即将有关资料寄交，现已半隔半年，不知已编好了吗？甚念！

作为统委会有一点建议：就是所谓"树高千丈，落叶归根"，故希望上海市政府在上海之"福寿园"一样，将少数台籍人士的安居后予以纪念之。若上海市能在那里建数个之公墓，使台籍名士魂归故里，即可以聚一起，这是件相当有意义之事，请您转告有关领导为盼。

公墓地址以选择靠近黄浦江边为好。一则离上海市政府近，二则扫墓时后辈们亦可以观赏风景，三则已有公墓，建立亦较方便。

上述浅见，供参考之。好吗！

此致

敬礼

陈如友

[illegible]

俞学明

俞学明(1928—),上虞百官黄衙弄人。1944年,在上海参加地下党领导的学生抗日宣传活动。1945年7月,由上海地下党选派至上海浦西新四军浙沪游击支队组办的《新华时事通讯》社。同年10月,随军北撤至山东,编入华东野战军第一纵队,继续从事办报等宣传工作。先后经历宿北、莱芜、孟良崮、豫东、淮海、渡江、解放上海等战役。1950年奉调赴朝参战,在志愿军三十军教导团担负连、营政工干部培训工作。1953年回国,负责干部的文化教育工作。1957年,调任空军飞行航校教研室主任。1974年,调军委空军指挥学院工作。历任教员、宣传处处长、宣传部部长等职。

市宣传部:

八月二日来信,十九日收到。

我是一九二八年四月十二日出生于上虞百官镇黄衙弄22号(旧址,新址不详)一户农民家庭,父,俞沛霖,双目失明,盲人,母,严莲香,家庭妇女,都已病故。有一胞妹,俞学琴,已婚,定居上海。

我从小寄养在崧厦蔡林外祖母家,外祖父严星桥,从事中医。我于一九三二年开始在蔡林上小学,一九四二年赴上海依靠亲戚在一家商号当学徒,早、晚进上海南京路"中华职业学校"学文化。因学习比较刻苦,成绩比较突出,常在校刊上发表一些抗日文章,引起一位姓朱(印祥、地下党员)的老师注意,在他的启发帮助下,读了一些革命书籍,如方志敏的《可爱的中国》、艾思奇的《大众哲学》、毛主席的《中国社会各阶层分析》《新民主主义论》和《共产党宣言》等,并参加上海地下党组织的外围活动,如到工厂散发有关抗日的宣传材料等。

一九四五年，世界反法西斯战争的胜利，上海地下党组织动员学校进步青年参加新四军。我由学校老师朱印祥（地下党员，上海解放初期任上海公安局×处处长，“文革”中病故）介绍并由一名中年妇女带领，随带一架日式手摇油印机，伪装郊区的小学教员，通过日伪封锁区进入上海浦西新四军淞沪支队活动地区。当日由支队长朱亚民接见，并交代由支队秘书鲍纪良和比我先到几天的一位也是上海市区来的姓王的工人加我三人组成油印小报工作组，支队秘书鲍纪良负责电台，我负责编稿和刻写，那位姓王的同志负责油印，我的入伍时间就从这天算起，一九四五年七月。

一星期后，我们在淞沪支队正式办起了小报，名为《新华时事简讯》，每期印五万余份，分发到连队班和上海由我党组织的工厂，很受战士和工人的欢迎，我们也受到支队领导的表扬。新近上海出版的《新四军中的上海兵》一书中也提到了这件事。

一九四五年九、十月间，新四军淞沪支队与浙东新四军三、五支队合并，初期为华野一纵三旅，建国前的三野20军60师，五〇年入朝时为志愿军20军。这期间，我一直在20军工作。我参加了解放上海的战斗，没有参加解放浙江的战斗，八十年代绍兴编写的县志，把我编到21军中去，应更正。

一九五〇年抗美援朝期间，我被调任为志愿军20军教导团，任政治教员，培养基层政工人员。

一九五三年全军工农干部学文化，我被抽调到速成小学、速成中学搞文化教育工作。

一九五八年被选调到空军飞行战斗航校（外称空军第十一航校）任政治教员，宣传科长。

“文革”开始，在一些重大政治理论观点被批判为同当时的“中央精神”不符，如“突出政治”“党内有个资产阶级”等，停职反省、批判教育。后通称为“路线斗争觉悟不高”，放到阶级斗争第一线去锻炼改造。

一九六六年河北黄骅县参加“四清”。

一九七一年调北京市一商局“支左”，任政工组长。

一九七四年，落实政策：“平反”，被评为优秀干部，调北京空军学院（后为空军指挥学院)任政治理论教员、政治高级班政治委员、宣传处长、宣传部部长。

一九八五年因超龄(年龄)离休。列为:抗日时期离休人员、正师级、享受军级待遇。安置单位:中国人民解放军总参谋部管理保障部北极寺老干部服务管理局第十三干休所。

中国人民解放军空军指挥学院

市宣传部：

八月二日来信，十九日收到。

我是一九二八年四月十二日出生于上虞百官镇黄街22号。(旧址，新址不详)一户农民家庭。父，俞沛霖，双目失明，盲人。母，尹莲香，家庭妇女，都已病故。有一胞妹，俞学琴，已婚，定居上海。

我从小寄养在上虞蔡林外祖母家。外祖父尹星楼。从而中途，于一九三二年开始在蔡林上小学。一九四二年赴上海依靠亲戚在一家商号当学徒。早晚进上海南京路《中华职业学校》学文化。因学习比较刻苦，成绩比较突出，常在校刊上发表一些抗日文章，引起一位姓朱(印祥)(地下党员)的老师注意，在他的启发和帮助下，读了一些革命书籍，如方志敏的《可爱的中国》艾思奇的《大众哲学》毛主席的《中国社会各阶层分析》

我在您们寄给我的《上虞日报》看到家乡经济实力、形象面貌、文明程度不断提升,我所接触到的有关乡贤方面的工作,上虞也在前列,这与您们辛勤劳动和无私奉献分不开的,人们会记住您们,新四军老战士会记住您们。

致诚挚的敬礼

新四军老战士　俞学明

2011.8.21

中国人民解放军空军指挥学院

《新民主主义论》，和《共产党宣言》等，并参加上海地下党组织的外围活动，如到工厂散发有关抗日的宣传材料等。

一九四五年，世界反法西斯战争的胜利，上海地下党组织动员学校进步青年参加新四军。我由学校老师朱印祥（地下党员；上海解放初期任上海公安局×处处长，"文革"中病故）介绍并由一名中年妇女带领，随带一架日式手摇油印机，化装成小学教员通过日伪封锁区进入上海浦西新四军淞沪支队活动地区。当日由支队长朱亚民接见，并交代由支队秘书鲍纪良和比我先到几天的一位也是上海市区来的女生王丽工人和我三人组成油印小报工作组。（支队秘书鲍纪良负责电台，我负责编辑和刻写，那位女生王丽同志负责油印）我的入伍时间就从这天算起，一九四五年七月。

一星期后，我们在淞沪支队正式办起了

中国人民解放军空军指挥学院

小报，名为《新华时事简讯》，每期印五百余份，分发到连队班和上海由我党组织的工厂。很受战士和工人的欢迎，我们也受到支队领导的表扬。新近上海出版的《新四军中的上海兵》一书中也提到了这件事。

一九四五年九、十月间，新四军淞沪支队与浙东新四军三、五支队合併奉命北撤山东，编为华东一纵三旅，《新华时事简讯》与浙东的《战斗报》合併，社长为丁柯同志。

这里要更正一件事，新四军淞沪支队合併与浙东新四军三、五支队合併初期为华野一纵三旅，进关前为三野20军60师，五〇年入朝时为志愿军20军。这期间，我一直在20军工作。我参加了解放上海的战斗，没有参加解放浙江的战斗，八十年代综合编写的社志把我编到21军中去了，应更正。

中国人民解放军空军指挥学院

一九五〇年抗美援朝期间，我被调任六志愿军20军教导团任政治教员，培训基层政工人员。

一九五三年全军工农干部学文化，我被抽调到速成小学、速成中学任文化教育工作。

一九五八年被选调到空军飞行战斗航校（外称空军第十一航校）任政治教员，宣传科长。

"文革"期间，在一些重大政治理论观点被批判与同当时的"中央精神"不符，如"突出政治""党内有了资产阶级"等，停职反省，批判教育。后通称为"路线斗争觉悟不高"，下到基层中第一线去锻炼改造。

一九六六年 河北黄骅县参加"四清"。

一九七一年 调北京市一商局"支左"任政工组长

一九七四年，落实政策"平反"，被评为优秀

中国人民解放军空军指挥学院

干部，调北京空军学院（后为空军指挥学院）

任政治理论教员

政治高级班政治委员

宣传处长，宣传部长。

一九八三年因超令（年令）离休。

列为：抗日时期离休人员

正师级，享受军级待遇。

安置单位：

中国人民解放军总参谋部管理保障部北极寺老干部服务管理局第十三干休所。

通信地址：

北京市海淀区花园东路8号院

北三楼421室

邮编：100191

电话：796583（军用）

66796583（地方）

中国人民解放军空军指挥学院

我在您们寄给我的《上虞日报》,看到家乡经济实力、形象面貌,文明程度不断提升,我所接触到的有关乡贤方面的工作,上虞走在前列,这与您们辛勤劳动和无私奉献分不开的,人们会记住您们,新四军老战士会记住您们。

致诚挚的敬礼

新四军老战士

俞子明

2011.8.21

于北京

施亚西

施亚西(1923—　),萧山人,省立绍兴中学校长施伯候之女。1944年毕业于浙江大学,著名乡贤杜亚泉的儿媳、华东师范大学中文系教授、写作教研室主任、编审。工于诗歌创作与写作研究,著书十余种,退休后潜心绘画创作,出版有《施亚西诗画选集》。

秋强先生:

您好!

拜读您给江晋华同志的信,知上虞也有意在亚泉先生诞辰140周年之际搞一次纪念活动,十分欣慰并感激。1993年那次学术讨论会,因有王元化先生的支持和号召,颇起了些作用。从此被历史尘埃埋没了几十年的先贤的智慧重现光辉。

亚泉公的著作,内容涉及文、史、哲、教、科学、政治、经济等和古今中外各个方面,又是用文言文写的,研读起来有一定难度,再由于“极左”思潮的影响,阻力也不小,故不易普及,但还是陆续

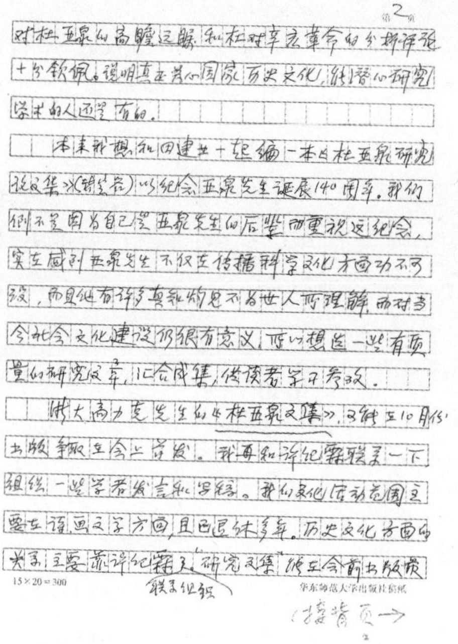

受到人们的关注。除一些散见在报刊上的文章外，最近还看到北京大学出版社为他出《人生哲学》单行本（加上章节提要和插图）作为大学生的课外读物。中华书局也出了单印本《辛亥前十年中国政治通鉴》，该书的序言题为《五十年的大变：杜亚泉看辛亥革命》，对杜亚泉的高瞻远瞩和杜对辛亥革命的分析评论十分钦佩。说明真正关心国家历史文化，能潜心研究学术的人还是有的。

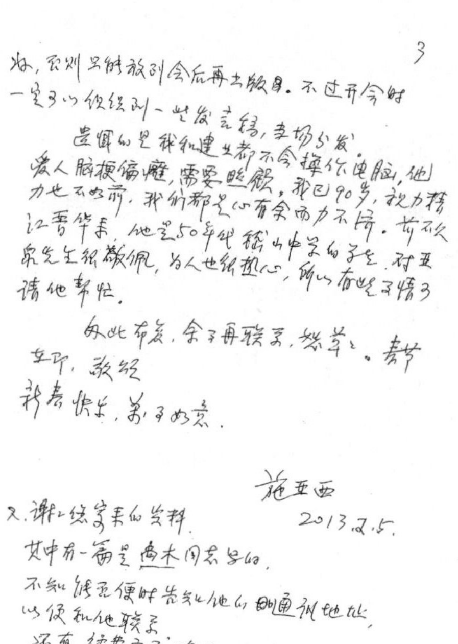

本来我想和田建业一起编一本《杜亚泉研究论文集》（暂定名）以纪念亚泉先生诞辰140周年。我们倒不是因为自己是亚泉先生的后辈而重视这纪念，实在感到亚泉先生不仅在传播科学文化方面功不可没，而且他有许多真知灼见不为世人所理解，而对当今社会文化建设仍很有意义。所以想选一些有质量的研究文章，汇合成集，供读者学习参考。

浙大高力克先生的《杜亚泉文集》，可能在10月份出版，争取在会上首发。我再和许纪霖联系一下，组织一些学者发言和写稿。我们文化活动范围主要在诗、画、文学方面，且已退休多年。历史文化方面的关系，主要靠许纪霖联系组织了。“研究文集”能在会前出版最好，否则只能放到会后再去出版。不过开会时一定可以组织到一些发言稿，当场分发。

遗憾的是我和建业都不会操作电脑，他爱人脑梗偏瘫，需要照顾。我已90岁，视力精力也不如前。我们都是心有余而力不济。前不久江晋华来，他是50年代稽山中学的学生，对杜亚泉先生很敬佩，为人也很热心，所以有些事情可请他帮忙。

匆此布复，余事再联系，恕草草。春节在即，敬颂

新春快乐，万事如意

施亚西

2013.2.5

又，谢谢您寄来的资料。

其中有一篇是尚木同志写的。

不知能否便时告知他的通讯地址，以便和他联系。

还有，经费方面，除向上级申请外，能否找一二位热心的企业家赞助！

秋强、国通同志：你们好！

欣悉杜亚泉先生纪念会将于10月12日举行，我本当前来参加，无奈年老体弱，行动不便，考虑再三，觉还是不来为宜，免得给人添麻烦。外孙田建业，孙杜逢钿他们是一定会来的。

上次托杜逢钿带上的《文化前辈杜亚泉》，是我为家乡的青年学生和乡亲们所写的，主要介绍亚泉先生的杰出贡献和他为国家富强而一生孜孜不倦的创业精神。这种精神在当前我们走向民族复兴、建设文明强国的时代特别需要。有人说现在拜金主义思潮泛滥，人们都爱向“钱”看，谁会对杜亚泉感兴

秋强、国通同志：你们好！

欣悉杜亚泉先生纪念会将于10月12日举行。我本当前来参加，无奈年老体弱，行动不便，考虑再三，觉还是不来为宜，免得给人添麻烦。外孙田建业、孙杜逢钧他们是一定会来的。

上次托杜逢钧带上的《文化前辈杜亚泉》，是我为家乡的青年学生和乡亲们写的，主要介绍亚泉先生的杰出贡献和他为国家富强而一生孜孜不倦的创业精神。这种精神在当前我们走向民族复兴、建设文明强国的时代特别需要。有人说现在拜金主义思潮泛滥，人们都爱向“钱”看，谁会对杜亚泉感兴趣？我说正因如此，更需要提倡杜亚泉这种勤奋学习、善于创新、乐于奉献的精神。我想青年学生中总多少会有人受到一点启迪的。上虞若能再出一、二个杜亚泉，则不仅是上虞之幸，也是国家之幸。上虞人材很多，在你们的努力下，将来一定可成为经济文化的大城市。

那本小册子限于篇幅和读者对象，我没有多谈亚泉先生在政、经、文、教方面的学术观点，今以邮局寄上资料若干份，是从报刊及电脑上选载下

20×20=400　　华东师范大学出版社稿纸

趣？我说正因如此，更需要提倡杜亚泉这种勤奋学习、善于创新、乐于奉献的精神。我想青年学生中总多少会有人受到一点启迪的，上虞若能再出一二个杜亚泉，则不仅是上虞之幸，也是国家之幸。上虞人材（才）很多，在你们的努力下，将来一定可成为经济、文化的大城市。

那本小册子限于篇幅和读者对象，我没有多谈亚泉先生在政、经、文、教方面的学术观点，今从邮局寄上资料若干份，是从报刊及电脑上选载下来的，如有同志感兴趣，可复印几份供他们参考，以便进一步了解亚泉先生思想的前瞻性和当代意义。《文化前辈杜亚泉》若供杜亚泉中学师生有得多，可分送给其他中学的师生。小册子是在嘉兴印的，印前我来校对，还有几个错字未改出来，希分发下去时请他们改正。

嘱要的画因前阶段忙于写《文化前辈杜亚泉》和别的文债，后又因天气太热，至今才动手，画好后当即寄奉。

我有一位学生叫俞健萌，80年代毕业于华东师大，现为中国传记文学研究会副会长，他正在考虑用传记文学形式写杜亚泉传，很想参加10月份的会议，希望能在邀请的学者名额中给他一份邀请信。拜托了，谢谢。

耑此敬颂

工作顺利，身体安康

施亚西

2013.8.18

（又，）许纪霖处，我曾有信去询问他组织学者发言情况，不知最近你们有否联系？

来的，如有同志感兴趣，可复印几份供他们参考，以便进一步了解亚泉先生思想的前瞻性和当代意义。《文化前辈杜亚泉》若供杜亚泉中学师生有得多，可分送一些给其他中学的师生。小册子是在嘉兴印的，印前我未校对，还有几个错字未改出来，希分发下去时请他们改正。

时要的画因前阶段忙于写《文化前辈杜亚泉》和别的文债，后又因天气太热，至今才动手，画好后当即寄奉。

我有一位学生叫俞健萌，80年代毕业于华东师大，现为中国传记文学研究会副会长，他正在考虑用传记文学形式写杜亚泉传，很想参加10月份的会议，希望能在邀请的学者名额中给他一份邀请信。他的通讯地址是："上海浙江中路188弄5号1601室。邮编：200001，手机：13601618342。拜托了，谢谢。

耑此敬颂

工作顺利，身体安康！

施亚西 谨上
2013.8.18.

许纪霖处我曾有信去询问他组织学者发言情况，不知最近你们有否联系？

娄 吉

娄吉,1994年生于上虞曹娥下沙。春晖中学毕业后,赴台湾花莲东华大学读书,现为政治大学中国文学系研究生。

陈秋强老师:

您好!

我是三年前奔赴台湾念书的上虞学子娄吉,因为在外念书的经历,以及在中文系学习的体验,让我对您,和您所一直提倡、推行,并躬亲实践的乡贤文化,心怀极大的感激之情,因此我决定写这封信给您,希望告诉您一个从小深受您推行的乡贤文化教育的学生,对乡贤文化的一些浅薄感想。

您所研究并推行的乡贤文化,早已不乏学者专家、政府官员、外地同乡以及本地百姓叫好称赞。您在他们眼中,是乡贤文化的抢救者、发掘者、研究者、传承者、传播者、发扬者、实践者,对于我而言,您则是上虞乡贤文化的教育者。

我大概属于完整接受上虞乡贤文化教育的一代人。小学的时候,在您的帮助下,我们就熟悉了曹娥、大舜、梁祝的故事。上了初中,又接受了春晖文化,知道了经亨颐、夏丏尊的教育情怀。上虞境内有曹娥江、曹娥庙、大舜庙、祝家庄、王充路、春晖中学和春晖名人故居,有张杰先生捐赠的张杰楼,以竺可桢先生命名的竺可桢中学,任何一个上虞学子或是上虞人,对于这些乡贤文化的遗产,都不会陌生。上虞的乡贤文化是极富脉络的,这个脉络在您手中被整理得十分清晰。从最源头的三皇五帝时代一直到现如今,上虞历来名人不穷,期间许多或在中国大地家喻户晓,或振兴一个时代一个行业。这个脉络被金庸先生以赋的文学形式概括出来，即是勒石在龙山脚下的《上虞赋》：

上虞名郡，溯自大舜，后妃淑德，娥皇女英，汉有大儒，王充论衡，晋则谢安，东山大隐，曹娥至孝，英台情深，史推实斋，文称丏尊，迄至今世，马竺谢晋，文物大邦，千古名扬。

我目前在花莲县的东华大学就读，双主修中文系。在上学期“中国思想史”的课程上，老师讲授了汉代的大思想家王充。就此，我谈论了王充以及他的家乡上虞。事后，几位同是大陆来的交换生同学跟我分享了他们的家乡，以及家乡的文化，但我发现，他们脑海中家乡的文化，往往是破碎化、片面化的，即他们能说出两三位家乡文化的杰出代表者，如一位来自山东临沂的同学，就举出他的同乡有王羲之和诸葛亮。试想中国历史之悠久，幅员之辽阔，一县之内曾有过几位煊赫的人物，究竟不算稀奇。算得上是稀奇的还在于代代不绝，并且个个煊赫。这种历数家乡名人的能力，正得源于您致力的乡贤文化教育。其实山东临沂的名人乡贤并非只有王羲之、诸葛亮，其文化本身也并非是破碎化、片面化的，而是没有经过系统化的整理与推广，只能以碎片的形式存在于人们的脑海里。我很感激

NO. 1

感谢信

陈秋强老师：

您好！

我是三年前奔赴台湾念书的上虞学子奉吉，因为在外念书的经历，以及在中文系学习的体验，让我对您，和您所一直提倡、推行，并躬亲实践的乡贤文化，心怀极大的感激之情。因此我决定写这封信给您，希望告诉您一个从小深受您推行的乡贤文化教育的学生，对乡贤文化的一些浅薄感想。

您所研究并推行的乡贤文化，早已不乏学者专家、政府官员、外地同乡以及本地百姓叫好称赞。您在他们眼中，是乡贤文化的抢救者、发掘者、研究者、传承者、发扬者、实践者。对于我而言，您则是上虞乡贤文化的教育者。

我大概属于完整接受上虞乡贤文化教育的一代人。小学的时候，在您的帮助下，我们就熟悉了曹娥、大舜、梁祝的故事。上了初中，又接受了春晖文化，知道了经亨颐、夏丏尊的教育情怀。上虞境内有曹娥江、曹娥庙、大舜庙、祝家庄、王充路、春晖中学及春晖名人故居，有张杰先生捐赠的张杰楼、以竺可桢先生命名的竺可桢中学，任何一个上虞学子或是上虞人，对于这些乡贤文化的遗产，都不会陌生。上虞的乡贤文化是极富脉络的，这个脉络在您

20字 x 25行 = 500字

您，您不断做着这种系统化的整理与教育工作，让我能在外地求学的过程中，以家乡为傲。而这种系统化的工作，如今正朝着细致化进行。

鉴于我中文系的学科背景，我其实更能够受益于上虞的乡贤文化。中国思想史的课程，上学期的上课内容为先秦时期的诸子百家，以及汉代的董仲舒与王充。也就是说，汉代四百年的思想史，如果只讲两个人，王充是其一。老师甚至说，他其实不喜欢王充，但是思想史讲到汉代，王充是最重要的人。章太炎就曾评价王充说，“汉得一人焉，足以振耻”，意思是王充一个人，就足以振兴汉代思想，并为它洗去迷信的耻辱。王充以外，上虞还有一位乡贤，是中文系思想课程无论如何躲避不掉的，他就是上虞长塘的马一浮先生，我曾经在进春晖中学的校门后看到过马浮先生题写的“念哉典学”。马一浮先生与梁漱溟、熊十力齐名，合称“新儒学三圣”。这些伟大的同乡们令在中文系学习的我感到无比自豪，同时也拉近着我与所学知识的距离。但我想，这并不应该只是中文系的我才有的感触，其他学科的同学，应该或多或少也有这样的感受，人文荟萃才俊辈出的上虞，应该还有许多在其他学科有重大建树的乡贤。学气象的可以以竺可桢为荣，气象的学问因为是家乡前辈的学问，而变得温暖亲切。诸如此类，正是这些乡贤，让我们在各自的学科上追随他们，拉

NO. 2

手中被整理得十分清晰。从最源头的三皇五帝时代一直到如今，上虞历来名人不穷，期间许多或在中国大地家喻户晓，或默默振兴一个时代一个行业。这个脉络被金庸先生以赋的文学形式概括出来，即是勒石在龙山脚下的《上虞赋》：

上虞名群，溯自大舜，后妃淑德，娥皇女英，汉有大儒，王充论衡，晋则谢安，东山大隐，曹娥至孝，英台情深，史推实斋，文称西萧，迄至今世，马竺谢晋，文物大邦，千古名扬。

我目前在花莲县的东华大学就读，双主修中文系。在上学期“中国思想史”的课程上，老师讲授了汉代的大思想家王充。就此，我谈论了王充以及他的家乡上虞。事后，几位同是大陆来的交换生同学跟我分享了他们的家乡，以及家乡的文化。但我发现，他们脑海中的家乡文化，往往是破碎化的、片面化的，即他们能说出两三位家乡文化的杰出代表者，如一位来自山东临沂的同学，就举出他的同乡有王羲之和诸葛亮。试想中国历史之悠久，幅员之辽阔，一县之内曾有过几位煊赫的人物，究竟不算稀奇。算得上稀奇的还在于代代不绝，并且个个煊赫。这种历数家乡名人的能力，正得源于您致力的乡贤文化教育。其实山东临沂的名人乡贤并非只有王羲之和诸葛亮，其文化本身也并非是破碎化、片面化的，而是没有经过系统化的整理与推广，只能以碎片的形式存

20字×25行=500字

NO. 3

在于人们的脑海里，我很感激您，您不断做着这种系统化的整理与教育工作，让我能在外地求学的过程中，以家乡为傲。而这种系统化的工作，如今正朝着细致化进行。

鉴于我中文系的学科背景，我其实更能够受益于上虞的乡贤文化。中国思想史的课程，上学期的上课内容为先秦时期的诸子百家，以及汉代的董仲舒与王充。也就是说，汉代四百年的思想史，如果只讲两个人，王充是其一。老師甚至说，他其实不喜欢王充，但思想史讲到汉代，王充是最重要的人。章太炎就曾评价王充说，“汉得一人焉，足以振耻”，意思是王充一个人，就足以振兴汉代思想，并为它洗去迷信的耻辱。王充以外，上虞还有一位乡贤，是中文系思想课程无论如何躲避不掉的，他就是上虞长塘的马一浮先生，我曾经在进春晖中学的校门后看到过马浮先生题写的“念哉典学”。马一浮先生与梁漱溟、熊十力齐名，合称“新儒学三圣”。这些伟大的同乡们令在中文系学习的我感到无比自豪，同时也拉近着我与所学知识的距离。但我想，这并不应该只是中文系的我才有的感触，其他学科的同学，应该或多或少也有这样的感受。人文荟萃才俊辈出的上虞，应该还有许多在其他学科有重大建树的乡贤。学气象的可以以竺可桢为荣，气象的学问因为

20字 x 25行 = 500字

近着我们与真理的距离。

当今时代，人口的流动性远胜于以往，许多学生早在义务教育阶段就随父母去了外地，即使在本地就读，高中毕业，出国出省的也早已不在少数，而离开上虞或绍兴，几乎是必然。如我所在的春晖高三一个班，半数即出了省，剩下半数也多在杭州与宁波。等到学业结束步入社会，身处异地他乡也难以避免，甚至已经成了常事。在这种情况下，陈老师您所教育我们的乡贤文化，就成了我们绝佳的名片之一，以及乡愁深深的慰藉。我们借着所学到的乡贤文化，得以在异乡骄傲地介绍家乡，而当我们思念家乡时，乡贤们也成了我们怀念的一个个具体生动的对象。就此，我甚至觉得您在2001年创立乡贤研究会，简直未卜先知，知道从我们这一代人开始，地域的变迁流转将会成为常事，因此在我们离家之前，特地帮我们铸造好一张金名片与平安符，让一波又一波即将离家的少年学子，自信从容地远游。

我要感谢您的另一点是您不仅教授我们乡贤文化，同时亲身实践着，作(成)为上虞在地最重要的一位乡贤。这话绝不是泛泛的恭维之言。我亲眼经历与见证过您与您的一位范姓友人，如何仗义公允地处理着百姓之间日常的利益摩擦，也亲眼见过您提携后辈，见过您作为书法家对于索书者有求必

NO. 4

是家乡前辈的学问，而要得温暖亲切。诸如此类，正是这些乡贤，让我们在各自的学科上追随他们，拉近着我们与真理的距离。

当今时代，人口的流动性远胜于以往，许多学生早在义务教育阶段就随父母去了外地，即使本地就读，高中毕业，出国出省的也早已不在少数，而离开上虞或绍兴，几乎是必然。如我所在的春晖高三一班，半数即出了省，剩下半数也多在杭州与宁波。等到学业结束步入社会，身处异地他乡也难以避免，甚至已经成为常事。在这种情况下，陈老师您所教育我们的乡贤文化，就成了我们绝佳的名片之一，以及乡愁深深的慰藉。我们借着所学到的乡贤文化，得以在异乡骄傲地介绍家乡，而当我们思念家乡时，乡贤们也成了我们怀念的一个个具体生动的对象。就此，我甚至觉得您在2001年创立乡贤研究会，简直未卜先知，知道从我们这一代开始，地域的变迁流转将会成为常事，因此在我们离家之前，特地帮我们铸好一张金名片与平安符，让一波又一波即将离家的少年学子，自信从容地远游。

我要感谢您的另一点是，您不仅教授我们乡贤文化，同时亲身实践着，作为上虞在地最重要的一位乡贤。这话绝不是泛泛的恭维之言。我亲身经历与见证过您与一位追随您的范姓友

20字 x 25行 = 500字

应。中国历代的农村治理，端正仰赖于地方的乡绅耆老，于上，乡绅耆老替政府教化百姓，于下，则凭借百姓心目中德高望重的地位，恰当地处理乡人日常的纠纷。如果说乡绅耆老的这种职责，在过去的帝制社会中，是被政府所强迫赋予的，那么今日您，以及您的追随者们的作为，则完全出于自愿，出于一种古道热肠，想要把这种来自于百姓的威望与信任，转而服务于百姓。我要感谢的是您作为在地活乡贤，以及乡贤的带领者，对于家乡百姓的贡献，同时接续了中国千百年来乡绅耆老的文化，更重要的是，让我重新见识到了一种正直、侠义、古道热肠。

就此，我要感激您，作为我辈以及后辈学子的乡贤文化教育者，顺应着人口流动性巨大的时代需求，我以一个晚辈，一个深受乡贤文化教育的年轻学子的身份，肯定您付出无数辛劳的上虞乡贤文化，并对您表达无比的感谢！

娄　吉

于台湾东华大学人社院

2018年3月10日

NO. 5

人，如何仗义公允地处理着百姓之间日常的利益摩擦，也亲眼见过您提携后辈，见过您作为书法家对于索书者有求必应。中国历代的农村治理，端正仰赖于地方的乡绅耆老，于上，乡绅耆老替政府教化百姓，于下，则凭借百姓心目中德高望重的地位，恰当地处理乡人日常的纠纷。如果说乡绅耆老的这种职责，在过去的帝制社会中，是被政府所强迫赋予的，那么今日您，以及您的追随者们的作为，则完全出于自愿，出于一种古道热肠，想要把这种来自于百姓的威望与信任，转而服务于百姓。我要感谢的是您作为在地活乡贤，以及乡贤的带领者，对于家乡百姓的贡献，同时接续了中国千百年来乡绅耆老的文化，更重要的是，让我重新见识到了一种正直、侠义、古道热肠。

就此，我要感激您，作为我辈以及后辈学子的乡贤文化教育者，顺应着人口流动性巨大的时代需求，我以一个晚辈，一个深受乡贤文化教育的年轻学子的身份，肯定您付出无数辛劳的上虞乡贤文化，并对您表达无比的感谢！

娄吉

于花莲东华大学人社院

2018年3月10日

20字 x 25行 = 500字

娄井海

娄井海(1927—),曾用名秦志良,上虞人。抗日战争时期在《苏中报》工作。解放战争时期,调到山东《大众日报》、豫皖苏《雪枫报》,后到南京接管《中央日报》,出版《新华日报》。1949年下半年调入西南服务团,后调任《四川日报》主任编辑。系四川省报业协会副会长兼秘书长。

秋强会长:

我们虽未见面,但会长大名早有所闻。前不久,胡幼平乡亲来川,带来了三本书,我拜读"舜水长流"感受既亲切又陌生。因在家年幼,时间又短,但毕竟是故乡,一些名山寺庙还记得;同时感受到家乡有你那样的热心人,在为上虞的人文历史而辛勤耕耘,真是难能可贵的好人好事,比起古人修桥铺路更有意义,非常感谢你

虎年春节将到,在此祝你:

事业顺利成功!

全家节日欢乐!

故乡人　娄井海

2010.2.1

312300

浙江上虞市舜耕公园内
上虞市乡贤会
陈秋强会长

成都红星路二段70号
四川日报 秦井海
610012

中国邮政 CHINA POST

030491

秋强会长：

我们虽未见面，但会长大名早有所闻，前不久胡幼平乡亲来川，带来了三本书，我拜读"舜水长流"感受既亲切、又陌生，因在家年幼、时间又短，但毕竟是故乡，一些名山寺庙还记得；同时感受到家乡有你那样的热心人，在为上虞的人文历史而辛勤耕耘，真是难能可贵的好人好事，比起古人修桥铺路更有意义，非常感谢你。

虎年春节将到，在此祝你：

事业顺利成功！

全家节日欢乐！

故乡人
秦井海
2010.2.1

郭松义

郭松义，1935年12月出生，上虞崧厦人，北京大学历史系毕业，中国社会科学院荣誉学部委员，历史研究所研究员，博士生导师。曾任历史研究所学术委员会副主任，中国社科院研究生院教授，中国经济史学会理事，常务理事，古代史专业委员会副主任，中国社会史学会副会长等职。

秋强先生：

来函早已收到，只因琐务缠身，致拖延到今日才作答复，深感愧歉。我虽忝列上虞乡籍，但父亲是个外来客，母亲桑氏生长本土，可非著姓，认真追究，只能算是缺根的半截子人。我小时候就读于崧厦小学，后上春晖中学，16岁离家，一直漂泊在外，中间曾回过几次，大抵为奔丧归葬父母，停留不过几日，所以对故乡的了解，更多地停留在五六十年前少时的回忆。我在大学读的是中国古代史专业，到研究所后主攻清史，做的是学院式研究，现在已退休十来年了。

你们组织上虞市乡贤研究会，使我有幸能不断读到寄来贵会活动的资料，加深了我对故乡的了解，真是非常感谢。我觉得贵会是给兹乡兹土做了一件很有意义的事，既在为现在服务，也是为故乡子孙们做事。遗憾的是，不学如我，又加年老体衰，很难为你们做些甚(什)么，有的只有致贺和祝福。

乘便奉寄我去年编就的一本论文集，不一定对您有用，权充作为纪念，也算是一片心意。

又，若想知道我其他的个人信息，可上百度或谷歌网，登录我的名字即可。顺颂

春安

郭松义

2011.2.10

一

秋强先生大鉴：

来函早已收到，只因琐务缠身，致拖延到今日才作答复，深感愧歉。我虽系列上虞乡籍，但父亲是个外来者，母亲虽在此生长本土，可称半土著，认真追究，只能算是缺根的半截子人。我少时就读了崧厦小学，后上春晖中学，18岁离家，一直飘泊在外，中间曾回去几次，大抵为奔丧归葬父母，停留不过几日，所以对故乡的了解，实多地停留在五六十年前少时的记忆。我在大学读的是中国古代史专业，到研究所后主攻清史，做的是学院式研究，现在已退休十来年了。

你们组织上虞市乡贤研究会，使我有幸能不断读到寄来贵会活动的资料，加深了我对故乡的了解，真是非常感谢。我觉得贵会是给桑梓乡土做了一件很有意义的事，既在为现在服务，也是为故乡子孙们做事。遗憾的是不学如我，又加年老体衰，很难为你们做些甚么，有的只有敬贺和祝福。

承蒙询问我家的电话号码，特示如下：010-64424127。

中国社会科学院历史研究所稿纸　(18×14=252)　第

来便奉寄我去年编的一本论文集，不一定对您有用，权充作为纪念，也算是一片心意。

又，若想知道我的个人信息，可上百度或谷歌网，登录我的名字即可。顺颂

春安

郭松义 2011.2.10

中国社会科学院历史研究所稿纸　(18×14=252)　第　页

袁承业

袁承业，1924年出生，上虞小越人。中国科学院院士、著名有机化学家。1951年赴苏联留学，获科学副博士学位。早期从事氨基酸及多肽的合成研究，将氮芥结构引入氨基酸分子获得有临床应用价值的药物。后根据国家需要，建立与领导了核燃料萃取剂研究组，为中国原子能事业的发展作出了贡献。以后结合中国有色金属资源综合利用研究获得一批有经济价值的成果。

秋强先生：

非常感谢你寄来的金庸为上虞题词，我学的是理科，更不擅长书法，您的要求无法从命，甚歉。

上虞市乡贤研究会为家乡文化事业的发展做了很多工作，非常欣慰。

特致

敬礼

袁承业

2012.4.9

中国科学院上海有机化学研究所

Shanghai Institute of Organic Chemistry,Chinese Academy of Sciences

Address: 345. Ling Ling Road, Shanghai 200032, China

Tel:+86-21-54925000 Fax:+86-21-64166128 Web site:http://www.sioc.ac.cn

秋强先生：

非常感谢你寄来的金庸为上虞题词，我学的是理科，更不擅长书法，您的要求无法从命，甚歉。

上虞市乡贤研究会为家乡文化事业的发展做了很多工作，非常欣慰。

特致

敬礼！

袁承业

2012-4-9

贾立夫

贾立夫(1938—),上虞驿亭人。毕业于上海师范大学中文专业,调上海音乐家协会,从事歌词创作,历任《上海歌声》辑部副主任、《上海词刊》副主编等职。歌词作家,中国音乐家协会会员、中国音乐文学学会理事。上海音乐文学学会名誉会长,上海诗词学会会员。

陈会长:

您好!

八月八日大函收悉,谢谢您和贵会对远离故乡的游子的关心。

我离开上虞已近七十年,但故乡的一草一木时时牵动我的心,故乡的变化更是让我欢欣鼓舞。我曾为故乡写过一些文字,分别登在《曹娥江》杂志2005年3月、2007年1月、2008年3/4月上,近几年与这本杂志少了联系。我把诗作投给了《上虞日报》。我与上虞文字上的结缘,是因您和乡贤研究会为我们架起一座桥,一座沟通心灵的桥。在此,我向你们致意。随信附诗一首,献给乡贤研究会。

顺颂

大安

贾立夫

2015.8.17

上海歌词

陈会长：您好！

八月八日大函收悉，谢谢您和贵会对这离故乡的游子的关心。

我离开上虞已近七十年，但故乡的一草一木时时牵动我的心。故乡的变化更是让我欢欣鼓舞。我曾为故乡写过一些文字，分别登在《曹娥江》杂志2005年3月，2007年1月，2008 3/4月上。近几年与这杂志少了联系。我把诗作投给了《上虞日报》。我与上虞文字的结缘，是因您和乡贤研究会为我们架起一座桥，一座沟通心灵的桥。在此，我向你们致意。随信附诗一首，献给乡贤研究会。

顺颂

大安！

贺泳

2015.8.17.

回故乡

一从大地沐春风，舜水虞山绿意浓。
白马湖前书声朗，青松岭畔彩霞红。
驱车劈(辟)路娥江北，引凤筑巢锦水东。
更喜万民齐伏虎，小康道上竞英雄。

谨此献给上虞乡贤研究会。

贾立夫

二〇一五年八月十七日

贾丽君

贾丽君(1967—),上虞区驿亭镇贾家村人,同济大学副教授、硕士生导师、博士,国内大跨度桥梁结构研究、桥梁施工建康检测研究等领域的专家。参与和负责过国内多座大桥的桥梁建设。

尊敬的上虞乡贤研究会:

今年暑假我有幸接到陈秋强会长的来电,邀我进行《乡贤风采》的采访。

采访组的七八位一行顶着38℃的连续高温来到上海,(进行)一位位地单独采访。整个采访,安排紧凑,没有中间休场,可谓辛苦,精神可嘉!

那天采访中谈到对家乡建设的建议,因时间仓促,草草提及一二,言犹未尽,故今特来信作(做)如下补充,以期对家乡的建设尽绵薄之力!

一、教育拓展

我们上虞山青(清)水

同济大学 TONGJI UNIVERSITY

地址:中国上海市四平路1239号 邮编:200092
1239 SIPING ROAD SHANGHAI CHINA 200092
电话(TEL):+86 21- 传真(FAX):+86 21-
网址(WEB):www.tongji.edu.cn

尊敬的上虞乡贤研究会:

今年暑假我有幸接到陈秋强会长的来电,邀我进行《乡贤风采》的采访。

采访组的七、八位一行顶着38℃的连续高温来到上海,进行一位位地单独采访。整个采访,安排紧凑,没有中间休场,可谓辛苦,精神可嘉!

那天采访中谈到对家乡建设的建议因时间仓促,草草提及一二,总感言犹未尽,故今特来信作如下补充,以期对家乡的建设尽绵薄之力!

一、教育拓展

我们上虞山青水秀,人杰地灵,并有着浑厚的文化底蕴。当年春晖就曾集聚了叔同、朱自清、丰子恺等名家,虽说上虞是文人墨客

秀、人杰地灵，并有着深厚的文化底蕴。当年春晖就曾集聚李叔同、朱自清、丰子恺等名家，应该说上虞是文人墨客的栖息之地，更是教书育人的圣地！

我希望有一天上虞独立办一座大学，或者既有大学的分校（据说正在尝试）。我们同济在嘉兴就有一个浙江学院，每周由本部教师去分校授课，教学效果被圈内外认可。如果哪天条件成熟，我愿尽我所能，出谋划策，倘有土木专业，我可不时前来做讲座，也可邀请一些同行前来支持。

希望能通过举办大学，加强上虞的文化建设，传承和发展上虞的文化事业！

二、交通规划

道路建设一方面是满足交通运输要求，另一方面也是美化城市的标志。道路建设首先要做好交通规划，进行科学合理的方案规划设计。前些年回乡总感到这方面略有欠缺，最近几年有所进展，部分道路几年内进行多次拓宽，分节分段改建或者应急进行局部拓宽，造成一些道路的瓶颈现象。这

同济大学
TONGJI UNIVERSITY

地址：中国上海市四平路1239号 邮编：200092
1239 SIPING ROAD SHANGHAI CHINA 200092
电话（TEL）：+86 21- 传真（FAX）：+86 21-
网址（WEB）：www.tongji.edu.cn

的栖息之地，更是教书育人的圣地！

我希望有一天上虞独立办一座大学，或者既有大学的分校（据说正在尝试）。我们同济在嘉兴就有一个浙江学院，每周由本部教师去分校授课，教学效果被圈内外认可。如果哪天条件成熟，我愿尽我所能，出谋划策，倘有土木专业，我可不时前来做讲座，也可邀请一些同行前来支持。

希望能通过举办大学，加强上虞的文化建设，传承和发展上虞的文化事业！

二、交通规划

道路建设一方面是满足交通运输需求，另一方面，也是美化城市的标志。道路建设首先要做好交通规划，进行科学合理的方案规划设计。前些年回乡总感到这方面略有欠缺，最近几年有所进展，部分道

同济大学
TONGJI UNIVERSITY

地址：中国上海市四平路1239号 邮编：200092
1239 SIPING ROAD SHANGHAI CHINA 200092
电话（TEL）：+86 21- 传真（FAX）：+86 21-
网址（WEB）：www.tongji.edu.cn

路几年内进行多次拓宽、分节分段改建或者应急进行局部拓宽，造成一些道路的瓶颈现象。这在短时间内来看投资少，见效快，但其实反复的拓宽改建投资更大，造成的人力物力浪费更多。当然我想直属的行政部门一定有难言的苦衷：资金压力、配套问题以及上下级部门间的协调等。望各方通力合作，做好上虞的道路建设！

三、旅游建设

在旅游建设方面，投入不够，像无锡等地本来旅游资源并不突显，却开发得红红火火，而我们上虞有着深厚的历史文化，有着许多不可多得的素材，孝女曹娥、梁祝故里、谢安的东山再起等。梁祝故里虽有一定的开发投入，但还是有些单薄，可从深度和广度上加强开发拓展，可结合现代元素，聚娱乐、餐饮于一体，吸引更多

同济大学
TONGJI UNIVERSITY
地址：中国上海市四平路1239号 邮编：200092
1239 SIPING ROAD SHANGHAI CHINA 200092
电话（TEL）：+86 21- 传真（FAX）：+86 21-
网址（WEB）：www.tongji.edu.cn

周边游客短期度假。

建议开发谢晋电影纪念馆，有别于传统意义的纪念馆，融合现代高科技手段，设计精彩画面及视段的再现。

本人去年暑假慕名前往黄山观看大型史诗《徽州韵》演出。用令人震撼的场面讲述了古徽州文化，集推介当地文化、寓教、娱乐于一体，美不胜收！我当时就想我们上虞完全具备这样的文化素材与筹备能力。

四季鲜果是我们上虞之宝！本人就有着杨梅情结：我家在驿亭镇贾家，杨梅是我们家的骄傲！无论多忙每年也会抽出时间回乡尝杨梅美味，即使是在北京上大学的几年，我父亲也会守着那已经摇摇欲坠的仅有的几粒杨梅，一直保留到七月初我放假回来！目前上虞的四季鲜果之旅初见成效，每年有大批游客前往上虞体验采摘鲜果，让大家了解上虞！热爱上虞！这是令人

同济大学
TONGJI UNIVERSITY
地址：中国上海市四平路1239号 邮编：200092
1239 SIPING ROAD SHANGHAI CHINA 200092
电话（TEL）：+86 21- 传真（FAX）：+86 21-
网址（WEB）：www.tongji.edu.cn

可喜的！但鲜果的推介是有局限的，建议加强精深加工，例如杨梅酒，有喉肚杀菌之功效，且易于存放，深受大众欢迎！如能大规模的加工，会有更高的经济效益，也能拓宽农家杨梅的销路。

记得是2011年，同济校园内室外举办了一次由上虞吕军副市长带队的上虞旅游推介会，吸引了不少师生。我寻声而去，闻知是家乡的推介会，心情特别激动！在推介会的互动环节我上台即兴表演，用梁祝的优美曲调吟唱一段赞美上虞的越剧，美哉！美哉！至今记忆犹新！这样的活动也是一种推介方式，另外还可依托网络平台进行线上线下密切配合，加大力度推介上虞！提升上虞！

愿上虞越来越美丽！愿上虞越来越强大！更愿上虞人民越来越幸福！

祝 上虞乡贤研究会越办越好！

贾丽君 2015.8.16

在短时间内来看，投资少，见效快，但其实反复的拓宽改建投资更大，造成的人力、物力浪费更多。当然我想直属的行政部门一定有难言的苦衷：资金压力、配合问题以及上、下级部门间的协调等。望各方通力合作，做好上虞的道路建设。

三、旅游建设

在旅游建设方面投入不够，像无锡等地本来旅游资源并不突显，却开发得红红火火。而我们上虞有着深厚的历史文化，有着许多不可多得的素材：孝女曹娥、梁祝（英台）故里、谢安的东山再起等等。梁祝（英台）故里虽有一定的开发投入，但可结合现代元素，聚娱乐、餐饮于一体，吸引更多周边游客短期度假。

建议开发谢晋电影纪念馆，有别于传统意义的纪念馆，融合现代高科技手段，设计精彩画面及视段的再现。

本人去年暑假慕名前往黄山观看大型史诗《徽州韵》演出。用令人震撼的场面讲述了古徽州文化，集推介当地文化，寓教、娱乐于一体，美不胜收！

我当时就想我们上虞完全具备这样的文化素材与筹备能力。

四季鲜果是我们上虞之宝！本人就有着杨梅情结。我家在驿亭镇贾家，杨梅是我们家乡的骄傲！无论多忙每年也会抽出时间回乡品尝杨梅美味，即使是在北京上大学的几年，我父亲也会守着那已经摇摇欲坠的仅有的几粒杨梅，一直保留到七月初我放假回来！目前上虞的四季鲜果之旅初见成效，每年有大批游客前往上虞体验采摘鲜果，让大家了解上虞！热爱上虞！这是令人可喜的！但鲜果的推介是有局限的，建议加强特产深加工，例如杨梅酒，有暖肚杀菌之功效，且易于存放，深受大众欢迎！如能大批量的加工，会有更高的经济效益，也能拓宽农家杨梅的销路。

记得是2011年，同济校园内室外举办了一次由上虞吕军副市长带队的上虞旅游推介会，吸引了不少师生。我寻声而去，闻知是家乡的推介会，心情特别激动！在推介会的互动环节，我上台即兴表演，用梁祝的优美曲调吟唱一段赞美上虞的越剧，美哉！美哉！至今记忆犹新！这样的活动也是一种推介方式，另外还可依托网络平台进行线上线下密切配合，加大力度推介上虞！提升上虞！

愿上虞越来越美丽！愿上虞越来越强大！更愿上虞人民越来越幸福！

祝上虞乡贤研究会越办越好！

贾丽君

2015.8.16

关于乡贤桥命名的倡议

自古以来，国人崇尚给桥梁各种命名，借以寄托美好的愿景。

桥梁是一种纽带，如同我们的思乡之情！上虞历史文化底蕴深厚，乡贤辈出。在曹娥江上建造一座乡贤桥是我们在外游子的一个心愿！作为国内首座乡贤桥，她将成为上虞乡贤文化的实体象征！使这张历史文化名片具有物质的载体，又让乡贤游子获得乡愁、乡情、乡谊的精神慰藉！

目前我们正在设计的舜江大桥(暂名,即赵家大桥拓宽)和人行景观桥,其设计理念融合了梁祝文化和孝德文化等上虞乡贤文化特色元素,若能命名为上虞乡贤大桥,其意义深远!既展示上虞乡贤文化,倡导文化名片,又凝聚乡贤力量,为上虞建设作出更大贡献!希望这个想法能得到各位乡贤、政府和父老乡亲的支持!

同济大学贾丽君

二〇一八年夏月

关于乡贤桥命名的倡议

自古以来,国人崇尚给桥梁各种命名,借以寄托美好的愿景。桥梁是一种纽带,如同我们的思乡之情,上虞历史文化底蕴深厚,乡贤辈出。在曹娥江上建造一座乡贤桥是我们在外游子的一个心愿,作为国内首座乡贤桥,她将成为上虞乡贤文化的实体象征，使这张历史文化名片具有物质的载体，又让乡贤游子获得乡愁、乡情、乡谊的精神慰藉！

目前我们正在设计的舜江大桥（暂名，即赵家大桥拓宽）和人行景观桥，其设计理念融合了梁祝文化和孝德文化等上虞乡贤文化特色元素，若能命名为上虞乡贤大桥，其意义深远！既展示上虞乡贤文化，倡导文化名片，又凝聚乡贤力量，为上虞建设作出更大贡献！希望这个想法能得到各位乡贤、政府和父老乡亲的支持！

同济大学贾丽君

二〇一八年夏月

贾松良

贾松良，1937年1月生于上虞驿亭镇贾家山头村。毕业于清华大学无线电系，曾任清华大学微电子所副所长，清华大学教授，现退休回聘。现兼任中国电子学会电子封装专业委员会副主任，电子封装技术丛书编委会副主任委员，航天电子元器件可靠性增长工程联合专家组专家，北京电子学会SMT专业委员会委员。曾获国家科技进步三等奖一项，省部级科技进步奖二、三等奖各一项，光华科技进步三等奖一项，享受国务院政府特殊津贴。多篇论文曾获得中国电子学会年度论文奖和会议论文一等奖。是从1994年起每两年举办一次的中国国际电子封装技术研讨会的三位发起人之一。获得实用新型专利1项。2018年致信故乡，捐赠120万元人民币给驿亭镇用于公益事业。

尊敬的陈会长：

很抱歉今天我才收到您的来信，你已回虞了，很可惜不能在京见您。

我出生在驿亭镇贾家山头村，但因我早年丧父，从小寄养在横塘徐家岙村外婆家。1949年在横塘小学毕业后，在家务农，1950年1月去上海，在上海澄衷中学毕业后，赴北京念大学，清华毕业后一直在清华大学工作。现已过了78岁，仍回聘在清华，但主要工作是校外的军

清華大學

尊敬的陈会长：

很抱歉今天我才收到您的来信，你已回虞了，很可惜不能在京见到您。

我出生在驿亭镇贾家山头村，但因我早年丧父，从小寄养在横塘徐家岙村外婆家，1949年在横塘小学毕业后在家务农，1950年1月去上海，在上海澄衷中学毕业后赴北京念大学，清华毕业后一直在清华大学工作。现已过了78岁，仍回聘在清华，但主要工作是校外的军用和航天电子元器件的质量保证，还在发挥一点余热。

我自幼在上虞长大，对上虞的山水人民是有很深感情的，在力所能及的范围内也很愿为上虞出一点力。据过去统计上虞籍的清华大学教授有十多人，目前可能都已退休了，过去在清华好像有一位联络员。

用和航天电子元器件的质量保证，还在发挥一点余热。

我自幼在上虞长大，对上虞的山水、人民是有很深感情的。在力所能及的范围内也很愿为上虞出一点力。据过去统计，上虞籍的清华大学教授有十多人，目前可能都已退休了。过去在清华好像有一位联络员。

我住在航天二院，不在清华。麻烦你转告乡贤会，今后“上虞乡贤”请寄下列地址……

我的专业和专长是半导体器件的制造、封装和可靠性。

工作单位：北京清华大学微电子学研究所

曾任清华微电子所副所长、党总支（现党委）书记，及中国电子学会电子封装专业委员会副主任。

此致

敬礼

贾松良　敬上

2015年4月17日晚

上虞乡贤研究会陈秋强会长：

驿亭镇乡贤研究分会经遵义会长：

驿亭镇政府领导：

感谢你们长期来对我的关怀与不断寄来有关介绍家乡上虞的资料！

今有一事求你们相助！我愿捐助给家乡驿亭镇公益事业100万元人民，请你们协助选择合适的具体项目。

我叫贾松良，1937.1.21出生于上虞横塘贾家山头村，我三岁时父亲在沪病故，母亲和我离乡赴沪。我五岁时返上虞横塘徐家岙外婆家生活、学习，1949年6月在横塘刘家树人小学（后来的横塘小学）毕业后在徐家岙务农，1950年1月去上海读书。1956年8月上海澄衷（58）中学毕业后去北京俄语学院留苏预备部学习，1957年9月转入清华大学无线电系学习，1963年毕业后一直留在清华大学工作，直至退休。

我从小丧父，家贫，受乡亲与社会照顾，从中学到大学都依靠国家和社会的救济金、助学金生活和学习。我现已81岁，无以更多地回报国家、党、社会对我的培养，经与家人商量，决定以壹百万元的平日积蓄回馈社会。因为数额有限，设想捐助给驿亭镇的公益事业，或给贾家村的公益事业，或给徐家岙（新横塘）村的公益事业。因为我长期在外，对家乡情况不甚了解，烦请你们能在上述单位所提项目中选择合适的具体项目，为群众的公益事业做一些实实在在的事情。

过去我家对家乡的捐助虽然钱很少，但有的还是起了一点作用，提出使用方案，然后请你们提出优先方案或建议，今年3月底4月初我返乡时最好能与你们共同确定具体项目。你们有何建议可与我电话或微信或电邮联系。

再次谢谢你们！给你们添麻烦了！

顺祝你们工作顺利！身体健康！

老乡，清华大学微电子所退休教授　贾松良

2018.1.22

上虞乡贤研究会陈秋强会长：

驿亭镇乡贤研究分会经遵义会长：

驿亭镇政府领导：

感谢你们长期来对我的关怀与不断寄来有关介绍家乡上虞的资料！

今有一事求你们相助！我愿捐助给家乡驿亭镇公益事业 100 万元人民币，请你们协助选择合适的具体项目。

我叫贾松良，1937.1.21 出生于上虞横塘贾家山头村，我三岁时父亲在沪病故，母亲和我离乡赴沪。我五岁时返上虞横塘徐家岙外婆家生活、学习，1949 年 6 月在横塘刘家树人小学（后来的横塘小学）毕业后在徐家岙务农，1950 年 1 月去上海读书。1956 年 8 月上海澄衷（58）中学毕业后去北京俄语学院留苏预备部学习，1957 年 9 月转入清华大学无线电系学习，1963 年毕业后一直留在清华大学工作，直至退休。

我从小丧父，家贫，受乡亲与社会照顾，从中学到大学都依靠国家和社会的救济金、助学金生活和学习。我现已 81 岁，无以更多地回报国家、党、社会对我的培养，经与家人商量，决定以壹百万元的平日积蓄回馈社会。因为数额有限，设想捐助给驿亭镇的公益事业、或给贾家村的公益事业、或给徐家岙（新横塘）村的公益事业。因为我长期在外，对家乡情况不甚了解，烦请你们能在上述单位所提项目中选择合适的具体项目，为群众的公益事业做一些实实在在的事情。

过去我家对家乡的捐助虽然钱很少，但有的还是起了一点作用，

1

提出使用方案，然后请你们提出优先方案或建议，今年三月底 4 月初我返乡时最好能与你们共同确定具体项目。你们有何建议可与我电话或微信或电邮联系。

我的联系方式：

手机或微信号： 13641263367

Email: jiasl@tsinghua.edu.cn

通信地址： 北京海淀区永定路 70 号院 512 楼 8 单元 6 号

邮政编码： 100039

再次谢谢你们！给你们添麻烦了！

顺祝你们工作顺利！身体健康！

老乡，清华大学微电子所 退休教授 贾松良

2018.1.22 贾松良

夏弘宁

夏弘宁(1926—2010)，祖籍上虞崧厦，夏丏尊长孙。1942年在上海一家钱庄学徒。1946年加入中国共产党。上海解放后长期在金融界工作，历任中国人民银行上海分行政治部副主任、副行长，工商银行上海分行副行长，上海银行学校校长等职。曾任绍兴市、上虞市政府经济技术顾问，为故乡的经济建设出谋献策。

上虞市乡贤会

陈秋强会长：

承征询对三次名人大聚会雕塑作品意见，接信后，感到上虞又将为历史人文文化办一盛事，深为欣慰。正如您信中所说，“雕塑作品是非常严肃的事情……使作品经得起历史、时间的考验”。特提如下建议：

一、各位人物的出现，要符合历史的原貌，“春晖六位名人教师”，春晖校史中均有记载，可经得起历史的检验。但朱自清的头像被重叠，应予调整。夏丏尊以长衫为常服，不着短褂，也应修

中国工商银行 上海市分行
INDUSTRIAL AND COMMERCIAL BANK OF CHINA SHANGHAI MUNICIPAL BRANCH
地址：中国上海浦东大道9号
ADD: No.9 Pu Dong Da Dao, Shanghai, China.

上虞乡贤研究会
陈秋强会长

承征询对三次名人大聚会雕塑作品意见，接信后，感到上虞又将为历史人文文化办一盛事，深为欣慰。正如您信中所说，“雕塑作品是非常严肃的事情……使作品经得起历史、时间的考验”，特提如下建议：

一、各位人物的出现，要符合历史的原貌，“春晖六位名人教师”，春晖校史中均有记载，可经得起历史的检验。但朱自清的头像被重叠，应予调整。夏丏尊以长衫为常服，不着短褂，也应修正。匡互生不戴眼镜，亦应修改。

所有人物的雕塑头像，建议均以各人传记中的标准照为准。

正。匡互生不戴眼镜，亦应修改。

所有人物的雕塑头像，建议均以各人传记中的标准照为准。

二、胡愈之、柳亚子、张大千等先生的三幅，建议应注出“春晖中学讲学”及“游白马湖”等内容。

三、陈春澜先生雕塑手持物用意不甚清楚，似书非书。经亨颐先生上身西服过短，似现时的伽克衫。

四、是否可增加叶天底雕塑，他是上虞最早的共产党员，又在春晖任教过，牺牲前担任党内重要职务，是否可在春晖教师中有一席之地。

以上看法，供参考。

致

礼

夏弘宁

2004.4.20　上海

中国工商银行 上海市分行　地址：中国上海浦东大道9号

INDUSTRIAL AND COMMERCIAL BANK OF CHINA　SHANGHAI MUNICIPAL BRANCH　ADD: No.9 Pu Dong Da Dao.Shanghai,China.

二、胡愈之、柳亚子、张大千等先生的三幅，建议应注出“春晖讲学”及“游白马湖”等内容。

三、陈春澜先生雕塑手握物用意不甚清楚，似书非书。经亨颐先生上身西服过短，似现时的伽克衫。

四、是否可增加叶天底雕塑，他是上虞最早的共产党员，又在春晖任教过，牺牲前担任党内重要职务，是否可在春晖教师中有一席之地。

以上看法，供参考。

致

礼

夏弘宁

2004.4.20 上海

顾 浩

顾浩,祖籍上虞崧厦,教授级高工。现任水利部办公厅主任、新闻发言人。担任中国水利学会理事、中国可持续发展研究会水问题专业委员会副主任,江河水利志指导委员会主任,《中国水利百科全书》编委会副主任、《中国水利年鉴》编委会副主任,中国水利水电科学研究院兼职教授。

陈会长:您好。

我们祖居上虞,清代迁京。"文革"中谱系遭毁。经上虞族亲乡友相助,历时五年,方为厘清。十年前大洋两岸亲友齐聚西华,查谱认宗,实为欣慰感慨。当谢诸位乡亲。此后遂来往不断,喜见上虞日新月异。我们也结合所长奉献薄力。我支持曹娥江大闸和沿江景观带建设,多次赴绍兴。家乡之成就乃我们的最大心愿。

上虞山水秀美,人杰地灵。祝上虞再谱现代文明新篇,祝族亲乡友幸福安康。顺颂

夏祺

顾浩

壬辰年初夏于北京

陳會長：您好。

我們祖居上虞，清代迁京。文革中譜系遭毀。経上虞族親鄉友相助，历時多年，方為厘清。十年前大洋两岸親友齐聚西華，查譜認宗，实為欣慰感慨。當谢该位鄉親。此後遂来往不斷，喜見上虞日新月异。我們也结合所長奉獻潜力。我支持曹娥江大閘和沿江景觀帶建设，多次赴绍兴。家鄉之成就乃我們的最大心願。

上虞山水秀美，人杰地灵。祝上虞再譜現代文明新篇，祝族親鄉友幸福安康。

順頌

夏祺

顧浩

壬辰年初夏於北京

顾仁章

顾仁章，浙江嘉兴人，1962年毕业于浙江大学，曾任上虞县县长，1993年任绍兴市常务副市长，绍兴市人大常委会副主任。

秋强会长：

感谢这次应邀参加乡贤画册首发式，也感谢乡贤研究会一直来对我的关心。

看了画册人物，我要推荐交大老师上浦籍老乡，徐灿根养子的亲戚任世瑶老师入乡贤画册。

是以他为首的一批老师，最早帮助徐灿根办风机厂（民间性）并牵线搭桥，上升为上虞县与交大的全面科技合作，推动了全县和交大，为我市乡镇企业寻找科技进步的"后台"，求得发展，创造了经验，指明了方向。一直来社会上公认上虞乡镇企业产业较完善，规模大，科技含量高，竞争力强；上虞乡镇企业与大专院校、科研单位，大企业合作所以能成了一种发展模式，在省市经济工作会上和各种刊物上多次大量介绍推广。

风机厂、联丰玻璃钢厂、百官电机厂的星期天工程师，在全国也是最早实行之一。

上虞乡镇企业厂办技工学校，厂办科研，厂—校联办科研机构，在全省也是早的。

上虞风机厂：从单课派人进交大深造学习，到有组织地选派30人（选送达到高考分数线未录取的考生）进交大读正规大专，毕业后发大专文凭，是开全国先河的，惊动了国家教委及得到省长办公会的肯定。（李德葆副省长亲自

对我说的）

交大与上虞合作模式：邓小平同志视察交大听取汇报后，充分肯定这种做法，并作为我国家的改革的方向而推广。（交大领导说的，可向朱士逖老师了解）

上虞建筑业当时落后于诸暨、绍兴、嵊县，学习了乡镇企业的经验之后，与上海各大建筑企业联合，提高了施工技术，进入了上海市场，得到了大发展，并在当时与浙大办80人的建筑大专班（发正式文凭），这批人已成为我市建筑企业的骨干力量。

绍兴第一建工集团有限公司

46852003.3. 印1000本　　地址：人民西路262号　　电话：5118923

任老师对上虞的乡镇企业（后来也包括所有二轻企业）与大专院校、科研单位、大企业联合，走出一条依靠科技进步的道路，是有突出贡献的。上虞和交大校方都给予很高评价，这条经济发展路子对上虞带有根本性、战略性的！任老师应入乡贤画册。请您和有关领导考虑，我仅提供参考。当然上虞县委、县政府始终支持、总结，并不断提高推广这种做法，成为全县人民的共识。

祝

新年快乐

绍兴人大　顾仁章

1.2

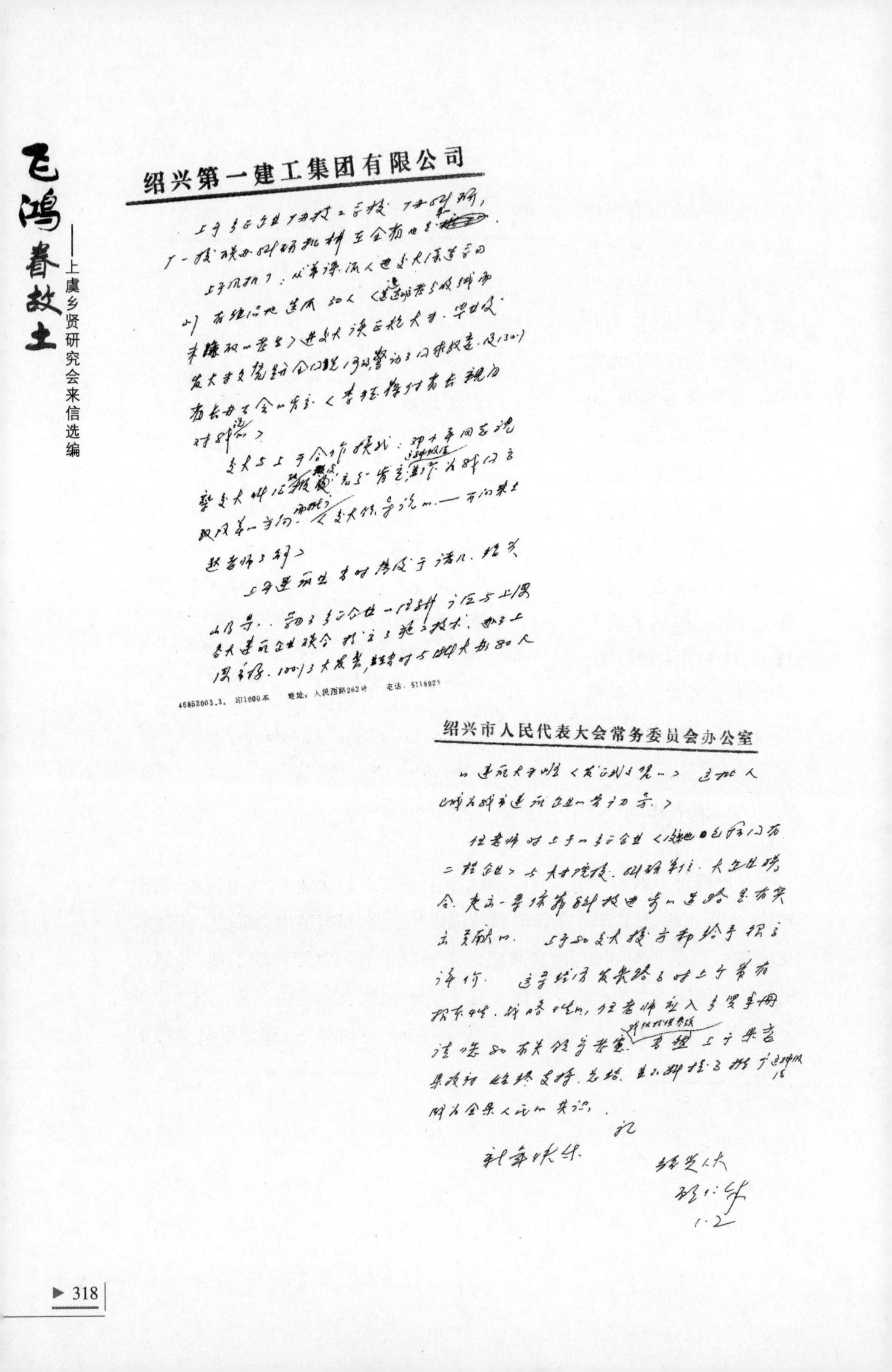

绍兴第一建工集团有限公司

[illegible]

46852003.3. 印1000本 地址：人民西路262号 电话：5118925

绍兴市人民代表大会常务委员会办公室

[illegible]

钱成章

钱成章(1938—),上虞丰惠人,1959年春晖中学毕业,入杭州大学学习,分配至宁波教书,曾任宁波市江东区副区长。

尊敬的陈秋强会长:

您好!

寄来两份上虞日报第五版均收悉,谢谢。

这次上虞报能刊登拙作,完成了长久以来对四叔父有所报答的宿(夙)愿,这是陈会长竭力推荐的结果,内心深为感激,再次表示深诚的谢意。

老家能有象(像)陈会长这样热心于对虞籍同乡关心照顾的人士,是我们上虞籍外地工作人员的福份(分),大家有机会相聚时总离不开乡情、乡音这些话题,希望家乡能有更快的发展、进步。衷心地祝您身体健康,家庭幸福!

钱成章　草上

2015.3.12

中外合资 宁波永凯钢具实业有限公司
NING BO YONG KAI STEEL CONSTRUCTION CO.,CTD.

尊敬的陈秋强会长:
您好!
寄来两份上虞日报第五版均收悉,谢谢。
这次上虞报能刊登拙作,完成了长久以来对四叔父有所报答的宿愿,这是陈会长竭力推荐的结果,内心深为感激,再次表示深诚的谢意。
老家能有象陈会长这样热心于对虞籍同乡关心照顾的人士,是我们上虞籍外地工作人员的福份,大家有机会相聚时总离不开乡情、乡音这些话题,希望家乡能有更快的发展、进步。衷心地祝您身体健康,家庭幸福。
钱成章草上
2015.3.12

公司地址:宁波市宁穿路757号(福明医院西侧)　(TEL、FAX):0574-87931956
E-mail:ykgg0926@yahoo\com.cn
厂部地址:宁波市鄞州区咸祥工业园区内　(TEL、FAX):0574-88313266

钱尚志

钱尚志(1930—),上虞丰惠镇西南门村人。中共党员,教授级工程师。1952年上海交通大学毕业,分配至邮电部电信总局工作。历任基本建设局主任工程师、日元贷款办公室副主任、通信工程招标办公室副主任,兼任邮电部科学技术委员会委员、中国通信学会线路委员会委员。著有《高频对称电缆的平衡》一书。

上虞乡贤研究会陈会长并各位乡亲:

首先向各位拜年,敬祝新年万事如意!

我是北京的上虞老乡,中国移动通信集团的退休职工钱尚志。感谢寄来《上虞乡贤》,非常钦佩乡贤研究会过去十年的卓越成就,又从上虞市寄赠的《上虞日报》中获悉关于上虞蓬勃发展的振奋人心的消息,备感作为上虞人的无上荣光。

下面介绍一位上虞老乡,丰惠蒲湾里人,黄河水利委员会原主任龚时旸先生。由于他为人低调,他的情况亲友间鲜为人知。《黄河报》上的报导(道)《风雨长河》和DV《薪火传承》发表已一年多,今天才看到。现寄上或可作参考。DV中龚朗诵的一首小诗:

“蒲湾水　前岗茶　荣傍渔家凤凰山下

上海滩　榆木疙瘩　幸喜得训黄河弄泥沙”

可显他对故乡的眷恋和对治黄事业的执着。此致

敬礼

钱尚志　上

2010年1月30日

上虞乡贤研究会陈会长并各位乡亲，我向各位拜年，敬祝新年万事如意！

我是北京的上虞老乡，中国移动通信集团的退休职工钱尚志，感谢寄来《上虞乡贤》，非常钦佩乡贤研究会过去十年的卓越成就，又从上虞市寄赠的《上虞日报》中获悉关于上虞蓬勃发展的振奋人心消息，备感作为上虞人的无上荣光。

下面介绍一位上虞老乡，永惠蒲湾里人，黄河水利委员会原主任龚时旸先生，由于他为人低调，他的情况亲友间鲜为人知。《黄河报》上的报导《风雨长河》和DV《薪火传承》发表已一年多，今天才看到。现寄上或可作参考。DV中龚朗诵的一首小诗

"蒲湾水　前岗茶　傍渔家　凤凰山下

上浦闸　榆木疙瘩　幸喜得到黄河弄泥沙"

可见他对故乡的眷恋和对治黄事业的执着。此致

敬礼！

钱尚志上

2010.1.30

龚时旸：河南郑州黄委会宿舍53楼15号(450003)

电话 0371-66022703

钱尚志　北京海淀花园北路华盛家园A-1308（100191）

电话 13901170752，01062082381

倪佩鑫

倪佩鑫，上虞小越倪梁村人。上海农业银行江湾支行原行长。居上海。

陈会长；

您好，二封来信均收悉。谢谢您的关心。陈会长默默耕耘十年，化（花）了不少心血。为上虞"挖掘故乡历史，抢救文化遗产，弘扬乡贤精神，服务上虞经济"默默耕耘十年，化（花）了不少心血，作出了巨大贡献。值得游子敬重、学习！

我的亲戚中，40年代在上海经营银钱业，姑父之兄小越东罗人氏，罗兆栋先生，上海天津路永隆钱庄总经理。

姨父之弟谢塘镇人氏，宋汝焦先生，上海河南路庆和钱庄总经理。（谢绳武外公）

表伯父谢塘镇闸头村人氏，严寿丰先生，上海宁波路光华银行经理。

今后如查到先辈们经营银钱业定奉告。我在上海银行业是小辈，无名之辈。地址：上海共和新路4703弄。原上海农业银行江湾支行行长，大专。胞弟倪佩钦，1937年生，大专文化，1955年2月参加湖北省荆州市纺织品批发公司工作，退休前总经理（副处级）。大专文化，高级工程师。家庭地址：湖北省荆州市江汉北路。

以上仅供参考。谢谢！

祝您

身体健康！合家欢乐！

上海　倪佩鑫

2011.8.19

陳会長：

您好，二封来信均收悉。谢谢您的关心。陳会長默默（耕耘十年，化了不少心血。为上虞挖掘故乡历史，抢救文化遗产，弘扬乡贤精神，服务上虞经济”默默（耕耘，化了不少心血，作出了巨大贡献。值得我们敬重、学习！

我的亲戚中40年代在上海经营银钱业。姑父之兄小越东罗人氏，罗兆栋先生（罗兆林），上海天津路永隆钱庄总经理。姨父之弟谢塘镇人氏，宋汝焦先生，上海河南路庆和钱庄总经理。（谢塘[illegible]）表伯父谢塘镇南头村人氏，尹春来先生，上海宁波路光华钱行经理。

今后如查到先辈们经营银钱业定奉告。

我在上海银行也是小辈，无名之辈。

地址上海共和新路4703弄61/30 电话56812439 邮编200435 原上海农业银行江湾支行行长，大专。

胞弟倪佩钦 1937年生，大专文化，1958年2月参加湖北省荆州市纺织品批发公司工作，退休前，总经理（副处级），大专文化，高级经济师。

中国农业银行虹口支行20行稿纸

家庭地址：湖北省荆州市江汉北路70号4栋2单元301室 邮编434000

电话0716 8222054

以上仅供参考。谢谢！

祝您

身体健康！合家欢乐！

上海

倪佩鑫

11.8.19

中国农业银行虹口支行20行稿纸

徐文光

徐文光,1968年10月生,浙江诸暨人。1990年参加工作,在职研究生学历。2000年任上虞市委副书记、纪委书记;2003年任上虞市市长。历任富阳市委书记,杭州市副市长、衢州市市长,市委书记等职。

陈老师您好!

每年都能收到您的书信,今年端午又收到您的书法。离开上虞六年了,这份情怀总让我牵挂、感动、欣慰!

时光飞逝,转瞬间已在县长、书记岗位上干了近十年。从上虞到富阳,我坚定的是自己的理想,保持了那份不灭的激情,始终心怀敬畏和感恩。既仰望星空又脚踏大地,实实在在地为一方山水一方百姓谋福祉。我这么想,这么做,回首这段人生经历,可能是最有人生价值最有意义的。

上虞永远是我的第二故乡,离开后一直不曾有过忘怀。不止是您,还有不少的曾经同甘共苦并肩作战的老同事们。不少的有公心有良知有情感的好朋友们,也一直都没有忘记我,时常地联系我,来看望我,甚至有人走在江堤上,走在城北新区,就会打个电话发个短信过来:老市长,我们想您了……此时此刻,此情此景,一切的一切,都让我感到一种人生的价值肯定和素质内涵所在。谢谢您,谢谢所有理解、支持、关心、帮助过我的,而且还一直惦记,关心着我的好朋友们!

为上虞付出了一点心血,也做了一点工作,但您新写的"惠泽虞乡",实在不敢当,实在说不得。记得离任之时,您就和乡贤们一道做了匾额,还是这几个字,要临别赠予,被我谢绝了吗?一则不敢贪此功名实在羞愧;二则无处挂放反成累赘成了负担,而且心理上的负担更重。当时我就说了:政声人走后,公道在人心。真正的丰碑在上虞老百姓心里，也不是我一个人，而是属于当时整个时代整个团队整个集体整个上虞人民！是上虞人民思变、求变，汇聚了一股强大的洪流，促成了一个时期的又快又好发展，为长远发展抓住了一个机遇，奠定了一个基础。所以我也是受益者，我也是一分子，我更要感谢上虞这方土地和这方土地上的父老乡亲！

杭州市人民政府

陈老师您好！

每年都能收到您的书信，今年又收到您的书信。离开上虞六年了，这份情怀更让我感慨、感动、欣慰！

时光飞逝，转眼间[illegible]，我已有幸干了近十年，从上虞到富阳，我坚守着自己的理想，保持了那份不变的激情，始终心怀敬畏和感恩，既仰望星空又脚踏大地，全身心地为一方山水一方百姓谋福祉。

我这么想，也这么做，因为这样的人生才是最有人生价值最有意义的。

上虞永远是我的第二故乡，离开后一直[illegible]

①

我始终认为我坚持的是：一有公心大局，二讲是非原则，三重情感道义。做事要有激情，做人要讲感情。多年来，也深深体会和感悟到：大道行简天下为公，无私无畏无欲则刚。正道是沧桑，公道在人心。虽早生华发，两鬓全白，但心安理得，无怨无悔。我是理想主义者，在理想主义普遍遭耻笑的时代，一个人仍然保持做理想主义者，就必定不是因为幼稚，而是因为精神上的自觉和成熟。因为，理想和信仰是单纯和热烈的。敬畏和感恩是虔诚而内省的。

知您在筹建乡贤文史馆，这是有意义的大好事。历史是继承的，文化是传承的。您始终用自己的言行，为上虞的文化事业做了大量的贡献，包括当时的江堤建设、城市开发，都融入了您的文化元素和作品，才使得这些开发建设更富于人文内涵和人文关怀，彰显了上虞作为人文荟萃之池的应有品质和价值，既展示了上虞对外形象，更实实在在惠及上虞百姓。相信文史馆又将成为一处文化的基地，为上虞优秀文化精神，代代相传发扬光大，发挥积极作用。可喜可贺，预祝圆满成功！

待有机会回虞时，一定告知。并希望拜见您，好好叙叙。

草草涂鸦，信笔到此。不当之处，敬请指正。顺颂

夏祺

文光　草上

2012年6月30日

杭州市人民政府

不曾想过忘怀，不止思念，还有不少的曾经同甘共苦并肩作战的老同事们、不少的有心心有灵知音情感的好朋友们，也一直都没有忘记我，时常电联系我、来看望我，甚至有人专程赶上虞造访我，或送来个电话或写个短信述来：部长，我们想您了……此时此刻，此情此景，一切的一切，都让我感到一种人生的价值尊严和亲情的温暖存在。谢谢您，谢谢所有理解、支持、关心、帮助过我的，现在也一直怀记、关心着我的好朋友们！

为上虞付出了一点心血，也做了一些工作，但您称我的"惠泽虞乡"，实在不敢当。会要

②

杭州市人民政府

舍不得。记得喜结之时，您我和父母们一道做了通宵，还不过几个字，实情别离多，难道我们错了吗？一则不敢贪此功名念念惦记，二则无以报效反成累赘成了负担，而且心理上的负担更重。当时我们说过了：安居乐业，道在人心，真正的幸福在上虞百姓心里，也不只是我一个人，而您家乡当时想个时代想个国家想个集体想个上虞人民！当上虞人民思我、爱我、记我了一股强大的洪流，促成了一个时期的工作的好成绩，本也道出他们一个私愿意念了一个意见。所以，无论怎么变迁，我也是一个了，我要感谢上虞这方土地和这片土地上

(12)

杭州市人民政府

丽文同志：

我始终认为革命理想——首先以生命为价三讲是非原则三重情感道义。做事要讲热情，做人要讲感情。当然，也许将来会产生感情冲突。大道之行天下为公，无私无畏无欲则刚，正道是沧桑，不道在人心。岁月无情，风雨无阻。但心有理想，无怨无悔。我总认为理想信念，也理想信念遭遇挫折的时候，一个人仍然坚持理想信念，所以它不只因为有理想，而且因为精神上的自觉和追求。因为，理想和信仰是革命和热烈的。若果我真因为是爱

[illegible]

杭州市人民政府

谢谢您的关心。

知悉您筹建乡贤文化馆，这是一件有意义的大好事。历史是值得铭记的，文化是传承的。您精心周密的策划，为上虞的文化事业做了大量的贡献，包括当时的江堤建设、湖地开发，都融入了您的文化元素和作品。我觉得这些开发建设更富于人文内涵和人文关怀，彰显了上虞作为人文荟萃之地的深厚底蕴和传统，既展示了上虞的过去和现在，更昭示着上虞的未来。相信乡贤文化馆必将成为一处文化的高地，对上虞优秀文化精神的继承和发扬光大发挥积极作用。可喜可贺，预祝圆满成功！

杭州市人民政府

待有机会回虞时一定先到府上拜访您，好好叙叙。

草草涂鸦，信笔到此，不当之处，敬请指正。顺颂

夏祺！

文光 敬上

2012年6月30日

徐达生

徐达生(1951—)，笔名阿达、边疆、一得，上虞下管人。1968年参军，先后任军械员兼文书、师团新闻报道员、排长、部队专职新闻干事、报道组长。1978年，从安徽省军区部队转业到浙江省邮电管理局。先后任秘书兼人民邮电报社驻浙江记者、《浙江邮电》责任编辑。1985年起，历任《浙江邮电报》副主编、副总编辑、副社长、社长、总编辑。兼任邮电部人民邮电报社浙江记者站站长、《半月谈》杂志社浙江通联站副站长、浙江省专业报委员会常务副主任兼秘书长。系中国邮电新闻工作者协会常务理事、浙江省新闻工作者协会理事、浙江省集邮协会常务理事。

上虞市乡贤研究会并陈秋强会长：

首先感谢研究会先后给我寄了十四期“工作简报”，我是每期必细读、细品，甚觉快意。“工作简报”内容“对应性”强，条目多，文化氛围浓，给我打开了一扇从文化、历史、社会等层面了解故乡的窗口，更使我了解了研究会出色的工作。希望能增加一些质量或加密刊期。

我是地道的上虞下管人，1951年10月1日出生于下管星

浙江电信

火村，1968年3月应征入伍，先后在安徽省6408部队南京145部队、6475部队、83149部队服役，1978年10月转业至邮电部浙江邮电管理局工作，1985年起任浙江邮电报副总编、总编、副社长、社长至今。我有一份深深的恋乡情结，连月出乡路过，每年返乡次数不少于10次。转业25年来，每年春节必是在故乡的怀抱里度过。

在以往的几期乡贤研究会简报上，获知要筹建上虞乡贤研究馆，甚喜。这是一件能够使上虞的文化生生不息的大好事，作为乡贤，当助微薄之劳。年关到了，陆陆续续有些稿酬“进账”，萌生了一个想法：为上虞乡贤研究馆的筹建尽一点力。现通过邮局汇寄人民币1968元，略表心意，恳望你们能收下。取“1968”这个数，这是因为1968年对我来说，是个记忆最深刻的年份，更因为我从1951年出生，是故乡养育了我18年，直至1968年离开故乡从军、从政。

祝乡贤研究会工作更有成效，祝秋强会长身体健康！

上虞籍“乡贤”　徐达生

2003年12月20日于杭州

寄“工作简报”的邮政编码“310004”有误，应为“310040”。顺告。

徐光宪

徐光宪(1920—2015),上虞汤浦人,著名物理化学家,无机化学家,教育家,中国科学院院士。获国家科技奖最高奖。著作有《物质结构》《稀土的溶剂萃取》等。历任北京大学化学系教授、原子能系副主任、稀土化学研究中心主任,博士生导师,国家自然科学基金委员会化学科学部主任,中国化学学会理事长,中国稀土学会副理事长。曾任全国人大代表,全国政协委员。

乡贤会为弘扬乡贤文化,促进上虞文化和经济发展做了大量工作,借此机会,奉赠纪念邮封,并向陈秋强会长等领导表达我崇高的敬意和衷心感谢!

徐光宪

2009.11.25

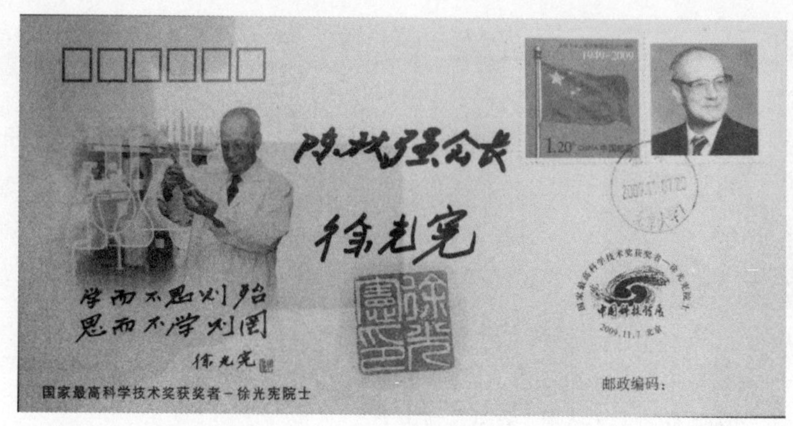

中国科学院院士用笺

乡贤会为弘扬乡贤文化，促进上虞文化和经济发展做了大量工作，借此机会，奉赠纪念邮封，并向陈秋强会长等领导表达我崇高的敬意和衷心感谢！

徐光宪

2009.11.25

徐如人

徐如人，1932年生，上虞下管人，无机化学家，中国科学院院士，现任吉林大学化学学院教授、吉林大学无机合成与制备化学（国家）重点实验室学术委员会副主任、中科院长春应化所稀土化学与物理重点开放实验室学术委员会主任。

陈会长：您好！

十分钦佩与感谢上虞乡贤研究会积极开展与在外地虞籍人士的联系活动。五月廿一、廿二日赴吉林举办的“走近虞籍乡贤”采访活动相聚甚欢，感激之余使我们更多的（地）了解了故乡的发展与进步，这为今后的联系有了一个很好的开端。再次谢谢来长春采访的以马主任为首的所有同志。

专此即颂

夏安

吉林大学　徐如人

二○一二年五月廿六日

2012年

陳会長：您好！

十分欽佩与感謝上虞乡賢研究会積極开展与在外地虞籍人士的联系活動。五月廿一廿二日赴吉林举办的“走近虞籍乡賢”采访活动相聚甚欢，感激之余使我们更多的了解了故乡的发展与進步，这为今后的联系有了一个很好的开端。再次谢谢来長采访的以马主任为首的所有同志。

专此　即頌

夏安

吉林大学

徐如人

（2012年）五月廿六日

秋强先生:您好!

九月十三日大函敬悉。随信寄来的大作《舜水长流》也收到,谢谢您的好意。由于上个星期很忙,最近才拜读了大作,我是长期漂泊在外的上虞人。小学、中学是在浙南与杭州,上海交大毕业后来东北长春工作至今,是拜读了您的大作后才使我了解到一些故乡的山和水,闻到了一些故乡芬芳的地气与悠长的历史。这些都是长期在外的上虞人非常乐于听闻的,为此得谢谢您的“舜水长流”。您倡议筹建上虞乡贤馆,以教育青少年,是非常好的想法。遵嘱寄上一份简单的本人经历与照片一张,匆匆作复。　　专此　　即颂

秋安

徐如人

二〇〇一年十月三日

Add: 吉林省長春市吉林大学化学学院
Postcode: 130023
Tel: Fax:
E-mail:

中国科学院院士用笺
Member of the Chinese Academy of Sciences

MEMBER

秋瑶先生：您好！

九月十三日大函敬悉。随信寄来的大作"舜水長流"也收到，谢谢您的好意。由于这个星期很忙，最近才拜读了大作。我是長期漂泊在外的上虞人，小学、中学是在湖南与杭州，上海交大毕业后来东北長春工作至今。是拜读了您的大作后才使我了解到一些故乡的山和水，闻到了一些故乡芬芳的地气与悠長的历史。这些都是長期在外的上虞人非常渴于听闻的。为此得谢谢您的"舜水長流"。您倡议筹建上虞乡贤館以教育青少年是非常好的想法。遵嘱寄上一份簡单的本人经历与照片一张。匆匆作复　专此　即颂

秋安

徐如人

二〇〇一年十月三日

徐执提

徐执提，1934年出生，上虞下管人。1946年7月参加革命工作，1951年赴苏联海军高级专科学校和海军学院留学，回国后在青岛海军高级学校、大连海军学校和南京海军学院任教。1983年起，任海军学院合同战术教研室副主任、主任。1988年被评为教授，授予海军专业技术大校军衔，并任硕士研究生导师。1989年起，历任海军指挥学院训练部副部长，部党委副书记、书记。1990年晋升为海军少将。1991年任海军指挥学院副院长、党委常委、纪委书记。曾被聘为海军科技成果评审委员会委员、南京郑和研究会名誉会长、海军高级专业技术职务评审委员会主任委员。系中国军事未来研究会第二届理事会理事、江苏省航空航天学会第五届理事会副理事长。多篇论文获军队科技成果一等奖、科技进步二等奖、军事科研成果三等奖和国家特等奖、三等奖。

上虞乡贤研究会自成立以来，做了大量细致的工作，广泛联系，沟通信息，加深了解，增进友谊，充分调动广大乡贤的激情，热爱家乡，关心家乡，建设家乡，共创美好家园。祝我会越办越好。

徐执提

2011年11月4日

上虞乡贤研究会自成立以来做了大量细致的工作：广泛联系，沟通信息，加深了解，增进友谊，充分调动广大乡贤的激情，热爱家乡，关心家乡，建设家乡，共创美好家园。祝我会越办越好。

徐执提
2011年11月4日

徐定松

上虞人，上海医科大学副教授。

陈秋强会长：

多次接信，甚感欣慰！乡贤会在您的领导下，心系乡贤，取得了令人瞩目的成绩，在此表示热烈的祝贺。

作为上虞人，我始终想念着家乡的一切。深深感谢家乡的哺育之情。特别是一个普通农民家庭的孩子，实现了读书的梦想。1953年进了春晖中学，在班主任钱钟岳老师的谆谆教导下迅速成长起来。钱老师把我的品德评语级别提为甲上，这是对我莫大的鼓舞，并要我克服家庭的一切困难。1956年保送进高中部学习，在高中部，我仍然努力学习，努力工作，以党员标准严格要求自己，在高中阶段加入了党的组织，当时在学生中，我是唯一的一个，的确对我来说是一个重要的阶段。1959年高中毕业跨进了大学的校门，实现了人生的梦想。所以春晖中学的哺育，永生难忘。

作为家乡的一个成员，对家乡没有作出任何贡献，甚感惭愧。特别是疾病的打击，对我在精神上、工作上都产生不可估量的损失。家乡天天寄来上虞日报，我总是满怀深情的（地）阅读，了解上虞的发展，心里感到无限的欣慰。您的来信同样是对我的激励，非常的感谢！

祝您身体健康，万事如意！

徐定松

于2001年8月20日

上海醫科大学
SHANGHAI MEDICAL UNIVERSITY

陈秋强会长：

多次接信，甚感欣慰！乡贤会在您的领导下，心系乡贤，取得了令人瞩目的成绩，在此表示热烈的祝贺。

作为上虞人，我始终想念着家乡的一切，深深感谢家乡的哺育之情，特别是一个普通农民家庭的孩子，实现了读书的梦想。53年进了春晖中学，在班主任钱钟岳老师的谆谆教导下迅速成长起来，钱老师把我的品德评语级别提为甲上，这是对我莫大的鼓舞，并要我克服家庭的一切困难，56年保送进入高中部学习。在高中部，我们坚持努力学习，努力工作，以党员标准严格要求自己，在高中阶段加入了党的组织，当时在学生中我是唯一的一个。的确对我来说是一个重要的阶段。59年高中毕业跨进了大学的校门，实现了人生的梦想。所以春晖中学的哺育，永生难忘。

作为家乡的一个成员，对家乡没有作出任何贡献，甚感惭愧。特别是疾病的打击，对我在精神上、工作上都产生不可估量的损失。家乡天天寄来上虞日报，我总是满怀深情地阅读，了解上虞的发展，心里感到一种无限的欣慰。您的来信同样是对我的鼓励，非常的感谢！

祝您身体健康

万事如意！

徐建松

于2001年8月20日

上海医科大学

徐善庆

徐善庆(1935—),上虞崧厦镇人。1951年,考入苏州华东人民革命大学,保送至空军预科总队,在济南空军第五航校学习。1953年,分配至空军第十八师,参加抗美援朝。后由地勤改行搞政工,任俱乐部主任。1958年,转业到黑龙江北大荒密山农场,任记者和编辑。1959年调中共安徽省委机关刊物《虚与实》编辑部工作,历任文史编辑、哲学编辑。1975年,调任安徽劳动大学党委常委、副校长。1985年,调任安徽省政协祖国统一联谊委员会办公室主任。

上虞市乡贤研究会:

蒙贵会关照,我经常能从你们的"工作简报"上得到一些家乡的消息和乡贤的动态,获取一股来自家乡的暖风和催人的力量。实在是太感激你们了。

我自1951年初离乡报考华东革大以来,一直在异地他乡奔波,先是到了空军,参加了抗美援朝,后随部队调回广州、佛山,参加了保卫南大门的战斗;1958年初,我转业到了北大荒,成了一名农垦战士,参加了"英雄进军北大荒"的行列;1959年底,我被调到安徽省委工作,其间当了7年省刊编辑,搞了近10年的行政工作,最后一站到了省政协,筹建"祖统办"(后改为"港澳台侨、外事办公室"),搞了整整10年的对外联络工作,直至1996年6月退休。就这样,我的大半生便是在安徽的土地上扎根了。

半个多世纪来,我身虽离境(井)背乡,但心里却时时挂念着故乡的动态。每次探亲回家,特别是1997年10月的那次返乡,上虞的变化真令我惊喜而又兴奋。我是崧厦人,离乡前又是春晖中学的学子,所以每次回乡,我都要到这两地转转,格外关注这两地的变化和发展。

上虞市党政各界,抓住"乡贤文化"这一主线,推动了城乡精神文明建设,也带动了各条战线的蓬勃发展。这是一个创举，是一个符合改革开放时代精神的发展新思路。

为了能及时得到家乡的新消息，以后请将“简报”改寄至“合肥市宿州路304号，省政协宿舍东大院1幢302室”邮编：230001。

顺颂

台祺

徐善庆

2004.12.16

第1页

上虞市乡贤研究会：

蒙贵会关照，我经常能从你们的“工作简报”上得到一些家乡的消息和乡贤的动态，获取一股来自家乡的暖风和催人的力量。实在是太感激你们了。

我自1951年初离乡投笔从戎以来，一直在异地他乡奔波，先是到了空军，参加了抗美援朝；后随部队调回广州、佛山，参加了保卫南大门的战斗；58年初，我转业到了北大荒，成了一名农垦战士，参加了“英雄进军北大荒”的行列；59年底，我被调到安徽省委工作，其间当了7年省刊编辑，搞过10年的行政工作；最后一站到了省政协，筹建“祖统办”（后改为“港澳台侨、外事办公室”），搞了整整10年的对外联络工作，直到96年6月退休。就这样，我的大半生便是在安徽的土地上扎根了。

（15×20=300）　政协安徽省委员会

第2页

半个多世纪来，我虽离境背乡，但心里却时刻惦念着故乡的动态。每次探视回家，特别是97年10月的那次返乡，上虞的变化真令我惊喜而又兴奋。我是崧厦人，离乡前又是春晖中学的学子，所以每次回乡，我都要到这两地转转，格外关注这两地的变化和发展。

上虞市党政各界，抓住“乡贤文化”这一主线，推动了城乡精神文明建设，也带动了各条战线的蓬勃发展。这是一个创举，是一个符合改革开放时代精神的发展新思路。

为了能及时得到家乡的新消息，以后请将“简报”改寄至“合肥市宿州路304号省政协宿舍东大院1幢302室”邮编：230001。宅电：0551-2617344。

顺颂

台祺！

（15×20=300）　政协安徽省委员会

徐善庆

2004.12.16.

高汝法

高汝法，原籍上海，现定居苏州，曾任宁夏人民出版社美术编辑，系中国美术家协会会员。1958年12月，任宁夏人民出版社美术编辑。1980年，任宁夏人民出版社美术装帧设计室主任。1984年落户上虞，任上虞印刷厂设计室主任，1994年退休，历任上虞美术家协会理事长，市文联名誉委员，绍兴市第三届美协顾问。

陈老师：

来信和“上虞乡贤”报收到，感谢您吸收我为上虞乡贤研究会会员，说实话我是才疏学浅，凭着一股爱好和坚持才走到这一步，这既是我的起点，也可能是终点。作品还存在不少不足，祈求您多加指教。您对我的评价过高，我是不敢当的，谢谢您。

在我初调上虞，就知道您带领一批青年去深圳。您是一位开拓者，陈灿龙时常说起您。“上虞乡贤”办得很生动，范围很广，上至中央下至乡村，获得中宣部部长刘奇葆的肯定并成全国范本，很值得庆贺。我看了您写的“一个寻根的故事”非常生动。您的文笔也流畅，就一个寻根您下了多大功夫，真使人感动。一张报纸要办得有声有色，实在是件不容易的事。衷心祝贺您主办“上虞乡贤”越办越好，并请多多保重身体。

谢谢您的邀请，回上虞时一定去拜访您，欢迎您来苏州寒舍。

祝

幸福安康

工作顺利

高汝法

2015.4.22

（又，）前几天因女儿女婿外出照顾小孩和身体不适信迟复为歉。

陈老师：

来信和"上虞乡贤"报收到，感谢您吸收我为上虞乡贤研究会会员。说实话我是才疏学浅，凭着一股爱好和坚持才走到这一步。这既是我们起点，也可能是终点，工作的还存在不少不足，祈求您多加指教。您对我们评价过高，我是不敢当的，谢谢您。

在我初调上虞，就是知道您带领一批青年深圳。您是一位开拓者，陈灿龙时常说起您。"上虞乡贤"办得很生动，范围很广，上至中央下至乡村，获得中宣部部长刘奇葆的肯定并成全国模范，很值得庆贺。我看了您写的"一个寻根的故事"非常生动，您的文笔也流畅，这个寻根您下了多大功夫，真使人感动。

一张报纸要办得有声有色实在是件不容易的事，衷心祝贺您主办的"上虞乡贤"越办越好，并请多多保重身体。

谢谢您的邀请，回上虞时一定去拜访您，欢迎您来苏州寒舍。

祝

幸福安康

工作顺利

前次因女儿女婿外出照顾小孩和身体不适，信迟复为歉。

[illegible] 2015.4.22

高志平

高志平，上虞人，1964年毕业于上海音乐学院，曾任东方歌舞团音乐会演出队长，创作、编导过多台大型音乐会。为国家一级艺术监督，1989年任文化部东方歌舞团团长。

陈秋强会长：

来信收到，也阅读了会刊及报道，深受感染。您为家乡做了那么多的工作及公益事业，这样的孜孜不倦的精神值得我学习，您才是我们家乡名副其实的贤达。

在上虞短暂的时间里，我们一见如故，真是缘分所系，希望我们能经常互通信息。得知广陵书院正在筹建当中，若盖成真是家乡一件盛事，只要需要我当尽绵薄之力。

家乡的车总编、张团长，及思敏文化的顾、董、程总都给我留下了非常深的印象。只要有机会，一定会有很好的合作。请代转达对他们的问好。顺此

问候

高志平

十一月十四日

北京

陶建钟

陶建钟(1974—)，上虞曹娥人，中共浙江省委党校(浙江行政学院)MPA中心主任、公共管理教研部副主任、教授、博士。兼任中国行政体制改革研究会理事，浙江省公共管理学会理事，浙江省马克思主义学会副秘书长、常务理事。

尊敬的陈会长：

您好！前段时间在京学习培训，未能及时回复，请见谅！收到陈老的来信，既意外又感动。您是我儿时的偶像，与我及族人颇有渊源，前次在上虞得见，也是人生一大幸事。陈老仍保留着企业家的睿智及知识分子的清骨，甚为敬佩。尤其是为上虞乡贤文化的发掘及宏(弘)扬，起到了不可埋没的作用，可谓功在千秋！

学生不才，虽出自虞城曹娥，并受上虞文化恩泽，却未能回报故乡。文人之重，在于学识与担当，学生必将尽最大可能，宣传推广上虞乡贤文化，以馈陈老的拳拳之心，殷殷之情。

祝安康吉祥！

学生　陶建钟　敬上

2015.11.22

中国共产党浙江省委员会党校

尊敬的陈会长：

您好！前段时间在京学习培训，未能及时回复，请见谅！收到陈老的来信，感慨不已。陈老是我儿时的偶像，与我家族人颇有渊源，与之在上虞得见，是人生一大幸事。陈老仍保留着企业家的睿智和知识分子的情怀，甚为敬佩。尤其是为上虞乡贤文化的发掘和宏扬，起到了不可磨灭的作用，可谓功在千秋！

谢材，曾与虞城曹娥，并赠上虞文化思潮，本来时回报故乡。受人之重，致于学习与提高，谨以此情尽最大可能，宣传推广上虞乡贤文化，以体陈老的拳拳之心，殷殷之情。

祝安康吉祥

学生 陶建华 敬上

2015.11.22

黄伯政

黄伯政(1928—),上虞丰惠人。1950年,毕业于浙江大学土木工程系,获学士学位。同年,参加解放军铁道兵团。1951年,参加抗美援朝,投入战区铁路保障工作。1965年,援越抗美,历任参谋、股长、团总工程师、师副总工程师、铁道兵十三师副参谋长,十一师副师长等职。曾立三等功四次,并获朝鲜、越南政府颁发的奖章、奖状。

秋强会长:

来函启悉。

阅寄来《简报》,结合平日所得信息,知上虞乡贤研究会在您的具体领导下,各项活动开展得丰富多彩,卓有成效,为提升故乡社会声望作出贡献,深表钦佩。

我是一名土生土长的上虞人,但1950年参军后,辗转各地,对故乡疏于关注,更无任何贡献可言。一生从事工程建设事务,并无值得称道的建树。故“乡贤”的头衔是断然不能接受的,请谅察。

我是1935—1940年丰惠镇中心小学的学生,如当年的“中山小学”即为“经正书院”的延续,我当尽量回忆当时情景。如有所得,当整理成文寄给您。只是儿时顽劣,幼稚无知,且时间久远,印象依稀,未必能搜索到有实际价值的成果,到时只好请您原谅了。此致

敬礼

黄伯政

2003.07.19

北京三里屯南路20号楼11层5号 100020

秋胜会长：

来函敬悉。

阅寄来《简报》，结合平日访得信息，知上虞乡贤研究会在您的具体领导下，各项活动开展得丰富多彩，卓有成效，为提升故乡社会声望作出贡献，深表钦佩。

我是一名土生土长的上虞人，但1950年参军后，辗转各地，对故乡疏于关注，更无任何贡献可言。一生从事工程建设事务，并无值得称道的建树，"故乡贤"的头衔是断然不能接受的，请谅察。

我是1935～1940年丰惠镇中山小学的学生，如当年的"中山小学"即为"经正书院"的延续，我当尽量回忆当时情景，如有所得，当整理成文寄给您，只是当时读书幼稚无知，且时间久远，印象依稀，未必能搜集到有实际价值的成果，到时只好请您原谅了。 此致

敬礼

黄伯玫

2003.07.19.

顺盛祥 20×20=400

电话(010)65060737

黄复得

黄复得，南京工程学院，系乡贤黄树滋女儿。其父丰惠人，曾任春晖中学校长。

秋强先生：

您好！承蒙先生寄给我“上虞乡贤文化”一册，十分感谢！今特写信深表谢意，我才开始阅读此书，可是已引起了不少往事的回忆，如“白马湖畔的章家花园与章培”一文。那时，我们两家常有往来，我们几个女孩子常到曼华家去玩，回想起这一切，似乎都还在眼前，可已是几十年以前的事了。

人是故乡亲，月是故乡明。我虽然很少回家乡，但常常怀念家乡。连我的儿女们都与上虞有感情，他们都去上虞玩过，他们现在还很想自己开汽车送我去老家看一看，但我已老了，不可能了，只有回忆过去的上虞，所以这本“上虞乡贤文化”我要仔细的(地)阅读，真是太感谢了！

敬祝

身体健康

黄复得

2003年5月14日

系乡贤黄树滋女儿；黄树滋上虞人，曾任春晖中学校长。

秋强先生：您好！

承蒙先生寄给我"上虞乡贤文化"一册，十分感谢！今特写信深表谢意，我才开始阅读此书，可是已引起了不少往事的回忆，如"白马湖畔的章家花园与章培"一文，那时，我们两家常有往来，我们几个女孩子常到曼华家去玩，回想起这一切，似乎都还在眼前，可已是几十年以前的事了。

人是故乡亲，月是故乡明，我虽然很少回家乡，但常常怀念家乡，连我的儿女们都对上虞有感情，他们都去玩过上虞，他们现在还很想自己开汽车送我去老家看一看，但我已老了，不可能了，只有回忆过去的上虞。所以，这本"上虞乡贤文化"，我要仔细的阅读，真是太感谢了！

敬祝

身体健康

南京北京西路 南京工程学院 210013

黄安得

2003.5.14

装订线

第　页

曹伯铭

曹伯铭（1956— ），上虞人，书法家，作家，吉林省书法家协会副主席，白城市文学艺术界联合会主席。幼承庭训，尤对“二王”一路帖学用功殊勤，学隶以汉为宗，对《礼器碑》《曹全碑》下力最大。书法风格浑厚、雍容。作品多次入选全国性书法大展和国际书展，并为中南海、毛主席纪念堂、中国书协及国内多家博物馆收藏；作品还被选刻于多地碑林；出版个人专集《曹伯铭行书兰亭序》；2000年、2005年作为吉林省书法家代表出席第四、五次全国书代会。《中国书法家辞典》有词条收录。

秋强先生如见：

欣闻故里乡贤研究会十年华诞，漫卷喜报激情澎湃。建议以乡贤会为情感纽带，走出去请进来，不断提升上虞在全国的影响力。我在塞外草原自豪地踏上乡贤会这架彩桥，深情祝愿上虞文化繁花如绵，家乡人民幸福安康！

辛卯初秋伯铭于　白城

曹春晓

曹春晓(1934—),上虞梁湖曹村人。1956年毕业于上海交通大学,北京航空材料研究院(原621所)任钛合金专业负责人。1987年起任研究员,1997年当选中国科学院院士。博士生导师,院学位评定委员会副主席,国防科工委专家咨询委员会委员,全国博士后管委会材料科学与工程专家组组长,中国航空学会材料工程分会副主任和无机非金属及金属基复合材料专业委员会副主任等。被评为航空航天部优秀研究生导师。

秋强会长:

您好!

不久前在您的促成下,我应邀赴春晖中学作了关于航空材料的科普报告。在此重返故乡期间,受到了上虞区和梁湖镇有关领导以及春晖中学李校长等的热情接待,深感故乡之情亲切难忘,也为自己能出生于这片文化底蕴深厚的土地上而倍感自豪!

在此,我再次向您表示深深的谢意,并祝您健康快乐!

曹春晓

2015年8月16日

秋强会长:
您好!
不久前在您的促成下,我应邀赴春晖中学作了关于航空材料的科普报告。在此重返故乡期间,受到了上虞区和梁湖镇有关领导以及春晖中学李校长等的热情接待,深感故乡之情亲切难忘,也为自己能出生于这片文化底蕴深厚的土地上而倍感自豪!
在此,我再次向您表示深深的谢意,并祝您健康快乐!
曹春晓 2015年8月16日

曹锡光

曹锡光(1917—2017),祖籍崧厦,先后在上海同济大学附中,杭州高级中学及西南联大学习,曾任清华大学校友会会长,抱定实业救国梦想,后赴香港、加拿大温哥华等地经商,定居香港。捐资助学达百万元,为家乡做了不少善事。

秋强先生:

欣接八月廿八日手翰及虞市乡贤研究会工作简报第十七期,转眼近二月。我年迈八十八,有心乏力,迟复为歉!

读工作简报,深为虞乡庆幸!阁下领导虞市热心人士,大家落力,突出我乡传统文化结晶高度,更将激励后学子弟奋发跟进!祝大家身体健康,有力有神,贡献我乡!

经叔平先生好吗?一九四几年日本投降后,我们在胡厥文老先生领头下,同自上海去东北参观考察产业经济发展。瞬间已是半个世纪以前的事了。亲历中国从受人欺凌的二等国家,混乱幼稚,转入今日对内逐渐扫除贪污垃圾,走上政治正途,按步(部)就班,发展经济;对外和平协作,共求繁荣,真是心喜,为自己庆幸!也为子弟们的前景欣喜!老少协力,共奔前程!追寻个人生活的改进,国家强盛,世界和平繁荣!祝

康健

曹锡光

11/oct/2004　香港

香港
杏範教育基金會
Zung Fair Educational Foundation Ltd.

TEL. NO.: (852) - 2337 8522
& 2339 1831
FAX. NO.: (852) - 2339 1860

秋强先生：

欣接八月廿八日手翰及虞市鄉賢研究会工作简報第十七期，轉眼近二月。我年逾八十八，有心乏力，遲覆為歉！

讀工作简報，深為虞鄉慶幸！閣下領導虞市熱心人士大家落力，显出我鄉傳统文化結晶高度，更將激勵後學子弟奮發跟進！祝大家身体健康，有力有神，貢献我鄉！

经叔平先生好嗎？一九四幾年日本投降後，我们在胡厥文老先生領導下，同自上海去東北參观了解產業经济發展，瞬間已是半个世纪以前的事了。親歷中國從受人欺凌的二等國家，混乱幼稚，轉入今日对内逐漸掃除貪污垃圾，走上政治正途，按步就班發展经济；对外和平協作，共求繁榮，真是心喜，為自己慶幸！也為子弟们的前景欣喜！老少協力，共奔前程！追求个人生活的改進，國家强盛，世界和平繁榮！祝

康健！

曹錫光

11/Oct./2004，香港。

地址：香港九龍塘義本道5-7號雅景樓C座5樓
ADDRESS: C5 EASTBOURNE COURT, 5-7, EASTBOURNE ROAD, KOWLOON, HONG KONG.

戚南强

戚南强(1934—　),又名南翔、南耀,上虞永和镇石溪桥村人。1955年,毕业于电力工业部杭州水力发电学校,分配到上海水力发电设计院工作。1958年,选调入上海机电设计院,开始从事我国航天事业,参加我国首枚探空火箭研制工作。1962年起,调上海仪表厂,任导弹自动驾驶仪总装车间技术员、计划科长、技术部门主任。1977年调入上海航天局,历任计划处副处长、处长、计划财务部副部长、中国航天工业总公司上海航天局副总经济师、研究员等职。

陈秋强会长

并上虞乡贤会:

我收到贵会寄来的《上虞乡贤》创刊号,细细读来,深深为您们在构架乡贤之桥、弘扬上虞精神中作(做)出努力和取得的成就,表示祝贺!您们对虞籍乡亲和游子的关怀致以衷心的感谢!

我拜读过陈会长《舜水长流》一书和一些报刊上的文章,使我对上虞有了进一步的了解,同时对他长期来热心乡贤事业的这种可贵精神表示敬佩和赞崇!我相信在陈会长的领导和同仁们的努力下,上虞乡贤会一定能与时俱进,取得丰硕的成果。

我是虞东永和镇人,因长期在外,对家乡了解很少,与乡贤会也没有什么接触,以下说点小看法,请斟酌。

在"创刊词"中,对乡贤会"挖掘故乡历史,抢救文化遗产,弘扬乡贤精神,服务上虞经济"也是对的,但是否狭小了点。从广义上来说,建议改为"推动上虞发展",包括经济、文化、社会的发展,不能局限于经济。或"建设上虞文明""创建上虞文明"。文明有物质文明、精神文明、政治文明、社会文明(后来也提倡环境文明)。文明建设符合中国社会主义建设与发展的需要,也是中央的精神。这是我个人不成熟的意见,仅供参考。

我是新四军老战士的后代,何畏老是我浙东浙南新四军研究会中最年长的会员,也是一位十分关心家乡的人。年前我到他家去拜望,写了一短文登在我分会《简讯》上,可略知他的一点动态,特附上供阅。祝您们

身体健康,工作顺利

戚南强

2011年3月5日

上海航天局

陈秋强会长

并上虞乡贤会：

我收到贵会寄来的《上虞乡贤》创刊号，细细读来，深深为您们在搭建乡贤之桥，弘扬上虞精神中作出的努力和取得的成就，表示祝贺！您们对虞籍乡亲和游子的关怀致以衷心的感谢！

我拜读过陈会长《静水长流》一书和一些报刊上的文章，使我对上虞有了进一步的了解，同时对他长期来热心乡贤事业的这种可贵精神表示敬佩和赞赏！我相信在陈会长的领导和同仁们的努力下，上虞乡贤会一定能与日俱进，取得丰硕的成果。

我是虞东永和镇人，因长期在外，对家乡了解很少，与乡贤会也没有什么接触，以下谈点小看法，供斟酌。

上海航天局

在"创刊词"中，对乡贤会"挖掘故乡历史，抢救文化遗产，弘扬乡贤精神，服务上虞经济"的宗旨总的来说，十分赞同。其中"服务上虞经济"也是对的，但是有缺少了点。从广义上来说，建议改为"推动上虞发展"，包括经济、文化、社会的发展，不能局限于经济。或"建设上虞文明"、"创建上虞文明"。文明有物质文明、精神文明、政治文明、社会文明（有些也提环境文明）。文明建设符合中国社会主义建设与发展的需要，也是中央的精神。这是我个人不成熟的意见，仅供参考。

我是新四军老战士的后代，何畏老是我浙东浙南新四军研究会中最年长的会员，也是一位十分关心家乡的人。年前我到他家去拜望，写了一短文登在我分会《简讯》上，可略知他的一点动态，特附上供阅。

祝您们

身体健康，

工作顺利！

上海国和路99弄5号701室 200433

戚南强

2011年3月5日

龚玉和

龚玉和，乡贤李升伯外孙、历史文化专家。现居杭州。

陈会长秋强：

您好！

这次到上虞来参加“纪念乡贤李升伯逝世三十周年暨《李升伯》首发式”（2015年7月4日），承蒙贵会、驿亭镇镇政府、上虞区档案局的大力支持，至为感谢！

我只是一名普通教师，才德浅薄，自愧寒素。

此次上虞之行，只是仰托先人德行、才得以成行。不过，希望有朝一日，驿亭镇能开发成为一个旅游区，能尽绵薄之力。

附拙作《旅游开发、文化创意》一册。

谢谢！

李升伯外孙　龚玉和　敬上

2015年7月20号

杭州北山路　寓所

陳會长 秋强：您好！

这次到上虞来参加“纪念乡贤李升伯逝世三十周年暨《李升伯传》首发式”（2015年7月4日），承蒙贵會、驿亭镇镇政府、上虞区档案局的大力支持，至为感谢！

我只是一名普通教师，才德浅薄，自愧寒素。此次上虞之行，只是仰托先人德行，才得以成行。不过，希望有朝一日，驿亭镇能开发成为一个旅游区，能尽绵薄之力。

附拙作《旅游开发、文化创意》一册。

谢谢！

李升伯外孙，龚玉和敬上

2015年7月20号 杭州北山路91号寓所

龚瑞章

龚瑞章，祖籍上虞，广州龚瑞章中医诊所负责人。

尊敬的陈秋强会长：

您好。好久没有给您通信了，甚为想念您这位受人尊敬的乡贤。今天来信非别，我有一则消息想转告您知，觉得好奇妙，9/4日上午，我在诊所门诊工作，从邮递员手中接到当日的广州日报。一看到一则使人惊讶的消息(河南新密发现梁祝合葬墓)。我详细地看了这篇新闻报导(道)，心里很不舒服，作为英台之乡的游子，祝英台唯我上虞人所有，以此为荣。岂能再有他人来挖墙脚。前几年我曾经在报刊上看到您亲自选写的许多有关祝英台户口所在地文章，以大量史实材料，据理力争，说明祝英台其人究竟是上虞人或是江苏人，还是山东人，现在又有河南人，这里所谓历史纠纷，说不清楚了。我想历史毕竟是客观存在的，历史上的梁山伯与祝英台总只有一个吧，河南人想再要来抢我们上虞人的祝英台，总也不是那么容易吧？何况我们上虞已经有中央文化部门早在前几年命名的“英台之乡”通报全国，再要来动手迁祝英台的户口谈何容易？这里我就想到您前几年所写的文章的的确确，有它的非常重要现实意义和历史价值意义了。您的文章，可以这样说，告诉国人，祝英台是上虞人，天经地义不可改户籍。您说对吗？

虞人　龚瑞章

2008.9.4

《从一则消息引起的联想》

尊敬的陈秋强会长：

您好！好久没有给您通信了，甚为想念您这位受人尊敬的师贤。今天来信不为别的，我有一则消息想告诉您知。觉得好奇妙。8/4日上午我在诊所门诊口候，从邮递员手中接到当日的广州日报。一看到一则使人惊讶的消息，《河南新安发现梁祝合葬墓》。我详细地看了这篇新闻报导，心里很不舒服。作为英台之乡的游子，祝英台唯我上虞人所有，以此为荣。岂能再有他人来挖墙脚。前几年我曾经在报刊上看到您亲自选写的许多有关祝英台户口所在地文章，以大量史实材料，据理力争，说明祝英台其人究竟是上虞人或是江苏人还是山东人，现在又有河南人，这里所谓历史纠纷说不清楚了。我想历史不竟是客观存在的，历史上的梁山伯与祝英台总只有一个吧。河南人想再要来抢我们上虞人的祝英台恐也不是那么容易吧，何况我们上虞已经有中央文化部门早在前几年命名的“英台之乡”通报全国，再要来动手迁祝英台的户口谈何容易？这里我就想到您前几年所写的文章的的确确有它的非常重要现实意义和历史价值意义了，您的文章可以这样说“告诉国人，祝英台是上虞人，天经地义，不可改户籍。”您说对吗！

虞人 魏治章

7282　　2008.8.14

章　涛

章涛,上虞人,原任福建省对外贸易经济合作厅巡视员。

家乡乡贤研究会:

收到"上虞乡贤"创刊号,既高兴又亲切。真切地祝贺"上虞乡贤"越办越好,乡贤研究会能出色挖掘乡贤文化,弘扬乡贤精神,真正(成为)古为今用地传播历史文化,为全面贯彻落实科学发展观、构建和谐社会而努力工作的乡贤之桥。

记得我第一次来祖籍上虞是在九十年代初,接待我的是章天祥书记和王润生市长。后几任市领导我都在厦门接待他们,我深为他们为了上虞的外向型经济的发展,不远千里与经济特区接轨而感动。至今《上虞日报》还经常寄来,传递家乡的喜讯。顺此,我要衷心祝愿我的家乡会迎来社会高度进步,经济突飞猛进,万事更加辉煌的明天。

真诚地感谢"上虞乡贤"创刊号给我传来乡贤之情。学习上虞市乡贤研究会的奉献精神,并向你们表示深深的敬意!

致

礼

原福建省对外贸易经济合作厅巡视员、家乡人

章涛　敬上

二〇一〇年十二月二十日

福建省国际货物运输代理协会

家乡乡贤研究会：

收到《上虞乡贤》创刊号，既高兴又亲切。真切地祝贺《上虞乡贤》越办越好，乡贤研究会能坚持挖掘乡贤文化，弘扬乡贤精神，真正成为古为今用地传播历史文化，为全面贯彻落实科学发展观、构建和谐社会而努力工作的乡贤之桥。

记得我第一次来祖籍上虞是在九十年代初，接待我的是章天祥书记和王润旦市长。后几任市领导我都在厦门接待他们，我深为他们为了上虞的外向型经济的发展不远千里与经济特区接轨而感动。至今《上虞日报》还经常寄来，传递家乡的喜讯。借此，我要表示祝愿我的家乡会迎来社会高度繁荣，经济实力强盛，前景更加辉煌的明天。

福建省国际货物运输代理协会

真诚地感谢《上虞乡贤》创刊号给我带来乡贤之情，学习上虞市乡贤研究会的奉献精神，并向你们表示深深的敬意！

致

礼！

原福建省对外贸易经济合作厅
巡视员、家乡人
章衡敬上
二〇一〇年十二月二十日

章金莱

章金莱，艺名六小龄童，是著名绍剧演员六龄童章宗义之子。1959年4月12日生于上海，祖籍上虞道墟，现为中央电视台、中国电视剧制作中心演员剧团国家一级演员。曾主演昆剧《孙悟空三借芭蕉扇》《美猴王大闹龙宫》《武松打店》《三岔口》《挑滑车》《战马超》、1986年版电视剧《西游记》等。

陈秋强先生：您好！

今年1月8日寄我的材料收到，对研究会近期取得的成就深表祝贺！百尺竿头，更进一步！

今有一事请教：适当时候欢迎会长等一行去淮安我“猴王世家”艺术馆给予指导，另我祖上在道墟青山下的老屋可否给予保存修复，供海内外游客观赏，方便时请指教！

六小龄童

二OO六，三，八

中国中央电视台
中国电视剧制作中心

陈先生:您好!

遵嘱将写好的寄语奉上,敬请指正。

看到家乡日新月异的大变化,深感欣慰与自豪。

今年十月下旬,我的出生地将由政府筹建三千多平方米的上海—六小龄童艺术馆,届时敬请光临指正!

祝顺!

六小龄童

2011.8.31.

中国电视剧制作中心

陈先生:您好!

遵嘱将写好的寄语奉上,敬请指正。

看到家乡日新月异的大变化,深感欣慰与自豪。

今年十月下旬,我的出生地将由政府筹建三千多平方米的上海——六小龄童艺术馆,届时敬请光临指正!

祝顺! 六小龄童

2011.8.31.

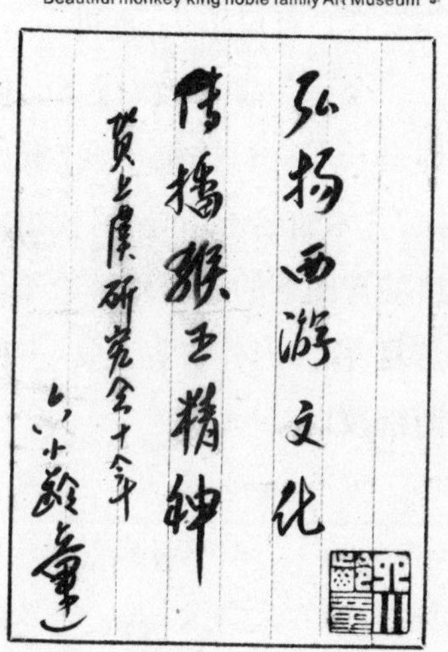

景迪云

景迪云，号一如，上虞崧厦人。1986年毕业于南京大学中文系，获学士学位。1982年，师从南京书法家、书学理论家、印学家孙洵先生，居杭后复问学于朱关田、俞建华等先生。现为浙江摄影出版社副总编、《浙江画报》副主编。参加社团有浙江省书法家协会、浙江逸仙书画院、浙江省政协诗书画之友社、中国楹联学会、浙江省楹联研究会、浙江省诗词和楹联学会等，曾举办过多次个人展览和联展。著有《江南名人故居》《乌镇》《心茗》《书生之道》等散文书法集。

秋强先生台鉴：

突接大札，慰恐交加。吾虞古多文脉，政协影集信札固美事也，然以余入列，诚惶惶不已矣！

接札之时，余正整理旧作，辄有状东山诗，录下呈先生评正如何？

诗云：

东山盛名士，风流王谢多。山阴传逸少，虞邑太傅峨。一水行纯孝，千碑颂曹娥。指石临九曲，兀兀向天歌。鸣鹤东山上，闲棋定战戈。雍容平交怨，筝诗泪婆娑。洛下书生咏，献唐或可摩。今吾来拜谒，修竹曳青波。寄傲林丘间，景怀漫山阿。彭殇觉万岁，极目芦花酡。已去后回翰，墓表苔似蓑。默然心念寐，功业如寒柯。

余于此去年初前往东山，墓表似苔，至今岁春再去，已然焕然一新矣。诗劣而感慨或可取，先生勿哂也！

忆中秋时，于普净寺共进素斋，如在目前，然倏忽寒风入怀矣，伏望善摄身心，长葆吉祥！

后学　景迪云

十月二十五日

秋強先生台鑒：頃接大札，欣悉交加。
吾虞古今文脈，政協創集信札，亦國美事
也。此次余入列，誠惶誠恐，不已矣！
接札之時，余正整理舊作，輒有狀東山詩
錄下呈先生評正如何？詩云：
東山盛名士，風流王謝家。山陰傳逸少，虞
邑太傅峨。一水行純孝，千碑頌曹娥。
枯木臨九曲，兀兀向天歌。鳴鶴東山上，閑棋

定戰戈，雍容平交怨。筆詩淡婆娑，洛
下書生詠，羲獻庾武丁摩。今吾來拜
謁，脩竹曳青波，寄傲林丘間，景懷漫山
阿。彭殤覽萬歲，極目蘆花酡。已去陵
回稽，墓表若何蓑，默然心念麻，功業如
寞柯。 余於
此去年 初前往東山墓表似 昔去 今歲去
再去已然煥然一新矣。詩為而感慨或可

耶？先生勿哂也！
憶中秋時於普淨寺共進素齋，如在目
前，然倏忽寒風入懷矣。伏望
善攝身心，長葆吉祥！
徐學[illegible]敬上
十月二十五日

去冬尝有一诗思及茶事：

飞雪围炉煮旧茶，雾笼梅萼望新芽。
西堤烟雨才染绿，梦上龙井惊宿鸦。

两三月后即可采新茶矣，因又得一绝：

花光灼眼洗尘纷，茶垄深深清我心。
未识雀舌禀异秀，始知醉人属春茗。

午睡甫起书拙作二绝犹觉未醒也，秋强乡兄莫见笑耳。

戊子春三月
景迪云

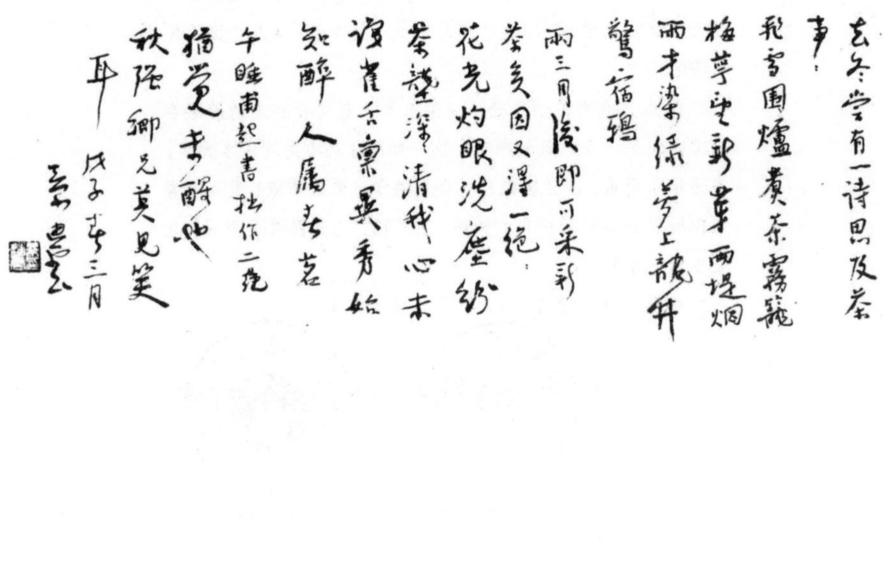

景益鹏

景益鹏(1964—　),上虞崧厦人,天体物理学家,中国科学院院士,上海交通大学讲席教授,上海交通大学物理与天文系天文与天体物理研究中心主任 。

中共绍兴市上虞区委员会

贺　信

尊敬的景益鹏院士:

欣闻您当选为中国科学院院士，在此，中共上虞区委、上虞区人民政府携78万家乡人民，向您表示热烈的祝贺，并致以崇高的敬意!

院士是学术界给予科学家的最高荣誉称号。增选中国科学院院士，是科技界、学术界对景益鹏教授多年来不懈探索和杰出成就的高度认可，这不仅是您个人的殊荣，也是上虞人民的骄傲!

作为上虞的杰出乡贤，多年来您一直关心和支持着家乡的建设发展。我们真诚希望您能一如既往关心关注家乡发展，多回家乡看看，为上虞经济社会发展作出更大贡献!衷心希望您在科学研究中取得更大成就，为祖国、为人民再立新功，为家乡增光添彩!

祝愿您身体健康，工作顺利，阖家幸福!

中共绍兴市上虞区委　绍兴市上虞区人民政府

2015年

景益鹏院士在2020年1月23日上虞首届乡贤大会上的发言

今天，首届上虞乡贤大会隆重举行，这是上虞发展史上具有里程碑意义的一件大事，也是打响上虞乡贤品牌、弘扬乡贤精神、汇聚上虞乡贤力量、推动全区振兴发展的一次盛会。

上虞乡贤研究会，在陈秋强先生的领导下，经过19年的艰苦努力和大胆探索，在弘扬和培育乡贤文化方面取得了累累硕果，为家乡上虞的发展做出了重要贡献，他们的工作非常值得肯定和敬佩。

世界上最美的路，是回家的路，最美的风景，是回家路上的景色。这次召开首届上虞乡贤大会，是家乡向海内外的上虞人发出“回家看看”的邀约。我是一名科研工作者，主要从事天文学方面研究，科研工作繁忙，但当我收到家乡的这份盛情邀请时，还是欣然答应参加。

赠上虞乡贤研究会

生我育我虞舜地

永生难忘娥江情

景益鹏 二〇一五·十二

今天能与诸位乡贤共叙乡情和友谊，我感到万分荣幸。一方水土养一方人。丰饶的水土环境和深厚的文化积淀，造就了上虞人共同的精神特质：上虞人崇孝敬老，上虞人好学聪慧，上虞人勤劳务实，上虞人开放包容，上虞人方正有信。正是上虞人的这些精神特质，造就了上虞当前大好的发展态势，也造就了各位乡贤的成功。

我们都应该为作为上虞人而感到骄傲和自豪，在座的乡贤们都是上虞人的杰出代表。借今天的机会，我想表达四层意思，这也是对在座各位乡贤乡亲的呼吁：

时刻关注家乡发展。在座的乡贤们都是各行各业的佼佼者，视野开阔、见多识广。虽然我们人在他乡，但还应时刻关注家乡的发展，力所能及多出主意、多谋良策。

积极参与家乡建设。家乡的发展，也为我们在外游子提供更多的用武之地、更大的价值实现空间。我也呼吁各位乡贤，不管是开展投资兴业、技术转化，还是兴办社会事业、公益活动，都能与家乡建设结合起来，积极参与家乡建设。

努力促进交流合作。希望各位乡贤充分发挥自身优势，多做牵线搭桥的工作，推动上虞开展全方位、宽领域、多层次的国际国内交流合作。也希望通过各位乡贤的努力，把更多的海内外上虞人凝聚起来，形成支持家乡发展的更大合力。

主动讲好家乡故事。上虞的发展既要融入世界，也要让世界读懂上虞，每一个在外的上虞人都是上虞的形象大使。特别是，我们很多乡贤在自己的领域上已取得了不俗的成就，在讲述上虞故事、传播上虞声音上具有独特的优势。

各位领导、各位乡亲，人是故乡好，月是故乡明。让我们为创建美好的上虞共同奋斗！上虞的美好明天永远是激励我们携手前进的共同梦想！

傅　涯

傅涯(1918—2010),原名傅慧英,上虞沥海南门横街弄人,系陈赓大将夫人。1937年南京私立东方中学毕业,1938年进延安抗日军政大学第四期学习,曾先后任中共中央组织部政法科、综合科干事,北京市公用局机关党总支书记。系北京市第五、六、七届政协委员。

陈秋强先生:

奉命勉强地写了一张,83岁的我眼花耳聋,手还发抖。水平又低,不合格请甩了算,或退给我,实在写不好,希谅。

春节快到了,祝你和家乡亲人们康乐吉祥,诸事顺遂,新世纪更美好。

公用局已撤销。我们现在是北京市城市建设管理委员会老干处,家在灵境胡同41号,邮编:100032。

委老干处电话:66078269王金同志可转我。

傅　涯

2001年1月11日

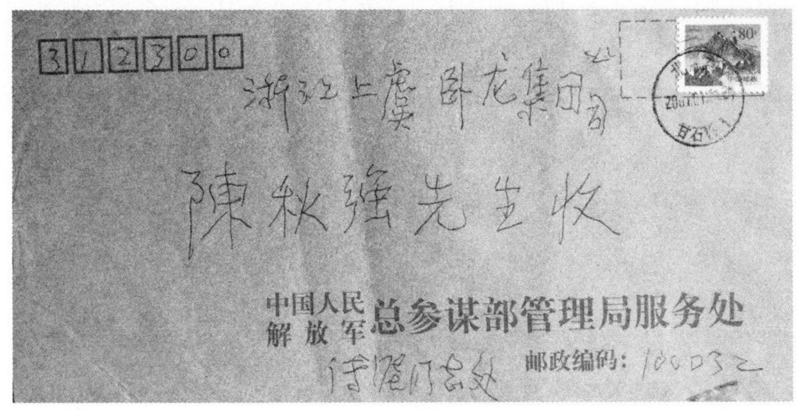

中国人民解放军总参谋部管理局服务处

陈秋强先生：

奉命勉强地写了一张。83岁的我眼花耳聋，手还发抖。水平又低，不会概括用了标，或返给来。实在写不好。希谅。

春节快到了，祝你和家乡亲人们康乐吉祥，诸事顺遂，新世纪更美好。

公用局已撤消。我们现在是北京市城市建设档案馆委员会老干处

家在灵境胡同41号、邮编：100032

委老干处电话 66078269 王俭同志可找我、家里电话 66732739 特告 傅涯 12/11

新年好!

频传家乡佳音，十分感谢，愧我力薄才拙，近几年都在协助孩子和组织为老伴明年春百辰做点事情。明年春可能有些成图拿出。加之年迈体虚，能出点力，就算尽了心。

愿能此贡献多多以慰前辈，激励后人奋进。愿大家身体康壮，吉祥幸福，阖家欢乐！

关于我自己，当待老伴事毕，再作报告。

傅涯　敬礼

2002年岁末

新年好

频得家乡佳音，十分感谢。[illegible]

[illegible]

[illegible]大家身体康健，吉祥幸福，阖家欢乐！

关于我自己[illegible]再作报告。

傅涯敬礼

[illegible]年岁末

中共上虞市委
〃 〃 政府
[illegible]

葛焕标

葛焕标，1936年出生于诸暨枫桥镇，1953年参军入伍，1956年加入中国共产党。历任战士、学员、报务员、电台台长、无线电排长、无线中继站站长、组织干事，酒泉卫星发射中心政治部干部组长、调配科长，西安卫星测控中心政治部干部处长、副主任、党委副书记、主任、党委书记，西安卫星测控中心副政治委员、党委常委、纪委书记、政治委员、党委书记，国防科工委政治部副主任、党委副书记兼总支书记等职。曾参与“两弹一星”科研试验发射任务，任西安卫星测控中心政委期间，与军政主官密切配合，率部完成“澳星”和我国多颗卫星的测控与在轨卫星的长期管理任务。

1988年被授予少将军衔，1995年晋升为中将军衔。中国将军书画研究院名誉院长。

秋强同志：

你好！

上次去贵馆参观学习，蒙你们的热情接待，深表感谢！我们总的感到你们站得高，望得远。经你们的埋头苦干，成效很大，非常感人。我们认为是很好的，值得其他单位学习的。

我在杭州疗养时给你馆写了几个字，写得不好，做个纪念吧！

致以

敬礼

葛焕标

6月15日

中国人民解放军总装备部

秋强乡兄：

来信收悉，已知所告。确实多年没有碰面，但我见到上虞的同志时，我总要问起您啊！见信如见面，我阅信很高兴，在节里找抓紧给您复信，因在年里确实活动较多，确实忙，结果信写好了，我认为公务员寄出了，实际放报纸里了没有寄出，请您愿(原)谅。您在信中给我这样的评价，我不敢接受，以后再不要说了。咱俩可能有个缘分，首先是诸暨市委宣传部副部长、诸暨日报社社长周光荣同志有事来京找我，不巧我在上海出差，这样他又赶回上海，向我介绍您们乡贤馆的情况，特别是您的情况，曾是比较有名望的中学语文老师，同时也搞过企业，再来搞乡贤馆并搞出了很大的成绩，大家一致说好，他一定让我亲自去考察学习。尔后再向诸暨推荐。我答应他有机会我一定会去的。

可能是诸暨人的性格，特别是军人作风，说办是要办好，不久我按(安)排出时间专程到了上虞，由市长和人大陈主任接待的。我说这次来，想看望乡友和

秋强乡兄：来信收悉，已知所告，确实多年没有碰面，但我见到上虞的同志时我总要问起您啊，见信如见面，我阅信很高兴，在节里找抓紧给您复信，因在年里确实活动较多，确实忙，结果信写好了我认为公务员寄出了，实际放报纸里了没有寄出，请您愿谅。您在信中给我这样的评价我不敢接受，以后再不要说了。咱俩可能有个缘份，首先是诸暨市委宣传部副部长、诸暨日报社社长周光荣同志有事来京找我，不巧我在上海出差，这样他又赶回上海，向我介绍您们乡贤馆的情况特别是您的情况，曾是比较有名望的中学语文老师，同时也搞过企业，再来搞乡贤馆并搞出了很大的成绩，大家一致说好，他一定让我亲自去考察学习尔后再向诸暨推荐。我答应他有机会我一定会去的。可能是诸暨人的性格特别是军人作风，说办

战友，主要是来实地参观学习办乡贤馆好的指导思想和做法。经费从什么地方来，更主要您办乡贤馆的实践经验。第二，由陈主任陪同到了乡贤馆，我们一起参观完乡贤馆，尔后坐下由市委宣传部、市文联主席全面介绍乡贤馆的情况和主要经验。更重要的要有一位热爱乡贤馆的馆长，要有较高的组织领导能力和文化水平、历史知识，对本地区的名人都能收集和分析，他们认为您老兄是最合适的人选。所以我对您老兄的印象非常深刻。真的，我也很认真把您们的好做法、好经验向我市领导作（做）个全面介绍和推荐。他们根据您们的经验，结合诸暨的实际情况，虽不是乡贤馆，用其他的形式也作（做）了大量的足有成效的工作。秋强兄，您们经多年的辛勤劳动，我认为完全符合党的十七届六中全会提出：创作生产更多无愧于历史，无愧于时代，无愧于人民的优秀作品。是文化繁荣发展的重要标志。您们的精神，是完全符合，有许多工作是做在前头的。希望您们继续发扬，总结提高。我们是要虚心学习的。这几年我夫人患了重病，脑梗塞，经多方努力，总算把命留下来了，严重时三天脑开颅二次。主要是降颅内压，共计三次。由于治疗及时，诊断明确，决心大，现在活着能简单讲话，用拐杖能行走，真的算创奇迹了。从2005年10月25日开始至今，化（花）我很大精力和财力。现在生活不能自理，要请人照顾。组织上和同志多方关心和支持，不然早到马克思那里报到了。我的情况尚好，除照顾夫人外，参加将军书画研究院工作，作（做）些善事。现已建将军希望小学，如井冈山、延安、四川、贵州等稍有点成效。身体尚好勿念。我有机会一定会去上虞探望您的，因她是我祖宗的故乡。因夫人有病，没有搬家，电话不变。

致以

敬礼

弟　焕标　忙草

壬辰春节

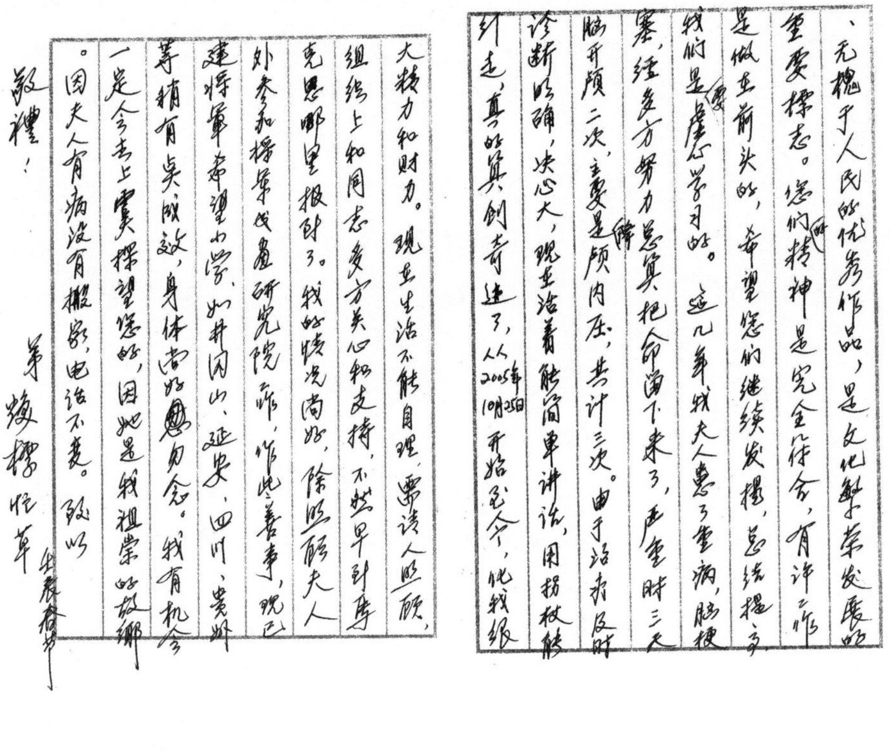
、无愧于人民的优秀作品，是文化繁荣发展的
重要标志。您们精神是完全符合，有许多工作
是做在前头的，希望您们继续发扬，总结提高。
我们是要虚心学习的。这几年我夫人患了重病，脑梗
塞，经多方努力总算把命留下来了，严重时三天
脑开颅二次，主要是降颅内压，共计三次。由于治疗及时
诊断明确，决心大，现在活着能简单讲话，用拐杖能
行走，真的算创奇迹了，从2005年10月25日开始至今，化我很
大精力和财力。现在生活不能自理，需请人照顾，
组织上和同志多方关心和支持，不然早到马克
思那里报到了。我的情况尚好，除照顾夫人
外参加将军书画研究院工作，作些善事，现已
建将军希望小学，如井冈山、延安、四川、贵州
等稍有点成效，身体尚好勿念。我有机会
一定会去上虞探望您的，因她是我祖宗的故乡
。因夫人有病没有搬家，电话不变。致以
敬礼！
弟 焕标 忙草
壬辰春节

葛继圣

葛继圣(1923—2013),出生于上海,祖籍上虞,毕业于政治大学,1949年上海亚伟速记学校高级讲习班毕业,毕生从事中文速记学科的学术研究及教学实践。为我国著名的速记学者,速记理论家、实践家、教育家和评论家。

秋强会长先生:

一月未曾接于教,并附乡贤会《整合开发乡贤文化促进……》,深感乡贤文化在先生领导下,发掘、整理、弘扬各方面均取得辉煌成就。拜读之余,感奋不已!因适值春节前后,琐事缠身,未能及时来复,甚以为歉。

我虽籍隶上虞,然因出生成长以迄耄耋之年仍在上海定居。人到晚年,对故乡眷恋之念,却又不时萦绕于怀。读《整合……》文后,大大扩展对故里的知识层面。窃思有依据之,又以不才如我,难作贡献。蒙先生不弃,垂询于我,姑提建议二则如下:

一、民国时期故里在外名人尚多,如哲学家范寿康先生,早年与郭沫若同学于东京帝大。二十年代归国后任安徽大学文学院长、武汉大学哲学系主任,抗战开始后,应郭沫若之邀,出任军委会三厅副厅长,曾任台湾教育厅厅长,八十年代初,回大陆在京定居,被选为全国政协常委。

二、曹娥孝女庙、碑名扬天下,碑阴传为陈留蔡邕题“绝妙好辞”,更是中国第一诗谜。但目前宣扬重点似为孝女文化。弟于多年前返乡见《江南第一庙》专辑,诸乡贤考证碑阴题字实为“上虞蔡”之说,引起极大兴趣;而二蔡姓名竟是名列《古今同姓名大辞典》中唯一之“五同”,则尤令人惊异!因忆去夏曾给先生去信建议,家乡“文革”初起开挖“上虞蔡”古墓,中途停止进行,再遭埋没。如今欣逢盛世,可否重新开挖,以竟前功,如能以此得出结论,必将震惊海内外文化学术界，使传诵千古的历史疑案得以澄清，功莫大焉！

随函顺附拙作《宋庆龄留学护照考》（复印件）谨请指正。此文缘起于2005年1月号《百年潮》（中央党史学会主办）刊出《宋庆龄三易其名》，因是大陆第一次公开报道，发表后引起各方关注，多家文摘报刊全文转载。后“宋庆龄基金会”通过“百”刊编辑部与我联系，特约撰成之万言长篇考证，作为筹划将于去冬出版《孙中山、宋庆龄研究》创刊首选之作。由于此计划于年内未能实现，乃又改发《团结报》先行发表。该报则因日报篇幅所限，仓促删节刊出，致使文意支离破碎，（一般读者虽不易察觉）然在作者本人看来，则已不忍卒读。

秋强会长先生：

一月末曾接手教，并附乡贤会《整合开发乡贤文化 促进……》，深感乡贤文化在先生领导下，发掘整理弘扬各方面均取得辉煌成就，拜读之余，兴奋不已，因适值春节前后，琐事缠身，未能及时奉复，甚以为歉。

我虽籍隶上虞，然因出生成长以迄耄耋之年仍在上海定居，人到晚年，对故乡眷恋之念，却又不时萦绕于怀。读《整合……》文后，大大扩展对故里的知识层面。窃思有所报之，又以不才拙识，难作贡献。蒙先生不弃，垂询于我，姑提建议二则如下：

一、民国时期故里在外名人尚多，如哲学家范寿康先生，早年与郭沫若同学于东京帝大。二十年代归国后任安徽大学文学院长、武汉大学哲学系主任，抗战开始后，应郭沫若之邀，出任军委会三厅副厅长，胜利后任台湾教育厅长，八十年代初，回大陆在京定居，被选为全国政协常委。

二、曹娥孝女庙，碑名扬天下，碑阴传为陈留蔡邕题《绝妙好辞》，更是中国第一诗谜。但目前宣扬重点似为孝女文化。早于多年前返乡见《江南第一庙》专辑，诸多

年 月 日 第 页

拙文与乡贤文化无关。宋在民国时期尊为“国母”，去世后尊称“国家名誉主席”，今又名列“建国五元勋”，其青少年时期历史长期未得澄清，拙文之作，补其不足纠其谬误而已。

草此柬达，并致

大安

葛继圣叩

2007年3月7日

贤考证碑阴题字实为"上虞蔡"之说，引起极大兴趣；而二蔡姓名竟是名列《古今同姓名大辞典》中唯一之"五同"，则尤令人惊异，因此去夏曾给先生去信，建议：家乡于文革初起开挖"上虞蔡"古墓，中途停止进行，再遭埋没，如今欣逢盛世，可否重新开掘，以竟前功，如能以此得出结论，必将震惊海内外文化学术界，使传诵千古的历史疑案得以澄清，功莫大焉！

随函顺附拙作《宋庆龄留学护照考》（复印件）请求指正。此文缘起于2005年1月号《百年潮》（中央党史学会主办）刊出《宋庆龄三易其名》，因是大陆第一次公开报道，发表后引起各方关注，多家文摘报刊全文转载。后，"宋庆龄基金会"通过"百"刊编辑部与我联系，特约撰成二万言长篇考证，作为筹划将于去冬出版《孙中山、宋庆龄研究》创刊首选之作。由于此计划于年内未能实现，乃又改发《团结报》先行发表。该报则因日报篇幅所限，仅做删节刊出，致使文之意支离破碎，（一般读者虽不易察觉）但在作者本人看来，则已不忍卒读。

拙文与乡贤文化有关。宋在民国时期尊为"国母"，去世后尊称"国家名誉主席"，今又名列"建国五元勋"，其青少年时期历史长期未得澄清，拙文之作，补其不足，纠其谬误而已。

草此顺复 并颂

安 不一

第　页

葛继圣叩 07年3月7日

葛雅梅

葛雅梅(1925—),上虞丰惠镇倪家弄人。1951年在北京机械工业部设计总院第一设计院任技术档案管理工作,1986年退休,居北京。

陈秋强同志:您好!

您的9月10日来信、明(名)片及总十三、十四期刊均已收到,非常高兴,谢谢。

我叫葛雅梅,现年89岁,老家原在浙江上虞丰惠镇倪家弄5号,父母及家兄早逝,老家已无嫡亲。我在上虞高中毕业后于1951年随爱人薛恭积至北京机械工业部设计总院第一设计院(现为:中国中元国际工程公司)任技术档案管理工作,已于1986年退休在家。

我虽然离家数十年,但对于故乡上虞,总是眷恋不断,回忆过去如在梦中。多年来也从同学及老乡交流信息中得悉,上虞也和全国各县区一样,在党的领导下,各方面突飞猛进,日新月异,使我们漂流在外的游子欣慰不已。

我是没有学问的人,老了身体也不太好,有很多事情是心有余而力不足,每日聊聊无事,没什么内容。现在能看到《上虞乡贤》,使我十分快乐!谢谢您们。

好了,特此谨复。敬祝

工作顺利,身体健康

葛雅梅

于2014年10月30日

年　　月　　日

陈秋强同志：您好！

您的9月10日来信、明片及总十三、十四期报刊均已收到，非常高兴，谢谢。

我叫葛雅梅，现年89岁，老家原在浙江上虞丰惠镇倪家弄5号，父母及家兄早逝，老家已无嫡亲。我在上虞高中毕业后於1951年随爱人薛恭钧至北京机械工业部设计总院第一设计院（现为中国中元国际工程公司）任技术档案管理工作，已於1986年退休在家。

我虽然离家数十年，但对於故乡上虞总是眷恋不断，回忆过去如在梦中。多年来也从同学及老乡交流信息中得悉老家上虞也和全国各县区一样，在党的领导下各方面突飞猛进，日新月异，使我们漂流在外的游子欣慰不已。

我是没有学问的人，老了身体也不太好，有很多事情是心有余而力不足，每日聊聊无事，没什么内容，现在能看到上虞乡贤使我十分快乐，谢谢您们。

好了，特此谨复，敬祝

工作顺利，身体健康！

葛雅梅

於2014年10月30日

佳兴纸品　　第　　页

董静之

董静之(1921—)，女，又名董舜英，上虞上浦渔家渡村人。1942年，加入中国共产党。曾任新四军浙东游击纵队政治部政工队队员、中共慈姚县慈西区区委委员兼宣传科长、浙东区委敌伪军工作委员会政治交通员、绍嵊县东关区委委员兼宣传科长。解放战争时期，在华野一纵队卫生部任卫生队指导员兼党支部书记，参加了莱芜、孟良崮、淮海、渡江等重大战役。1949年起，历任浙江病院军代表、杭州市级机关幼儿园主任、中共杭州市下城区委常委兼宣传部部长。1978年，调任杭州市广播电视局党组成员、副局长。

陈校长：

你好！

你去年12月30日的来信收悉！由于我在医院，没有回家，女儿昨日出差才回来，发现此信，才送给我，因此没有及时复信，深感抱歉！请原谅！

你提到过去的一些往事。当时确实弄得我家破人抓，他们三人为犯何罪？人在何处？生死不明，我只好面对现实，正确对待。只要人活着就是好！一切都能说清楚。最后我们一家六口，不死、不残，团聚在一起。我们有今天，首先要感谢党的正确领导和广大群众大力支持，我们全家铭记在心，永远不忘。

董久大是封建社会的产物，被夺人生权利和自由的典型。说什么女子无才便是德，当时我很反感，不服气地说：女子也是人。父亲听了大发雷霆，说我小小年纪，嘴这么硬，大起来还得了，就打了我一顿。我听了十分不满，恶这个家庭和家规。

村校来了三位老师，二男一女，他们与众不同，没有架子，与群众打成一

浙江省文学艺术界联合会文艺理论研究室

长都喜欢他们，女老师钟少白常来我家玩，我与她素不相识，但一见如故，她很关心我们，拿来不少书和油印资料，要我们好好看，认真学习，教育我们要树立正确的人生观，要分清是非，敢于斗争，在他们的教育帮助下，我将一肚子苦水向她倾吐，她十分同情，现在成千上万的中国人都在水深火热之中，我们唯一的出路靠自己，要大胆的站起来，走出去，

目前大敌当前，日本侵略我们，强占中国大片土地，到处实行三光政策，看看你们家乡一带，烧了多少房，死了多少人，这是亲眼目睹的事实，我们不能坐守做亡国奴，要发动群众加强团结积极投入到抗日救国运动中去，有钱出钱有力出力，这是每个中国人应负的责任，我在他们启发教育帮助下，明确方向，弃暗投明，毅然决定，抛弃家庭，投入无产阶级怀抱，跟着共产党毛主席参加新四军。

后来我才知道，这三位老师都是共产党员。我有今天，首先要感谢党，感谢三位老师，指明方向投入革命。我铭记在心，永远跟党走，听党话。

25×20=500　　第　　页

董静之

2013年1月

片，与学生有说有笑，平易近人，工作积极，认真负责，白天上课，晚上他们刻钢板，油印资料，作为教材，免费送给学生。经常进行家访，学生和家长都喜欢他们，女老师钟少白常来我家玩，我与她素不相识，但一见如故，她很关心我们，拿来不少书和油印资料，要我们好好看，认真学习，教育我们要树立正确的人生观，要分清是非，敢于斗争。在他们的教育帮助下，我将一肚子苦水向她倾吐，她十分同情，现在成千上万的中国人都在水深火热之中，我们唯一的出路靠自己，要大胆的(地)站起来，走出去。

目前大敌当前，日本侵略我们，强占中国大片土地，到处实行三光政策。看看你们家乡一带烧了多少房，死了多少人，这是亲眼目睹的事实，我们不能坐守做亡国奴，要发动群众，加强团结，积极投身到抗日救国运动中去，有钱出钱，有力出力，这是每个中国人应负的责任。我在他们启发教育帮助下，明确方向，弃暗投明，毅然决定，抛弃家庭，投入无产阶级怀抱，跟着共产党、毛主席参加新四军。

后来我才知道，这三位老师都是共产党员。我有今天，首先要感谢党和三位老师，指明方向，投入革命。我铭记在心。永远跟党走，听党话。

董静之

2013年1月

浙江省文学艺术界联合会文艺理论研究室

陈校长：

你好！

你去年12月30日的来信收悉，由于我在医院，没有回家，女儿昨日下午才回来，發现此信，才送给我，因此没有及时复信，深表抱歉！请原谅！

你提到过去的一些往事。当时确实牵连我，家被人抓，他们三人为犯何罪？人在何处？生死不明，我只好面对现实，正确对待。只要人活着就是好！一切都能说清楚。最后我们一家六口，不死、不残，团聚在一起。我们有今天，首先要感谢党的正确领导，和广大群众大力支持，我们全家铭记在心，永远不忘。

董父亲是封建社会的产物，夺人生权利和自由的典型。说什么女子无才便是德，当时我很反感，不服气地说：女子也是人，父亲听了大发雷庭，说我小小年纪，嘴这么硬，大起来还得了，就打了我一顿，我听了十分不满，要逃离家庭和家规。

村校来了三位老师，二男一女，他们与众不同，没有架子，和群众打成一片，与学生有说有笑，平易近人，工作积极，认真负责，白天上课，晚上他们刻钢板，油印资料，作为教材，免费送给学生。经常进行家访，学生和家

25×20=500　　第　页

鲁家松

鲁家松，上虞人，曾任《解放日报》报业集团新闻报社总编辑助理，上海市爱心基金会原名誉秘书长、上海老记协杨浦分会会长。

上虞市乡贤研究会：

欣读《上虞乡贤》创刊号，激起对可爱故乡无比的思念、情感。忆30年前改革开放初期，在沪密切紧跟上虞市委市府、各办各局和驻沪办各位好友，为故乡发展建筑集团大军，招商引资，开拓金融现代服务业和先进制造业，发挥了我辈全身解数，千辛万苦，换得一个个硕果，这是一辈辈尤其是今日故乡年轻人永远不能忘记的。历史就是璀璨的乡贤精神，就是上虞人的骄傲力量，都要薪火传承。我在沪时时做着有心人，凡开会，在市内见到上虞老乡（尤其中青干部、精英）我都记下来，联系好，这是永不能舍弃的乡贤资源宝库啊！

祝乡贤研究会成功，故乡辉煌

鲁家松

2010.12.12

上海控江路764弄

上海老记协杨浦分会会长

上海市新闻工作者协会

上虞市乡贤研究会：

欣读《上虞乡贤》创刊号，激起对了爱故乡无比的思念、情感。回忆30年前改革开放初期，在沪密切紧跟上虞市委市府、各办各局和驻沪办各位好友，为故乡发展建筑集团大军、招商引资、开拓金融现代服务业和先进制造业，发挥了我辈全身解数，千辛万苦换得一个硕果，这是一辈辈尤其是今日故乡年轻人永远不能忘记的历史，就是继承的乡贤精神，就是上虞人的骄傲力量，都要薪火传承。我在沪时时做着有心人，凡开会、在市内遇到上虞老乡（尤其中青干部、精英）我都记住，联系好，这是永不能舍弃的乡贤资源宝库啊！

祝乡贤研究会成功，越办越辉煌

鲁宗松 2010,12,12

电 65302389

上海控江路764弄3号205—6室 邮200093

上海市[illegible]口路300号 电话：63520212 6332[illegible]转×1324、1328、1355 邮编：200[illegible]

曾　鸣

曾鸣，石甘棠夫人。

石甘棠，原名刘泰(1915—1992)，字望青，上虞丰惠镇人，1937年在上海参加革命，赴皖南参加新四军。新中国成立后，先后任宁波市军管会公安部副部长兼市公安局局长、浙江省公安厅副厅长、浙江省工业设计院院长兼党委书记、南京国营第七三四厂党委第一书记等职。

陈秋强同志：

接读来信，十分高兴！看来刘崇良同志已与你联系过了。

绍兴军分区军志办来信得知你为甘棠同志写了篇悼念文章，后从赵铨同志处看到你的大作，十分感谢！从来信知你已了解甘棠同志的家庭出身，此处就不重复了。

谷斯范同志与甘棠同志是小学同窗好友，毕业后谷随即升学，而石则外出学徒，谷对石六年的学徒生涯是不了解的！在新亚，谷比石高一班，早一年毕业。石在高三的情况谷也不知道的；难民收容所同事时间不长，谷即离所他就。解放后虽断断续续有联系，但很少长谈，知道的也不全。因此谷在文中难免有遗漏，是可以理解的，但他们之间的友情是真挚的长久的。

最近我在阅寄给军志办的《石甘棠同志生平》，发现遗漏了一个"副"字。石在54团任职是副政委，少了个"副"字。这都怪我一时疏忽，歉甚！请补遗。战争年代，基于斗争形势的需要，军队番号变动较多，鬼子投降之后，苏中三军分区上升为苏中独立旅，太兴团改为苏中独立旅三团；不久苏中独立旅又上升为六纵18旅，三团又随之改为18旅54团。自卫战争中，六纵改为华野廿四军。特此说明。

从你的名片知道，你从中学校长的岗位上退休之后，继续发挥余热，担任那么些工作，真是难能可贵！祝贺你！

问候你的夫人！

问候绍恩同志和崇良同志和他们的夫人！

下次来南京请联系！我的电话……。我就住在大女儿石笑海家。晓庄学院是她爱人的原单位，现在他在金陵科技学院任职。顺告。

敬礼

曾鸣

2006.2.23

南京晓庄学院

陈秋帆同志：

接读来信十分高兴！看到崇良同志已与你联系过了。

绍恩军长张军志办来信说知你为甘棠同志写了一篇悼念文章，从从赵铨同志处看到你的大作。十分感谢！从来信知你已了解甘棠同志的家庭出身，此处就不重复了。

谷斯范同志与甘棠同志是小学同窗好友，毕业后谷随即升学，而石则外出学徒，谷对石六年的学徒生涯是不了解的；在新亚，谷比石高一班，早一年毕业，石在高三的情况谷也不知道的；我们在收容所同事时间不长，谷即离开他就了。解放以后虽有联系，断断续续，但很少长谈，知道的也不全。因此谷在文中难免有遗漏，是可以理解的。但他们之间的友情是真挚的长久的。

最近我查阅写给军志办的「石甘棠同志生平」，发现遗漏了一个「副」字。石在54团任职是副政委，少了个「副」字，这都怪我一时疏忽，歉意！请补过。我

中山路校区　中山路171号　电话：4726461　邮编：210005
晓庄校区　和燕路462号　电话：5313463　邮编：210038
北圩校区　北圩路41号　电话：6605271　邮编：210017

南京晓庄学院

争年代，基于斗争形势的须要，部队番号变动较多。鬼子投降之后，苏中三军分区上升为苏中独立旅，太兴团改为苏中独立旅三团；不久苏中独立旅又上升为六纵18旅，三团又随之改为18旅54团。自卫战争中，六纵改为华野廿四军。特此说明。

从你的来信知道，你从中学校长的岗位上退休之后，继续发挥余热，担任那么些工作，真是难能可贵！祝贺你！

问候你的夫人！

问候绍恩同志和棠云同志和他们的夫人！

下次来南京请联系！我的电话：—025—83462246。我就住在大女儿石笑梅家。晓庄学院是她爱人的原单位，现在他在金陵神学院任职。顺告。

敬礼！

曾鸣

06.2.23.

9108125

中山路校区	中山路171号	电话：4726461	邮编：210005
晓庄校区	和燕路462号	电话：5313463	邮编：210038
北圩校区	北圩路 41号	电话：6605271	邮编：210017

陈秋强同志：

前后两次来信(并附表)未及时复你,很不礼貌,请谅！原因是事多,其次是还须斟酌,需我与孩子们研究如何写法。其次是内容如何更明确些。为此,另一方面由于过去没及时了解情况,而今有些人已作古,如堂弟刘伯虞、刘滁尘早在80年代过世的。因此我已写信给刘崇良联系,刘大镛至今还未见,只得等待了。续谱的事已交由大女儿石笑海负责草拟。然后再填表寄你。就是目前还急不可得。笑海要上老年大学,课较多,其次是最近为奶奶迁坟安葬,他们夫妇和老二建华忙了好一阵,等天气好了,再选个适当的时间,我们全家老小再去为奶奶和石甘棠同志扫墓,才算完成一年一度的大事。

刘崇良同志最近为其妻去世十分伤心,也可能他本人身体不好。故回信慢些,大镛则因其兄刘大衍已去世,有些情况他可能知道得不多,我要通过他的姑姑水多妹妹了解他的有关情况。而大镛在上海,水多在上虞,通信来往还多及时的。所以回信也是理所当然。水多之子即上虞副食品公司的业务员谢振棣。

绍恩同志见过不止一次,记得1991年的中秋节,由刘崇良同志全家陪我们老两口到百官的龙山公园玩,绍恩同志也同去的,并且合影。当时我还不知他与我同岁。到这个年龄,他还有心重修族谱,真是难得啊！我想刘家人都会支持你们完成这件好事的。谢谢！

我家两个电话都可以用。只是你的宅电希望告知,以便联系。

问候绍恩同志和你的一家。

敬礼

曾鸣

2008.4.19

19 年 月 日 第1页共 页

陈秋强同志：

前后两份来信（并附表）先后收到，很不礼貌，请谅！因为是事多，其次是还有疏忽的，而我家[illegible]了你们[illegible]如何写信，其次是对[illegible]如何要求不清楚。为此，我通过这些渠道及时了解情况编写。今有些人还健在，如堂弟刘维康[illegible]（三编），因此，我已写信给刘堂良转告刘大镛同志，今还未见我，又得等待了。家谱的事已经由大女儿在笑海负责草拟，然后再填表寄你。我是目前还是了不得。笑海要上老年大学，课程多，其次是最近为奶奶迁坟墓，办了好一阵，等天气好了，选个适当的时间，我们全家去为奶奶和石甘棠同志扫墓，这样，才能完成一年一度的大事。

刘堂良同志最近为其妻去世十分伤心，也可能身体不好，写信可能慢些。大镛

94.8.11251

19 年 月 日 第2页共 页

[illegible]到大镛已去世，有些情况可能知道得不多。我要他通过他的姊妹了解有关情况，而大镛在上海，和上虞离得较远，所以来回信也是理所当然的。永铁之子即上虞副食品公司的业务员谢振[illegible]。

绍恩同志见过我一次，记得1991年的中秋节由刘堂良同志全家陪我们去西山到百官的龙山公园玩，绍恩同志也同去的，并且合影。当时我还不知他与我同乡。到这个年纪他还有心重修族谱，真是难得啊！我想，刘家人都会支持你们做成这件好事的。谢谢！

我家电话 025（区号）—83462246 和83460433，两个电话都可以用。又，是你的电话号码也请告知，以便联系。

问候绍恩同志和你的一家

致之礼！

[illegible]鸣

08.4.19.

94.8.11251

谢　晋

谢晋(1923—2008),上虞谢塘人,中国内地导演、编剧,毕业于南京国立戏剧专科学校导演系。

1950年,在爱情电影《哑妻》中担任副导演。1954年,独立执导淮剧短片《蓝桥会》,从而开启了他的导演生涯。1957年,执导彩色体育电影《女篮五号》,该片获得第6届世界青年联欢节举办的国际电影节银质奖章、墨西哥国际电影节银帽奖。1960年,凭借战争电影《红色娘子军》获得第1届大众百花奖最佳导演奖。1965年,执导的剧情电影《舞台姐妹》获得第24届伦敦国际电影节英国电影学会年度奖、第12届菲格拉达福兹国际电影节评委奖。1975年,与颜碧丽、梁廷铎联合执导剧情电影《春苗》。1981年,凭借剧情电影《天云山传奇》获得第1届中国电影金鸡奖最佳导演奖。1986年,执导的剧情电影《芙蓉镇》获得第7届中国电影金鸡奖最佳故事片奖、第10届大众百花奖最佳故事片奖。1988年,执导剧情电影《最后的贵族》,该片获得第1届中国电影节荣誉奖。1993年,执导的剧情电影《老人与狗》获得上海电影评论学会"十佳影片奖"。

1997年,谢晋获得第2届釜山国际电影节荣誉奖。1998年,获得香港(海外)文学艺术家协会颁发的中华文学及艺术家金龙奖"当代电影大师"称号,并获得上海市文学艺术杰出贡献奖。2005年,获第25届中国电影金鸡奖终身成就奖。2007年,获得第10届上海国际电影节华语电影杰出艺术成就奖。2008年10月18日,谢晋在故乡上虞辞世,享年85岁。

陈秋强先生:

您好!您给谢晋导演的信及"上虞乡贤文化"均收悉,谢谢。

今年,谢导仍在全力以赴地筹备两部电影,故有关世界谢氏文化研究会的具体事宜就有劳您和谢汉儒老先生多联系了。您在信中提出的想法,谢

陈秋强先生：

您好。您给谢晋导演的信及“上虞乡贤文化”均收悉，谢谢。

今年，谢导仍在全力以赴地筹备两部电影，故有关世界谢氏文化研究会的具体事宜就有劳您和谢汉儒老先生多联系了。您在信中提出的想法，谢导认为很好，这件事一定要向上虞有关部门的领导汇报，争取领导的认可与支持。一定要将此事办成能够促进上虞及周边地区的经济文化发展的大好事。

因为“非典”这一突发事件，使得谢汉儒先生近期不可能来上虞东山考察，筹备工作也因此受阻，以至于整个活动是否还能在今年十月举办尚不能决定。但我们相信疫情的控制是可期的，当然还要看台湾疫情控制的情况，才能决定他们来上虞考察的行期。但上虞方面的筹备工作可以先做起来，如向领导汇报、做整体的策划方案、保持与台湾谢汉儒先生的沟通与联系等。

在筹备工作中，如有原则性的大事请随时与谢导联系，谢谢。

祝

安好！

上海谢晋影视科技有限公司

王　宁

2003/5/19

这是一件大事，不但要向上虞市委汇报，将来我还会向绍兴市委、或浙江省委汇报，勿念！

谢晋 19/5

附件(3)

导认为很好，这件事一定要向上虞有关部门的领导汇报，争取领导的认可与支持。一定要将此事办成能够促进上虞及周边地区的经济文化发展的大好事。

因为“非典”这一突发事件，使得谢汉儒先生近期不可能来上虞东山考察，筹备工作也因此受阻，以至于整个活动是否还能在今年十月举办尚不能决定。但我们相信疫情的控制是可期的，当然还要看台湾疫情控制的情况，才能决定他们来上虞考察的行期。但上虞方面的筹备工作可以先做起来，如向领导汇报、做整体的策划方案、保持与台湾谢汉儒先生的沟通与联系等。

在筹备工作中，如有原则性的大事请随时与谢导联系，谢谢。

祝

安好

上海谢晋影视科技有限公司

王　宁

2003年5月19日

这是一件大事，不但要向上虞市委汇报，将来我还会向绍兴市委、或浙江省委汇报。

勿念！

谢晋

19/5

秋强兄：

6.25传真拜读。台湾谢汉儒先生6.23来函亦转交收悉。

你对“东山文化国际研讨会”，“世界谢氏研究总会成立大会”总的策划方案和上虞的筹备工作都准备得很细致。

昨天下午收到六月十一日台湾谢汉儒先生来函（复印一份给你），现通过快件寄上，并请留存（汉儒先生说很感谢你，并在信中说——“深佩思虑周详”）

谢晋 谢晋影视科技有限公司 XIE JIN FILM, TV & TECHNOLOGY CO., LTD.

地址(Add)：上海市虹桥路628号4楼 No.628 Hong Qiao Road Shanghai,China 电话(Tel)：64686666 传真(Fax)：64690444 邮编(Zip)：200030

你传来的《策划书》《邀请函》可按上虞市领导及乡贤会建议办理，可踏踏实实为上虞的经济、文化办点实事，做点世界性国际统战工作、团结工作。

另，上次信中谈及“上虞英台故里”策划方案，很遗憾，我们上虞走晚了一步。不久前袁玉芬同志赠送了我一册有关她的“求索人生艺术的真谛”的书，其中袁和范梁祝剧照很多，今年十月份，“梁祝”邮票首发式将隆重举行，对上虞祝英台故乡来说，这是很遗憾的。

我今年还是很忙，七月份要去浙江看一次外景，打算抽空去家乡上虞，一定抽机会和你畅谈。

匆祝好！

谢晋

2003.6.26

谢晋影视科技有限公司
XIE JIN FILM, TV & TECHNOLOGY CO., LTD.

另、上次信中谈及"上虞英台故里"策划方案，很遗憾，我们上虞走晚了一步。不久前袁雪芬同志赠送了我一册有关她的"求索人生艺术的真谛"论文，其中袁和范梁祝剧照很多，今年十月份，"梁祝"邮票首发式将隆重举行，对上虞说英台故乡来说这是很遗憾的。

我今年还是很忙，七月份要去浙江看一次外景，打算抽空去家乡上虞，一定抽机会和你畅谈。

匆祝好！

谢晋

2003.6.26.

地址(Add)：上海市虹桥路628号4楼 No.628 Hong Qiao Road Shanghai,China 电话(Tel)：64686666 传真(Fax)：64690444 邮编(Zip)：200030

程乃珊

程乃珊(1946—2013)，上海人，农工党党员。1965年毕业于上海教育学院英语专业。任上海市惠民中学英语教师。上海作家协会专业作家。上海市政协第六、七届委员，上海市文学发展基金会理事。其母潘佐君祖籍上虞小越。

秋强老师：

您好！来信收到。十分高兴能与家乡重新联系上。我的老家、曾外祖父名潘鹤年，老宅在小越，为五间四进宅第，据说“文革”期间曾做过春晖中学分校。八十年代我回老家时，老宅已拆除，只余围墙，好像仍为中学。那个地方就以此宅名为潘家楼。(潘家楼中学?)我不记得了。外公潘德民在上海圣约翰大学毕业，进中国银行，前后派往中国银行驻印度加尔各德分行、中国银行驻越南西贡分行任职，直至1949年任广州中国银行副经理，随

第1页

秋强老师：

您好！来信收到。十分高兴能与家乡重新联系上。我的老家、曾外祖父名潘鹤年，老宅在小越，为五间四进宅第，据说文革期间曾做过春晖中学分校。八十年代我回老家时，老宅已拆除，只余围墙，好像仍为中学。那个地方就以此宅名为潘家楼。(潘家楼中学?)我不记得了。外公潘德民在上海

15×20=300字 上海文学杂志社

后退休。外公仅一子一女。舅舅潘承馨生于上海，从未回过小越老家。1949年赴美深造，现为美国波音航空公司退休工程师。我母潘佐君，今年86岁，圣约翰大学毕业，也在银行任职。

一直想回老家看看，终因人生地不熟作罢。我老母亲也一直想回故乡看看。现在有乡贤会老同乡照顾可就方便了。我们有一老保姆告老退休在谢桥镇，届时她可以帮我照顾老母亲，我可以去潘家楼中学(?)，即我家老宅基地建成的学校与家乡学生见见面。不过最好等天气凉快点。再表

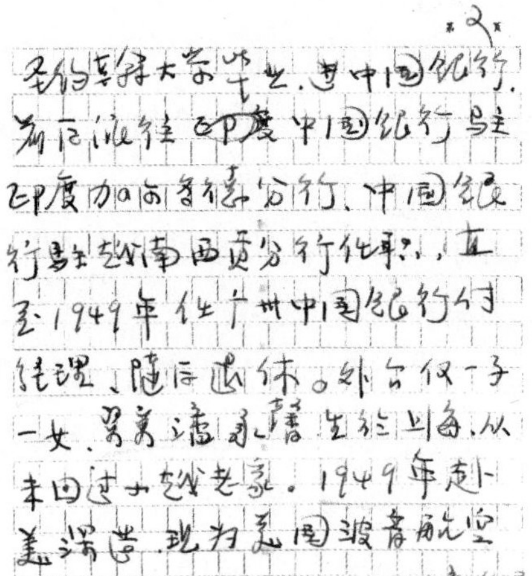

谢谢

程乃姗

2004年6月21日

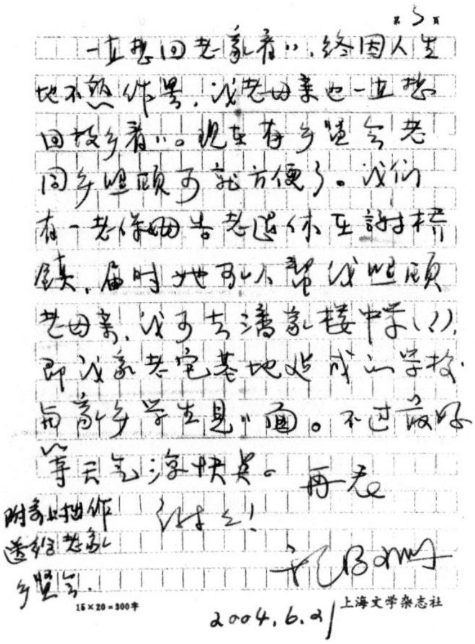

管子怀

管子怀(1934—),别名管炜芳,上虞丰惠人,1953年,就读于中国人民大学外交系和其后成立的北京外交学院。1957年4月,提前毕业并分配到外交部工作,历任随员、三等秘书、二等秘书、副处长、处长。中国前驻科威特、阿曼、巴林大使,中国阿拉伯交流协会副会长。1994年退休后曾担任中国前外交官联谊会副会长、中华全国工商业联合会特邀顾问,中国国际战略学会高级顾问、中国石油工程建设公司顾问等职。

秋强会长:

您好。

一场不大不小的病,拖延我近一个月,许多该做的事都放下了,推迟了,包括允诺寄您资料和照片的事,深感抱歉,谨希谅解。

您们为弘扬上虞乡贤文化,做了不少实实在在的事,付出了巨大的劳动和心血,我们是看得到和感觉得到的,我们愿真心实意地向您们学习,共同为更加振兴故乡上虞做出努力。

国庆和中秋两个佳节临近,"每逢佳节倍思亲",多么想念您们和美丽的故乡,祝愿您们幸福安康,祝愿上虞更加发展。

寄上这份迟到的资料,能用则用,不用也罢。

祝您和乡贤会一起安好。

管子怀 草上

2006.9.25北京

年　月　日　　　第　页

秋强会长：

您好。

一场不大不小的病，拖误将近一个月，许多该做的事都放下了，推迟了，包括知道寄您资料和照片的事，深感抱歉，请多谅解。

您们为弘扬上虞乡贤文化，做了不少实实在在的事，付出了巨大的劳动和心血，我们是看得到和感觉得到的，我们愿意认真地向您们学习，共同为更加振兴故乡上虞做出努力。

国庆和中秋两个佳节临近，"每逢佳节倍思亲"，更加想念您们和美丽的故乡，祝愿您们幸福安康，祝愿上虞更加发展。

寄上这份迟到的资料，能用则用，不用也罢。

祝您和乡贤会一切安好。

管子怀 草上

2006.9.25 北京.

装

订

线

释智正

智正法师(1927—)，俗姓陈氏，生于书香门第。祖父陈田，清光绪十二年进士，任吏部御史；父陈小松善书法，精篆刻，尤长于甲骨文研究，与罗振玉等交往甚密。陈氏曾供职机关、厂矿，见识甚广，1987年退休后即在上虞卧龙道场禅修，为普净寺住持，历三十余年呕心沥血，励志经营，使八百年普净古寺重焕慧根，广积善愿，始成一方佛教圣地。

陈秋强先生：

普净寺的建设成长离不开您和车广荫、顾志坤三位护法长者的关心维护鼎力支持。现正处于国家和社会主义文化大繁荣、大发展时期，我寺也逢此胜缘，为进一步做好卧龙山普净寺的继续发展建设，特聘请您担任本寺护法总监之职。以后对本寺重大决策、各组织制度、管理，基本建设发展规划等方面参与审议和指导，为实现寺院发展建设繁荣富强现代社会主义强国的中国梦而共同努力。谨送上聘书一件为证。

上虞区普净寺住持释智正　合十

2014年5月1日

上虞市蒿坝镇卧龙山普净寺

4322998　电话:0575—2150047　邮编:312351　第　页

秋强先生慧鉴:

时势无常,廿二个春秋转瞬即逝!初次在普净寺饮茶结缘的情景宛若昨天,当时您还是卧龙大酒店的总经理,由于文化结缘使您我相见恨晚。自此之后,您经常组织文化人上山,络(陆)续举办过不少次文化活动,还建议倡建“文思阁”,使寺院沉浸在浓郁的书香之中,您还经常邀请朱志刚等热心公益的企业家为寺院的发展尽心尽力。回忆一九九七年冬天,我有感而发为您写过一条幅,上书“不染”两字,题跋上写道:“秋强先生从事教育数十年,育英才于虞山舜水之间,今顺改革之潮流,应卧龙大酒店之重任,匠心独运,以凸现祖国传统文化,开饮食业之新径,树卧龙文化之新风,而先生之情挥洒脱尘俗于灯红酒绿之中,出红莲高洁。”我的钦仰决(绝)非溢美,因为修持其实有入世出世之分。您虽然不是佛门子弟,但能在滚滚红尘之中,出污泥而不染,实在是难得。其实比我辈出世修有更高的境界。更令我钦佩的是您退休之后,凭着高瞻远瞩的目光、执着坚守的毅力,发起成立上虞乡贤会。

谨祝六时吉祥

丁酉初春

愚衲智正合十　时年

九十一岁写于卧龙山

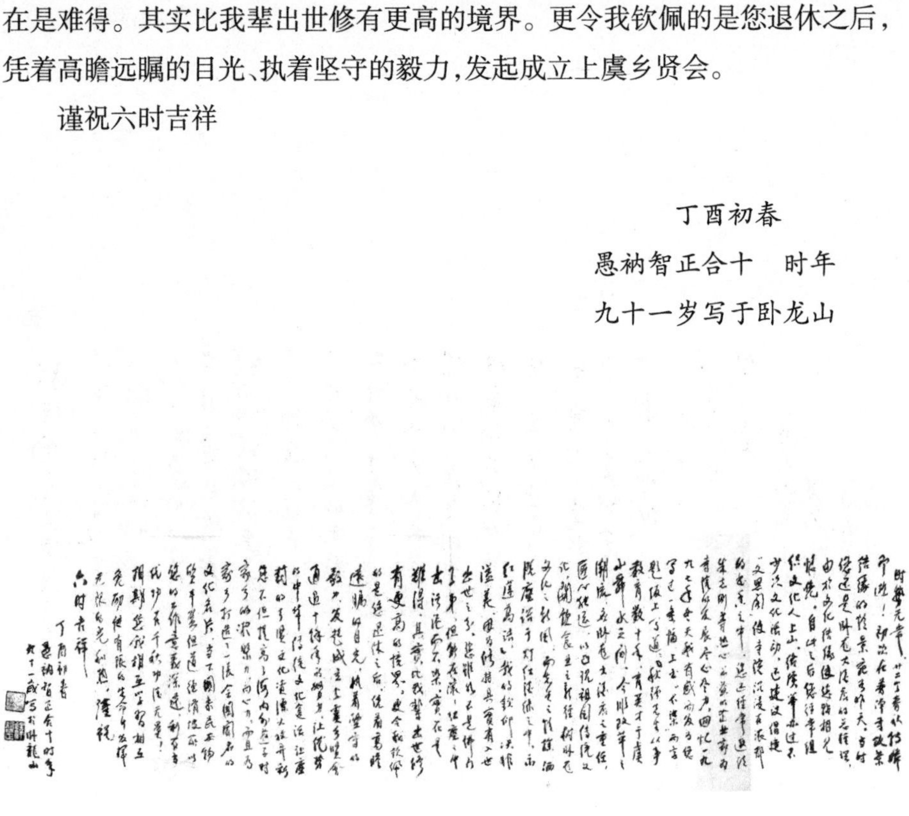

秋强会长大德雅鉴

上虞乡贤会成立十年，辉煌的创举像一颗巨星，闪烁在文化大发展的历史时期，光耀夺目。是您独具慧眼，审视尘封的历史长卷，挖掘岁月湮没的旧邑村乡。把上虞古圣先贤的光辉业绩，重光于今。十年中发表了数不尽的宏文篇章。诚有如古史起死生、肉白骨之誉，而彪炳于现代文坛。既告慰古之先贤，亦启后之缅怀。有感会长之高行卓识，以为稀有，真功德无量。谨述数语，略绅景仰之微忱。

敬祝

上虞乡贤会发扬光大前途无量

卧龙山普净寺

老衲智正　敬贺

辛卯年初冬吉日

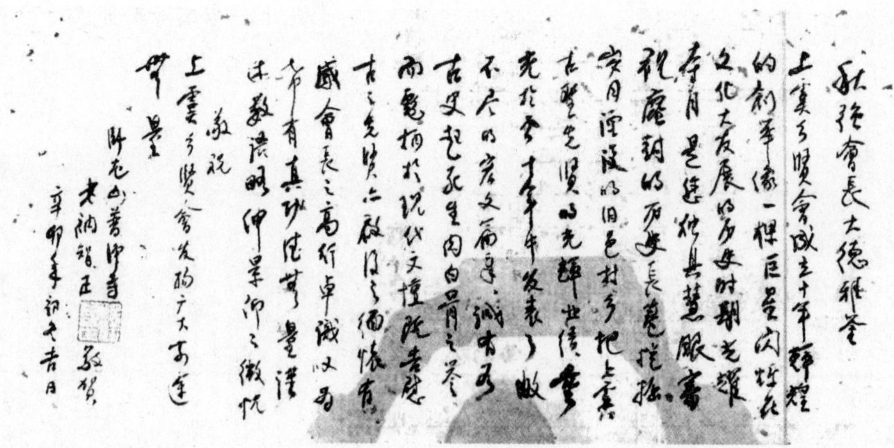

谭　虎

谭虎(1944—　),上虞沥东潭头村人。1969年,毕业于华东师范大学中文系,分配到江西省部队农场锻炼。1971年调入江西省革委会教育组工作,历任教材编写组学科组长、省教育厅教研室科主任。1987年调江西省教育科学研究所,历任副所长、所长、所党支部书记、省教委纪检委员。省教委政策法规研究室主任、省教育学会副会长兼秘书长、省教育学术委员会副主任委员、《江西教育科研》杂志主编、省思维科学学会副理事长、《江西教育志》编纂办主任、省教材审查办副主任等职。

陈会长好!

此番回乡得以拜访乡贤会并结识阁下,是本人一大收获,非常高兴和感动。一见如故的氛围让我感受到浓浓的乡情亲谊。回沪后因忙于参加沪上的活动,并赴山东参加教育部关工委的一个学术研讨会,故至今方收读大札并作复,尚祈谅鉴。

虞乡以一穷乡僻壤发展到今日气象,诸多要素以外,文化底蕴功不可没。乡贤会的成立和卓著业绩,显示了市领导的文化眼光和战略意识,令人欣慰和鼓舞,故乡的明天必将更加美

江西省教育科学研究所

陈会长好!
此番回乡得以拜访乡贤会并结识阁下,是本人一大收获,非常高兴和感动。一见如故的氛围让我感受到浓浓的乡情亲谊。回沪后因忙于参加沪上的活动,并赴山东参加教育部关工委的一个学术研讨会,故至今方收读大札并作复,尚祈谅鉴。
虞乡以一穷乡僻壤发展到今日气象,诸多要素以外,文化底蕴功不可没。乡贤会的成立和卓著业绩,显示了市领导的文化眼光和战略意识,令人欣慰和鼓

江西省教育科学研究所

江西省教育科学研究所

好！吾兄以一个教育工作者投身此项事关桑梓和子孙福祉的事业，亦为一大喜事。

本人在江西省教育厅工作凡38年，因家庭原因退休迁沪也已五年。由于教育的情结挥之不去，欲罢不能，故年近古稀仍乐于从事家庭教育与基础教育方面的社会活动。我对虞乡的教育事业始终十分关注，衷心期盼她能在科教兴市、人才强市方面作出更多贡献。上虞是出过许多教育家之地，亦是孝德文化发源之地。如果家乡有在教育方面需要本人尽心尽力之处，自当力尽绵薄，义不容辞。

令郎既在沪上，得便来沪恳盼相告，定当拜访叙旧。我有回乡之机，也会常去拜访。如果可能，我甚望拜谒市教育部门的领导，共话发展故乡教育大计。回乡返沪之途，有感故土往事和今昔巨变，凑得诗作三首抄如另纸，以表乡友寸心，聊供指教。

此颂

安康

谭虎

2000.4.28

回乡三首(外一首)

一、故土

穷乡僻壤温柔乡,衣衫褴褛忘饥肠。
河塘戏水不知归,海滩沟渠作战场。
爬树钻园偷瓜果,拔草翻砖蛐蛐响。
儿时伙伴今安在?游子梦醒独惆怅。

(回乡扫墓有感　4月18日清晨于百官)

二、上学路上

钩子扁担嘎吱响,一头书包一头粮。
月明星稀人影单,远林犬吠传悲凉。
鸡叫三更出寒门,腹内空空腿脚胀。
娥江浪涌拍沙滩,百沥海塘长又长。
百官街头暂歇脚,东方露白眼渐亮。
铁道再走十华里,春晖首深钟声响。

(余在春晖高中三年,正值饥荒,每周六下午第三节课后需步行回家,向公社的大队食堂领取口粮。周日夜三更起身,步行60华里赶上第一节课。)

三、谒舜

巍巍舜帝气恢宏,虞乡子民尽枭雄。
穷乡僻壤巧梳妆,山着锦缎水镶容。
人才强市入百强,文化底蕴显威风。
四海乡贤齐声唤,东山再起靠神功。

(4月18日下午携夫人瞻仰舜耕广场,并造访上虞市乡贤研究会。陈秋强会长热忱接待,并陪同前往江滨小学参观考察,与校领导座谈教育改革与创新之题,甚畅。)

清明

人生最恋故乡情，祖茔今日草青青。
昨夜慈容入梦来，临别依依泪沾巾。
节衣缩食盼儿长，远行念儿目难瞑。
自古百善孝为先，游子无颜对双亲。

（今年清明节因参会未能回乡扫墓）

回乡三首（第一首）

谭亮

一、故土

穷乡僻壤虞舜乡，衣衫褴褛忘饥肠。
河塘戏水不知归，海滩沟渠作战场。
爬树钻园偷瓜果，拔草翻砖蛐蛐响。
儿时伙伴今安在？游子梦醒独惆怅。

（回乡扫墓有感 4月18日清晨于百官）

二、上学路上

钩子扁担吱吱响，一头书包一头粮。
月明星稀人影单，远村犬吠传悲凉。
鸡叫三更出寒门，腹内空空腿脚胀。
娥江滚滚掐沙滩，百沥海塘长又长。
百官街头歇歇脚，东方露白眼渐亮。
铁道再走十华里，春晖首课钟声响。

（余在春晖高中三年，正值饥荒。每周六下午第三节课后常步行回家，向公社和大队食堂领取口粮。周日夜三更起身，步行60华里赶上第一节课。） 2

江西教育出版社
JIANGXI EDUCATION PUBLISHING HOUSE

三、谒舜

巍巍舜帝气恢宏，虞乡子民尽枭雄。
穷乡僻壤巧梳妆，山着锦缎水镶容。
人才强市入百强，文化底蕴呈威风。
四海乡贤齐声唤，东山再起靠神功。

（4月18日下午携夫人瞻仰舜耕广场，并走访了上虞市乡贤研究会。陈秋强会长热忱接待，并陪同前往江滨小学参观考察，与校领导座谈教育改革与创新之道，甚畅。）

附：清明

人生最恋故乡情，祖茔今日草青青。
昨夜慈容入梦来，临别依依泪沾巾。
节衣缩食盼儿长，远行念儿目难瞑。
自古百善孝为先，游子无颜对双亲。 3

（今年清明节因参会未能回乡扫墓）

电话：6706210
传真：6710460
邮政编码：330008
地址：南昌市沿江北路40号

潘力强

潘力强(1932—)，上虞驿亭五夫人，系虞籍爱国民主人士杜婉容先生之长孙。出生于湖北武汉，考入中原大学学习，毕业后分配至中国人民解放军中原军区技术局工作，荣立三等功一次。部队转业后安排在北京市海淀区总工会，在区直属党委评为优秀共产党员。1992年离休。20世纪60年代在怀仁堂召开部队党代会时，作为领队司仪，请毛主席和中央首长与代表们合影时，曾与主席对话握手。

陈秋强：您好！

近日，喜讯从上海同学杜觉新那里传来，说"驿亭镇建立乡贤研究分会"。这是一件值得祝贺的好事，作为一名在京乡亲，听到这个消息，心里特别高兴，分会成立之际，我不能亲临参加，写此信表示热烈的祝贺。

过去全国几大城市里有绍兴会馆，也叫同乡会，还有一种专门从事叫"信客"的老乡，来往与(于)乡下和在外乡亲传递着信息和带钱带物。

年 月 日 第 1 页

陈秋强：您好！

近日喜讯从上海同学杜觉新那里传来，说"驿亭镇建立乡贤研究分会"。这是一件值得祝贺的好事，作为一名在京乡亲，听到这个消息心里特别高兴，分会成立之际我不能亲临参加，写此信表示热烈的祝贺。

过去在全国几大城市里有绍兴会馆，也叫同乡会，还有一种专门从事叫"信客"的老乡，来往与乡下和在外乡亲传递着信息和带钱带物。在北京就有规模不小的绍兴会馆，地址就在北京站西侧（裱褙胡同），它在当时能凝聚几代绍兴人的地方，文革后我抱着好奇的心情曾去过两次，算是了断一份怀旧的情意。

今年北京奥运会是2008.8.8召开，这让我回忆起1948.8.8 由已故同学蒋浩泉在上海法国公园

（京01）

装 订 线

在北京就有规模不小的绍兴会馆，地址就在北京站西侧(裱褙胡同)，它在当时能凝聚几代绍兴人的地方。“文革”后我抱着好奇的心情曾去过两次，算是了断一份怀旧的情意。

今年北京奥运会是2008.8.8召开，这让我回忆起1948.8.8由已故同学蒋浩泉在上海法国公园搞了一次五夫小学同学会，当时我从汉口赶赴上海参加，那是一次团结同学的会，传播大家心照不宣的进步思想的会，组织分工创办一个刊物。

而今，祖国强大，科学发展的同时，还是需要有文化素养的贤者承传着家乡悠久的人文历史……。陈秋强先生挑起了这副担子，我打心眼里敬佩和感谢。

记得在“文革”前后，人民日报的副刊，登了一篇回忆白马湖的文章。内容大意说：“昔日的白马湖山青(清)水秀，远处的赵岙炊烟缭绕，近处山脚白楼相印，太美了。而今湖面上漂浮着白色养鱼障物，好像美丽少女脸上的伤痕……”写文章的一定是十分关爱上虞的人士，我敬佩他的胆识，敢在报上呼吁保护白马湖周围环境，可惜我没有记清是那(哪)年那(哪)月的人民日报，也不记得他的尊姓大名，真后悔。

风风雨雨几十年，故乡的人文景观，确实遭到了毁灭性的破坏。改革开放后生态环境，特别是河水污染，也该还它一个原来的面貌。

现在好了，上虞乡贤研究会创造了一个良好的环境，起到非常了不起作用，做出不少贡献，出了一些集子，鼓舞众乡贤人士，发挥强大的纽带作用，相信今后会给大家带来更多的好消息。将来的故乡更加美丽、富强，上虞一定是走在小康大道上的一名排头兵。

顺祝身体安康，工作顺利。

居京老乡　潘力强上

2005.10.3

年　月　日　第2页

搞了一次五夫小学同学会，当时我从汉口赶赴上海参加，那是一次团结同学的会，传播大家心照不宣的进步思想的会，组织分工创办一个刊物。

而今，祖国强大，科学发展的同时，还是需要有文化素养的贤者承传着家乡悠久的人文历史……陈秋强先生挑起了这付担子，我打心眼里敬佩和感谢。

记得在文革前后，人民日报的副刊，登了一篇回忆白马湖的文章。内容大意说："昔日的白马湖山青水秀，远处的赵家炊烟缭绕，近处山脚白楼相印，太美了。而今湖面上漂浮着白色养鱼障物，好像美丽少女脸上的伤痕……"写文章的一定是十分关爱上虞的人士，我敬佩他的胆识，敢在报上呼吁保护白马湖周围环境，可惜我没有记清是那年那月的人民日报，也不记得他的尊姓大名，真后悔。

（京01）

年　月　日　第3页

风风雨雨几十年，故乡的人文景观，确实遭到了毁灭性的破坏，改革开放后生态环境，特别是河水污染也该还它一个原来的面貌。

现在好了，上虞乡贤研究会，创造了一个良好的环境，起到非常了不起作用，做出不少贡献，出了一些集子，鼓舞众乡贤人士，发挥强大的纽带作用，相信今后会给大家带来更多的好消息。将来的故乡更加美丽，富强，上虞一定是走在小康大道上的一名排头兵。

顺祝身体安康，工作顺利。

居京老乡潘力强上

2008.10.3

魏农建

魏农建(1955—),上海对外贸易学院工商管理学院院长,市场营销专业教授,硕士生导师。上海市市场学会副会长、党组成员,中国价格学会理事,中国商业企业管理学会教育委员会副理事长,上海市价格学会(协会)常务理事,全国高校价格理论与教学研究会副会长,上海市流通经济研究所特聘研究员、学术委员会委员。

您好!陈老师:

已在年初接到您的来信以及随信的新闻报道,很感激家乡有您这祥(样)的热心人在弘扬“乡贤文化”。在此表达对您的敬意!

我只是家乡成员的晚辈,每年的回乡也仅是表达对家乡人的感激以及对抚育我的祖母的怀念之情。完全谈不上尽孝德之道。

有事请联系,我将为家乡文化的传播尽力所能及的绵薄之力。

再次表达对您的敬意!

魏农建

2012年4月23日

上海大学国际商学院

第　页共　页

您好！陈老师：

今年初收到您的来信以及随信的书刊报道。很感激家乡有您这样的热心人在传扬"乡贤文化"。在此表达对您的敬意！

我只是家乡成员的晚辈，每年的回乡也仅是表达对家乡人的感激以及对抚育我的祖母的怀念之情，完全谈不上尽孝敬之道。

上海大学国际商学院

第　页共　页

有事请联系，我将为家乡文化的传播尽力所能及的绵薄之力。

再次表达对您的敬意！

[illegible]

2012年4月23日

魏绍昌

魏绍昌(1922—2000),上虞驿亭人,著名红学家。1943年毕业于上海光华文学院历史系。上海红学界元老,与邓云乡、徐恭时、徐扶明并称上海红学四老。

1944年参加革命工作,抗战后期至解放时在上海做金融工作。历任上海中一信托公司职员,中国人民银行上海分行职员,上海市作家协会资料室负责人,研究馆员。为中国作家协会会员、上海作协研究员、全国红楼梦学会理事,中华文学史料学会理事、日本《清末小说杂志》特约编撰。1936年开始发表作品,1954年初进上海作家协会,1983年加入中国作家协会。从事文学艺术史料研究工作达44年。90年代曾任德国汉德堡大学汉学系客座教授,曾去美国哈佛大学和哥伦比亚大学讲学,又组团去"台湾"清华大学、台湾大学等宣讲红学。

秋强同志:

您好!我早想给您写信了,上虞日报上的大作,我都保存,几篇介绍您的文章也同样保存,但因病拖延,今从家人带来的几封信中,最感到喜出望外的是您这一封了!

您太客气,我不好意(思)日后接受您的采访,见面是感到最愉快的,我有几本小册子想送给您,且等我出院吧。

我虎年兔年均不利,住了几次医院,一言难尽,估计三月初即可出院返家了。勿念。我是全心衰竭,胸部积液,现已对症下药,有效果,一时还走不了,请放心。

四月份大作,看到预告,已早有要意,希出了即赐,可先睹为快也。

因病不多写，乞谅！谢谢谢谢！

敬礼

弟　魏绍昌

2.18. 雨

秋强同志：

您好！我早想给您写信，这么日子以来的大作，我都保存，几篇介绍您的文章也同样保存。但因病拖延。今从家人带来的几封信中，最先让我喜出望外的是您这一封了！

您太客气，我不好意思回应接受您的来访，见面是感到最愉快的。我有几本小册子想送您，且等我出院吧。

我虎年至今年均不利，住了几次医院，一言难尽，估计三月初即可出院返家了。勿念。我是全心衰竭，脑部缺血，现已对症下药，有效果，一时还走不了，请放心。

四月份大作，看到预告，已早有要点，若出了即寄，可先睹为快也。

因病不多写，乞谅！谢谢谢谢！

敬礼！

弟
魏绍昌
2.18 雨
（2000年）

MXZP9502—204·08　　第　　页

陈秋强同志：

您好！二月中旬得大札后，颇为惊喜及感谢，当即在医院中奉复一函，谅早达。

此后我一直不好，冠心病、心衰，一再住院，清明前刚返家，人极疲软无力，想到答兄寄书，也一拖再拖了，乞谅！

今寄奉两小册，请指正为盼！

收到希简复，知四月来沪，欢迎之至！但可成行否？

匆匆

敬礼

魏绍昌

2000.4.7

秋强同志：

您好！承来电来信，甚为感激！

我的冠心病及心衰（后者尤严重）近来总不大好，思想负担极重。

去年五月初我写过上虞人许啸天一文，知者不多，现寄奉请您过目。《上虞日报》如能转载亦好，您照着办吧，我无所谓也。

知您极忙，不多写。祝

健康快乐

乡弟　魏绍昌

2000.5.8

~~山東畫報出版社~~

秋强同志：

您好！承蒙电来信，甚为感激！

我的颈椎病及心衰（今年尤严重）近来身体不大好，恳想多加保重。

去年5月份我写过上虞人论谢天一文，知否不知，现另奉请您过目。《上虞忧?》如能转载亦好，您既看办吧，我无所谓也。

知您极忙，不多写。祝

健康快乐！

乡弟
魏绍昌 2000.5.8

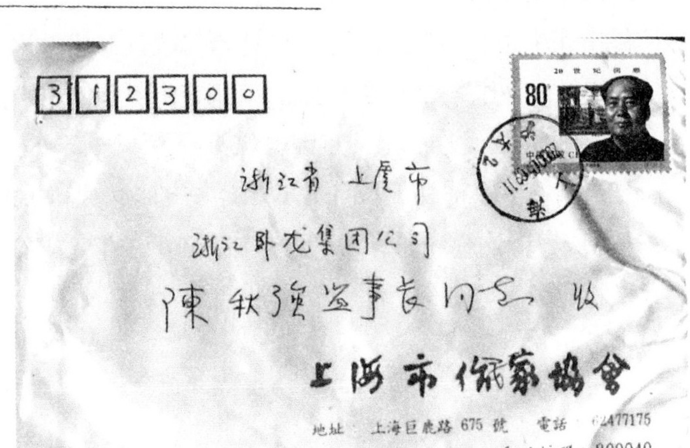

编后记

《飞鸿眷故土——上虞乡贤研究会来信选编》经过近一年的酝酿、选题与反复推敲、校样，在乡贤研究会陈会长的力主推动下，终于结集出版。

浙东出俊杰，绍兴多名士。上虞籍(包括仕宦上虞)的乡贤更是名贤辈出。他们对家乡的眷爱和关顾，在所有来信中，均深情洋溢，体现良多。这些信件是上虞的一笔宝贵财富。由此，我们怀着崇敬之情，编印成此书。

为全面考虑概括所入选信件的作者群体，又不使选题造成不必要的误解，我们选用了《飞鸿眷故土》作为此书书名，并在此就编辑过程中的一些原则作如下说明：

一、本书入选书信是在大量来信中挑选有代表性的作品编入，囿于水平以及篇幅所限，尚有大多数书信没有入选其中，亟待在下次有机会时再与大家会面。

二、每位作者单元，分三部分陈述：(1)作者简介，力求尽善尽美。但限于时间等原因，我们无法逐一核对，若有错讹，待重版时再行校正。(2)正文部分，以最大程度贴近原件为原则，保留带有作者个人风格和时代印记的用语。但为了给读者更好的阅读体验，为读者展现出一个更准确的资料，我们对信件中误字用“( )”勘正，标点做适当修改。(3)信件原文，做扫描处理，部分信息涉及电话家庭地址等个人隐私，正文中不予体现。

谨向作者、读者作以上几点编辑说明，不妥之处，敬希鉴谅。

这本书的出版得到了来自上虞社会各方的支持和帮助，特别是得到了广大乡贤的大力支持，特别鸣谢著名书法家车广荫先生为本书题笺，在此表示衷心感谢！

陆泊之

2020年11月

图书在版编目（CIP）数据

飞鸿眷故土：上虞乡贤研究会来信选编 / 绍兴市上虞区乡贤研究会，绍兴市上虞区文学艺术界联合会编. -- 北京：九州出版社，2020.11

ISBN 978-7-5108-9834-1

Ⅰ. ①飞… Ⅱ. ①绍… ②绍… Ⅲ. ①书信集－中国－当代 Ⅳ. ①I267.5

中国版本图书馆CIP数据核字（2020）第227144号

飞鸿眷故土：上虞乡贤研究会来信选编

作　　者　绍兴市上虞区乡贤研究会
绍兴市上虞区文学艺术界联合会 编

出版发行　九州出版社

地　　址　北京市西城区阜外大街甲35号（100037）

发行电话　（010）68992190/3/5/6

网　　址　www.jiuzhoupress.com

电子信箱　jiuzhou@jiuzhoupress.com

印　　刷　杭州万星印务有限公司

开　　本　710毫米×1000毫米　16开

印　　张　27

字　　数　399千字

版　　次　2020年12月第1版

印　　次　2020年12月第1次印刷

书　　号　ISBN 978-7-5108-9834-1

定　　价　69.00元